三民叢刊 295

穗子物語

嚴歌苓 著

三民書局印行

自序

嚴歌苓

我作過這樣的夢：我和童年的自己並存，我在畫面外觀察畫面中童年或少年的自己，觀察她的一舉一動，她的一顰一笑；她或者聰慧，或者愚蠢可笑。當童年的我開始犯錯誤時，我在畫面外乾著急，想提醒她，糾正她，作為一個過來人，告訴她那樣會招致傷害，而我卻無法和她溝通，干涉她，只能眼睜睜看著她把一件荒唐事越做越荒唐。

在這個小說集裡，我和書中主人公穗子的關係，很像成年的我和童年、少年的我在夢中的關係。看著故事中的穗子執迷不悟地去戀愛，現實裡的我明知她的下場不妙，但愛莫能助。看著童年的穗子拋棄老外公，和「拖鞋大隊」的女孩們一塊兒背叛耿荻，傷害小顧，面對人心向惡的社會和時代，她和她年幼的夥伴們以惡報惡，以惡報善，成年的我只能旁觀。

穗子是不是我的少年版本呢？當然不是。穗子是「少年的我」的印象派版本。其中的故事並不都是穗子的經歷，而是她對那個時代的印象，包括道聽途說的故事給她形成的印象。比如〈梨花疫〉中的男、女角，都真實存在過，但他們的浪漫故事，卻是在保姆們、主婦們的閒言碎語中完整起來的。我寫這兩個人物時，只有對男主角的形象和性格的清晰印象，對他傳奇背景的記憶。根據他的性格和背景，我找出這個愛情故事的邏輯，把當年人們猥褻娛樂式的閒話，拼接成穗子的版本。

史學家都不能對歷史有絕對發言權；他們呈現給我們的歷史，其實是他們版本的歷史。范文瀾的《中國通史》和柏楊的《中國人史綱》所記述的中國歷史，感覺就不同了。再看黃仁宇的《中國大歷史》，你對同樣的歷史又重新認識了一回。史學家尚且如此，更何況文學家。對於《史記》，從我個人立場，我更取它的文學價值。

我喜歡讀人物傳記，有些自傳性的作品對我影響頗大，像榮格傳，弗洛伊德傳，伊薩貝爾・阿寅德的〈波拉〉，等等。他們的個人成長經歷，每一步都折射出國家、民族、科學的行進軌跡。正是他們的個人命運把我和他們國家的命運聯繫起來，使我對那些遙遠的國度有了切膚的感覺。所以，個人的歷史從來都不純粹是個人的，而國家和民族的歷史，從來都屬於個人。

應該說這小說是最接近我個人經歷的小說。但我拒絕對它的史實性、真實性負責。小說家只需對他（她）作品的文學價值負責。正如世界萬般景色，給攝影家一半機會，給畫家另一半機會。攝影家無奈之處，是畫家得意之時，反過來也一樣。從林布蘭走向馬奈，莫內，梵谷，是必然，人越來越把自己眼裡的，印象中的，心靈深處的世界和歷史當真了。我只想說，所有的人物，都有一定的原形，所有的故事，難免攙有比重不同的虛構，但印象是真切的，是否客觀我毫不在乎，我忠實於印象。

穗子物語

目次

2

穗子物語

老人魚

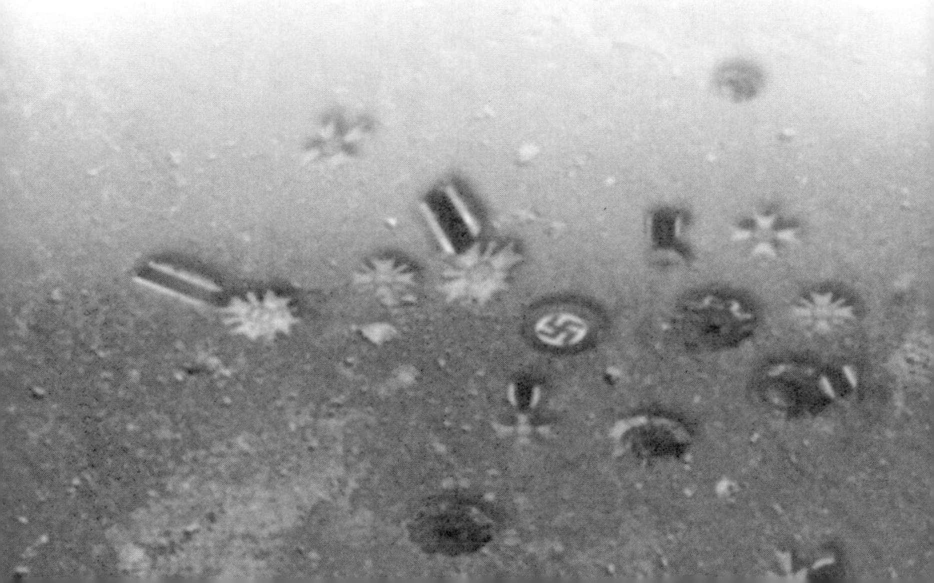

穗子在成年之後對自己曾挨過的那兩腳記得很清。踢她的那隻腳穿棕色高跟鞋，肉色絲襪。

穗子果真在母親盛破爛的柳條筐裡見到了這些物證。從此穗子就相信自己在半週歲時就有記憶了。她當時被擱在一個藤條搖籃裡，外婆叫它「搖窩」。她半週歲時比別的嬰兒稍微小一點，也不如人家硬紮。這是外婆堅持把她緊緊捆在襁褓中的原因。穗子那天是個討厭的嬰兒，怎麼也不吃哄，張開嘴直著嗓門哭喊，母親一眼看得見她兩塊嫩紅的扁桃腺。母親哄不好穗子就不能脫身，她哄得自己也哭起來了。就在這個時候，二十二歲的母親委屈地「咚」的一腳向搖窩踢去，搖窩成了個不倒翁，幾次搖得要傾翻。踢痛了腳的母親簡直委屈沖天，外婆拉也拉不住，但腳頭氣力畢竟被消耗了不少，因此母親掄出去的第二隻腳只把搖窩踢遠了，「砰」地撞在牆根。束手待斃的穗子渾身捆在襁褓內，自然感到一種毀滅性危險。她一下子收住哭聲，開始她人生第一次的見風使舵。以後的日子，穗子就有了幾分寒心，自己的母親怎麼做出了這樣失體統的舉動？給她的老輩和小輩都落下了話柄。穗子長大以後對母親表面總是帶點巴結，內心卻充滿憐憫。憐憫可不是什麼好的感情，被憐憫的人必須接受憐憫中略帶嫌棄的敷衍。

外婆為此跟自己女兒不共戴天。她覺得穗子母親太低能太失敗了。她踢穗子的那兩腳就是對自己不配為人母的徹底招供。外婆只要活一天，穗子就該得到一天的安全。穗子媽和穗子爸一旦暗示要接穗子走，外婆就說：「不要臉，小穗子這是第二條命。」

3 魚人老

穗子的外公也說：「穗子不會跟他們的，穗子多識數啊。」

外公是個老兵，有殘廢津貼和特殊食品供應，而且不必排隊就買到肉和糧食。外公的殘疾非常古怪，據說是頭頸神經壞了，他的頭不時會轉動；假如你在他左前方跟他說話，他就向右後方擰下巴頦，因此外公總是在反對誰，絕不苟同於任何人。不熟悉他的人，都認為他是個很倔、很不友好的老頭。

穗子媽見了外公只稍微點一下頭，跟外婆提到外公時說：「老頭兒沒偷偷給穗子買零嘴吧？老頭兒沒出去跟人打架吧？」

在穗子印象裡，外公從來不跟人家打架。外公那麼蠻橫一個老人，用著跟誰打架呢？他那雙眉毛出奇的濃，並是雪白的，眉毛往下一壓，誰都得老實。何況外公有一大堆功勳章，他跟誰過不去時，就把它們全別在外衣上。據說外公在打仗時凍掉了三個足趾，因此他走路是深深淺淺的。一別了滿胸的勳章，外公走得急或來勢洶洶時身上就發出細微的金屬聲。

外公說：「你曉得我是誰嗎？」

這就夠了，對方也不敢曉得他是誰了。碰到愚鈍的大膽之徒，外公就添一句：「你問問去，當年我腿上掛花的時，省上哪個首長給我遞過夜壺。」

外婆跟外公並不恩愛，他們只有通過寵愛穗子才能恩愛。外公耳朵不好，跟人說到他曾經給某位首長當副官時，外婆就小聲揭露一句：「什麼副官？就是馬弁。」穗子大起來才發現，外公對歷史的是非完全糊塗，遠不如當時還是兒童的穗子。穗子看電影時最常問的一句話就是「這是好人還是壞人？」而外公卻不知道自己在戰爭中做的是好人還是壞人。直到有人仔細來看他那些軍功章時，才發現了這個重大疑問。

這樣我們就有了外公的大致形象：一個個子不高但身材精幹的六十歲老頭，邁著微瘸的雄赳赳步伐，頭不斷地搖，信不過你或乾脆否定你。他背上背著兩歲半的穗子，胸口上別了十多枚功勳章。穗子的上衣兜裡裝滿了炒米花，她乘騎著外公邊走邊吃。托兒所的阿姨們看到這樣的一對祖孫走近來，都楞了一剎那。然後便竊竊私語起來：「這是哪兒來的老怪物和小怪物？」等穗子報上名之後，阿姨們就改變了對外公的最初印象，她們崇拜起這位戰功赫赫的老英雄來了，所有軍功章把老頭兒的衣服墜垮了，兩片前襟左面比右面稍長些。那些軍功章大多色澤烏晦，難以辨識，阿姨們讀懂的有：「淮海戰役」、「渡江勝利」、「抗美援朝」等等。

以後外公天天在下午三點出現在托兒所門口。天下雨的話，老頭手裡一把雨傘，天晴便是一把陽傘。暑天老頭端一個茶缸，裡面裝著冰綠豆沙，寒天他在見到放了學的穗子時，從棉襖下拿出一個袖珍熱水袋。老頭兒沒什麼話，有話就是咆哮出來的。他只是在穗子受了氣才咆哮。穗子告狀是有名有姓的，誰揪了她辮子，誰躲在拐角嚇了她，誰在滑梯上推了她一把，她都會把男孩們的姓名告訴外公。但外公到托兒所鬧事，為外孫女做主時卻非常籠統，從來不指名道姓。外公在此時嗓音並不宏亮，但有一種獨特的殺氣；那是戰場上拼光了，只剩幾條命要拼出去迎接一場白刃戰時出來的嗓音。總之穗子就記得老兵此刻有一種垂死的勇敢，罵街不再是罵街，而是壯烈、嘶啞的最後吶喊。

外公隔三差五的吶喊終於鎮壓了所有孩子。包括省委首長的兒子們。外公喊著要「下了你的大胯，掏了你的眼！……死你一個我夠本，死你兩個我賺一個！……」

開始穗子不懂外公的話，後來懂了便非常難為情。她覺得外公跟她的生活有些文不對題，外公的架勢、口吻、裝束放在托兒所的和平環境中，非常怪誕。外公在自己製造的鬧劇中過癮地表演，給大家好麼娛樂了一回。過後她不跟外公講話，一講就朝他白眼：「我不要你做我外公！我不要你講話！我不要你管我！不要做我家長！」

其他話外公都當作沒聽見，就那句「不要你做我家長」讓老人蔫了，背著穗子的脊梁也塌下去。這是外公最心虛之處。後來外公去世了，成年的穗子最不堪回首的，就是她對老人經常講的這句話。那時她才意識到，孩子多麼殘酷，多麼懂得利用他人的痛楚。那時穗子已讀過一篇文章，有關馴化大象；人將象的耳朵灼出一個洞眼，並在傷患上抹藥，使它永遠潰爛不癒，一旦大象出現造反徵兆，人就用樹枝去捅這個傷痛的洞眼。穗子不明白當年的自己怎麼覺察出外公的不癒傷患，或許外婆跟外公嘔氣時話裡帶出來的，亦或是母親給了她某種暗示：外公只是叫叫而已，並非血親的外公。

大概是在九歲那年，穗子終於明白外公是一個外人。早在五十年代，政府出面撮合了一些老兵的婚配，把守寡多年的外婆配給了外公。被穗子稱為外公的老頭，血緣上同她毫無關係。不過那是後話，現在穗子還小，還天真蒙昧，外公對於她，是靠山，是膽子。是一匹老座騎，是一個暖水袋，冬天穗子的被窩裡，總有個滾熱的暖水袋，但有次水漏出來，燙了穗子的腿，外公便自己給穗子焐被窩。一直到穗子上小學，她的被窩都是外公給她焐的。外公在被窩裡坐著，戴著耳機聽半導體，一小時後被窩熱了，穗子才睡進去。

外婆去世不久，外面發生大事了。人們一夜之間翻了臉，清早就闖到穗子父母的家裡，把穗子爸拖走了。之後穗子媽每天用她的皮包裝來一些東西，到外公的後院去燒。燒的是照片、紙、書。有一些她實在下不去手燒的，就擱在一邊。穗子知道，那是父親的一些書稿或劇本稿子，還都是未完成的。穗子媽把穗子父親的稿子放在一個盛破爛的大竹筐裡，就是這個時候，穗子確信了筐裡的棕色皮鞋和肉色長絲襪是罪證：母親當年正是穿著它們，踢了嬰兒穗子兩腳。穗子認為母親當時想踢死她，但後來回心轉意，也怕起自己對嬰兒突發的怨毒來，便從此不穿那雙高跟鞋。

穗子媽把筐交給外公。外公說：「你放心，哪個敢抄我的家？」

這天一早，外公去買過冬的煤，抄家的人來了。穗子讓他們先抄著，自己小跑去煤站叫外公。外公趕回來就拉開抽屜，拿出一張綠色氈子，氈子上別滿他的功勳章。他把氈子往桌子上摜，對抄家的人說：小雜種，抄家抄到哪兒來了？

7 魚人老

抄家的人都不到二十歲，外地人占多數，因而不知道穗子外公是不能惹的；穗子外公早年打仗就不要命了，他現在的命是丟了多少次撿回的，因此是白白賺的。

抄家的人動作停了一下。他們在遇到外公前是所向披靡的。有人說：「老傢伙好像有點來頭哩。」

但兩個撬鎖的人正撬得來勁，一時不想收手。他們撬的是那間煤棚的鎖。煤在這一年成了金貴東西，給煤上鎖的人家並不少見。當兩個撬鎖人欲罷不能時，外公用一根木棍在桌面上重重敲一下。他說：「大白天做土匪，撬我的鎖，看我不打斷他的爪子！」

抄家的人這時真有點怕了。這年頭他們難碰到一個敢用這口氣跟他們講話的。一個頭頭和氣地對外公說：「老革命要支持小革命嘛，抄家不徹底，革命怎麼徹底……」

外公說：「日你奶奶！」

頭頭在手下人面前給外公這樣一罵，有點負氣了，若就此打住，他日後還有什麼威風？他手做了個很帥的小動作，說：「繼續搜查，出事我負責。」

外公說：「你們動一個試試。」

兩個撬鎖的人看看外公，看看頭頭。穗子眼睛盯著那把老古鎖，門別子已鬆動了。

頭頭說：「撬。」

外公沉默了。他挨著個把勳章別在衣服左前襟上，然後一解褲帶，長褲落到腳腕。他穿著寬大的褲衩，將腿往椅子上一蹬，那腿絕不同於一般老人，它醜怪而壯實，兩塊槍傷曲扭了所有肌肉和筋絡，在表皮上留下核桃大的坑。外公腿上的毛也比他的鬍子、眉毛、頭髮年輕得多，又黑又濃密。陰森森的腿上，兩塊不毛的槍傷瞪著人們。

外公說：「沒見過吧？我這條腿本來是要鋸掉的。我把手榴彈掏出來，拉了栓，對醫生護士說：『敢鋸我腿，炸死你們！』」

人們看見老頭在說「炸死」的時候，猛一呲牙，眼珠也紅了。靜寂一刻，一個十六、七歲的女抄家者說：「後來呢？」她這一問，不知覺地成了老兵的崇拜者，另外兩個女孩也附合上來，問道：「他們鋸沒鋸你的腿？」

外公說：「誰敢吶？敢靠近我的都沒有。兩個子彈在這裡頭開了花。」外公拍拍槍傷。「我用一把刀自己挖，把大大小小的彈片挖出來了。」

女孩們說：「原來是位老英雄吶，用刀在自己肉裡剜連麻藥都不打。」她們上來挨個跟外公握手，說哎呀多幸福，第一回跟一個活的英雄握手。她們一邊握手，人就小小地蹦跳著，紅了鼻頭和眼圈。

撬鎖的人灰溜溜的，上來和外公握手時，笑也灰溜溜的。

外公卻說：「你們撬鎖手藝太差勁，榔頭、起子有屁用，我當年撬的鎖多了，一根棍子，這樣一槓。」他把榔頭柄插進去，手突然一陣痙攣：「看看，看這手藝。」

鎖果然掉下來。煤棚的門開了。外公指指裡面，問那頭頭：「看看吧？」

頭頭雙手搖著：「不看了不看了。」

外公說：「看看好，看看放心。」

大家都說：「不看了不看了。」

外公說：「哪能不看？起個大早，來都來了，好歹看看吧。門都撬開了，還客氣什麼？那時候我撬了門，進去有糧裝糧，有牲口牽牲口，財主要不是惡霸，也就不驚動他了。你們真不看。」大家說：「不看了。」這回他們答得整齊、有力。

人們撤離時，穗子注意到一個偷竊者。他夥同這群人進來時看見床下有兩條肥皂，就抓了揣進褲袋。偷竊者最後一個出門，出門前以同樣的魔術手法把肥皂扔下了。

許多年後，穗子想到外公的破綻一定是那天敗露的。假如外公不把勳章別在衣襟上，或壓根不亮出勳章來，他便是個無懈可擊的老英雄。主要怪外公無知，否則他會明白一些勳章經不起細究，尤其兩枚德國納粹的紀念章，是外公在東北打仗時從破爛市場買來的，它們原來的主人是一個蘇聯紅軍。

那位頭頭是個狡黠人物。幾個月裡，無論他怎樣忙碌、操心，卻始終想著外公的那些勳章。他本來就是個疑心很重的人，生而逢時，遇上了一個疑心的大時代。事實證明他的正確，這世道上所有人都存在疑點。他對那些勳章的懷疑讓他深夜會無端覺醒，白天騎自行車會突然迷路。

一次他騎車把席子編的大字報牆撞個窟窿。爬起來，他便蹬車向穗子外公家去了。他給外公行了個軍禮，說他想再接受一次革命戰爭教育；再一次挨外公這樣戰功赫赫的老兵臭罵。他很快哄外公拿出了那塊綠氈子，指著一枚帶洋字母的勳章問外公：「這是哪一場戰役？」

外公說他不記得了。反正是一場大仗。

頭頭問穗子要了紙和鉛筆。穗子看見深深的得意使他年輕的臉上驟添一些皺紋，一些陰影。他將紙蒙在勳章上，以鉛筆來回塗，把上面浮雕般的圖案、字跡拓了下來。外公納悶地看他手拿鉛筆，飛快地左右劃拉，問他在搞什麼名堂。他把拓下來的一枚枚勳章小心對折，說：「做個紀念——立不了戰功，得不到真勳章，這樣也算沾一點英雄的光。」

他告辭時，外公說：「不喝茶啦？」

他說：「不喝了不喝了。」

外公又說：「爐子上坐了水，一會就開。」

他說他忙著呢。外公問他撬門的本事長進沒有，多撬撬手就沒那麼笨了。頭頭說：「那是那是。」外公手比劃說：「就這樣，抵住，一槓，保你開。」他指指外孫女：「小穗子都學得會。」

頭頭離去後，穗子有些不祥的感覺。一個月過去了，沒發生任何事。外公照樣給她在粥裡煮一只雞蛋，在爐灰裡烘七八顆板栗。外公把每天兩次發放零嘴改成一次，因為食品的匱乏在這一冬惡化了。外公的「殘廢軍人證」也只能讓穗子一月多吃二兩白糖、半斤菜油、一斤肉。有次外公見水果店門口排了長隊，一打聽，店裡來了橘子。他立刻掏出錢和「殘廢軍人證」，高高舉過頭頂。排隊的人破口大罵：「這死老頭也算殘廢？有胳膊有腿的！」外公給人拉下來，往隊伍裡一看，才發現所有人的肢體都不齊全，殘廢等級都比他高。

穗子這一冬便有橘子吃了。外公把小而青的橘子吊在天花板上，每天取一個出來，發給穗子，這樣穗子每天的幸福時光就是酸得她打哆嗦的橘子。

吃到橘子乾了，皮硬得像繭，穗子媽從鄉下回來，說穗子爸急需那些手稿。穗子爸的處境沒什麼好轉，只是壞處境穩定了，他能在穩定的壞處境裡吃喝、睡覺、上工了。穗子爸眼下在一個水壩上挑石頭，所有人都跟他一樣有嚴重政治缺陷。穗子爸漸漸快樂起來，因為有缺陷的人共處，誰也不嫌誰，就有了平等和自在。他心中一些欲望復生了，如讀書、寫作、打撲克、打牙祭、談古詩、談女人等等欲望。「勞動改造」對穗子爸這類人，已失去了最初的尖銳意義，不再殘傷他們的自尊。就在這年入冬之際，穗子爸第一次產生過小日子的興趣。他第一次感到，幸福就是「甘心」，甘心低人一等，就幸福了。他把這樣神性的心得告訴了穗子媽。穗子媽似懂非懂，卻認為應該替丈夫把這難得的想法落實下來。穗子爸活一把歲數，產生居家過日子的想法還是第一次。

穗子媽把她和丈夫的打算瞞得很緊。她知道外公的脾氣，同他實話實說，把穗子從此領走，完全行不通。情理上也說不過去：外婆屍骨未寒，就要奪走穗子，讓外公徹底成一個孤老人。穗子媽住下來，她首先要去除穗子對她的客氣、過分的禮貌。她心酸地想，穗子要是跟自己也能耍耍性子、撒撒嬌多好。穗子跟外公在一塊時，從來不乖巧，但誰都能看出一老一少的親密無間，是一對真正的祖孫。

穗子媽將盛破爛的大筐從煤棚拖出來，一頁一頁地整理穗子爸的手稿。稿子已枯乾發黃，卻都是未完成的。她忽聽身後有響動，一回頭，見穗子正返身進屋。顯然是穗子原打算到後院來，見母親在那裡便倉皇逃走。穗子媽一陣暗然神傷，喊道：「穗子！」

穗子聽這聲喊得極衝，竟誠得不敢應了。

「穗子！……」母親再次喊道。

穗子裝著剛聽見，跑到後院，在母親身邊站得板板正正。母親讓她看看，破爛筐裡有沒有她喜歡的東西，沒有的話，就把收破爛的挑子叫進來，連筐收走。穗子往筐裡看一眼，搖搖頭。母親說：「這雙皮鞋還好好的，你再大一點，把鞋跟拔了，可以穿的。」母親替穗子當家，把那雙棕色高跟鞋拎到筐子外面。「這些絲襪，都是真絲的，」母親一雙雙理著糾結成一團的肉色長統襪，「都不太破，媽以後給你補補，都能穿的。你說呢穗子？」

穗子點點頭。她看母親一雙貧苦的手，翻到了筐底。好好的太陽光裡，充滿破爛特有的刺鼻氣味。經過這樣一雙貧苦的手，破爛便不再是破爛。母親驚喜地笑了：「哎呀，都是好東西呀！差點當破爛賣了！」

於是母親只將父親的幾大摞手稿擱入她的方頭巾中，再將頭巾紮成一個包袱。其餘的破爛已變成了好東西，因此就又回到筐裡。穗子一想到那些脫了絲的長統襪和棕色高跟鞋都在筐裡等著她長大，心裡便對「長大」這樁事充滿矛盾。

媽說：「這個包袱，你來挎。上長途汽車，小孩子挎的東西，沒人會注意。」

穗子問：「上長途汽車去哪裡？」

「去看爸爸呀。」

「什麼時候去看爸爸？」

「什麼時候都行。」

「……外公去嗎？」

母親停頓一下。穗子見母親那雙清澈見底的眼珠後面，腦筋在飛轉。母親笑笑，說：「外公這次不去。你就去看看爸爸，外公去幹什麼？爸爸那裡糧也不夠吃，外公去吃什麼？」

母親說話時，有一種交頭接耳的模樣，讓穗子想到了世界上一切交頭接耳的人們。人們交頭接耳，就挑出穗子爸的種種不是來。穗子認為那位抄家頭頭此刻一定在某處和誰交頭接耳，嘁嘁喳喳得非常熱鬧。然後他們就會朝外公來了。穗子當時並不懂他們朝外公來的憑據，但她肯定那些人正為外公的事交頭接耳。

那時穗子還不懂「陰謀」的意義，她只懂得陰謀的形象。形象就是交頭接耳。

正同她交頭接耳的母親突然做了個奇怪的眼色，嘴唇撮住，「噓」了一聲。然後穗子看到外公到後院來了，從煤棚裡取了一塊煤。穗子頓時在心裡質問母親：你在騙我們吧?!既然僅僅是去看一趟父親，為什麼要對外公隱瞞實情?!

第二天穗子還在上最後一節課，母親就來了。跟老師短短地交頭接耳一陣，老師就提前放了穗子的學。穗子跟在母親後面來到長途汽車站，看一眼候車室大鐘。這時外公剛剛到達學校門口。他會站在隆冬裡一個一個地看著從校門走出來的孩子。他會一直站在那裡，心很篤定地等下課的孩子回家吃完午飯，又成群結隊地上學去。外公會等的，會等到天暗了，放晚學的孩子們再次湧出校門。

她忽然對母親說：「我的東西沒帶。」

母親說：「我都替你拿了。喏，這是你的所有衣服，這是你的書、玩具。」

穗子本來沒什麼家當，值得帶的，母親都替她拿了。穗子想，母親賊似的偷了穗子所有的東西；在外公眼皮下，她連東西帶人把穗子偷走了。

穗子說：「我還有十多個橘子呢。」

母親笑了，說：「算了吧，那也叫橘子?那叫橘子化石!」

穗子心想：說得輕巧，你去給我買點橘子化石來。但她從來不跟母親頂嘴；她從來沒跟母親熟到頂嘴的地步。她不吱聲了。冬天無孔不入，鑽透她的棉襖棉褲，最後鑽到她腳心，凝聚在她十個腳趾頭裡。積攢了整個冬天的腳趾開始咬食穗子，穗子的知覺給咬得血跡斑剝。

母親說：「車要來了，你去上個廁所吧。」她佝下身，替穗子挽起棉褲腿，又塞給穗子兩張揉得很軟的廢稿紙。

穗子朝廁所走去。她在廁所門口停下來，回過頭。母親此時正以後腦勺對著她，在讀牆上的時刻表。

穗子一直跑到一條巷子裡，才明白自己幹出什麼樣的事來了。她幹出野孩子的事來了。她跟闖了大禍的野孩子那樣撒開腿、仰著臉飛跑。跑著跑著，她發現自己滿臉汗水。跑得她真想上廁所，卻絕不敢上，手心的兩張廢稿紙給團得更軟和，跟她在多年後用的棉製手紙一模一樣的軟和。一路上遇見的所有廁所，穗子都一咬牙一別臉跑了過去。她跑到外公家門口時，一泡滾燙的尿灌入棉褲。於是外公看見傍晚中的穗子，熱騰騰地冒氣。

穗子媽一個冬天都沒給穗子寫信。女兒讓她心碎。她同女兒賭氣；看你沒有媽活不活得下去。穗子媽這種時候成了穗子的小女伴，平起平坐地跟穗子比賽，看誰先孬下來；誰先投降。穗子爸還是一禮拜給穗子寫一封信，說冬天水結了冰，用炸藥一炸可以炸許多魚；下兔夾子能逮住許多野兔和刺蝟；鋸下一棵柳樹，鳥巢裡有幾十個蛋，那些蛋煎成一個個袖珍荷包蛋香得命也沒有了。穗子的回信從來不對父親的描述作任何應答。她覺得父親對世界的態度變了，作為也變了；就知道去禍害，去消滅。之後，世界對於父親，就剩下個吃。穗子當然不知道冬天對父親的那群人，確實只剩個吃，因為整個空白的嚴冬，就是個巨大的胃口，填什麼進去都無法縮小它的空間，都填不掉那大漠般的飢餓。

穗子給父親的信越來越短。她的常規生活沒什麼可說，而她的「地下生活」，跟他們說也白說。天下父母怎麼可能懂他們的孩子呢？

竹林開始發春筍的時候，穗子揪了一冬天的心，慢慢放開。沒人來麻煩外公，父母也沒有來麻煩穗子。穗子自由自在穿著幫成底、底成幫的棉鞋到處忙，踩某家的煤球，偷某家的蘿蔔乾、堵某家的下水道。人們還在你打倒我我打倒你，一個革命推翻另一個革命，大字報小字報寫多了大家也就寫出字體來了，錯別字也得到了公認。正是這個白紙黑字的世界讓穗子和她的夥伴們嚮往無字，嚮往字盲。

她們便常常去郊區的竹林。大片的竹林是大片的無字。穗子見最年長的女孩彎腰拔下一根竹筍；她雙手握住露在地面上的筍尖，整個屁股懸空向後坐去，竹葉響起來，竹林跟著哆嗦了好一陣，筍子才給拔起來。大家很快效仿年長女孩，拔掉了所有露出地面的竹筍。近午飯時間，每個書包都裝滿了筍。年長的女孩把一張報紙鋪在地上，又把所有的竹筍放上去。然後她指定一個女孩叫喚，像賣冰棍賣茶葉蛋的販子那樣叫，叫得悠揚抒情，充滿旋律。很快就賣掉了所有竹筍，女孩們狂喜地分了贓，約定第二天再幹同一樁勾當。

穗子這才明白，竹筍是世界上最難滅除的東西之一，頭天拔淨了，來日又生一片。女孩們的生意越做越旺，心越來越狠；開始太幼小的筍她們是不忍心去拔的，但一週下來，她們攤上最小的筍只有手指粗，僅比手指長一點。這天她們進了竹林，正對那些初冒尖的筍下手，一個漢子突然筍子一樣冒出來。他一把揪住年長的女孩，說：「你還偷上癮了哩！」年長的女孩梳兩隻羊角，給他揪住一隻。他對另一個女孩說：「來，過來，把你的小辮子給我。」他將幾個女孩子的辮子束成一束，以一隻手握住，另一隻手解下自己的皮帶，悠著。他說：「不老實我抽死她。」

他就這樣牽著一大把辮子往竹林深處走，也不管有的女孩是給他反著牽的，那樣她只能脊梁當前胸，倒退著前進。誰倒著走踩了誰的腳，就出來哭腔的埋怨，漢子便說：「誰在吭氣？」說著他狠狠往一根竹子上抽一皮帶。竹冠連著竹冠，整個竹林都跟著疼，一齊掙扎扭擺。漢子牽不了所有女孩，歲數太小的，他就邊吆喝邊趕著走，放鴨似的。

年長女孩就在這時對穗子使了個眼色。

穗子和四個個頭小的女孩給漢子趕得很好，乖乖朝竹林深處的小屋走去。她是看懂了年長女孩的眼色，卻裝著不懂。她覺得跟集體在一塊死也認了。穗子跟全人類一樣，都有同一種做為人的特點，那就是爭取不孤立，爭取跟大多數人同步，受罪享福，熱熱鬧鬧就好。她從爸爸最近開始的幸福日子裡得到啟示；甜頭是所有人均分的苦頭，幸運就是絕大多數人相加的不幸。

另一個女孩趁漢子不備，隱進竹林，逃了。漢子抬頭看看竹林的梢部，女孩逃跑的路線馬上清楚了。他隨她去逃，只是更狠地抽著皮帶。一棵筍子剛剛成竹，在皮帶下斷了。漢子說：「跑掉我就不認得你了？你們在這裡偷我筍子，我天天看著哩！你姓什麼叫什麼家住哪裡，我都曉得！……」他的話讓女孩們暗暗吃驚，離那麼老遠，他怎樣察覺了她們？

到了小屋，漢子把女孩們趕進去，自己卻在屋外。

他說：「賣了的錢，都給老子掏出來。」

女孩們自然是掏不出的。年長的女孩說：「叔叔，下次不敢了。」

「我是你媽的叔叔！」

女孩們一齊哭起來，說：「叔叔我們錯了。」

「錯了就行了？錢吶？」

「錢買了掛麵。還買了奶粉，給弟弟喝。」年長的女孩說。「弟弟肝炎。」

「都有弟弟？都有肝炎？」

一個女孩壯壯膽說：「我們把錢交給奶奶了。」

漢子說：「叫你奶奶把錢還回來，誰家奶奶還錢，我就放了誰。」

穗子看看站成一排的女孩，每個女孩面前的水泥地面上，都是一灘眼淚鼻涕。她覺得這個女孩是個內奸，把大家全賣了；現在家長們都將知道她們的偷竊勾當了。孩子們跟家長們一樣，在外面搞勾當普天下人都知道只要自己家裡人不知道都還能接著混日子。穗子爸給人鬥爭、遊街，誰看見只要穗子不看見就行；他都還大致有臉面有尊嚴。穗子爸現在的幸福還在於，他笨拙醜陋地在水壩上幹牛馬活，女兒穗子反正看不見。

漢子拿出一把鎖，把門鎖上了。他走到窗子前，對女孩們說：「剛才你們不是跑了一個嗎？她回去報信，你們的奶奶就會來領人了。」

另一個女孩哭著說：「我沒有奶奶！」

「那就叫你舅舅來。」

漢子知道女孩們的父母是來不了的，出於各種原因他們反正來不了。做個鄉下漢子他不明白城裡人的種種大事，但看看也知道這群女孩沒有父母。她們身上有種可怕的氣質，漢子只覺得那氣質有些刁鑽，有些賴，有些連鄉下孩子身上都不見的荒野。

漢子兩個胳膊肘擱在窗臺上，上身傾進窗內。他說：「就是送錢來也賠不了我那些竹子。你們少說搞掉了我兩千多根筍子，筍長成竹就是十幾倍價錢，賠不起我？不要緊，我叫人去扛你們家的自行車，下你們大人的手錶，搬你們的縫紉機、收音機。」

漢子在咬「手錶」這類名詞時，嘴和臉都有猛狠狠的快感。他一年吃不到四回葷，嚼這幾個字眼就像嚼大肥肉，饞與解饞同時發生，那是祖祖輩輩積累下來的饞，剎那間得到滿足的同時，吊起了更深刻的古老不滿。漢子的不滿和滿足更迭，使他的臉上固有的愁苦深化了。漢子認為所有城裡人都有他上面提到的「三大件」，這「三大件」卻是他所理解的「富裕」的具體形象。他的困惑是城裡人都有「三大件」，還在作什麼？再作不是作怪、作孽又是什麼？他看著這群女孩，心想她們的爹媽都是活得小命作癢了。他說：「一根竹子算你兩塊錢，你們差我四千塊錢。你們的家長不賠我這些錢，你們就在這裡頭過端午吧。」

到了下午，女孩們喊成一片，說她們要解手。

漢子說：「解吧。」下午她們見逃跑的女孩回來了，身後跟著一個人。女孩們一時看不清來解救她們的人是誰家家長，因為他正和漢子在竹林裡察看女孩們的罪跡。聽不清他們的談話，但女孩們知道漢子在勒索，而那位家長在殺價。

報信的女孩瞅了個空，跑到小屋前，對窗內小聲說道：「你們完蛋了！穗子外公把你們交出去了，接受懲辦！」

穗子外公跟漢子交談著，頭用力搖動。他們走出竹林，在屋子前面站住。外公胸前照例掛滿勳章，一隻腳實一隻腳虛地站立，看上去大致是立正姿態。

外公看一眼屋內的女孩，對漢子說：「別跟我講這麼多廢話，該關你就關，該揍你就揍，省得我們家長費事。」

漢子還在說一棵竹筍長成竹值兩塊錢的事。

外公說你是什麼市價，現在到哪裡拿兩塊錢能買到恁大一根竹子？少說四塊錢！

漢子說：「還是老八路公道。」

外公說：「誰是老八路？我是老紅軍。」

漢子說：「是是是，老紅軍。」

「紅軍那陣子，拔老鄉一個蘿蔔，也要在那坑裡擱兩分錢，掏老鄉的雞窩，掏到一個蛋，擱五分錢。我掏老鄉雞窩的時候，你大還『蟲蟲蟲蟲飛』哩！」

漢子眼神變得水牛一樣老實。

「拔多大一個蘿蔔你曉得？狗雞根兒那麼大。也是群眾一針一線，也不能白拿。」

漢子給外公教育得十分服貼。

外公手指著屋內的女孩說：「她們拔掉兩千根竹子，一根竹算它四塊，那就是毛一萬塊錢。想叫她們爹媽賠錢那是做夢。所以我來跟你表個態度，你就關著她們吧。我代表她們爹媽表這個態度，你想關她們多久，就關她們多久，我們一點意見都沒有。」

女孩子中有人叫了一句：「什麼老紅軍？老土匪！……」

外公沒聽見，或者聽不聽見他都無所謂。他接著說：「不然你把她們交還給我們，我們還是一樣，還是關。關在你這裡，你放心，我們也省心。」

漢子認為這個掛滿勳章的老人十分誠懇，也十分公允。但他忽然想起一個問題。他說：「她們一天吃三餐，家長給我多少飯錢跟糧票呢？」

外公說：「坐大牢是大牢管飯。」

漢子說：「我哪有飯給她們吃？」

外公說：「再怎樣她們也不犯餓飯罪，飯你總要給她們吃的。」

漢子一聽，臉上黝黑的愁容成了通紅的了。他說：「我家伢一人也是一張嘴，接起來比這根褲帶還長！」他顛顛手上的牛皮帶。「也要我餵！我沒糧給她們吃！」

外公道：「那你什麼意思？餓死她們？」

漢子馬上掏出鑰匙，開了鎖，一面說：「我有米還不如餵幾隻雞呢，還下蛋！」他驅瘟一樣驅走十來個女孩。他晃著皮帶：「再給我逮住，我抽脫你的皮！」

外公一聲不響地領著女孩們往竹林外面走。大家知道外公不想麻煩自己，替人家教育孩子。他要把她們交給各家家長，按各家家規，該怎樣算帳就怎麼算帳。這正是女孩們最害怕的一點；事情一經別的家長轉達，就變得更糟。她們開始甜言蜜語，說外公你真威風，戴那麼多勳章天下無敵了！

外公沒聽見似的，一顛一顛往前走，走兩步，往竹叢裡一踢，出腳毒而短促。對他的奇怪動作，滿腹心事的女孩們都顧不上深究。她們眼中的外公顯得悠閒，因而他頭頸的擺動看上去是種得意。

年長女孩說：「外公你要罰我們站，我們天天到你家後院來站，好吧？」她用力拽一把穗子，讓她也服個軟，好讓老頭不向學校和各家家長告狀。但穗子不作聲。每次穗子惹了事都變得十分堅貞。她若從吊在天花板的籃子裡偷零嘴，被外公捉住她是絕不討饒的。她不認錯，外公就講出那句最狠的話來：「我管不了你，我馬上送你回你父母那裡。」這話一講出來，祖孫兩人都傷心傷得木訥，會沉默許多天。穗子知道外公很快會講出此話來傷她心了。她目光變得冰冷，暗暗地想，這回我要先發制人。一想到採取主動來傷害外公和自己，穗子的眼淚上來了。她看著外公走在最前面，雙手背著，搖頭晃腦；她要搶先講這句絕情話，老人卻是毫無防備。

所有女孩都說任外公罰：罰站罰跪罰搬煤餅，隨便，外公的背也會笑的，外公的背影在笑她們徒勞，笑她們這群馬屁精早知今日、何必當初。

外公快要走出兩里多長的竹林小徑了。他停下來，仍背著雙手，說：「笨蛋，做什麼都要有竅門。偷竹筍，都像你們這樣豬八戒，活該給人逮住、關班房。」外公打一個軍事指揮手勢，要她們沿小徑走回去，撿他剛才踢斷的筍。他說出偷竹筍的祕訣。竹筍在地下根連根，拔一棵筍，會牽動整個竹園，搖擺和聲響能傳到幾里路以外，這就是她們遭了漢子埋伏的道理；他遠遠地順著竹子的響動就摸過來了，但竹筍又比什麼東西都脆嫩；一踢，它起根部折斷，卻悶聲不響斷在筍殼裡，你只需再走一趟，沿途一根根拾那些折斷的筍子就行。萬一碰到人，誰也逮不到你的贓，一眼看上去，誰看得出你那麼陰，不動聲色把筍全毀在一層層的筍殼深部？

女孩們按外公說的，照原路走回去。走了半里路，拾的竹筍她們書包已盛不下了。她們對外公的景仰，頓時從抽象轉化為具體。原來外公是個精銳老賊，紅軍裡原來什麼高明人物都有。

穗子這時站在女孩們的群落之外。她見外公的目光在白色濃眉下朝她貶動一下。那是居功邀賞的目光，意思是，怎麼樣？我配做你外公吧？

就在穗子採來的竹筍經過醃製和晾曬，成了每天餐桌上一隻主菜時，那個抄家頭頭完成了對外公的調查。他一直有更重大的事情去忙，抽不出身來處置外公這樁事。這天他突然有一個消閒的下午，便帶領一群手下跑來了。他們不進門，黑鴉鴉站在門口。頭頭大聲宣布有關穗子外公歷史的重大疑點。根據他的調查，穗子的外公曾給李月揚做過副官，在一場圍剿紅軍的戰鬥中負傷，從此加入紅軍。但那場戰鬥中，紅軍的傷亡也很大，因此穗子外公便是一個手上沾滿紅軍鮮血的白匪。頭頭沒等穗子和外公反應過來，便一步上前，拉開抽屜，拎出那張別滿勳章的綠氈子，他一手高舉著綠氈子，對逐漸圍上來的鄰居說：「大家看一看——這裡面沒有一個是真正的功勳章，充其量是來路不明的我軍的紀念章。所以他所謂的『戰功』，是第一大謊言！其餘的謊言更荒謬；這兩個，是德國納粹軍人的獎章！」

外公說：「你奶奶的，你才謊言！哪個不是老子打仗打來的？」

頭頭說：「打仗，要看打什麼仗。……」

外公拍拍桌子：「日你奶奶，你說是什麼仗？收復東三省是謊？打過鴨綠江是你奶奶的謊？……」

頭頭不理外公，晃著手上的綠氈子，大聲說：「今天，我們揭開了一個偽裝成『老英雄』的敵人，一個老白匪！」

鄰居中有人搬了把椅子，頭頭便一腳站上去。所有金屬徽章在他手裡響成一片。他的手勢非常舞臺化，指在外公頭上說：「這個老匪兵，欠了革命的血債，還招搖撞騙，偽裝成英雄，多少年來，騙取我們的信任和尊敬。」

外公的白眉毛一根根豎起，頭不屈地搖顫，他忽然看見不遠處誰家做煤球做了一半，大半盆和了水與黃泥的稀煤擱在廊沿下。人們只見一道烏黑弧光，從人群外劃向那頭頭，外公的矯健和頭頭的泰然都十分精彩，人群「嘔」的哄起來。頭頭不理會自己已成了一個人形煤球，手指仍然指住外公：「大家記住這個老白匪，不要讓他繼續行騙。」

頭頭的幾個手下把外公捺住。外公聲音已完全嘶啞，他說：「我的『殘廢證』是假的?!我身上鬼子留的槍傷，是假的?日你二爺！」

鄰居們打來水讓頭頭洗渾身的煤。他們大聲地招呼著他，一下子跟他自家人起來。人們把外公推進屋裡。外公說：「你們找黃副省長打聽打聽，有沒有我這個部下！」

鄰居中一人說：「黃副省長死了七八年了。」

他們把外公攔在門內。隨便外公說什麼，他們唯一的反應就是相互對視一眼。他們要外公明白，人之間的關係不一定從陌生進展為熟識，從熟識向陌生，同樣是正常進展。這段經歷在穗子多年後來看，就像一個怪異的夢，所有人都在那天成了生人。這天之後，有的保姆哄孩時說：「再哭那個老白匪來了。」那天之後的一個午睡時分，嗡嗡叫的蒼蠅引來一個換麥芽糖的。穗子拿了牙膏皮出去交易，見她曾經熟識的女孩們為一大把徽章在同販子扯皮，販子說那兩個德國徽章不是銅的，換不了麥芽糖。

穗子不清楚外公的殘廢津貼是不是從那天開始停發的。她在那個夏天給父母寫了信，說她非常想他們，還說那次傷母親的心，她一直為此不安。穗子在這個暑假跟父母的通信中，一個字都不提外公。但父母還是知道了外公的特殊食品供應已中斷了。

穗子父母決定領走女兒。他們跟穗子私下裡長談了幾次，要穗子深明大義，父母對於孩子的權力至高無上。他們說長期以來他們被迫跟女兒骨肉分離，穗子和他們一樣，感情上的損失很大。現在是彌補這些損失的時候了。母親說：「我們太軟弱了，讓自己孩子給一個不相干的老頭做伴。而且是歷史不清不白的一個不相干老頭！」

聽到「不相干」，穗子兩眼混亂地看著母親。

母親說：「外婆不在了，老頭就跟我們什麼關係也沒了，明白嗎？」她的兩隻手掌把穗子的右手夾在中間，手掌上有幾顆微突的老繭。

穗子爸說：「我們女兒跟我們一樣，心是最軟的，就是跟我們沒關係的一個老頭，她也不肯欺負他。穗子，爸爸最了解你了，對不對？」

長談進行到天黑。穗子爸和穗子媽跟穗子咬耳朵：「去換換衣服，悄悄出來，外公要問，就說出去跟小朋友玩。爸媽帶你出去吃好的。」

穗子跟在父母後面，進了一家小館子，裡面賣發麵煎包和骨頭湯。湯上面的蔥花沾一層灰褐色油污。穗子喝著喝著，突然停下來，從大碗的沿上瞟一眼母親，見她正跟父親遞眼色，眼色裡有一個奇怪的笑意。穗子頓時驗證了自己的感覺，父母一直在盯她，在挑她毛病。她每喝一口湯，張嘴發出「哈」的一聲，兩人就飛快一對視，意思是，看見了吧？她一舉一止都帶著那老頭的毛病；她喝湯張嘴哈氣的惡習難道不是跟老頭一模一樣？再看她那雙手，捧著碗底，活活就是一雙農夫的手。這樣的手將來怎麼去琴棋書畫？在食物面前，這張臉還算得上矜持，而表情卻全在她目光裡，目光急不可待，不僅對自己盤內的東西有著過分的胃口，對別人盤中和嘴裡的東西，格外是食慾中燒。在父母眼裡，穗子的目光向小食店各個桌撲去，搶奪各個盤子裡的食物，那目光分泌著充足的涎水，生猛地咬食和咀嚼，一口未完成又咬一口，來不及吞嚥就開始下一輪咀嚼，上氣不接下氣，噎得直痙攣也不在乎。母親終於忍不住了，說：「穗子，別人吃東西你不要去看。」

父親解圍地說：「小孩子嘛。」

「小孩子也不都這樣，」母親搶白，「我最不喜歡眼睛特別饞的孩子。老頭把零嘴吊在天花板上，她的饞都是那樣給逗出來的。」

穗子把從各桌收回的目光落定在油葷極重的桌上。正如這裡的食品都有股木頭味，這裡的桌子全是肉味。五六隻蒼蠅在桌面上挪著碎步，進進，退退，搓搓手。母親邊說話邊舞動指尖，連她趕蒼蠅的動作都透著某種教化。她跟父親說：「老頭叫穗子說她自己『我是個小豬八戒』，他才肯拿零嘴給她！」

穗子說：「我沒有！」

母親卻看不見她陡然通紅的臉。她說：「怎麼沒有？我親眼看見的！我看見老頭站在板凳上，手從竹籃裡搆出個核桃，說：『你自己說你是不是個小豬八戒？』……」

穗子大聲說：「不是核桃！」

「那是什麼？」

「我已經好幾年沒吃過核桃了！」

「好了，你嗓子輕一點。」母親說著，迅速看一眼昏暗的小食店。「是不是核桃，無關緊要。反正老頭就這麼叫你自己說自己是個小豬八戒。」

「從來沒有說過！」穗子說，嗓音仍輕不下去。

「你聽她的嗓門！」穗子媽對穗子爸說。她又轉臉來對女兒說：「我明明看見了。外公不是說：『叫一聲好外公』，就是說：『以後還淘不淘氣呀？』你說『不淘了』，他才給你一口吃的。」

穗子瞪著母親。她感覺眼淚癢而熱，在眼底爬動。

母親說：「這有什麼？媽媽不是批評你，是說老頭兒不該這樣對你。你又不是小貓小狗，給點吃的就玩把戲。」

「可是我沒說！」穗子哽咽起來。

「我明明聽到的。小孩子不要動不動就耍賴！」

穗子想到她半歲時挨了母親那兩腳。她此刻完全能理解母親，她也認為自己非常討厭，就欠踢。穗子猛烈地抽泣。

母親說：「不是穗子自己想說，是老頭兒教你說的，對吧？」

「……嗯。」

母親拿出香噴噴的手帕，手很重、動作很嫌棄地為穗子擦淚。穗子臉蛋上的皮肉不斷給扯老遠，再彈回。外公的確不及母親、父親高雅，這認識讓穗子心碎。外公用體溫為她焐被窩，外公背著她去上學，不時往路面上吐口唾沫，這些理虧的實情都讓穗子痛心，為外公失去穗子的合理性而痛心。就在這個時候，母親明確告訴穗子，外公是一個外人。

當然，母親最具說服力的理由是外公的歷史疑案以及偽功勳章。母親也掌握了穗子與朋友們偷盜竹筍的風波，她不再嫌棄女兒，而是對女兒噁心了。當母親把後兩者擺在父親和穗子面前，作為結論性證據時，穗子啞口無言。

她答應了父母的要求。這要求很簡單，就是親口對外公說：「外公，我想去和爸媽一塊生活。」但穗子媽和穗子爸沒料到，穗子臨場叛變。下面的一個星期裡，無論父母給她怎樣的眼風，怎麼以耳語催促她，她都裝傻，頑固地沉默。

外公這天傍晚摘下後院的絲瓜，又掏出鹹蛋，剪下幾截鹹魚，放在米飯上蒸。這樣的晚餐在一九六九年夏天是豐盛的。穗子媽在餐桌下一再踢穗子的腳，穗子的腳一躲再躲。外公卻開口了。外公說：「你們夫妻倆的心思我有數，我知道你們良心餵了狗，不過我都原諒。現在哪裡的人不把良心去餵狗？不去餵狗，良心也隨屎拉出去了。」

穗子爸、媽臉紅一陣、白一陣。

外公把鹹蛋黃揀到穗子碗裡，自己吃鹹蛋白，穗子媽說：「光吃蛋黃，還得了？」

外公說：「那是她福分。你要想吃，我還沒得給你吃呢。穗子，你吃，跟外公有一日福享，就享。明個你走了，一個蛋就是沒蛋白，淨蛋黃，外公吃了，有什麼口味？」

穗子聽到此處，明白外公從頭到尾全清楚。

以後的幾天，穗子媽開始忙。媽忙著給穗子辦轉學手續，翻曬冬衣，打理行李。穗子堅持不帶棉襖，說棉襖全小了，穿不下了。然後她悄悄指著那些棉襖對外公說：「外公，你看我棉衣都沒帶走，我還要回來的。」

老頭想點頭，但他頭頸的殘疾讓他搖頭搖得很有力。他站上木凳，伸手取下那些高高懸起的竹籃。存貨不多了，有半條雲片糕，裡面的果仁全哈了；還有一些板栗，多半也是霉了和蟲蛀的。最後的就是西瓜籽了。外公一夏天收集了至少五斤西瓜籽，洗淨風乾，又加了五香和鹽炒製，再用濕沙去摻，讓瓜籽回潮，嗑起來不會碎成渣子。外公篩去沙，穗子把瓜子裝進一隻隻報紙糊成的口袋。祖孫倆無言無語地配合，穗子父母看見，趕緊避開眼光，有些不忍，又有些妒嫉。

外公把地上的沙掃成一堆，穗子拿只簸箕來，撮了沙子。穗子蹲在地上，扭臉看著外公長長的白眉毛幾乎蓋住眼睛。穗子說：「外公你坐過火車嗎？」

外公說還沒有，外公是土包子啊。

穗子說：「坐火車比坐汽車快。坐火車，三個鐘頭就夠了。」

外公說：「才三個鐘頭。」他不問「夠」什麼了。因為他懂穗子指的是什麼：坐三小時火車就可以讓祖孫二人團圓了。

在穗子跟她的父母離去前一天，外公殺掉了最後兩隻母雞。外公把雞盛在一個大瓦盆裡，端到餐桌上，就動手扳雞腿。穗子媽一看就急了，說：「唉呀，你這是幹什麼嘛？」

「你放心，」外公說，「我不會給你吃。」他並不看穗子媽，把扳下的雞腿捺在穗子米飯中。穗子拔出雞腿，杵進外公碗裡。一老一少打架了，雞腿在空中來來往往。穗子惱了，瞪著外公。外公卻微微一笑說：「以後外公天天吃雞腿。」

穗子更惱了，筷子壓住外公的碗，不准老頭再動。

外公說：「穗子，你以後大起來，打隻麻雀，外公也吃腿，好吧？」他看看外孫女被勸住了，便笑瞇瞇地將那隻雞腿夾回穗子碗裡。

在穗子爸、媽看，老頭和女孩這場打鬧，只證明他們的原始、土氣、愚昧，以及那蠢裡蠢氣的親密之情。再有，就是窮氣；拿吃來寄託和表現情誼，就證明吃的重要，亦就同時證明吃的匱乏。

外公的確沒有表現太多的對於穗子的不捨，所有不捨，就是個吃。他在春天買到的那批魚，現在全以線繩吊在屋簷下，儘管生了蛆蟲，但外公說那是好蛆蟲，是魚肉養出來的，刷洗掉，魚肉還是上好的。他把所有魚洗淨後，塞進穗子媽的大旅行包。穗子媽直跺腳說：「不要了不要了！」

外公說：「我給你了嗎？我給穗子的。」

穗子媽對穗子說：「你說，外公你留著魚吃吧。」

穗子尚未及開口，外公說：「外公有的吃。穗子走了，一條魚就是沒有刺，淨是肉，外公一個人吃，有什麼吃頭。」

穗子媽嘆口氣說：「你看你把她慣得！」

外公說：「我還能活幾天慣她呀？再說她這回走了，我也看不見，護不住了。她就是去挨高跟皮鞋踢，我也看不見了。」

母親說：「什麼高跟鞋？誰還有高跟皮鞋？」

外公說：「沒高跟鞋，穗子就挨解放球鞋踢。挨什麼我反正眼不見為淨。」

他把最後一條鹹乾魚塞進包內。那是一種奇怪的魚，穗子長到此時第一次見到，牠們沒有鱗，大大的眼睛占據半個臉，有個鼻尖和下撇的嘴唇。這使牠們看去像長了人面、長了壞脾氣、好心眼的老人之面。

在和外公分開的那些日子，穗子非常意外地發現，自己很少想念老人。偶爾想到，她就想到外公披掛一堆不相干的金屬徽章，一拍胸脯拍得「叮噹」作響，一想到這個形象，她就緊張、懊悔。假如外公不那麼徹底的文盲，他就不會那樣愚弄人和他自己。穗子緊張是為了外公，他險些就隱藏下來了，少拋頭露面一些，外公或許不會引起人們的注意，人們也就不會太拿他當真，去翻他的老底。這時想起來，那些大大小小的偽勳章讓少年的穗子無地自容。她把外公填在自己入團表格的親屬欄中，想了想，又將他塗掉。

後來，穗子每隔一段時間都需要填此類表格，她從來不再把外公填進去。

她回到那個城市，聽人說起外公，他想恢復殘廢津貼，標著有關或無關的人吵鬧，說他的外孫女穗子是個了得人物，不信去打聽打聽，她就在某大首長手下，跟某大首長一打招呼，你們這些王八羔子就得拉出去斃掉，他對所有不給他報銷醫藥費，扣發他薪水，請他吃閉門羹的人都說：「你連穗子都不曉得？打聽打聽去！天下她就我一個親骨肉。她一尺三寸長就跟了我，我把她養大的！」老人最後給攆到一間舊房裡，房漏得厲害，他打上門去鬧，人家說再鬧銬起來。他說：「敢！我外孫女是哪個，你打聽打聽，她跟某大首長熟得很，首長有次微服私訪，看見一個軍官坐三輪；解放軍軍官坐三輪，軍法不容，叫他下來，他不認得穿便衣的首長不下，首長抬手就給他一槍，斃啦！我穗子就跟在這個首長手下！……」

穗子聽說老人病了，本想在那次探親中看看他。聽了這些話，拉倒了。老人的病重起來，得的據說是骨癌。一次穗子突然收到一封信，是別人以外公口氣寫的，上面稱「小穗子我的伢」。信的主要內容是請求穗子寄些錢給他。他說病不礙大事，就是疼得不輕，夜裡一夜整到明。有種進口止疼藥，說是一吃就靈，若穗子手頭寬裕，寄些錢，好去托人買這種藥。

當時穗子沒什麼錢。她一月薪水用不到月底，零嘴也戒掉了。她只在信封裡夾了兩張十元票。不多久，聽母親說，外公故去了。老人沒有一個親人，他的親屬欄只填了一個人名字，當然是穗子。

柳臘姐

不知上的什麼肥讓她瘋長成這樣，外婆事後跟自己討論，也是跟穗子討論。外婆的意思是十五歲一個丫頭起了胸、落了腰、圓了髖，不是什麼好事情。外婆知道許多「不是好事情」的苗頭，結果十有八九都不是好事情。對這個鄉下遠房侄子送來孝敬她的十五歲丫頭，外婆連她手上挎的一個藍布包袱都沒叫她擱下，就開始了一項一項地盤審。上過幾年學？一個字不識？你媽是大躍進過後把你給尚家做養媳婦的？餓飯餓死了你兄弟？外婆細聲細氣地提問，若答得她不滿意，會細聲細氣請她就掉頭回去似的。

穗子卻不行了。叫臘姐的十五歲丫頭有些要迷住她的意思。穗子眼裡她是戲臺上一個人：喜兒、劉巧兒、四鳳。戲臺上才有這樣一根辮子，根、梢纏著一寸半的紅頭繩。戲臺上才有這樣濃黑如描畫的長眉秀眼，眼毛兒毛刷刷地刷過來刷過去。衣裳亦是戲臺上的：深藍大襟褂，領口、袖口、褲腳有根桃紅的滾邊。戲臺上才有這樣可身的衣裳，自初就長在身上又跟著身子大起尺寸，伏的伏起的起，成了她一層皮肉似的，七歲的穗子認為這個養媳婦臘姐是她七歲人生中見過的最好看一個女人。七歲的穗子當然不知養媳婦是什麼樣的社會身分。她只認為臘姐大致是個下凡的戲中人。

臘姐來的時候是滿街飛楊花的那些天。上一年收成後捂了一冬，臉捂白了，臉蛋才洗過一樣發濕，還有兩片天生的胭脂。對此外婆也說不是好事情。那是肺癆燒出來的。臘姐未來的公公，就是外婆的遠房侄兒，是不敢瞞外婆的。他告訴外婆臘姐上一年咳了多半年，從拍的片子上看，臘姐的肺癆出三個小洞眼。遠房侄兒一再聲明，那些洞眼都對上了。外婆當然馬上就明白，臘姐不是送來孝敬她的，而是來吃城裡的好伙食，養肺上那些洞眼的。外婆叫臘姐搬蜂窩煤，臘姐若在搓衣板上碼上五層，外婆就會從手裡的紙牌上抬起眼，說：「你搬一垛城牆吶？回頭累出好歹來，是你服侍我啊，還是我來服侍你？」臘姐笑笑，嘴角下一邊一個小窩。她說多搬些少跑幾趟。外婆垂下眼繼續和自己玩紙牌，慢條斯理說：「攢下幾趟好跑醫院，是吧？」臘姐的腦筋不曉得跟著外婆的話拐彎，又笑，穗子一看就知道她是沒懂；是課堂上那種笨學生偏又碰上同她過意不去的老師，給叫了起來，只能渾頭渾腦地笑。

穗子與各種病都離得十萬八千里，看上去卻是各種病都沾邊的，她七歲了，個頭還是五歲，一頭胎毛，面皮白得讓人有點擔憂。尤其不講道理起來，太陽穴上那些藍色的筋就會霹靂般欲閃出那層薄皮膚之外。這時臘姐就感覺穗子有性命危險，整個小小人兒糊在正月十五的蠟紙或細絹的燈罩裡似的。臘姐這時是絕不敢惹穗子的，不仔細這盞精細的紙糊燈就要給下面那些鉛絲般淺藍血管捅破。穗子不講道理的時候是沒人來搭理她的，外婆摸她的紙牌，外公抽他的香煙、挫他的鑰匙、記他的柴米帳，或去院子裡巡邏，伏擊那些圍牆上爬來偷他兩棵桑樹上桑葉的野孩子。因此穗子不講道理時是沒趣的，往往也是自己下不了臺的。這局面直到臘姐來了後才有改變。她不許臘姐像外婆、外公那樣看不見聽不見她的脾氣，她要臘姐陪她不講道理，伺候著她把一場不順心從頭到尾發作完畢。自來了臘姐，穗子便不再有下不了臺的時候，臘姐會說：「好好好，就是我惹的，我討厭，我唱黃梅戲左嗓子。」再是效果不好，她便抓起穗子乾細蒼白也帶淺藍筋絡的手，拍在自己臉上，算是穗子冤有頭債有主她替穗子抽了那位冤家耳摑子，當然穗子的力氣全控制在她手裡，她是不捨得自己真給打痛的，她知道穗子也不捨得拿真正的耳摑子打她臉。總的來說，被父母遺棄給外公外婆的穗子若沒有臘姐是基本沒什麼活伴兒的：父母給她買了半屋子的娃娃，以免穗子看透他們其實是害怕她對他們的糾纏。穗子有很細密的心思，一肚子是那種被冷落的孩子常有的鬼心眼，因而不久臘姐便發現穗子的不講道理不是全無道理。穗子對臘姐說：「你是我的丫鬟。」臘姐高高興興地說：「好啊，我就是你的丫鬟。」這樣日子就過成戲了，好就好在她倆都迷戲，都不想做自己，都想做戲裡的人。父親人不來，卻是常常來些功課給穗子做，背誦這裡四句那裡四句，穗子根本不知自己背到肚裡的是什麼。但她知道不背是沒有出路的，更討不來父親的關注；父親眼裡會更沒她這人了。穗子在背詩背書時有副目空一切的樣子：小小年紀要做老氣橫秋的事，自己都對自己肅然起敬。她現在背上一兩段就對臘姐喚道：倒茶來；或者：這裡給蚊子咬了個包，給我抓抓；或者：你怎麼不給我打扇子啊？臘姐就笑，配合穗子過戲臺上的癮。

臘姐教會了穗子玩那種鄉下人的紙牌。外婆把一副紙牌從方的摸成了圓的，這副牌就淘汰下來，歸了臘姐。穗子很快和丫鬟臘姐玩得旗鼓相當了，玩得也熱鬧，誰輸了就在鼻子上夾個曬衣服的木夾子。穗子死活賴帳，夾不到一分鐘就有事情出來，不是小便就是大便。鬧得外婆從她那坐禪般的牌局中分神了，說：「小穗子你這樣同她玩，晡上早晚也要出來窟窿的。」穗子和臘姐學得十分徹底，摸牌手勢一模一樣。先是要把拇指在舌頭上蘸一蘸，再去拈牌，彼此的健康也好病疾也好，馬上便錯綜交雜不分彼此了。臘姐聽了這話會臉色黯淡一下，笑變得非常難為情。有一兩次她冒險的樣子對外婆嗔道：「人家哪裡還有窟窿嘛！沒看我五十斤一袋米扛起來都不要哪個搭把手。」外婆說：「一頓三碗飯，添飯也不要人催。」穗子看見臘姐的笑從難為情又變了，變成了臉皮厚的那種笑。她聽出外婆有些過分。不過她曉得丫鬟臘姐吃得消這「過分」。

自從來了個丫鬟臘姐，穗子媽便有正式封她為丫鬟的意思。穗子媽開始往外婆這裡帶大網兜小網兜的東西。外婆說什麼時候學會走娘家帶大包小包了？外婆當然知道大包小包是髒衣服、髒被單，送了給臘姐去洗的。臘姐不再有同穗子玩紙牌的工夫，常常坐在橢圓木盆邊上，一塊搓衣板抵住小腹，兩個手泡得紅酥酥的終日在那裡搓。她對穗子媽的衣服很感興趣。從水裡拎出來調過來調過去地看。尤其那些牽牽絆絆的小物件，她知道那是城裡女人用來罩住奶或兜住肚子和屁股的。很快她學會這些東西的名詞：胸罩、腹帶。臘姐把它們曬在院子裡，對胸罩七巧板似的拼接而形成的兩隻小碗兒簡直著了迷。城裡女人的奶不是自由的，必須蹲在規定範圍內蜷出規定的形狀。臘姐知道那不會舒服，但不舒服是向城裡女人的一步進化。

穗子媽渾身上下在臘姐看來都是微微受著點罪的：皮鞋是硬的，鞋尖鞋跟都讓你走路不能太放肆；頭髮烘得略略發焦，每個髮捲都不可隨便亂跑，錯了秩序；頂要緊是那胸那腹那臀，那都是守著一種紀律而該凸便凸該凹便凹。臘姐把穗子媽的這些個零碎小衣物拿到自己床上，鋪在一張廢報紙上，用枝鉛筆把乳罩不同形狀的一片一片描摹下來。再去外婆盛舊床單、爛窗簾的竹箱去翻撿。惟一不會一扯就掉渣的料子是裝白麵的口袋。她用這麵口袋照著報紙上描出的藍圖一片片裁剪起來。然後熬了兩夜，完工了第一件成品。穗子見她吸一口長氣把那叫乳罩的東西綁在了身上，給兩個自由了十五年的奶子上了鐐銬一樣。麵口袋上黑色的「中糧」字樣一筆一畫都不少，印在胸上。穗子覺得才兩個月臘姐就已如此不要面皮。便對她說：「你好不要臉。」臘姐說：「那你媽呢？」穗子說：「你想跟我媽學？我媽是到辦公室上班的，你在哪裡上班的？」臘姐也意識到自己向城裡女人學習的企圖過分快也過分露骨了，耍賴皮地笑著說：「穿著暖和多了！」大夏天的說「暖和」，自己也羞死了，兩手捧著胸前的左一坨右一坨的，佝身咯咯咯笑起來。穗子被她這笑弄得心裡直癢，直想好好給她一通虐待，便上去揪了她的辮子，再去揪她胸口兩坨中的一坨。臘姐給虐待得頗舒服，笑得渾身起浪。穗子便越發揪得緊，嘴裡說，好不要臉，好不要臉。漸漸臘姐停止了扭擺，給穗子一手一邊地抓、揪、揉。臘姐臉上的天生胭脂濃重起來。穗子力氣差不多用完了，卻仍不解恨地嘟噥：「好不要臉。」嘟噥得她自己眼裡有了淚；臘姐明目張膽地學她的母親，明目張膽的在兩個奶上做功夫，實在是丫鬟造反，實在有些不把七歲的小姐穗子放在眼裡。穗子不知道為什麼感覺自己受了欺負，丫鬟臘姐大膽無恥的亮出她咄咄逼人的身體是種猥褻式的欺負。穗子很噁心卻又很心動，頭一次意識到好看的東西怎麼和無恥毫不矛盾。

穗子的外公喜歡所有和機械、電有關的東西。他時而在他的寫字檯上擺上六七個收音機，有半導體，也有礦石機，都是舊的，因此總是你響他不響。臘姐叫外公請她聽黃梅戲，聽朱依錦唱的。外公就獻寶似的得意，把六七個收音機全開到黃梅戲上，臘姐一邊剝毛豆一邊聽六七個朱依錦有一句沒一句的唱，有時七嘴八舌一塊唱起來，外婆說你們開廟會呀？臘姐在到穗子家的第三個月學會了朱依錦的四個唱段。有時在院裡拿把破芭蕉扇生爐子，便翩翩地舞著沙沙響的爛扇子，自念自唱起來。穗子發現她學曲調跟偷一樣快。臘姐學樣樣東西都快，都跟偷似的，賊快。她學了女中學生那樣梳兩根辮子，兩把辮子對折成兩個圈。也學了穗子媽的穿衣款式，用麵口袋染了黑，縫了條窄裙子，前後各一個褶子。她每月有五塊錢工錢（一般保母有十來塊），她用一塊錢扯了塊淺花布料，雖然它的圖案都是印錯的，但不湊近也看不出大毛病的。穗子看見臘姐穿黑裙花襯衫竟也是好看的，但這好看是從城裡人（包括穗子媽）那裡盜竊的。所以穗子有些不高興丫鬟臘姐自己給自己改形象。穗子認為改了形象就是改了角色，而臘姐永遠的角色是丫鬟。

連穗子父親都開始注意到臘姐了。他是寫戲的，對好看女子的注意不怪他，是他的職業本能使然。穗子發現爸爸隔一兩天總會回來吃頓午飯或晚飯。有時媽媽一道來，有時他自己來。

他同臘姐開玩笑、搭訕，說整個作家協會大院的人都在打聽誰家來了個漂亮妹子。有時他跑到廚房，長輩那樣對臘姐關照，拎不動兩滿桶水不要逞強，正長身體時會累羅鍋了。臘姐叫穗子爸「姐夫」，外婆說：「什麼？你公公是我侄兒，他怎麼成你姐夫了?!」臘姐對穗子爸一笑，說：「姨父。」外婆說：「表姨父。」臘姐又笑說：「表姨父你的襯衫我給上了點漿。」穗子看見臘姐把疊得四方見棱的襯衫捧給父親時，父親和她兩雙手在襯衫下面磨蹭了一會。看起來當然只是交接一件襯衫。

不久臘姐給自己縫了兩件連衣裙，布料絕對不是印錯花的次品。要到一些日子以後，穗子才能證實自己的猜測：這兩塊洋氣典雅的布料是爸爸為臘姐選購的。至於臘姐給父親什麼以使父親抽了兩個月劣煙而省下錢為她扯布料，穗子將永遠對此停留在猜測階段。

穗子爸回家來時臘姐嘴裡總是有曲有調。有天穗子聽她唱起自己在學校合唱團的一支歌。穗子想，她可偷得真快呀，我自己才唱了沒幾天。她上去從背後掐住臘姐的兩頰，臘姐正隨著那支兒童進行曲的節奏在衣服板上搓衣服。她嘴裡原先滿準的調給穗子扯得一跑老遠。穗子說：「再敢瞎唱？」她說：「哎喲，掐的那是肉！」穗子說：「掐的就是肉！誰讓你臉皮那麼厚？」臘姐說：「疼死了疼死嘍！」穗子說：「你把歌詞念一遍給我聽，我就放了你！」臘姐說：「我哪曉得詞！我又不識字！」

穗子突然上來的這股恨弄得她自己渾身抽風。她也不知道自己這一瞬怎麼會對這個丫鬟臘姐來了如此的狠毒。她說：「你不懂詞你亂唱什麼?!」臘姐說：「跟著你學的嘛——哎喲你把我肉掐掉下來了！」穗子說：「我唱的是什麼詞？」臘姐說：「風裡斷鹽，雨裡討鹽……」穗子真給她氣瘋了，居然她敢拿如此愚昧無知沒有道理的詞來竄改她的歌。穗子不明白她這股突來的狠毒並不全是臘姐惹的；她從四歲起就在嘴裡比劃各種她完全不懂的詞句，但她那是沒法子，而臘姐卻很樂意這樣胡言亂語。她真要把臘姐兩個腮幫揪出缺口來了。她說：「我最恨最恨你什麼也不懂就敢瞎編！是『風裡鍛鍊，雨裡考驗，我們是暴風雨中的海燕！』聽懂沒有？你這大文盲！」臘姐說：「好好好，我這個大文盲！」

穗子鬆開了筋疲力盡的手指和牙關。臘姐用兩個帶肥皂泡的手摸著給穗子揪的兩塊肉，眼淚也要出來了。穗子說：「以後再瞎編歌詞，我拿傷筋膏藥把你嘴貼起來！」臘姐說：「那你教教我，我就不瞎編了嘛。」穗子說：「美得你！」她的怒氣還是平息不下去。穗子不知道其實這一場給丫鬟臘姐過的刑是緣於妒嫉；她想不通一個大字不識的臘姐學起唱來怎會這麼快，直接就從她嘴裡活搶。

暑假要過完時，一天晚上穗子像慣常那樣鑽在臘姐帳子裡，穗子喜歡臘姐涼滋滋的手臂摟著自己。若是穗子挨了蚊子的一口咬，她便留到這時來讓臘姐給她搔。這天臘姐說：「我這裡也給蚊子咬了個包，你幫我抓抓嘛。」穗子見她指著自己胸口。她同時覺得臘姐眼神有些不對頭，痴痴傻傻的。她便去替她搔那蚊子包，卻怎樣也找不著它的位置，只能敷衍了事地動著手指。臘姐問：「你爸和你媽可常吵嘴？」穗子說：「不常吵，兩個禮拜吵一次吧。」臘姐又問：「是你媽待你爸好些，還是你爸待你媽好些？」穗子想一會說：「我媽是把我爸追上的。我爸過去有好多女朋友。」臘姐說：「你怎麼會曉得這些？」穗子說：「哼，我什麼不曉得？」外面月亮很大，照到帳子裡，穗子看見臘姐臉上有些細膩的油亮，嘴唇半開在那裡，有話沒吐出來。臘姐說：「你怎麼越抓越癢？」同時她就領著穗子的手，去找那「癢」。穗子的指尖突然觸在一個質感奇特的凸起上，她唬一跳。穗子這是頭一次接觸一顆桑葚似的圓圓的乳頭，從前不記事時吮吸奶媽的乳頭是不能算數的。臘姐把穗子的手留在那裡，說：「就這裡癢。」穗子感覺整個事態有些怪異，但她抵禦不住對這顆桑葚的強烈好奇。她捻動它，探索它與周圍肌膚的關係。她見臘姐眼珠半死不活，不知盯著什麼，嘴巴還那樣開著。臘姐把穗子另一個手也抓起，按在自己另一顆桑葚上。穗子腦子裡斷續閃過外婆的「不是好事情」，手卻捨不得放棄如此舒適宜人的觸摸。她不知覺地已將半個身體伏在臘姐身上，兩手太小，抓不過來，她便忙成一團。臘姐喘氣也不對了，舌尖不時出來舔一圈嘴唇。穗子感到她手心下的兩座丘體在發酵那樣鼓脹起來，大起來，大得她兩手更是忙不過來了。臘姐問她可好玩，穗子頭暈腦脹地嗯了一聲。是不是好玩的一件事？還是「不是好事情」？

蚊帳拆除之前，穗子和臘姐調換了地位，從被抓癢的變成了抓癢的。她們在外公睡熟後打起一支手電筒，臘姐就請穗子在她身上隨便看，隨便摸。她指點穗子這裡從幾歲開始會凸起，這裡幾歲會長出毛毛，這裡哪年會流出血，最終，會出來小毛頭。穗子簡直覺得臘姐了不起，一切都現成、都各就各位，都那麼完善美麗。

外婆問穗子：「你們晚上在床上瘋什麼？」穗子和臘姐飛快交換一眼。穗子說：「沒瘋什麼。」外婆又去問臘姐：「你倆在幹什麼？」外婆臉上「不是好事情」的神色已很明確。臘姐笑笑說：「穗子要我給她抓癢癢。」她一點都不像在撒謊，穗子被她自然流暢的謊言弄得突起一股怨忿。明明都是你在「癢癢」，明明是你在把我忙累得要死。穗子心裡莫名其妙地窩囊起來，好像受了騙，受了剝削。還有就是，她有些明白過來，在這樁祕密遊戲中，臘姐受益遠超過她。原來她伺候丫鬟臘姐舒服了一大場。現在她穗子完了，懂了這麼多。她恨自己受了臘姐這番不三不四的教育。

穗子發現臘姐穿了件紅黑格的粗呢外套。她問它哪裡來的，臘姐笑笑想混過去。但穗子不依不饒，拎住她的耳環，說：「你要撒謊我現在就去拿傷筋膏藥糊你的嘴。」穗子其實已猜中了。果然臘姐說：「表姨父給我買的。我沒帶過冬的衣服。」穗子想，她想要那個會扭秧歌的娃娃，父親都一推再推，而這件外套大概等值於四個娃娃。放學回家的路上，她對來校門口接她的臘姐說：「你陪我去百貨大樓。」那是臘姐最樂意去又總也沒理由沒工夫去的地方。穗子直接到了玩具櫃檯，發現秧歌娃娃居然還在那裡。穗子求父親有半年了，半年中她時而跑來看看，這娃娃是否給買走了。只要它還在，穗子便心情輕鬆愉快，認為總有一天它會是她的。總有一天父親會心軟，向她投降。這「總有一天」的希望直到臘姐那件紅黑格外套出現前才死滅，因為父親不再是找托詞，而是毫不猶豫地對穗子說：「不買，你快八歲了，八歲的大人還要娃娃？難為情。」然後就是穿了紅黑格外套的臘姐，簡直把她給漂亮死了。穗子對女售貨員說：「我買那個娃娃。」她把一張五元鈔票捺在玻璃櫃檯上，不可一世。鈔票上有深深的摺痕，斜的直的橫的。臘姐盯著鈔票說：「穗子你哪來這麼多錢？」穗子像聽不見她，抱了盛著娃娃的紙盒，拿了找回的四角五分零錢，氣魄很大地往商店外走去。臘姐跟著她，一回到家就去翻自己床上的褥墊。然後便厲聲叫起來：「穗子！」穗子正著迷那手舞足蹈的娃娃，理也不理她。臘姐便跑過來，扯了她的小細胳膊就往門外拉。

穗子覺得她倆組合成的這個局面極像這城裡通常出現的一個景象：某人拉了某人去派出所，被拉的那人或是小偷或是小流氓撩了哪個女人裙子或是小惡棍無端砸碎某家玻璃窗。臘姐當然不會拉穗子去派出所，她把她拉到門外，外婆看不見的地方，說：「穗子，你拿了我五塊錢。」穗子說：「誰拿你的錢？我爸爸有的是錢！」臘姐說：「我的錢是攢給我小弟念書的，我家沒一個人念過書，我想我小弟以後念書去。」穗子說：「誰拿你錢了！誰稀罕你的破錢！」穗子不講理起來十分的理直氣壯。臘姐眼裡突然落出兩顆淚，說：「你把錢還給我。」穗子說：「你敢誣賴好人！」臘姐又流出兩顆淚說：「求求你，穗子，把錢還給我。」穗子說：「你有證據嗎？」臘姐說：「我錢都疊成元寶，你買娃娃的那五塊錢就是元寶拆的！」穗子說：「反正我沒拿你的錢——你再不放開我，我咬人啦！」臘姐又是兩顆淚出來：「早上四點上菜市買菜，四分錢一碗辣糊湯，我都捨不得喝……」穗子輕蔑地想，辣糊湯都會讓她掉淚。這是她頭一次見臘姐掉淚，可憐巴巴的讓穗子幾乎也要陪她掉淚了。但這剎那間的憐憫讓穗子認為自己很沒用，讓她幾顆淚弄得險些招供。因此她就在扯住她的那隻手背上咬了一口。臘姐一聲沒吭。等穗子跑遠，回頭來看她，她靠牆根蹲成一團，哭得都蹲不穩了。

春節聯歡會的票子很難弄到。爸爸把兩張票子交給臘姐，說：「你帶穗子去吧，你不是喜歡聽朱依錦的戲嗎？」臘姐魂飛魄散了起碼三天，除夕晚上在下午便打扮停當了。穗子瞪著她的臉說：「好哇。你抹胭脂了！」臘姐說：「沒有沒有！」穗子說：「肯定是拿口水蘸在紅紙上，抹到臉上的。」穗子自己就這麼幹的。外婆看看漂亮得要命的這個丫鬟，說：「作怪喲。」外婆認為長臘姐那樣長的睫毛的女孩都是作怪的。外婆很瞧不起漂亮女子，說她們都是繡花枕頭一肚子糠。朱依錦在外婆眼裡都是一肚子糠就更別提臘姐了。她從眼鏡後面鄙薄地看著這只「繡花枕頭」熱切地趕著去朝拜那只著名「繡花枕頭」去了。

朱依錦穿件粉紅絲絨旗袍，唱了《女駙馬》、《天女散花》裡兩個小段子。然後她夾著老長一根水晶煙袋鍋，騰雲駕霧地到處和人打招呼，一路就招呼到穗子跟前。她說：「咦，小穗子，你爸呢？」穗子告訴她父親把票給了她和臘姐。朱依錦說：「告訴你爸，我罵他了——我現在一年不唱一回，他連這面子都不給我！」穗子替父親告饒，他把票省給了臘姐，因為臘姐太迷你朱阿姨了。朱依錦這時朝臘姐看一眼，眼光立刻火星四迸。她說：「穗子你什麼時候出來這麼漂亮個『大姐』？」她把臘姐聽成了「大姐」。穗子剛要解釋，突然瞄見臘姐臉上一種近乎恐懼的表情。她手捏住了穗子的手，手指上是深深的懇求。臘姐恭敬地對朱依錦一笑，說：「不是親的。」她手上的懇求已是狠狠的了。穗子想：好哇，你這撒謊精。朱依錦說：「小穗子，你這姐嗓子也不錯吔！」她轉向臘姐問她喜不喜歡唱戲，臘姐點頭，在穗子看那不是點頭而是磕頭搗蒜。朱依錦說：「哪天唱幾句我聽聽。」臘姐馬上說：「哪天呢？」朱依錦對穗子說：「過了節叫你爸領你表姐到我家來，啊？」穗子對自己十分驚訝，憑了什麼她維護了臘姐的謊言和虛榮，憑了什麼她沒有向朱阿姨揭示臘姐的丫鬟兼童養媳身分？

穗子爸果真帶著臘姐去拜會朱依錦了。穗子爸直說：「好事情好事情，真成了朱依錦的關門徒弟，你這童養媳就翻身了。」外婆陰冷地盯著穗子爸，又盯著臘姐，說：「做戲子比做正經人家的媳婦好到哪裡去？」穗子爸沒搭理外婆。據說朱依錦被戲校聘了去做特級講師，戲校春天招生，她會把臘姐推薦進去。不識一個字的臘姐開始在報紙邊角上寫自己的名字，「柳臘姐、柳臘姐、柳臘姐」。

無論如何，穗子還是有些為臘姐高興的。穗子是個知書達理的人，知道「養媳婦」是封建殘餘，應該被消滅掉。再說，萬一將來臘姐真成個小朱依錦，穗子臉上也是有光的。寒假一結束，臘姐就要去戲校了。外婆說：「哼，不會有什麼好事情。」穗子白老太太一眼：「老封建！」

穗子媽找出一堆自己的舊衣服，贈送給臘姐去戲校時穿。還送了雙八成新的高跟皮鞋，高跟給鋸矮了，因此鞋尖像軍艦那樣乘風破浪地翹起。至於穗子爸對臘姐一切正常和超正常的關照，穗子媽當然是蒙在鼓裡。

寒假後的第一天，臘姐在校門口接穗子。她表情有點慘慘的，對穗子說：「我大來了。」就是說，臘姐的公公來了，專門來接臘姐回去。外婆對大吵大鬧嚷嚷「封建」的穗子說：「臘姐回家圓房去，是好事情，你鬧什麼？」穗子對著臘姐的大——一個紅臉漢子說：「朱依錦說臘姐是個人才，朱依錦，你知道嗎？」臘姐的大搖搖頭，像對小姑奶奶那樣謙恭地笑笑。穗子說：「你什麼也不懂，就是一腦瓜子封建！」外公說：「穗子沒禮貌。」穗子尖叫：「我就沒禮貌！」外婆說：「背那麼多古文背哪去了？學這麼野蠻。」穗子又尖叫：「我就野蠻！反正臘姐不是你家童養媳！臘姐是我的丫鬟！我要她去學唱戲！」穗子在張牙舞爪時，臘姐一聲不吭地收拾東西，樣子乖極了。臘姐把她帶來的那些衣服打成和來時一模一樣的一個包袱。在城裡置的那些裙子、外套、乳罩、腹帶，她齊齊碼在自己床上。紅黑格外套也丟下了，她對穗子說：「穗子，這個外套你長大了穿，肯定好看。」穗子漸漸靜下來，知道大勢已定。她老人似地嘆了口氣。她沒想到臘姐的突然離去讓她體味到一種如此難受的滋味。那時尚未為任何事任何人傷過心的穗子，認為這股難受該叫「傷心」。

臘姐又恢復了原樣，又是那身四鳳的打扮，一根辮子本本分分。她倒沒有穗子那麼傷心。

她挎起包袱，跟著她的大往門口走。在門口她聽穗子叫她，她回身站住。就好像她倆之間什麼也沒發生過，就好像這十個月間什麼也沒發生過。穗子突然想，臘姐是恨她的，恨這個家裡的每一個人。

到我成年，人們已忘了我的乳名穗子，我仍相信臘姐恨我，恨我的一家，大概基於恨那個押解她回去守婦道本分的大。我相信她甚至連我爸也恨。我爸在臘姐突然離去的第二天回來，發現臘姐的床空了，上面刺目地擱著那件紅黑格呢外套。我爸失神了一陣，但很快就顧不上了，全國鬧起了「文化大革命」，他和朱依錦頭一批就被戲校的紅衛兵帶出去遊街。

外婆去世後，老家來了個人奔喪，說臘姐圓了房不久就跑掉了。有人在鎮上看見她，剪短了頭髮，穿上了黃軍裝，套上了紅衛兵袖章，在公路口搭的舞臺上又喊又叫又唱又蹦。我想像造了反的臘姐一定是更加俊氣了。外婆的老家親眷說：「也不知她怎麼這樣恩將仇報，她婆家待她不壞呀，不是早早接過來做養媳婦，搞不好在她家那種窮地方早就做餓死鬼了。」老家親眷又說：「她跑到臺上說婆婆公公怎麼虐待她，她公公是個公社書記，也算個小小父母官了，給她罵得不成個東西！哎喲，養媳婦造反，才叫真造反。養媳婦都去做紅衛兵了，這還了得?!……」

我問那老家親眷，後來臘姐去哪裡了？親眷說：「總是野在縣城什麼地方吧？沒人再看見過她了。」

滿世界都是紅衛兵，都不知仇恨著什麼，打這個砸那個。那時我不到九歲，實在不明白紅衛兵們哪兒來的那麼深那麼大的恨。但恨總是有道理的，起碼臘姐的恨有道理，只是今天做了作家的我對那恨的道理仍缺乏把握。肯定不是因為我偷了她五塊錢。這是肯定的。

錦依朱兒角

聽人叫穗子，我曉得回頭那年，我兩歲。

把下巴頦壓在桌沿，在無線電裡聽戲，我五歲，然後我就會了「唉」地一聲嘆氣。

一天我從外面跑回家，一根辮子齊根給人剪了。「給誰剪掉了?!」外婆問，我說：「革命小將！」我又說：「李叔叔穿件新棉衣，爬到對面樓的和平鴿上，（李叔叔只有和平鴿一隻鴿蛋那麼大，要是那和平鴿下蛋的話。）跳下來了。」

「你也去看了？難怪人家革命小將捉住你剪你小辮子！」外婆說。她拎著剩下的那根辮子，不知拿它怎麼辦。

「大家都去看了！大家看見李叔叔給人家搬走，肚皮也露出來了。大家說李叔叔『白肚皮』，『營養好，營養好』。大家都說自殺是『活該』。」我從許許多多的腿看進去，看見的就是李叔叔的白肚皮。我也學大家那樣白白眼睛說，「活該！」我不要自己想念李叔叔，我不要自己心裡難過，這樣講個「活該」，我就把李叔叔忘掉了。真忘掉了，不信你往下聽，我跟你講的這個故事裡，你再也不會聽見「李叔叔」了。

把門牙屏緊，再拿舌尖去頂，嘴唇一放開，就說出了「自殺」來了。那是我的嘴第一次講出這兩個字。那年我八歲。

外婆去世我九歲。然後我就變成了一個很不響、很不響的人。有時鄰居跑來偷看我爸，看他怎麼會自己和自己講三小時的話。一看不是的，爸在和我講話，求我喝羊奶，求我吃臭雞蛋，求我到外面去玩一會。鄰居們慢慢就習慣了，不來偷聽爸對著我這樣一團死靜的空氣講話了。

頭次跟韋志遠談話是外婆去世後。他是老門房的兒子。老門房退休了，就從鄉下換來了這個韋志遠。韋志遠跟他爸一點都不像，從不站在院子當中用大破嗓子喊：「邱振（我爸名字）電話！邱振掛號信！」韋志遠總是跑到人家門口，指頭彈彈門，人家門一開他滿臉通紅地說：「電話電話！」

我心裡的祕密是韋志遠的英俊。我絕不跟人家透露這個祕密，絕不讓任何人發現他的好看，讓大家覺得他醜。別人說他又呆又蠢又鬥雞眼，我就哼哼地冷笑。當然「哼哼」是不響的，只在我心裡。就好比全世界都是瞎子，只有你一個人看得見韋志遠的模樣。

韋志遠天天坐在他爸那個破板凳上看書。有人走進走出，他眼睛稍微從書上拎起一點，看看那些腳就曉得是誰走過了。有時看見一大串穿假解放軍黃膠鞋的腳「噗嗒噗嗒」地跑來了，隻隻腳都跑得冒煙，他快快就把眼睛落下來，落得很低，眼皮全關閉了。等那些冒黃煙的腳跑遠了，他趕快去看他們那些脊梁，看那些穿假軍裝的脊梁衝進誰家了，拖出誰來了。韋志遠有數：誰給拖出去就沒回來了。

我走過去走過來，韋志遠也是從我的腳認得我的。他認得我這雙鞋：底子翹在上面，幫子給踩在下面。有一天韋志遠看到我這雙滾蹄子鞋（外婆的話）站在他眼前，不動了。

「韋志遠，」我叫他。

他不抬眼睛，說：「穗子你爸給拖走那天你家牛奶沒拿，給賀春英拿走了，今天你拿賀家一瓶。」

「韋志遠你看什麼書？」我問他。

他說：「你媽也不給你做鞋？」他一面看我鞋一面把書的封面亮給我看。書沒封面。他看的書從來沒有封面，封面給剝乾淨了，連書脊背上的字也沒剩半個。書這下就成了沒名沒姓沒戶口的東西。在我們這裡住，連黃狗都有名有姓有戶口；朱阿姨反動，朱阿姨的狗一天到晚做賊似的，順牆根的黑影子溜，最後還是給人綁了拖走，跟朱阿姨一樣遊街出風頭。沒名沒姓沒戶口就什麼也不是，大家就不知拿你怎麼辦了。現在我們這裡文化大革命，大家都不看書了，書都有名字，一有名字人家就知道這是什麼東西：資產階級還是封建主義，反黨還是反革命。要是朱阿姨不叫朱依錦，朱阿姨就不是著名演員，就不會給打倒。誰也不想打倒朱阿姨，就想打倒她的名字。誰也不想拖我爸去關「牛棚」，大家拖的是寫劇本的邱振。韋志遠去掉所有書的名字，書就不是它們本身了，大家就不知他讀的這些不是書的玩藝兒叫什麼玩藝兒，該拿他怎麼辦，所以我們大家鬧革命，只有韋志遠安安穩穩讀他手裡誰也看不清叫不明的東西。

「唉，韋志遠。」

我這樣很乖地叫他，讓他從我的「滾蹄子」鞋慢慢看到我的紅方格褲子，再看到我的手。我的兩隻手上長得花花綠綠的凍瘡。我外套胸前一片粥鍋巴閃閃發亮。然後他看到我再也長不齊的頭髮，跟綁強盜一樣狠狠綁出兩個揪揪。我看見他眼睛像瞎子一樣軟和，又大又黑，眼睫毛跟毛驢那樣長，鬥雞眼是鬥雞眼，不過梁山伯看祝英台的時候也鬥雞眼。

我沒話跟他說。他也沒話跟我說。

其實我天天都想跟他說：「韋志遠你等我長大就娶我吧。」我心直跳，渾身發熱就像突然過夏天了。他看見我笑的時候嘴裡缺兩個門牙。我曉得自己缺門牙是很有風度的。

這麼近了，我看得見他書上的字。全是戲文，偶然有「歹、歹、歹、大大大大、倉。」現在我懂他右手老在腿上劃什麼了。他在劃板眼。板眼我懂的。像朱阿姨，走路、吸煙，咯咯笑都有板眼。韋志遠的兩個手指頭還並得齊齊的，放在腿上。那條灰燈芯絨褲子有塊地方絨全禿了，給他手指頭劃板眼劃禿了。

我嘆一口挺深的氣。

原來還有另一個人喜歡朱阿姨唱過的戲文。

這時一個小老頭進來，背一根繩子的肩膀上，繩子拴一個平板車。一會小老頭出去，他平板車上會堆滿廢紙。我們這個地方永遠有許多廢紙，因為全省的作家都住在這裡。過去作家寫書，寫劇，現在寫認罪書，檢討書，檢舉書，所以寫出許多廢紙來。穿假軍裝的革命小將也一會來一趟，往貼滿紙的牆上再糊一層標語，大字報。我們這個作家大樓原先是紅磚的，現在一塊紅磚也看不見了，糊滿了紙。風一吹，整個樓「嚓喇喇喇」響；一下雨，滿樓亂淌墨汁，人不能從那下面走，一走就滴一頭墨汁。等另一批革命小將來了，前一批剛貼的大字報就成了廢紙；不管漿糊味有多新鮮，更新鮮的漿糊就刷上來了，等到這小老頭一來，誰的紙都是廢紙。他只管撕得快活，撕得清脆嘹亮，每撕一下，雙腳一蹦，「嘶啦啦啦！」

韋志遠的爸老門房一般不准這小老頭進來。有時小老頭連人帶車都給攆出去很遠了，老門房還要跑著再攆一段路。韋志遠誰進來他也不攆；賣醬油的，收購雞毛鴨毛的，補鍋釘鞋掌的，牙膏皮換糯米糖的，都可以邊走邊唱就進了這個作家協會大門。

小老頭很快就拉一車白花花的廢紙出來了。要不是這小老頭，我們大家早讓白花花的紙淹死了也靠不住。這回他不往外拉，拉到死竹林子後面去了。韋志遠的宿舍就在死竹林那一邊。外婆說那是大躍進蓋的豬圈，作家要自己養豬。豬給吃光了，就把豬圈蓋成了宿舍。

小老頭把拿不了的紙都堆在韋志遠宿舍外面，每一垛子紙上壓幾塊韋志遠的煤餅，風吹不走。

我在同韋志遠談朱阿姨。他一直用他的梁山伯眼睛瞪著我。

朱阿姨也住在我們這裡。她小孩的第三個爸爸是我們這兒的副主席。我們這兒剛鬧文化大革命他就給革命小將不知拖到哪兒去了。朱阿姨早早就剪掉了長辮子，省得大家給她剪。我那一回給爸爸帶到春節聯歡晚會上，一個又瘦又高的女人走過來，講話飛眉飛眼的，頭後面有個大蜂窩似的巴巴髻。我一看就走不動了！她是名聲很響的朱依錦。她名聲太響了，所以我們這些鄰居從來見不到她的。她手裡夾著香煙，跟我想像的名演員一模一樣。她笑的時候露出長長的兩排牙齒，每顆牙四周有一圈咖啡色，就像我爸從來不洗的茶缸子裡面的顏色。她跟男的講話，老要說：「哎喲你氣死我了！哎喲你氣死我了！」然後手臂就一甩水袖。像要甩到人家臉上似的，大家看著她那條看不見的水袖快活地直眨眼。她跟我爸講話也那樣，先看看我說：「老邱你的千金啊這麼嗲，哎喲你氣死我了！」她甩我爸一水袖。我爸和我都駕了雲霧，給她迷昏了。我爸肯定跟我一樣，認為朱阿姨是全世界第一仙女。朱阿姨那麼舞著水袖走遠了，一雙腳大大的，走起來倒像完全沒有腳，乘船一樣。

下一個春節晚會我又見了朱阿姨，她穿一身「天女散花」的衣裳在臺上東倒西歪地唱〈貴妃醉酒〉。那一段戲文我能一字不漏地背下來。

最後一次見朱阿姨，我在大門口看批鬥會。臨時搭的舞臺太小，給批鬥的人只好輪流上去。我就想看看朱阿姨戴高帽的模樣。拚命往蹲在那裡等著上臺的一大片高帽子那邊擠。一個男小將推我一把：「擠什麼你？」

我還擠。看見一隊高帽子下臺了，另一隊高帽子上臺去。就是看不見朱阿姨在哪裡。人戴了這種白紙紮的高帽子怎麼都一模一樣了？

男小將一隻大手過來，提起我的棉衣後背，像我們逮蜻蜓那樣。我四隻腳懸起，使勁地亂刨空氣。

「就你搗亂！小反革命！」

我被提起來這一下，可算看見朱阿姨了！她在一頂高帽子下拽出一蓬瀏海，兩隻手都給墨塗得漆黑。她一隻黑手擱在胳肢窩下，另一隻黑手翹在空中，夾一根菸。

「我操你媽！」我對男小將喊起來。

朱阿姨一下抬頭，找到了我這條粗大的嗓門。

男小將把我一扔，說：「再罵！」

「我操你奶奶！」我邊罵邊得意地朝朱阿姨瞅，讓她瞧瞧我出息了多少。

朱阿姨先傻一會，忽然笑起來。用那隻塗黑的手捂著嘴，咯咯咯地。

大概就是那次笑壞了。從此以後批鬥朱阿姨就單獨批了，高帽子也加了高度，脖子上還掛著一串破鞋子。全國的著名女演員挨鬥都要掛破鞋。大家說：「不做破鞋怎麼做女演員啊？」朱阿姨對再高的帽子都沒意見。就是不要掛破鞋。每次都哭啊鬧地給人從大門拖出去。每次朱阿姨給拖出去的時候，韋志遠都從板凳上站起來，恭恭敬敬站在凳子一邊，就像給朱阿姨讓座一樣。五十歲的朱阿姨像個賴學女孩，屁股向後扯，身子又給人扯到前面。韋志遠就那樣站著，不知該幫誰。

朱阿姨出事是在昨天晚上。是她的廣東保母講出來的。廣東保母費了許多力氣才讓大家聽懂，朱依錦「食了毒藥」。朱阿姨一天到晚換保母；一聽保母告訴她鄰居家的醜事，她就把保母辭掉。最後她到廣東找回一個保母，大家再想聽她講朱阿姨的事也沒法子聽懂了。革命小將對廣東保母說過許多次：「你解放了，可以回老家了！」廣東保母好好地謝了他們說：「那你給我買火車票吧？」保母不要「解放」，一直陪著朱阿姨。連朱阿姨自己的孩子都同她劃清界線，不知跑到哪裡去了。

「什麼毒藥？」大家打聽。

「安——眠——藥！」保母說：「一——百——粒！」

「唉喲！」有人說：「那要吃半天吧？」

保母洗臉一樣抹一把鼻涕眼淚說：「反正不演戲了，有一個晚上，慢慢食啦。」

朱阿姨家的門給封了，保母也就被強行解放了。她拎著包袱，從韋志遠腳邊，邁著逃荒的步子從這個大門走出去了。

我到醫院看朱阿姨的時候，是晚上六點。醫院在開晚餐，滿樓都是搪瓷盆子的聲音。我不知朱阿姨床號，只好一層樓一層樓地找。問護士，護士反問我：「什麼病？」我說：「沒病。是自殺。」護士說：「我們醫院沒有自殺科。」

後來我發現這醫院還真有「自殺科」。所有給塞在樓道裡的床上都插著小牌子，在「病因」這一格填有「畏罪自殺」。每一層樓，不管內科外科，都有幾張這樣的床。自殺科的病員都是自殺到一半給人發現的。有的是殺的不夠「穩、準、狠」，有的一殺就怕了，趕緊自己投案。朱阿姨知道那天晚上十點，兩個男小將來提審她；她剛把肚子脹鼓鼓塞滿安眠藥，他們就到了，兩個藥瓶子還在桌上輕輕滾動。

我上到六樓，就看到許多人站在過道裡吃飯。有幾個架著雙拐，很困難地站在那裡。這一層樓不該有架拐的，骨科在一樓。我從這些人的縫裡擠著，看見女廁所對面有張床，床上是一絲不掛的朱阿姨。

我才曉得，那些架雙拐的人怎麼爬得動六層樓。

一個男醫生和一個女護士正在搶救朱阿姨。護士不比我老多少，在朱阿姨手上扎一針，沒血；又扎一針，還沒血。那男醫生嘴裡哄她：「不要慌，慢慢來；在護校不是老拿橡皮來扎嗎？把她當橡皮就不緊張了……」

我嘆了一口氣。朱阿姨的臉這些人平時也看不到的，別說她光溜溜的身子。我已擠到最前面，回頭看看朱阿姨現在的觀眾。我的脊梁太小，什麼也不能為朱阿姨遮擋。

朱阿姨這下子全沒了板眼，怎麼擺布怎麼順從。她眼倒是睜著，只看著天花板上的黑蜘蛛網。針怎麼扎她的皮肉，她都不眨眼。

護士醫生做完了事，把一條白布單蓋在朱阿姨的白身子上。就像大幕關上了，觀眾散戲一樣，周圍的人縮縮頸子，鬆鬆眼皮，咂咂嘴巴，慢慢走開了。

我跑進護士值班室。一個老護士在打毛線。

我叫喚：「唉，要床棉被！」

護士說：「誰要？」

「天好冷怎麼不給人家蓋被子？」

「你這個小鬼頭哪來的？出去！」她兇得很。

「就一條薄被單！……」我跟她比著兇。我想好了：只要她來拖我我就踢翻那個大痰盂。

老護士的毛線脫針了，顧不上來拖我。她一面穿針腳一面說：「穿什麼衣服？渾身都插著管子你沒長眼？……她知道什麼？她是棵大白菜了你曉得吧？不曉得冷的，不曉得羞的！……」

「為什麼不給人家穿衣服？」

「大白菜也曉得冷！也曉得羞！」我說。

那男醫生這時出來了，看看我，手上淨是肥皂泡。他那手碰了朱阿姨，他倒要用那麼多肥皂！他對我笑笑說：「她是你媽？」

「是你媽！」我說。

我最後還是把他們鬧煩了，扔出一條被子來。

我給朱阿姨蓋嚴了。我坐在她床沿上睡了一小覺，醒來見被子給撩在一邊。朱阿姨還是又冷又羞地躺在橡皮管道的網裡。

韋志遠聽著聽著把頭低下來。

我講著講著就看不見他的臉，只看見他頭頂那個白得發藍的髮旋。那個圓圓的漩渦白得發藍，我忍不住想伸出手指去碰它。他的耳朵也很好看，又小又薄，一點都不奇形怪狀，耳朵裡有一層灰塵。

我說：「唉，韋志遠。」

他不理我。

我又說：「朱阿姨可能不會死的。他們說過幾天她可能會醒過來的。革命小將說了，她一醒過來，他們會把她和別人關在一塊，她就不會吃安眠藥了。」

他還是不理我。其實他從來都不怎麼理我。其實他從來不怎麼理任何人。有人說大清早天不亮，聽見男廁所裡有人唱戲，都唱男女對唱的段子：男腔他就唱，女腔他哼胡琴伴奏。跑進去，看見唱戲這個人是韋志遠。他蹲在茅坑上，唱得好感動的，眼圈都紅了。

其實韋志遠人在看門，心裡根本不在看門。有次他拿了一大厚摞紙到我家，說他寫了個戲，是寫給朱阿姨唱的，請我爸給指教。他走了，我爸把那一摞紙往床下一塞。他床下面塞滿稿子，老鼠沒啃完舊的，新的又塞進來了。只要人家向他我爸討還稿子，爸就會猛一拍人家肩膀說：「他媽的寫得真不賴！好好幹，再改它幾稿！」人家一聽就開心了，哪怕爸用他的稿子揩屁股他也不計較了。

韋志遠不同，一個禮拜後他又來用手指「嗒嗒嗒」彈我家門。我爸拔上鞋後跟就要出去。韋志遠臉洗得白白的，站在門口。我爸說：「誰來的電話？」韋志遠說：「不是……」我爸說：「掛號信？」韋志遠笑笑說：「您叫我過幾天來的。我的劇本……。」

我爸來不及耍花招了，說：「哦……我正看到精彩的地方！下個禮拜怎麼樣？我跟你好好談，啊？」

韋志遠還不走，問：「幾點？」

我爸不耐煩地說：「幾點都行，幾點都行！」

爸關上門就說：「這種人也想寫劇本！這種人也想寫劇本給朱依錦唱……」他像牙疼一樣咧著嘴。他只好到床下又扒又刨，扒出一摞稿子，四周給老鼠啃成了郵票的鋸齒邊，他手拍拍上面黑麻麻的老鼠屎，說：「他也寫劇本，我就能做女人生孩子了！」

爸剛泡了茶，點了煙要看韋志遠的稿，李叔叔抱著棋盒，拎著棋盤進來了。那時李叔叔還沒想到半年後自己會從和平鴿上跳下來肝腦塗地。

第二個星期韋志遠又來了。聽見他「嗒嗒嗒」的彈門，我爸趕緊套上我媽搬煤的髒手套，門一開就對韋志遠說：「你看你看！正在搬煤餅！……」韋志遠一聲不響照爸的意思把煤餅從我家廚房一塊塊搬到晾臺上，白臉讓汗淌黑了。我爸對他說：「下禮拜吧？今天我累了。」

韋志遠一個禮拜一個禮拜地來。後來文化大革命也來了，把我爸救了。

我就是從那時候開始喜歡韋志遠的。我已經成了個很不響、很不響的人，但我跟韋志遠還是有話說的。我把許多祕密告訴了他，比如，我下雨天總要跑到菜場去撿硬幣。因為下雨天硬幣落在地上人家聽不見。我存了許多硬幣，有時我媽會問我借，我催她還我，她就很賴皮地笑：「借你小錢，將來還你大錢！」大人在向小孩借錢時的面孔非常、非常地有趣。有時我就是為了看一下我媽那樣有趣的面孔而慷慨地把錢借給她的。

朱阿姨在醫院住了三天了，還是老樣子：多半時間是安靜躺著，偶然亂動一陣子，把我給她遮蓋得很好的棉被踢開。我從家裡搬了一把小折疊椅，坐在她床邊。大家來看她的身體，一看見我瞪眼坐在那裡，也不大好意思了。我很少上廁所，憋得氣也短了，兩腿擰成麻花才去。因為每次上廁所回來，朱阿姨的身子總是給亮在那裡。我也盡量不睡覺，除了覺睡我，那是沒辦法的事。有回睡得腦子不清爽，看見那個電工走到床邊，他看我頭歪眼闔像個瘟雞，就假裝嘴巴一鬆，把香菸頭掉落在朱阿姨被子上。他馬上裝出慌手亂腳的樣子去拍打被子，生怕菸屁股把朱阿姨點著似的用手在朱阿姨身上撲上撲下。棉被還就是給他拍打不掉。他乾脆抓起棉被來抖，好像要把火災的危險抖抖乾淨。他眼睛一落在朱阿姨的身體上，手就僵住了。這個又瘦又白的身體天天都在縮小、乾掉，兩條甩水袖的胳膊開始發皺了，胸脯又薄又扁，一根鮮豔刺眼的橘黃色橡皮管不知從哪兒繞上來。電工動也不動。只有脖子上的大橄欖核在亂動。不知他認為朱阿姨的身體是太難看，還是太好看了。朱阿姨是一隻白蝴蝶標本，沒死就給釘在了這裡，誰想怎麼看就怎麼看。她不防護自己，在你眼前展覽她慢慢死掉的過程。她過去的多姿都沒了，過去的飛舞都停止了……

電工聽見我這邊有響動，回頭看，見我臉上淌滿眼淚。

再過兩天就是除夕，媽媽到醫院來捉拿我。我不回去。

「你爸從牛棚放出來過年了！」媽不敢大聲，又使著勁，所以擠眉弄眼的。

我說我要守著朱阿姨。有這麼多的人要來掀朱阿姨的被子，守還守不住，怎麼可以走開呢？

媽說：「已經五天了，她不會好轉來了！」

我說我不能把朱阿姨留給那些眼睛，那些眼睛原先是不配看朱阿姨的臉的。

媽看著我又髒又倔強的臉，過了好一陣說：「朱阿姨好轉來，回到戲臺上照樣出名，才不會記得你呢！」

等朱阿姨醒來，頭一句話我要跟她講的，就是：「千萬別回戲臺了。」

媽決定不跟我囉嗦，上來扯起我就走。她那冷冷的、軟和的雪花膏氣味讓我感到好親、好親。我回頭看一眼朱阿姨，她還在髒棉被下很慘很慘地躺著。我突然雙手抱緊我媽的手，全世界只有這隻帶雪花膏氣味的手是乾淨的。被這隻手拉著是安全的、幸運的。

我牽著媽的手回到了家。爸成了個老農民，直眉楞眼地把下巴頦放在桌沿上，喝稀飯。他和媽問我什麼我都不響。看守了朱阿姨五天五夜，我已變成個更不響的人了。我一口一口往嘴裡吸滾燙的稀飯，剛出芽的門牙給稀飯燙得發痛。

我只想去跟一個人講話。韋志遠。他不在那個板凳上坐著了，不知去了哪裡。一個磨剪子鏹菜刀的河南人東唱一聲西唱一聲地走進大門。

大年夜一過我就回到醫院。朱阿姨的床空了，氧氣瓶還斜躺在那裡。曾經在她身體裡有進有出的一堆管子亂七八糟地扔在床上，輸液架上吊著的大小瓶子中都剩些藥水，一個氣泡也不冒了，成了死水。

我撞開護士值班室的門。這回是個年輕護士，也在打毛線，兩根眉毛向額頭上挑著，揪著眼皮，不然眼皮無論如何是要合到一塊了。

我問她朱阿姨去了哪裡。

她眼一大，又小回去。手上針腳一點不錯地告訴我：除夕醫院人手少，病員也都准許回家過年了，不曉得誰乘機跑來，把朱依錦的氧氣管拔了，把所有的管子、針頭全拔了。

「那朱阿姨呢？」我腦子轟隆隆響，自己講話自己也聽不清。

「死了唄。」

我瞪著眼看著護士。

「那還不死？」護士伸個懶腰。

「誰拔的？」我半天才問。

「我怎麼會曉得？唉，你把門關上！這點暖氣還不夠你往外放！……看著我做什麼？告訴你她死了嘛！」

朱阿姨死了。我沿著空盪盪的走廊往樓梯走。一個人也沒有，一個觀眾也沒有了。真的是散了戲。我覺得我很瞌睡。

清早我去找韋志遠。那個板凳還是空著。我踩著死竹葉穿過死竹林，去敲他那豬圈宿舍的門。韋志遠把門從裡面拴住，敲得我手指骨頭都快碎了，門才開條縫。門縫裡是韋志遠和平鴿一樣的臉，鬥雞眼不看我，看我的背後。

我跟他說有人把朱阿姨害死了。他說他知道了。他不像一清早剛爬起床的人帶一股臭哄哄的暖氣。他冰冷的清醒。

我說外面好冷，我要進去。他說你不能進去。我說我一定要進去，他說你走開。我說我非進去不可，他說你給我滾蛋。

門關上了。我突然感覺韋志遠的屋裡不只他一人。我跑到後面窗戶，窗戶糊了報紙。一看，報紙是昨天的！拾廢紙的小老頭把廢紙梱子堆在牆邊，我把它們摞起來，爬上去。我現在是站在窗臺上了。伸手可以搆到瓦縫裡吊著的一束灰塵結的黑絮。

窗子頂上有一條縫是報紙沒能遮住的。我踮起腳把眼睛搆到那條縫上。屋頂四周堆滿了書，全是赤膊書，沒有封皮。韋志遠蹲在屋中央，把一本書一頁一頁撕下，填進小火爐裡。我眼睛向屋的各個角落搜索，屋裡的確只有他一個人。我還感覺什麼地方肯定有另一個人。

這時我看到了他的床。床也是冰冷的清醒，床中央有塊皺巴巴的綠色。我認出來了：那是朱阿姨的手帕。朱阿姨一身給剝得淨光，只有頭髮上繫著這塊手絹，一直繫著，一定是她在吞安眠藥前能想到的唯一的打扮。

韋志遠始終沒抬頭來發現我。他就那樣安安靜靜，一頁頁地把書塞進爐子。

我跳下廢紙的垛子，沿著黃白黃白的死去的竹林往回走。死竹葉在我腳下響得好急。快出竹林子，我回頭，看見韋志遠屋頂的鐵皮煙囪裡飛出灰白的紙灰，有些片兒大，有些片兒小，在灰白的天空裡不斷翻身。

年過後，韋志遠辭職回鄉下去了。我有時會坐到他那個板凳上，學他的樣光看人的腳。我成了個更不響的人。

（本篇原名「白蝶標本」，收錄於《風箏歌》，時報公司出版）

黑影

我直到現在還會夢見那回字形院子。院子之所以成回字形，很簡單，因為一座房在中央，院牆幾乎等距離地給房四周留出了空地。我記得黑影來到這個院落的時候，這家人房檐下吊的臘肉、醃豬頭、鹹板鴨都只剩了一根根油膩的繩子，結了油膩膩的灰垢，空空地垂蕩。

穗子在一個四月的早晨站在這些肥膩汗垢的繩子下刷牙。她不知道再過幾分鐘黑影就要到來，給她帶來一個創傷性的有關童年的故事。在黑影到來前，我們還有時間來看看這個叫穗子的女孩的處境：穗子的父親在半年前被停發了薪水，她給母親送到外公家來混些好飯，長些個頭。穗子在半年裡吃的米飯都是鋪墊在醃肉醃鴨下蒸熟的。她吃到最後一個鴨頭的時候，有了個重大發現：如果把骨頭嚼爛，那裡面會出來一股極妙的鮮美。

現在黑影還有幾十秒鐘就要出場。穗子仰起脖子，咕嚕咕嚕地涮著喉嚨深處，把她昨天晚上從鴨頭骨髓中提煉的絕妙鮮美徹底滌蕩掉了。她低下頭把嘴裡的水吐進陽溝。她從來想不通為什麼外公把別人叫作「陰溝」的溝稱為「陽溝」。就在她玩味「陰溝陽溝」時，一小團黑東西落在了溝底。穗子見了鬼一樣尖聲叫起來。

外公跑出來，看著那團動彈不已的黑玩藝在穗子吐的白牙膏沫裡。外公說：「我日他奶奶，還不跌死了?!……」他蹲下來，渾身骨節嚼豆一樣地響。然後穗子一步一步走近，看外公手裡拎了一隻全身漆黑的小貓。

多年後穗子認為她其實看見了幽靈似的黑影在屋簷破洞口一腳踩失的剎那，同時是一聲陰曹地府的長嘯，四寸長的黑影在屋簷和陽溝之間打了個垂直的黑閃。

外公拎著兇惡的黑貓崽，胳膊儘量伸長，好躲牠遠些。他伸出左臂，樣子像要護住穗子，或阻止穗子近前。外公告訴穗子，這是一隻名貴的野貓，至少八代以上沒跟家貓有染過。「你看牠的爪子，根根指甲都是小鐮刀，給你一下就是五道血槽子。」外公拎著四隻爪子伸向四面八方的野貓崽，同穗子都沒了主意，都不知道該拿牠怎麼辦。穗子剛剛想說：把牠扔回溝裡去吧。但她突然看見了牠那雙琥珀眼睛，純粹的琥珀，美麗而冷傲。她說：「牠是我的貓。」

外公很愁地看著這小野物黑螃蟹一樣張牙舞爪，說：「起碼再養牠八代，才能把牠養成一隻貓；看牠野的——是隻小獸。」

外公說是這樣說，已進屋找出條麻繩，讓穗子按他的指導打個活結。他右手使勁掐緊貓後頸的皮，扯得那張嘴露出嫩紅的牙床，上面的牙齒剛剛萌出，細小如食肉的魚類。外公瞅個冷子抓住牠兩隻狂舞的前爪，叫穗子趕緊把繩子的活結套在牠一隻後爪上。小野貓叫出了真正的野獸嗓門。穗子沒有聽過狼嗥，她想那也不會比這叫聲更荒野、更淒烈。

穗子將麻繩的一頭繫在八仙桌腿上。八仙桌上有個瓷羅漢，那天傍晚被這隻小野貓弄砸了。牠一刻不停地向各個方向掙扎，終於拖著八仙桌移動了半尺遠，羅漢就是那時分傾倒，滾落到地上的。

外公說：「扔出去扔出去，這麼野的東西誰餵得熟？」他躲著小野貓，去撿羅漢的碎瓷片。

穗子知道外公不會違拗她，真的把牠扔出去。

晚飯前，外公在垃圾箱裡找到一些魚內臟。他用張報紙把魚內臟兜回來，用水沖洗乾淨，放在罐頭盒裡煮。他把拌了魚內臟的粥擱到小野貓面前，牠卻看也不看，直著喉嚨、閉著眼，一聲接一聲地嗥。第三天晚上，牠嗥得只剩一口氣了。那盆魚內臟粥仍是不曾動過。外公食指點著牠說：「日你奶奶明天早上我耳根子就清靜了——看你能嗥過今晚不。」

穗子知道外公是嘴上硬，心裡和她一樣為這樣絕不變節的一隻幼獸感動。半夜時分，她悄悄跑到牠跟前。牠愣了一瞬，兩個瑰寶大眼黃澄澄地瞪著她。牠看出她是人類中幼小脆弱的一員，野性也尚未褪盡，尚未完全給那混賬人類馴化。牠見她漸漸降低自己，變成與牠同一地平線。她的臉正對著牠的：她的四個爪子趴的姿態也與牠相仿。牠不再叫了。就這樣朝著她叫有些令牠難為情。牠弓著後背，開始一步步後退，退到桌下的陰影裡。她不再看得清牠，只看見黑暗中有團更濃的黑暗，上端一對閃光的琥珀。

她取來一把剪刀，剪斷了拴牠的麻繩。然後她關緊所有的窗，退出了牠的屋。第二天早晨天剛亮，她聽到牠的屋有了種奇特的寧靜。她走過去，如同揭一塊傷口上敷的繃帶那樣一點點推開門。小野貓不見了。碟子裡的粥也消失了。所有的窗紙被撕得一條一縷。

外公跌著足說：「你怎麼能把繩子給牠剪了呢？那牠還不跑?!」

穗子想，牠怎麼可能跑呢？這屋明明森嚴壁壘。她開始挪所有的桌、椅、櫃子。挪不動的，她便用掃帚柄去捅，每個縫隙，再窄，她都要從一頭捅到另一頭。

外公說：「牠是活的，又那麼野，你這樣捅牠，牠早竄出來了！」

穗子想，難道牠就化在黑暗裡了？她渾身沾滿絨毛般的塵垢，鼻子完全是黑的。她就那樣四爪著地，眼睛瞪著大床下所有舊紙箱木箱之間、陳年累積的黑暗。

她喚道：「黑影、黑影！……」

外公問：「誰個是黑影？」

她沒心情來搭理外公，只是伸出右手，搔動汙黑的手指。她說：「我知道你就在這裡頭。」

穗子不知憑了什麼認為小黑貓崽有種高貴的品性，不會偷偷飽餐一頓，抹嘴就跑的。

第五夜晚穗子在外婆的床上睡了。外婆去世後，那張床往往用來晾蘿蔔乾——天一陰外公就把院子裡掛的一串串蘿蔔乾收回來，鋪在外婆的大床上。這夜穗子躺在幽遠的外婆氣息和親近的蘿蔔乾氣息裡，扛著越來越重的睡眠。這時，她聽見床下的黑暗蘇醒了。

月光從襤褸的窗紙間進入這屋。穗子聽見很遠的地方，一個貓在哭喊。床下的動靜大了起來，隨後，那個小小的野獸走到月光裡。牠坐下來，微仰起臉，遠處那個貓哭喊一聲，牠兩個耳尖便微微一顫。

穗子下巴枕在兩個手背上，看牠一步一步走到門邊，伸出兩個前爪，扒了幾下門。牠動作沒有多大力氣，因為牠心裡沒懷多大希望。穗子明白了，牠前幾個夜晚是怎樣度過的：牠在母親叫喊牠時拚命地回應。牠不知道母親不可能聽見牠那早已破碎的喉嚨。第四夜，牠發現自己被鬆了綁，對那個開釋牠的人類幼崽的感激使牠險些變節。但牠畢竟沒辜負牠的純粹血統，開始往每一個窗子上竄。牠錯誤地估計了這種叫作玻璃的物質之牢固程度。牠在竄到奄奄一息時，絕望已趨徹底。

此刻牠衰弱地走動著，想看看這座牢籠有多大。穗子氣都不出地看著牠。牠可真黑，相比之下夜色的黑就淺多了，遠不如牠黑得絕對。牠緩緩地踱來踱去，以動物園老虎的無奈步伐和冷傲態度。牠不知道自己在穗子的觀察中活動，因此牠自在之極；伸出前爪刨了刨地上一個花生，發現這事能解些悶，便左一下右一下地攻擊起花生來。穗子從沒見過比牠動作更矯健的活物，牠細長的身體和四肢輕盈得簡直就是個影子。

穗子想，是時候了。她輕輕地起身，下床。黑影向後一閃，盯著這個人類幼崽，看她想幹什麼。她一步一步向牠走去，把自己做為牠的獵物那樣，渾身都是放棄。在她離牠只有兩步時，牠「唰」的一下弓起了背，四寸長的身軀形成一個完好的拱門。尾巴的毛全乍起來。六歲半的穗子第一次明白什麼叫作敵意。這袖珍猛獸真的要獵獲她似的咧開嘴。

穗子一動也不動。讓牠相信她做牠獵物的甘願。

牠想，她再敢動一動，牠就竄起來給她兩爪子，能把她撕成什麼樣就撕成什麼樣。但牠身體的弦慢慢鬆了些，因為牠看出來她是做好了打算給牠撕的。

穗子看牠脊梁的拱形塌了下去，尾巴也細了不少。然後牠轉開臉，向旁邊的椅子一躍，又向桌子一躍，最後在大床的架子上站住了。這時牠便和穗子的高度相差不多了。

穗子覺得牠剛才的三級跳高不屬於一隻貓的動作，而屬於鳥類，只是那對翅膀是不可視的。她想，拿曾見過的所有的貓和牠相比，都只能算業餘貓。她在碗櫃裡找到兩塊玉米麵摻白麵做成的饅頭，然後把它揪成小塊放在盤子裡。她並不喚牠來吃，只把盤子擱在地上，便上床睡去了。早晨起來，盤子乾淨得像洗過一樣。

第二個月黑影偶爾會露露面了。太陽好的時候，牠會在有太陽的窗臺上打個盹。但只要穗子有進一步的親和態度，牠立刻會拱背收腹，兩眼凶光，咧開嘴「呵」得一聲。牠不討好誰，也不需要誰討好牠。

外公覺得黑影靠不住，只要野貓來勾引牠，牠一定會再次落草。雖然牠才只有兩個月的年齡，在窗臺上看外面樹枝上落的麻雀時，琥珀大眼裡已充滿嗜血的欲望。牠對外公辛辛苦苦從垃圾箱裡翻撿出來的魚雜碎越來越沒胃口，時常只湊上去聞聞，然後鄙夷地用鼻子對那腥臭烘烘的玩意啐一下，便懶洋洋鑽到床下去了。

外公說：「日你奶奶的，我還沒有葷腥吃呢。」

黑影一般在餓得兩眼發黑，連一個乒乓球都撥拉不動的時候才會去吃那污糟糟的魚肚雜。

因為黑影的活動範圍主要在床下各個夾縫裡，所以不久穗子就發現許多東西失而復得：外婆曾經織毛衣丟失的毛線團子，穗子三歲時拍過的兩個花皮球，四歲時踢的一串彩色鈕扣，五歲時玩的一個膠皮娃娃和玻璃彈珠，都被黑影一一從歷史中發掘出來。黑影基本上停止吃外公為牠烹飪的貓飼料是在三個月後；牠開始自食其力捉老鼠吃。有次牠竟獵獲了一隻不比牠小多少的鼠王。

外公說：「好傢伙，這下人家要過貓年了，等於宰了一口豬！」

這次出獵黑影不是毫無代價，大老鼠給了牠一記垂死的反咬，黑影肩部掛了彩。開始外公和穗子都以為那是老鼠的血。幾天過後，黑影打盹時，兩隻綠頭蒼蠅在牠身上起落，外公才發現那傷口。外公想難怪牠這兩天瞌睡多，原來是傷口感染的緣故。他抓住黑影四隻爪子，讓穗子往那傷口上塗碘酒。穗子心裡發毛，因為那咬傷很深，原本沒什麼膘的黑影骨頭也白森森地露了出來。外公叫穗子把藥往深處上，說老鼠的牙又尖又毒。而穗子手裡的棉籤剛碰到創面，黑影一個打挺，同時在緊抓牠四肢的外公手上咬了一口。

外公一下子把牠拋出去，疼得又老了十歲似的，人也縮了些塊頭。他對著黑影消失的大床下面吼著：「去死去，小野東西，虧得你只有這點大，不然你還不吃了我?!……」

外公便拿了碘酒來塗自己的手。

穗子問：「黑影會死嗎？」

外公說：「明天一定死——現在牠就在發高燒，剛才我抓著牠，牠渾身抖。」

穗子問外公青黴素可不可以救黑影。外公說哪家醫院吃飽了撐的，給一隻小野貓打青黴素。穗子支吾地說：上回她得重傷風，醫生開了六支青黴素給她，她實在怕疼，打到第四針就沒再打下去。所以醫院注射處還欠著她兩針青黴素的帳。外公一向就知道穗子屬於一肚子鬼的那種孩子，主意常常大得唬人。他這時卻顧不上責罵她。一條貓命就要沒了。他說：「那也不行啊——你得在注射處打掉那兩針才行，他們不會准許你把藥取出來的。」

穗子心想，活這樣一把歲數真是白活了。她指導外公：「你告訴打針的護士阿姨，說我不願意走那麼遠，就把藥拿到附近的門診部打，不就行了？」

外公依照穗子的謊言，果然騙取了護士的信任，把兩支青黴素弄到了手。他又去醫療器具部買了注射器和針管。回到家牢騷沖天，說一隻小野貓花掉了他和穗子一星期的伙食預算。他做好了注射準備，就叫穗子去對床下喊話。穗子軟硬兼施，賭咒許願都來了，黑影半點心也不動。

等外公把大床移開，黑影除了一對眼睛還活著之外，大致是死了。外公這回當心了，先給牠四個爪子來了個五花大綁，再用橡皮筋箍住牠的嘴。然後外公把八分之一管的青黴素打進牠皮包骨頭的屁股。

黑影果真沒死，第三針打下去，牠又開始兇相畢露，雖是抓不得咬不得，牠卻用琥珀大眼狠狠白了外公一眼。外公不同牠一般見識，用四條一樣長的活魚煨了鍋奶一樣白的湯，香味弄得穗子腿都軟了。魚是外公和穗子釣來的。離外公家四里路的地方有口塘，但杵著一塊「不准釣魚」的木牌。外公和穗子夜裡潛越過木牌，天亮時讓露水泡得很透，但畢竟釣到四條一兩多重的魚。

外公說穗子可以同黑影分享四條小魚和魚湯。穗子說她寧願讓黑影多吃兩天特殊伙食。外公不高興穗子嬌慣黑影超過自己嬌慣穗子，他說：「誰個稀罕這些毛毛魚？前些年貓都不稀罕！」他納悶食品短缺是否跟一場又一場的革命或運動有關係；一般說來人一吃飽飯就懶得革命了，所以革命勁頭大的人都是餓著的。

穗子態度強硬，對外公說：「誰個稀罕這麼小的魚？全是刺！連余老頭都不稀罕！」余老頭是個無賴漢，又酗酒，但他曾經寫過幾首詩，所以酒錢還是有的。余老頭是大家的一個寬心丸，心裡再愁，看看天天過末日的余老頭，人們會鬆口氣地想，愁什麼呢？余老頭頓頓在食堂賒飯吃都不愁。於是余老頭就成了人們的一種終極境界，一個最壞的因而也是最好的對比參照。

外公不再勸穗子。在這一帶的街坊中一旦誰端出余老頭，別人就沒話了。

黑影看著外公罵罵咧咧地將一個豁了邊的搪瓷小盆子「啪」的一聲擱在地板上。黑影一對美人兒大眼冷豔地瞅了他一眼。牠一點都不想掩飾牠對他的不信賴。一切老了的生物都不可信賴。牠看他慢慢直起身，骨節子如同老木頭乾得炸裂一般「劈劈啪啪」，響得牠心煩。

一縷絲線的鮮美氣味從牠的口腔一下子鑽入腦子，然後游向牠不足六寸長的全身。

穗子和外公坐在小板凳上吃粥。本來吃得「稀里糊嚕」的響，這一刻全靜了，嘴挨了燙那樣半張開。他們不約而同地對視一眼，又去看吃得不時痙攣的小黑野貓。兩人都無聲地眉飛色舞。這是牠頭一次給他們面子，當他們的面吃飯。

黑影恰在這時抬起眼，看見穗子的眼睛有些異樣。牠不懂人類有掉眼淚的毛病。牠只感到力氣溫熱地從胸口向周身擴散。

穗子說：「外公，牠不會死了吧？」

外公說：「倒了八輩子楣——這小東西是個大肚漢呐！一頓能吃一兩糧呢！」

八月份的一天夜裡，穗子熱得睡眠成一小截一小截的。朦朧中她覺得她聽見各種音色的貓嗥。一共有七、八隻貓同時在嗥。她使勁想讓自己爬起來，到院子裡去看看怎麼回事，但在她爬起來之前，一陣瞌睡猛湧上來，又把她捲走，她覺得貓不是在一個方向嗥，而是從後院的桑樹上，東院的絲瓜架上，西院的楊樹上同時朝這房內嗥。她迷迷糊糊納悶，院牆上栽了那麼多那麼密那麼尖利的玻璃樁子，貓不是肉做的嗎？

快到天亮時，穗子終於爬起來，鑽出蚊帳。她往後窗上一看，傻了，牆頭上站的坐的都是貓。她想不通貓怎麼想到在這個夜晚來招引黑影；牠們怎麼隔了這麼久還沒忘記牠。這個野貓家族真大，穗子覺得牠們可以踩平這房子。外公也起來了，說他從來不知道野貓會有這種奇怪行為，會傾巢出動地找一個走失的貓崽。

在灰色晨光中，每一隻貓都是一個黑影，細瘦的腰身，纖長柔韌的腿，牠們輕盈得全不拿那些插在牆上的碎玻璃當回事。牠們純黑的皮毛閃著珍貴和華麗。外公是對的，牠們祖祖輩輩野性的血沒摻過一滴雜質，牠們靠著群體的意志抵禦人類的引誘，抵抗人類與牠們講和，以及分化瓦解牠們的一次次嘗試。

穗子和外公都明白，這次他們再也挽留不住黑影。換了穗子，在這樣的集體召魂歌唱中，也只能回歸。這樣撕心裂肺的集體呼喊，讓穗子緊緊捂住耳朵，渾身汗毛倒豎。她見外公打開了門，對她做了個「快回去睡覺」的手勢，他覺得這樣鬧貓災可不是好事，索性放黑影歸山。一連幾天，外公都在嘲笑自己，居然忘記了「本性難移」這句老話，企圖去籠絡一隻小野獸，結果呢，險些引狼入室。

穗子把黑影吃飯用的搪瓷盆和養傷睡的毛巾洗乾淨，收了起來。外公說：「還留著它們幹什麼？扔出去！牠還會回來？……」穗子不吱聲。她有時懶得跟他講自己的道理。她常常一搭拉眼皮：你愛說什麼就說什麼。她懶得同成年人一般見識，他們常常愚蠢而自以為是。

十月後的一天夜裡，桑樹葉被細雨打出毛茸茸的聲響。穗子莫名其妙地醒來。（她是個無緣無故操許多心，擔許多憂，因而睡覺不踏實的女孩。）她睜大兩個眼，等著某件大事發生似的氣也屏住。……「呱啦嗒、呱啦嗒、呱啦嗒」，遠遠地有腳步在屋頂瓦片上走，然後是一聲重些的「呱啦嗒」。穗子判斷，那是四隻腳爪在飛越房頂與房頂之間的天險。再有兩座房，就要到我頭頂上的屋頂了，穗子想。果然，腳步一個騰飛，落在她鼻梁上方的屋頂上，然後那腳步變得不再穩，不再均，是掙扎的，趔趄的，像余老頭喝多了酒。穗子一點點坐起，聽那腳步中有金屬、木頭的聲音。她還似乎聽出了血淋淋的一步一拖。

她聽見牠帶著劇痛從屋簷上跳下來，金屬、木頭、劇痛一塊砸在院子的磚地上。

穗子打開門，不是看見，而是感覺到了牠。

黑影看著她，看著她細細的四肢軟了一下。牠看她向牠走來。還要再走近些，再多些亮光，她才能看見牠發生了什麼事。牠不知自己是不是專程來向她永別，還是來向她求救。牠感到劇烈的疼痛使牠尾巴變得鐵硬。還有一步，她就要走到牠面前，看見牠究竟是怎麼了。

我直到今天還清楚記得穗子當時的樣子。她看著黑貓的一隻前爪被夾在一個跟牠體重差不多的捕鼠器裡，兩根足趾已基本斷掉，只靠兩根極細的筋絡牽連在那隻爪子上。她覺得胃裡一陣蠕動，不到九歲的她頭一次看到如此恐怖的傷。我想她一定是「面色慘白」。

黑影起初還能站立，很快就癱了下去。牠不知道牠拖著一斤多重的捕鼠器跑了五里路。也許更遠。穗子想，誰把捕鼠器做得這樣笨重呢？一塊半寸厚的木板，上面機關零件大得或許可以活逮一個人。食物嚴重短缺的年頭人們把捕鼠器做得這樣誇張得大，或許是為了能解根出氣，是為了虛張聲勢。

穗子叫醒外公。外公手裡還拿著夏天的芭蕉扇。他圍著痛得縮做一團的黑影打了一轉說：「好，光榮，這下做了國家一級殘廢，每月有優待的半斤肉。」他找來一把剪子，在火上燒了燒刃，對黑影說：「你以為出去做強盜自在，快活？——現在還去飛簷走壁去啊，飛一個我瞧瞧！」他說著蹲下來，在穗子齜牙咧嘴緊閉上眼的剎那，剪斷了黑影藕斷絲連的兩根足趾。

黑影這回傷癒後變得溫存了些。有時穗子撫摸牠的頭頂，牠竟然梗著脖頸，等她把這套親暱動作做完。除非她親暱過了火，牠才會不耐煩地從她手掌下鑽開。牠儘量放慢動作，不讓她覺得自作多情。牠不明白穗子多麼希望有人以同樣的方式摸摸她的頭。牠哪裡會知道這個小女孩多需要伴兒，需要玩具和朋友。沒人要做穗子的朋友，因為她有個罪名是「反動文人」的爸爸。

穗子當然也不完全了解黑影的生活。她大致明白黑影過的是兩種日子，白天在她和外公這裡打盹、吃兩頓魚肚雜，養足了精神晚上好去過另一種日子。牠的第二種日子具體是怎樣的，穗子無法得知，她想像那一定是種遼闊的生活。她想像從黑影稍稍歇息的某座房頂俯瞰，千萬個人的巢穴起伏跌宕，顯得十分闊大浩淼。牠的另一種日子一定豐富而充滿兇險。她並不清楚黑影已被牠的家庭逐出，因為牠已變節，做了人類的寵物。

春節前穗子收到媽媽的信，說爸爸有四天假期，將從「勞動改造」的採石場回來。然而春節的肉類供應在一個多月前就結束了。每家兩斤豬肉已經早早成了穗子雙頰上的殘紅和頭髮的潤澤。外公每天割下一小塊肉給穗子燉一小鍋湯。到了第二個禮拜，穗子吃出肉有股可疑的氣味。外公只得從那時開始和穗子分享氣味複雜的肉。因而在穗子大喜過望地把母親的信念給外公聽時，外公說：「好了，這個年大家喝西北風過吧。」

外公花了二十元錢買到冰凍的高價肉。但第二天報上出現了公告，說那種高價肉十年前就儲進冷庫，但因為儲錯了地方一直被忘卻，直到這個春節才被發掘。報紙說儘管這些肉絕對毒不死人，但還是請大家到食肉公司去排隊，把肉退掉。大年三十的前一天，外公花了八個小時去退比穗子年齡還大的豬肉，罵罵咧咧領回二十元錢。

這天夜裡，房頂上的瓦又從半里路外開始作響。這次響聲很悶，很笨。穗子瞪著黑暗的天花板，覺得在那響動中它如同薄冰似的隨時要炸裂。

穗子心跳得很猛。

那響動朝屋簷去了。「噗通」一聲，響動墜落下來。穗子朝窗外一看，見一隻美麗的黑貓站在冰冷的月亮中。她把門打開。黑貓向她轉過臉。牠的身體與頭的比例和一般的貓不同，牠的面孔顯得要小一些，因而牠看去像一隻按比例縮小的黑豹。穗子想，黑影成年後會有這樣高雅美麗嗎？她不敢想，這就是豆蔻年華的黑影。

牠朝她走過來。走到她腿前，下巴一偏，面頰蹭在她白棉布睡褲腿上，蹭著她赤裸的腳踝。牠蹭一下，便抬頭看她一眼。但當她剛有要撫摸牠的意圖，牠一縷黑光似的射出去。完全是個野東西。穗子心裡一陣空落：這不是她的黑影。

黑貓卻又試試探探向她走回。牠的黑色影子在月光裡拉得很長。穗子覺得這是她見過的最美的一隻貓。因為牠不屬於她，牠便美得令她絕望；牠那無比自在、永不從屬的樣兒使牠比牠本身更美。

我想，在穗子此後的餘生中，她都會記住那個感覺。她和美麗的黑貓相顧無言的感覺，那樣的相顧無言。這感覺在世故起來的人那兒是不存在的，只能發生於那種尚未徹底認識與接受自己的生命類屬，因而與其他生命同樣天真蒙昧的心靈。

這時她發現黑貓的坐姿很逗：身體重心略偏向左邊，右爪虛虛地搭在左爪上。她蹲下來，藉著月光看清了牠右爪上的殘缺被這坐姿很好地瞞住。她同牠相認了。她看著牠，猜想黑影或許從來沒有離開過這座房院，至少是沒走得太遠。牠或許一直在暗中和她作伴。

這時外公披著棉衣出來，一面問：「屋頂上掉了個什麼東西下來，嚇死人的！」他一眼看見的不是貓，而是貓旁邊的東西。他直奔那東西而去，褲腰帶上一大串鑰匙和他身上的骨節子一塊作響，如同組裝得略有誤差的一臺機器一下子投入急速運轉。

外公用腳踢踢那東西，然後小心地蹲下去：「不得了了，這貓是個土匪，殺人越貨去了！

你看看牠把什麼盜回來了！」他將那東西搬起，鼻子湊上去嗅嗅，然後轉向穗子：「這下能過年了。」穗子看清那是一整條金華火腿。他抱著火腿往屋裡走，拉亮了燈，湊到燈光裡，眼睛急促地打量這筆不義之財。他自己跟自己說：「足有十來斤，恐怕還不止。你說你了得不了得?!……」

穗子見黑影在門檻上猶豫，她便給了牠一個細微的邀請手勢。牠慢慢地走過來，後腿一屈，跳上了八仙桌。牠在桌上巡察一番，不時回過臉看一眼狂喜的外公。牠兩眼半瞇，窄窄的琥珀目光投到他眉飛色舞的臉上。牠表情是輕蔑的，認為這位人類的蒼老成員沒什麼出息。

然後牠在桌子中央一趴，確立了牠的領土主權。

穗子確信黑影從來沒有真正離開過她。牠那麼自在，那麼漫不經意，證明牠與她的熟識一直在暗中發展；牠對她的生活，始終在暗中參與。

外公說：「下回可不敢了，啊?給人家逮住，人家會要你小命的，曉得吧?」他一根食指點著黑影。黑影卻不去理他，修長地側臥，肚皮均細地一起一伏，已經睡得很深。

到火腿吃得僅剩骨頭時，黑影產下了一隻三色貓崽。外公說這種「火燒棉花絮」的貓十分名貴。穗子卻心存遺憾，覺得黑影果真被牠的家族永遠驅逐了出來。外公還告訴穗子，根據「一龍、二虎、三貓、四鼠」的道理，三色貓崽又有另一層的貴重；牠是獨生子，因而便是「龍」種。他說：一窩貓崽是三隻，還能算貓；四隻，就是鼠了，不值錢了，連耗子都不怕牠了。

黑影在貓崽落生後的第二天就出門了。牠總是在貓崽四面八方扭轉著面孔叫喚時突然從門外竄回來。黑影的乳汁很旺，貓崽一天一個尺寸。

黑影的外出又有了收穫，一串風乾板栗被牠拖了回來。

外公這次拉長面孔，朝黑影揚起一個巴掌說：「還敢吶你?!再偷讓人逮住你，非剝你皮不行！」外公的那個巴掌落在八仙桌上，黑影睜一隻眼看看這個虛張聲勢的老人。外公說：「一共就剩八個手指頭了，你還嫌多?!再偷人家不揍你，我都要揍你！看我揍不死你！」他的巴掌再次揚了揚，黑影不再睜眼，牠覺得這老人自己活得無趣也不許其他人有趣。外公見黑影不理他，只得走開，把栗子放到水裡洗了洗，打算每天給穗子吃五個，如果她表現得好，每天便可以有十個栗子。

貓崽七天生日時，黑影沒有按時回家。貓崽支起軟棉棉的脖子，哭喊的一張小臉就只剩了粉紅的一張嘴。第二天早晨，穗子看見一隻大致是貓的東西出現在貓崽窩裡。牠渾身的毛被火鉗燙焦了，並留下了一溝一棒的烙傷。傷得最重的地方是牠的嘴，裡外都被燙爛，使穗子意識到，饑荒年頭的人們十分兇猛，他們以牙還牙地同其他獸類平等地爭奪食物，在他們眼中，黑影只是一隻罪惡的、下賤的偷嘴野貓，一次次躲過他們的捕捉，以偷嘴的一個個成功贏了他們。

他們終於捉住它時，一切刑具都是現成的，他們嗥著：「燒牠的嘴燒牠的嘴！……」

外公和穗子一聲不響地看著貓崽在完全走樣的母親懷裡拱著，咂著一個個不再飽滿的乳頭。他們知道貓崽很快會放棄所有乳頭，啼哭叫喊，抗議牠的母親拿空癟的乳頭讓牠上當。

穗子求外公給黑影上藥，外公默默地照辦了。穗子又求外公給黑影餵食，外公也沒有斥她說：「有屁的用！」他叫她把黑影抱到亮處，他用勺柄將一點稀粥送到牠嘴裡。每次牠一個顫慄，粥隨著就從牠嘴角流出來。牠睜開琥珀大眼，看一下外公和穗子。到了第三天黃昏，黑影身上出現了第一批蛆蟲。

外公瘋了似的到處找牛奶。他發現一戶人家門口總放著一個空奶瓶，等著送牛奶的工人將它取走，再換上一瓶新鮮的牛奶。外公知道這戶人家有小毛頭。他自然不去動整瓶的牛奶，只把空奶瓶悄悄拿到水龍頭上，沖一點水進去，把奶瓶壁上掛的白蒙蒙一層奶液細細涮下來，倒進一個眼藥水瓶子。這樣的哺乳持續了一個禮拜，貓崽早已沒了聲音，毛色也黯淡下來。外公對穗子說：你去找另外一戶有小毛頭的人家。

穗子把鞋也走歪了，終於找到了一個牛奶站。站門口停著兩輛三輪車，上面滿是空奶瓶子。兩個送奶工人正在聊天，一會一陣響亮的大笑。穗子膽怯地走上前去，問她可不可以借兩個空奶瓶去用用。兩個人中的一個說：「你要空奶瓶幹什麼？」

不知為什麼穗子開不出口。她覺得正是這樣的人燙傷了黑影。她瞥一眼他們黃黃的牙齒和粗大的手指，進一步確定，正是他們這類人害死了黑影。

她拖著兩個歪斜的鞋子走開了。

我這麼多年來時而想到，如果穗子硬著頭皮向兩個粗大的送奶工人張了口，討到了允許，從空牛奶瓶裡涮出些稀薄的奶液，那隻三色貓崽是否會活下來。牠若活下來，穗子的童年是否會減少些悲愴色彩。

梨花疫

最初余老頭是乘「伏而加」轎車進這扇大門的。那時大家還叫他余司令。但我見到的余老頭，就是個常坐在大門口醒酒，指揮糞車上下坡，跟出入的娘姨瞎搭訕的醉漢。他犯了很多錯誤，全是風流錯誤。幾年後他就「留職察看」了，就是說，他再犯一個錯誤，「作家協會」這個飯碗，他就徹底砸了。因此他對人說：「你看我倒楣不倒楣？就剩一個錯誤可犯了！」或者：「你別惹我，我還剩一個錯誤沒犯呢！」

穗子當時還小，但她對「錯誤」和「罪過」心裡已很有數。余老頭再犯，也是錯誤，而她爸規規矩矩，犯的卻是罪過。

大門有四扇玻璃門，砸爛一扇，就用三合板封掉一扇。那年頭公共場所的問題全是這樣解決的。壞一個馬桶，就堵了它，壞一個燈泡，就讓它瞎著。到了這一年，四扇玻璃門給封了三扇，人們就側起身進出，非得面對面來完成這個交錯。這一年每個人都在叛賣另外的人，最是不該打這樣的照面。換了穗子，穗子死也不會跟對面的人緊密相錯的；冬衣穿得人都很龐大，對方的棉襖前襟蹭著了穗子的下巴頦，那前襟上有芋乾糊、玉米餅渣，和吐出來的山芋酒。

大門的對面是梨花街。梨花街若沒有梨花非常貧賤。要沒有梨花，余老頭也不會對走來的女叫化子突然痴迷。很可惜我已經忘掉了女叫化子的名字，那我就以穗子當年的水平叫她萍子吧。

萍子就從梨花街朝這兒走，鰾著污垢失去光澤的頭髮上沾了三兩點梨花。余老頭一大半時間作醉漢，一小半時間作詩人，但就是在看見女叫化萍子的時分，余老頭的兩個一半才合而為一。他原本是要錯過穗子進大門的，偶然一扭頭看見了梨花街上的萍子，就改了初衷轉身又出門去。最開始穗子認定余老頭不願和她照面，因為穗子深信余老頭一不當心陷害了穗子的父親。余老頭知道穗子眼下營養不良和他有關，所以在這六歲小姑娘面前心虛。不過後來穗子明白，她擔心人們會心虛是無道理的。人們在加害於人時從不心虛，從不會難為情。

世界上不會難為情的人又當數余老頭為最。他會匆匆走到伙房後面，一邊跟兩個女伙伕閒扯一邊往煤堆上小便。余老頭還會在梨花街乘涼睡著的女人旁邊久久徘徊，還會叫住一個梨花街的少女，說：「你看你把饃渣吃那兒來了！」同時就用巴掌在少女胸前撣：「饃渣」。這時候余老頭就會笑。余老頭的笑是由一大嘴牙和無數皺紋組成的；而且余老頭一個人長了兩個人的牙，一張臉上長了三張臉的皺紋。那是怎樣藏污納垢的牙和皺紋啊！穗子以後的一生，再沒見過比余老頭更好的齷齪歡笑了。

余老頭看著女叫化萍子一點一點走近時，臉上就堆起這樣的歡笑。穗子後來想，如果詞典上「眉開眼笑」一詞的旁邊，並排放一張余老頭此刻的笑臉，編詞典的人實在可以不必廢話了。

好了，余老頭現在在女叫化對面站著，中間隔一些梨花和剛曬出來的被單、衣褲、尿布。梨花街上的被單和尿布差別不大。萍子的頭一次登場很占梨花的便宜，顯得美麗、合時節。余老頭雖然是個老粗，但碰巧知道「山鬼」，余老頭眼前的萍子一下子昇華了。余老頭於是變得柔腸寸斷，風流多情。

萍子是揹著她半歲的兒子從梨花街走來的。揹孩子的紅布帶子在她黑色夾襖上打個交叉，你可以想像這一面酥胸在余老頭半酒半詩的眼裡會怎樣。余老頭的眼睛就成了兩隻手。萍子在馬路那邊，感覺余老頭目光中的手弄得她癢癢的。她給了他一個白眼。萍子毛茸茸的眼睛這下徹底暴露了她的姿色。

余老頭沒有老婆，他在膠東打游擊時，最中意的一位相好讓日本人殺了。那時候余老頭腰間挎著駁殼槍，槍柄上紅綢巾起舞，騎一匹大馬，在每個村子裡都發展根據地、黨組織、兒童團、婦救會和相好。相好們都叫余老頭「余司令」，那些年司令特別多。余司令不願傷相好們的心，絕不娶她們中的任何一個。仗打勝了，余老頭就讓相好們伺候著喝點土酒，寫一些山東快書。最終是山東快書消滅了所向無敵的余司令，而不是日軍或國軍的子彈。因為余老頭給提拔成了詩人，槍也因此給繳了。余老頭天生有種敢死隊氣質，打起仗來異常驍勇，但一沒仗打，他天不怕地不怕的天性就成了土匪氣。所以進城後的余老頭就像一個漏網土匪，上菜場突然看見有賣他久違的山東大蔥，上去拎一捆就走。售貨員說：「唉唉唉！」余老頭便回答她：「老子腦瓜掖褲腰裡給你打天下，吃你捆大蔥咋著？」穗子印象裡，父親一聽見余老頭乍乍呼呼從走廊上走來，馬上使眼色要母親關門、上鎖。

現在萍子跟余老頭就隔著一條馬路。穗子不知為什麼對此刻的余老頭那樣關注。她加入了

四、五個女孩的遊戲：從大門臺階的自行車道上往下滑。自行車道因為天長日久做孩子們的滑梯，變得大理石一樣細膩光亮，滑起來比真正的滑梯更具有衝刺感。但穗子始終盯緊余老頭。余老頭打過穗子父親一次，把父親胳膊反擰，擰得很高，使父親稍一斜眼就能自己給自己看手相。余老頭認為他寫不出東西、找不著文人感覺都是給穗子爸這類人害的。包括他墮落成一個酒徒、絕戶、永遠失去了「余司令」的雄威，也都是穗子爸等人的合謀所為。穗子在迅速下滑時看見女叫化接過了余老頭遞給她的一個烤山芋。萍子不白他眼了。

萍子是否真好看，在穗子以後的記憶中一直有矛盾。這樣骯髒一個女人，能好看到哪裡去呢。還有那一頭看上去就生滿虱子的頭髮，那身不必去聞就知道氣味很糟的黑襖黑褲。她掰開烤山芋，往滾燙的金黃瓤子上使勁吹一口氣，同時啃了一大口。被燙傷的嘴大幅度動起來，動成了一個接一個的鬼臉。她跟余老頭笑一下。她的意思是，我沒錢，不過我可以付給你一個笑。

余老頭問萍子的家鄉在哪裡，孩子多大了，等等。萍子覺得他口氣像一位首長。其實余老頭此刻就是一位首長，八面威風的余司令在萍子眼前還原了。萍子說自己來自壽縣，余老頭一聽，說：「難怪呀，是老區的鄉親。」

不知是不是因為穗子，女孩們此刻都盯起余老頭來。余老頭把女叫化攙過了馬路，兩眼由於長年酗酒而淚汪汪的。而此刻一雙淚光迷濛的眼睛長在余老頭臉上，非常相宜。余老頭身上有十來處槍傷在此刻全面復發，疼痛出現在他的嘴角和眉梢，使他的滿臉皺紋更亂了。

萍子給安置在那座廢棄的警察崗亭裡。崗亭只有東、南、西三面牆。沒有北牆。北牆被整個地拆下來，做了鋪板，給一個看守大字報的人墊著睡覺了。總有一批人貼出大字報給另一批人去反對，反對的一方常常在夜裡用新的大字報蓋掉舊的。鬧得兇時，就得給大字報站夜崗。

余老頭不久就抱了一床被子送到崗亭裡。被面上有「××招待所」的紅字，以及菸頭灼的洞眼，還有臭蟲血跡。余老頭住招待所往往把招待所的東西打成行軍包揹走。他給萍子的臉盆、茶缸、手巾，都印有「招待所」的紅字。有的招待所不幹了，說你十二級廳局級高幹也不能揹國家油哇。余老頭就說：「知道膠東有支歌嗎：『太陽一出暖洋洋，余司令跨馬打東洋？』不知道哇？那你可白吃一月二十七斤糧了。揹國家什麼油？我余金純一百三十八斤連肥帶瘦，連五臟帶板油都是國家的！」

萍子很少在崗亭裡待。她喜歡曬太陽、搔癢癢、捉蝨子。四月的太陽曬起來，人都酥了一半。萍子酥在那兒，背抵住牆，臀又大又厚，團團地盤坐在一摞爛大字報上。在此之前，如果穗子認為她是個深色皮膚的女人，此刻就要大吃一驚了：萍子在太陽下曬出的一個乳房白得耀眼。萍子把乳頭塞在她兒子嘴裡，兒子一隻手抱在富強粉乳房上，卻完全抱不住。那隻嬰兒手在明晃晃的白乳房上顯得既乾癟又黑暗。

余老頭看見了，也同樣大吃一驚：原來她是可以很白的。

萍子跟余老頭都馬上習慣了沉默。就好比村子穀場上坐的鄉親們。他們不必講什麼就聊得很好了。這無言裡該滋生什麼照樣滋生什麼；滋生出來的，該來去過往，照樣來去過往。余老頭咂著煙袋嘴，眼不眨地看萍子的雪白胸懷，咂出的甜頭不亞於半歲男孩。

男孩吃飽了奶，要睡去了。余老頭說：「叫我抱抱吧。」他上前，手抄進雪白的懷裡，不敢耽誤太久，把孩子抱過來，小嘴巴卻把乳頭啣得很緊，拽了幾回都拽不出來。最後是拽出來了，乳頭嗞出一道乳汁，準準地嗞在余老頭鼻尖上。乳汁的勁頭真大，等於一個袖珍消防水龍頭。萍子先笑起來，余老頭也跟著笑了。他還是一笑就有三張臉的皺紋，但這次卻是新皺紋，沒藏著老垢。

接下去他倆就交談起來。交談是余老頭打的頭。他急於讓萍子知道，自己其實並不是個糟老頭。

我相信穗子在此時此刻已經看出了一些疑點，萍子有另一個來頭。萍子不是像她自己講的，只是個守寡的乞婦，萍子的疑點越來越大；她甚至是知書達禮的；她把一摞大字報墊屁股時，把「毛主席」、「毛澤東思想」這樣的字句專門撕下來，擱在一邊。她請余老頭坐，也是從自己屁股下抽出若干大字報紙，而不是伸手去拿那些有神明字樣的紙張。

余老頭說他不愛坐，蹲著穩當。他說樓裡頭的人眼下都在罰坐呢，他可不想坐。他告訴萍子，這樓裡的人沒幾個好東西，會謅幾句文章，畫兩筆畫——都不是玩藝兒。現在好啦，他們全在「牛棚」裡罰坐呢。他問萍子：「你知道啥叫『牛棚』。」

萍子說：「啥叫『牛棚』？」

余老頭說：「『牛棚』就是你進去了，甭想出來的地方。撒泡尿也有人跟著的地方。『牛棚』關著好幾十個呢，天天寫檢查，坐在那兒一寫寫十四個鐘頭，一寫寫二年！寫得褲子都磨穿了，衣服的兩個胳膊肘也磨薄了。屁股和胳膊肘全補靪摞補靪！」

萍子說：「那是費褲子。」

余老頭說：「就我不用上那兒磨褲子去。我，誰敢動我？看看這一身槍眼子——給鬼子打成籮了都沒死，怕誰呀？」余老頭說著，見一個人從那扇獨門裡走出來，就喊：「那個誰，借個火！」

被喊住的人不是別人，是穗子的爸爸。穗子爸胸口貼個白牌子，上面寫明他是什麼罪名，第十、第二、第三，按罪大罪小排下來。

穗子爸說：「我哪兒來的火？敢有火嗎？」

余老頭雖然讓酒弄壞了一些腦筋，但穗子爸臉上逗人玩的表情他還是懂的。余老頭說：「看你也是早熄了火的。」他說此話時，臉上褶子又髒起來。他打發穗子爸給他跑趟腿，去供銷社買盒火柴去。穗子爸說：「沒看我拎著什麼？」余老頭說：「拎著毬。」穗子爸說：「我漆毛主席語錄牌的紅油漆。」

余老頭一聽，忍了下面的髒字。他說：「教你閨女去給我跑腿。」

穗子接過一張五元鈔票。余老頭說：「買一盒火柴，找不開你先墊上，要不讓他們賒我賬。」穗子五分鐘之後回來，把一個鍍鉻打火機全找回的八毛錢交給余老頭。她告訴他，整個供銷社一共就這點點錢，全找給他了。

很快余老頭不再仇恨被迫花去的那筆錢。因為萍子一哄不住孩子，余老頭就捺打火機。「咔嗒」一聲，火苗一冒，男孩便把哭給忘了。男孩瞅著火苗，余老頭瞅著男孩，萍子瞅著男孩和余老頭。

第二天報上出來一則消息，說是某地有座痲瘋村，裡面有些病員是給冤判成痲瘋的。他們要翻冤案，摘痲瘋病帽子。所有的痲瘋病員或非痲瘋病員組織起來，扯起了造反大旗，撕了院長家的紅被面做袖章，成立了第一支痲瘋造反隊。他們控訴了被院方弄得家破人亡、妻離子散的故事，有些人一關給關了三十來年，不知有「解放」這回事。

穗子這天便和女孩們玩起「痲瘋病」的遊戲來。她們中選定一個「痲瘋人」，然後由她來追逐所有女孩，只要她一觸碰到被追逐女孩的任何部位，就表示傳染成功了，那個女孩便成了「痲瘋人」的一伙，去傳染其餘女孩。穗子已很久沒玩過這麼刺激的遊戲了，跟女伴們都成了受驚的猴子，「吱吱」直叫，上房下樹。

她逃到一棵柳樹上，看余老頭抱著萍子的男孩邊走邊拍，走過去，又走回來，萍子卻不在崗亭門口。

很久以後，穗子才了解到萍子和余老頭的關係是怎樣飛躍的。那時穗子在這方面已開竅了。事情經過人們的口頭整理就成了這樣：有一天，余老頭仍然在欣賞萍子哺乳，照舊要替萍子抱孩子，手也一樣抄在萍子懷裡。注意，他們這時已有了一定基礎，余老頭的手也不急於離開那雪白的胸懷了。萍子這時抬起眼，看余老頭一眼。這一眼的意思余老頭是懂的，是說：你個老不正經的，不過我也認了。

萍子這時看見的不是余老頭，她看見的是英武的余司令。它是情人眼裡才能出得來的形象，面孔是剛烈的，眼睛是多情的。余司令不是老，是成熟。余司令的成熟是超越年老年輕概念的，於是萍子眼前是個飽經滄桑的男人；經歷過男女滄桑，征服過無數女人和男人，征服過無數友人和敵人。萍子的嘴唇突然飽滿、潤澤起來。

余司令的手在她懷裡問了問路，她眼睛卻把他往更迷離的方向引。

余司令這時差不多看透了這個女人：她黑襖的領子後面，耳根之下，也有一窩雪白。這具女體很奇妙。以黑色作主體，投下了白色的陰影。她的黑色肌膚是偽裝。她的來歷便是她身上隱隱綽綽的白色陰影。

余司令這次沒有把吮乳熟睡男孩抱過來。他抽回空空的手，掌心的那個凹凹，是剛給她懷中的凸凸塑出的，還帶三十七度的體溫。余司令感到和他失散的所有相好都在掌心的凹凹裡。余司令五十多歲了，懂得了珍惜。他糟蹋過多少真心啊，現在老了，明白真心是見一分少一分的。他看出對面懷抱裡的一分真心。長遠或短暫，現在哪裡去找這樣實稱的真心？城裡女人擱一塊煉，也煉不出這點真心來。余司令把那隻手揣進了口袋。那是件舊軍服，口袋奇特的深，裡面有炒花生米的薄衣，還有菸草末和茶葉蛋碎殼。余老頭剎那間感到這幾十年糊塗啊！這手間漏過多少好女人。他也在此刻明白他真正恨穗子爸什麼。是穗子爸這類城裡酸秀才弄出一套關於女人的說法，完全是混賬說法，把進城後的余司令弄亂了，使進城後的余司令丟失了世世代代鄉土男人對女人的嚮往、期盼、原則。原來穗子爸之類對女人只是有一大堆說法；只是說說而已，只是靠邊兒說上一堆美好的風涼話。而余司令的女人，是手掌上的，是分量上和質感上的。真心是不可說的，卻是可摸的。

余老頭的手在口袋裡待著，漸漸出一層汗。

穗子沒有親眼看見余老頭和女叫化萍子的相顧無言；無言中該成熟的成熟了。穗子和女孩們正向樓頂上跑去。穗子爸曾經在這座回字形的紅磚樓裡上班。我記得不只一次講到過這座樓，描繪過大門內那座巨形雕像和竹林。樓梯不太陡，帶深色木欄杆，穗子和女伴們可以一氣跑上三樓，她們在三樓的男廁所裡做準備，把撿來的壺或桶灌滿水。她們不去女廁所是因為偶爾有人去那裡上吊。女廁所沒窗子，只要別上馬桶間的門，就可以站在馬桶上安安穩穩上吊了。

穗子和女孩們提著盛滿水的壺或桶上到四樓平臺，她們嘴裡也唧滿一大口水。然後她們兩臂往水泥柵欄上一撐，雙腳就懸空起來。所有的桶、壺和嘴巴現在都各就各位，眼睛全瞄準樓下的余老頭和女叫化萍子，其中一個女孩歲數大些，她的手果斷一揮，壺和桶以及嘴裡的水一齊向樓下瀉去。

水的準頭很好，一點不偏地擊中萍子和男孩。男孩夢深之處突發山洪，被淹沒之前「哇」的一聲叫喊出來。

狂哭的男孩使余老頭瘋了，仰起臉，舉一條臂，向空無一人的四樓平臺邊點戳邊罵。每罵出一個雄渾有力的穢詞，他就踮一下腳尖。

男孩的哭聲中，女孩們悶聲大笑。她們挨個坐在地上，背靠著水泥柵欄。她們並不是矛頭專門針對萍子和余老頭的，她們有時針對賣老菱、烤山芋、茶葉蛋的小販，還有來貼大字報或開批鬥會的人們。她們沒有是非、敵我，就是想找些事或人來惹一惹。有時人們花了幾天寫成，一上午貼就的大字報，一下子就給她們的大水沖得稀爛。水澆在人們的旗上，旗掉色掉得人一臉一身，碰到平臺上誰家做了煤餅，她們的武器便精良一些，戰果也越發輝煌。

就在穗子和女孩們撤離平臺時，余老頭脫下身上的舊軍服，遞給萍子。萍子先給兒子擦，然後把兒子交給余老頭，嘴裡不乾不淨地開始擦她自己臉上、頭上的水。她並不真火，嘴唇是賭氣嘟起的，眉眼卻很活絡，朝余老頭頻頻飛揚。每揚一揚眉眼，她都笑一笑。她看見余老頭眼大起來，目光直起來。萍子擦得狠的地方，露出一片片白裡透紅的真面目。

余老頭看見真實的萍子在破裂的污垢下若隱若現。正如穗子疑惑的那樣，萍子果真不那麼簡單。

這天傍晚，余老頭塞給萍子一些物件，動作非常隱祕又非常傳情，地道的老游擊隊員加上熟練的偷情老手。萍子的手一上來感覺那團物件很陌生。她少說有兩三個月沒碰過這樣的物件了。余老頭狠狠地耳語道：「朝右邊走，再拐個右彎，一會工夫就到了。你買牌子的時候就說你不要『集體盆堂』要『單間』，記住沒有？」

萍子的手指剎那間認出了余老頭塞過來的是一塊毛巾，裡面包了一塊香皂和一把梳子。頓時，嶄新的毛巾和香皂就散出香氣來。是十分醒神的一股香氣，竹笛的小曲一樣婉轉清脆，喚醒了萍子生命深處的自尊。

余老頭說：「去洗洗，好好洗洗，啊？」

她羞怯惱惱地抓緊毛巾、香皂、梳子。

余老頭趕緊又說：「不是嫌你。」

萍子把男孩交到余老頭手裡，說：「別忘了把他尿。」

余老頭接過男孩說：「裡頭有錢，別抖落掉了。」

萍子的手這時已摸到了夾在毛巾裡的鈔票，從它的大小去猜，那是一張五元鈔。萍子一陣滿足，認為自己果真沒瞎眼，碰到個對她如此捨得的男人。路燈上來了，萍子在不遠處回頭看抱著孩子的余老頭，覺得他挺拔而俊氣。洗洗就洗洗，好配上這個捨得的、英俊的男人。

萍子順著余老頭交代的路線，很快找到了「玉華浴池」。浴池門口有個燈籠，上面寫著「男盆女盆、男池女池」。浴池門口掛著絮了棉花的門簾，看去又潮濕又油膩。雖是暮春，棉門簾每放出一個人來，或放進一個人去，都洩漏出濃郁的白色蒸汽。出來的人臉都紅得發亮，頭髮一律水淋淋的。萍子發現每個洗完澡的人心情都很好，遠比馬路上的人好。馬路上的人和他們一比，個個都有嚴重的心病。萍子把鈔票遞進一孔小窗洞，裡面一個粗大的女聲問：「大池還是盆堂？」

萍子說：「嗯？」

兩個人誰也看不見誰，女聲說：「嗯什麼？沒洗過澡啊？」

她摔出一摞鈔票和一個一指多寬的竹牌子，上面有兩槓紅漆和一個「池」字。

萍子卻在剛進棉門簾時給擋住了。擋住她的也是個粗大紅潤的女人，渾身熱氣騰騰，兩腳赤裸，趿一雙木拖板。女人用力將萍子往外推，說：「叫化子往這裡頭跑什麼？這裡頭有剩飯吃啊？」

沒等萍子反應，她已經給推到了門廳裡。門廳有四、五個女人在穿襪子穿鞋，蹲著就跑散開，以迴避萍子。

萍子在門口站了一會，見幾個挑擔子的女人嘰嘰呱呱地來了。她們擔子上是兩個空了的扁筐，是往城裡糧店挑掛麵的。就在門外，她們迅速地脫下外衣和長褲，劈哩啪啦地把衣褲在空中使勁抽打。一大蓬一大蓬塵煙給打起來，她們便出聲地笑。之後，她們穿著花花綠綠的短褲和補靪重重的汗衫進了澡堂，每人頭上頂一塊毛巾。

萍子學她們的樣，把黑襖黑褲脫下，只穿一條短褲、一件袖子爛沒了的襯衫撩開棉門簾。她頂在頭上的嶄新毛巾是粉紅印花品，香皂尚未開封，因此紅潤粗大的女人一擺紅得發腫的手，說：「大池，這邊！……」「啪嗒」，一雙朽爛的木拖板扔在萍子面前。

接下去，故事對於穗子，出現了一段空白。就像外婆拉她去看的所有戲文，臺上什麼人也沒了，只有空空一張幕布垂掛在那裡。幕布雖是靜止的，卻總讓穗子覺得它後面有人在忙活。這就讓穗子覺得戲劇最大的轉折，就是在一張空無一物的幕布後面完成的。幕布後面那些看不見的人物，以看不見的動作，使陰謀得逞，危機成熟，報應實現。外婆告訴穗子，這叫「過場」。「過場」時常有「過門」，就是那麼幾件樂器，奏一個懸而未決的調門，越發讓穗子坐立不安，認為空白幕布後面，人們正進行改頭換面、改天換地的大動作。

余老頭和萍子的「過門」大約是兩個禮拜，最多二十天。萍子再出現的時候，梨花街的梨花早成了爛泥。大人們說余老頭腐化得沒了邊，腐化了一個女叫化到他屋裡去了。伙房後面的女伙伕說也就是女叫化了，別人誰敢跟余老頭？或者說：也就是余老頭了，黨裡也算個老傢伙；換了別人，誰敢在大街上隨便找快活？

余老頭當眾絕不承認萍子是乞丐，他說這年頭落難女子多得是。「落難女子」使萍子神祕起來，淒美起來。她偶然在余老頭門口坐坐，奶奶孩子，讓穗子那幫女孩忽略了一點：萍子的眼神是標準的乞丐，一種局外的、自得其樂的笑意就藏在那裡面。她的姿態也是典型的乞丐；她不是單純地坐在那兒，而是坐在那兒曬太陽。就是在暮春的陰涼地裡，萍子也是曬太陽的那副徹頭徹尾、徹裡徹外的慵懶。另外，就是萍子對人們質疑目光的自在；任何疑問指向她時，她都抗拒答覆地微微一笑。

余老頭的露面大大減少。他見到「牛棚」放出來的人，也不上去開很損的玩笑了。他通常的玩笑是男女方面的，比如「昨天見你老婆給你送好吃的了，可惜那好事送不進去」。或者：「你們關在裡頭，你們老婆可都關在外頭吶……」他同時飛一個荒淫的眉眼。自從收留了萍子，余老頭的呼吸中不再帶有酒臭。一夜有人從余老頭窗下過，見檯燈仍亮著，燈光投射出一個寫字的人影。很快人們都知道，余老頭又在寫山東快書了。

余老頭這天把穗子爸叫到「牛棚」門口，將一疊稿紙遞給他，說：「看看，給咱提提意見，修改修改。」

穗子爸說他修改不了。

余老頭問為什麼？

穗子爸說：「這你都不知道？前一陣出現反動傳單了，『牛棚』內現在不准有紙、筆、墨。

我們上廁所都得臨時撕大字報。」

余老頭讓穗子爸放心，他可以給穗子爸弄個「紙筆墨」特殊化。

穗子爸還是不肯修改余老頭的山東快書，說他一天滚八小時「毛主席語錄牌」，累得痔瘡大發。

余老頭又讓他放心，說他馬上可以赦免穗子爸的勞役。說著他把那摞稿紙塞在穗子爸手裡。第二天余老頭一早便衝到「牛棚」，如同當年他突襲鬼子炮樓，一腳踹開那扇原本也快成劈柴的門。他手裡的工兵鎬尖離穗子爸太陽穴僅一釐米。穗子爸就像被活捉的兔子那樣飛快眨眼，語不成句。

余老頭問：「我的詩呢?!」

穗子爸說：「別別別！你的詩？就在那張書桌上啊！」

余老頭說穗子爸：「放屁！」

他今早去廁所倒便盆，見他的「詩稿」給當了手紙了。

「牛棚」十五個「棚友」立刻起床，給余老頭的工兵鎬押解著，跑到男廁所。那部叫〈梨花疫〉的詩稿一共三十來頁，全作了另外用途。那是很好的紙，供人寫毛筆小楷的，吸水性、柔韌度都很好。

在余老頭的一再拷問下，有人招供了，說昨晚有幾個人夜裡瀉肚，黑燈瞎火去哪裡撕大字報呢？只好有什麼用什麼了。大家都為穗子爸說情，說他沒有瀉肚。人們瞞下了一個細節：大家去廁所時有些良心發現，省下兩張紙來，悄悄掖在熟睡的穗子爸枕下。大家勸余老頭想開點，天才的文章在天才的靈魂裡，誰想毀掉它，那是妄想。

但作賤老革命余老頭的作品，是反革命行為，這點是沒錯的。所以穗子爸受了懲罰。懲罰是禁閉反省，原來他到處走動，提個紅漆罐，見了掉色的「毛主席語錄牌」就去刷漆。雖然那是危險活，常常得爬到梯子頂上，或攀在一掌寬的樓沿上，但穗子總可以看見一個如山猿的父親身影，還可以遠遠地叫一聲「爸！」現在穗子無處再見到父親了。

萍子常去浴池。每次出浴，她肌膚就添一層珠圓玉潤，添一層淺粉色澤。一個月不到，她胖了許多，起了個朦朧的雙下巴。在兩個女伙伕放下架子，開始招呼萍子時，城裡的所有浴池都被查封了。據說一百多個造了反的痲瘋病者在一個月前燒毀了所有痲瘋病案卷之後，僭越了痲瘋村警戒線，打死了一些醫生和護士，悄悄進入了城市。他們在城裡浴池多次洗浴，直到一個修腳師發現了一個五官塌陷、肢體殘畸的男人，事情才敗露的。

一個對痲瘋不設防的城市頓時陷入恐怖，鬼魅的傳說飛快流行。穗子聽說鑑別症狀之一是鼻梁塌陷、面若桃花。不久又聽說了更可怕的：痲瘋者的頭髮像是種在沙土上的青蔥，輕輕一拔就是一把。又過兩天，一隊面色陰沉的人來了。他們穿白色外衣，戴白手套，手裡拿著木棍。他們直奔余老頭的屋。余老頭恰不在屋裡，聽到消息便從梨花街糧店飛奔回來。他扛的十斤麵

粉跑散了口，麵粉從余老頭的頭一直灌到腳，因此他在梨花街污黑的街道上留下的百十個腳印雪白雪白。他趕到家門口就看見萍子給人五花大綁地往門外拖，男孩的哭聲破碎無比。

人們對余老頭早防了一手，因此在他抗命時馬上制住了他。余老頭給八條粗壯的胳膊降住，帶一頭一臉的白麵粉破口大罵。他罵告發萍子的人「鱉日的」，他跳著兩隻裹一層麵粉的腳，喊道：「別拉我，我非踹淌你腸子——你個告密漢奸！」

制伏余老頭的人手顯得不夠用了，好在萍子眼下已被拖到了大門口。她在那獨扇的門前向余老頭轉過身。余老頭的掙扎靜止下來，他看見萍子的五花大綁在她胸前勒出個十字叉，他為她買的淺花小褂撕爛了，兩個乳房流淚似的乳汁淋漓。他跟她之間隔著兩步遠，他既沒有看見塌陷的鼻梁也沒看見她盛麗的面色有何異常。

就在萍子給人塞出門時，穗子恰要進門。她趁著混亂揪了一下萍子飛散如小鬼的黑髮。她發現傳說一點也不可靠，萍子的頭髮是扒根的野草，根生得那麼有力，休想拔下一根來。

那輛卡車上還有另外七、八個五花大綁的人，他們也沒有明顯的塌鼻梁和古怪手指。正在貼大字報和演說的人們都靜下來，眼和嘴全張著。這是些號稱天不怕地不怕的人，此刻的表情似乎是一種覺悟：原來世上是有一個真正恐怖的去處。

卡車載著痲瘋嫌疑者和萍子兒子的號哭啟動了。人們一看差不多了，就放開了余老頭。好在余老頭沒有做出那種很難看的電影畫面：跟在遠去的車後面跌跌撞撞地跑啊跑。

他喃喃地說：「好歹把孩子給我留下……。」

沒人聽見他這句話。人人都看見萍子的兩個奶滴滴答答的。卡車向西拐去，余老頭哭了，兩行淚把一臉麵粉沖出溝渠。

我想穗子當年是無心說說的。她到現在都不知道痲瘋病究竟是什麼樣。她說萍子是痲瘋病時，以為沒人會當真。到現在她都想知道萍子是不是痲瘋者。她只記得很長一段時間裡，家長們不允許小孩去公共浴池洗澡。有一件事可以證實穗子的推理，就是那家叫「玉華」的浴池，自從鬧痲瘋後就一直關門了。再開門，它成了一個毛線加工作坊。

拖鞋大隊

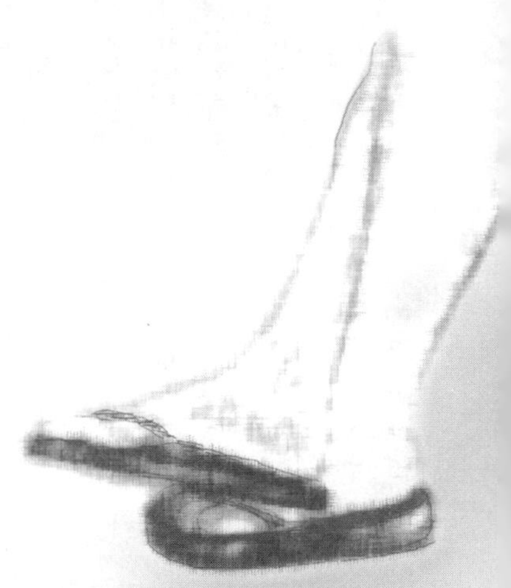

那時還早，大家絲毫沒對耿荻起疑心。誰會有足夠的膽子、足夠的荒唐去從本性上推翻高尚、體面的將軍女兒耿荻呢？那時她們需要耿荻，就好比她們需要定量供給的四兩肥豬肉、二兩菜籽油、一兩芝麻醬。她們從一開始認識耿荻，就死心塌地地愛戴起耿荻來，愛她的風度，愛她咧出兩排又白又方正的牙哈哈大笑的瀟灑，愛她的一擲千金。也愛她的古怪：比如她從來不說：「操！」「老子」這樣的日常用語，並且在聽她們唱出這些字眼時，臉微微一紅，被冒犯似的。耿荻是個十三歲半的女孩子，關於這一點，她們從來沒懷疑過。正如沒人懷疑每隔一陣就發布的一條毛主席「最新指示」，每隔一兩年就會出現一個捨己救人的劉英俊、蔡永祥式的英雄。亦如她們從不懷疑她們的「拖鞋大隊」是最精粹的「上流社會」，因為她們每人身上流著「反動詩人」、「右派畫家」、「反革命文豪」的血液。總之，那時誰若對耿荻有任何懷疑，會立刻招致「拖鞋大隊」的驅逐。

所以「拖鞋大隊」的女隊員們崇拜耿荻和耿荻好得鑽一個被窩的局面持續了很長時間，長達半年。在那個每天早晨都會發生新的偉大背叛的時代，半年就足能使「海枯石爛」了。

第一次對耿荻提出疑點的是五月一個傍晚。大家坐在牆頭上看她們的父親們搬磚。不時評論「你爸的陰陽頭比我爸好看」，「我爸裝脫胎換骨比你爸裝得好，看他腰弓得跟個蝦米似的！……」「快看穗子她爸，裝得真老實耶，臉跟黃狗一樣厚道！……」

耿荻坐在她們當中，一聲不響地看，不時噴出一聲大笑。坐了一陣，有人就要尿尿，便跳到牆那邊去了。耿荻一聽牆頭那邊「嘩嘩」的聲音，便微微撇嘴，臉又有些紅。快到傍晚了，耿荻兩條長腿一撩，下單槓似的跳下牆去。有人問：「耿荻你去哪兒？」耿荻回答：「上廁所。」

大家全都沉默著，因為她們發現這樣長久的緊密相處，耿荻從來沒和她們一塊尿過尿。就是一同上廁所，耿荻也總在門外等著。若問她：「耿荻你不憋嗎？」耿荻會厭惡地笑道：「關你什麼事？缺乏教養——你爸還是反革命大文豪呢！」

這時耿荻顯然又要躲開大家去上廁所。

三三說：「唉，咱們悄悄跟著，看耿荻怎麼尿尿！」

三三的姐姐李淡雲說：「下流卑鄙。」

大家扭頭看著耿荻走遠。她兩隻乾淨的藍色回力鞋踏在雨水漚爛的大字報和楊樹穗兒上神氣、超然、優越。那是極其乾淨、藍白分明的四十碼高腰回力球鞋，露在不長不短的藍卡其褲子下。耿荻一貫是一身藍卡其學生裝，洗得微微泛一層白，纖毫無染的樣子。到處是穿黃軍裝的人，顏色是大言不慚的假和劣，出來一個一身學生藍的將軍女兒耿荻，無疑使這群重視視覺效果的「上流」女孩傾倒。在耿荻尚沒給她們實際的好處之前，她們的心就全被耿荻收服了。半年前她們在軍區大門口和門崗磨纏，看見正迎著大門走來的耿荻，就一齊靜下來。老實說她們頭一次看見耿荻，覺得她是個梳兩條辮子的男孩。一直到多年以後，到了拖鞋大隊的頭目李淡雲已當了教授，最小的嘍囉穗子已遠嫁海外，她們還是覺得耿荻身上最怪誕的東西是那兩條纏著淺粉玻璃絲的長辮子。那兩條辮子顯得多餘、不著調，是耿荻整個形象中的誤差，後來也是她們偵破她的缺口。耿荻寬闊的前額、粗大的眉毛、淩厲的單眼皮構成的巾幗英姿，怎麼橫添出兩根頭髮長、見識短的辮子呢？耿荻見她們全盯著她，便也回瞅她們一眼。主要看她們八個人全是一模一樣的海綿夾腳拖鞋，腳趾上有塵垢，紅藥水或紫藥水，還有帶魚鱗、西瓜汁。門崗的小兵說：「沒有借書證我不會放你們進去，走吧走吧。」李淡雲十五歲了，已懂得拿眉梢眼角去搔人癢癢了。她說：「解放軍叔叔你就扣住我好了，放她們進去讀讀書就出來，可好？」不比她大幾歲的小兵不敢笑納她的妖嬈，說：「我扣住你幹啥？咋能亂扣人?!」他還是又擺下巴又擺槍托：「滾滾滾，不要哄在『軍事重地』門口！」

她們只好走開，一邊拿嘴巴朝小兵比劃著最髒的字眼。這種咒罵方式在她們中很盛行，只是牙齒、舌頭、嘴唇用力，每個髒字便不再是聲音，而是毒毒的氣流，一束束噴射出來。她們這樣罵紅衛兵、工宣隊、軍代表，罵張貼她們父親大字報的、燒她們父親著作的、扣她們父親工資的、監督她們父親勞動改造的所有人。「拖鞋大隊」的女孩們牙縫「滋滋」作響，髒字像滿嘴唾沫一樣豐富。她們見一身學生藍的女孩正在馬路對面瞅她們，一下子都不罵了。

「軍區圖書館除了毛主席著作就是黨史。你們作家協會圖書室的書多多了。」女孩說，眼睛斜著，看不慣或者要把她們看穿的意思。

李淡雲說：「你怎麼知道我們是作家協會的？」

「我還知道你爸是作曲的。作過一個歌劇，是全國有名的大毒草。」

大家都高興了。難得碰上一個這麼了解她們的人。一時間八個女孩全爭著指點自己的鼻尖：

「我爸呢？我爸呢？知道他是誰嗎？」

「你爸，不就是大右派嗎？……你爸國民黨三青團劇社的……」

女孩們你看看我我看看你，沒想到會有這麼學識廣博的人——她看看也不過十三四歲啊。她們已在十分鐘之後成為至交；她告訴她們她叫耿荻，住那裡面——她手指指崗哨密布的軍營。李淡雲叫起來，啊呀那你是耿副軍長的什麼人？耿荻說：三女兒。既沒有故弄玄虛，也沒有諱莫若深。耿荻說她常路過作家協會大門，常看見有關她們父親罪狀的大字報，所以也就摸透了她們的底細。她拍拍穗子的腦瓜，齜出雪白的板牙哈哈樂了：「誰讓你們的父親臭名昭著呢？」

女孩們也哈哈地樂了，說：「還遺臭萬年呢！」

「……不恥於人類呢！」

「被掃進了歷史的垃圾堆！」

她們很自豪，父親們是反面人物，角色卻是不小的，都在「歷史」、「人類」的大戲劇裡。

耿荻這時說：「老實點，別跟我胡扯，你們到底想進去搞什麼勾當？」

女孩們都看她們的頭目李淡雲。李淡雲說軍區大食堂這兩天在賣豬板油，只要混得進門崗的人都能買到。耿荻點點頭，轉身往回走。女孩們傻眼看著她兩條打著粉紅辮梢的婀娜辮子在她方方正正的背後晃蕩。耿荻的背影完全是男孩，一副做大事情的樣子。她在十幾步以外停下，回頭說：「唉，怎麼不跟上啊？」她打個簡潔乾脆的手勢：「跟上。」

到了門崗，她簽了會客單，從藍學生服的上衣兜掏出一本紅封皮的「出入證」，往小哨兵面前一亮。那是多神氣的一套動作，卻又給她做得那麼低調。應該說，女孩們對耿荻的著迷，一開始就摻有神祕的曖昧成分。她們愛慕的，正是耿荻的陽剛勁頭。假如耿荻就是一個如她們一樣的女孩，她們和她的關係不會發展成後來那樣。這時已沒有辦法，耿荻一舉一動都在她們心裡引起一片浪漫。一切都只能朝一個過火的、難以收拾的未來發展。起頭起得太好，也就起糟了。

那以後耿荻常帶她們進軍區大院，買過期軍用罐頭、處理壓縮餅乾、次品軍需大米、變質風乾臘腸。有次正撕搶一堆醃豬尾，三三瘋跑過來，說那邊在賣回收的軍大衣，五元錢一件。她要姐姐李淡雲掏錢給她，她寧可不吃醃豬尾。李淡雲說滾遠遠的，沒看我正浴血奮戰嗎？李淡雲肩上長了個癤子，讓人抓掉了疤痂，血流紅了半截袖管。三三卻兩手抱她的腰，把她往後拖。李淡雲一面指揮其他女孩幫她搶，一面翻起後腿往她妹妹身上踹，說：「五塊錢給你買軍大衣？騷不死你！……」三三沒得逞，從此姐妹倆成了仇人。她們的父親工資停發，三個子女每月每人領十二元生活費。李淡雲一直掌管開支，從那以後三三硬要把她自己的十二元錢討出來單過。姐姐說：「你就眼巴巴等著吧，等我死了就歸你當家了。」三三終於起義，要和姐姐

拚掉她十二歲的老命。姐妹倆時常在四樓平臺上決鬥，「拖鞋大隊」的其餘女孩一邊拉架一邊感到她們的小小王國已到了亡國邊緣。父親們做了人民的敵人，她們也就成了過街老鼠，長久以來靠著緊密團結一致排外獲得的一點尊嚴，隨李家姐妹的分裂也就要瓦解了。因為團結，她們的過街老鼠群落曾顯得多麼安全。她們這才意識到，這群落解體，她們中的任何一員都沒那膽子走進學校，走入菜市場，甚至走出作家協會的大門。

耿荻毫不體察「拖鞋大隊」的存亡大局，只是站在姐妹倆面前，說：「伸這條腿……好。佝下腰，淡雲，你妹妹比你進步大；三三，腿再分開些，站穩，對。……」她完全是在欣賞一場不上檔次的女子相撲。她偶爾「唉」的一聲，輕輕搖頭，因為姐妹倆又揪扯起頭髮了。耿荻最討厭她們把好好的一場格鬥弄成娘兒們打架，一點品格也沒有，一點看頭也沒有。她更討厭她們扯頭髮扯不出勝負就嚎，尤其三三，嚎起來嘴裡還不乾不淨，把罵軍代表、紅衛兵的醜話全拿來朝她姐姐開火。耿荻最不能容忍的是三三不但罵泛意的醜話，還會哭天搶地地揭露李淡雲的「醜事」，說：「不要臉來月經！臭流氓戴奶罩！」

罵到這火候李淡雲一下子蔫了，畢竟有太多類似把柄抓在妹妹手裡。

耿荻聽三三揭露，實在忍無可忍，低吼一聲：「李逸雲，你給我閉嘴。」

三三也只聽耿荻的，嘴裡安靜了，眼睛還在挑釁地瞄她姐姐。耿荻皺著眉頭，肩膀聳起，全力忍受心裡對這些女孩的噁心。她覺得自己瞎了眼，怎麼會結識這樣一群下流、鄙俗的東西？

她們按說是書香裡熏出來的，父親們都是斯文人。她簡直不懂這些平時也來兩句海涅、普希金，也謅一折《紅樓夢》故事的女孩怎麼會露出如此嘴臉，原先她認為她們胃口貧賤，什麼烏七八糟的東西都吃，現在發現她們嘴也貧賤，什麼烏七八糟的話都講。耿荻在這時會說：「你們玩吧，我回家了。」

耿荻走後女孩們都很惶恐。尤其三三，總會在當天晚上給耿荻寫封信，夾在《毛主席語錄》的紅封皮裡，寄到耿荻家。耿荻一收到這種免郵資的郵件，便明白女孩們求和了。她不再讀三三文不對題的短信，也知道「拖鞋大隊」如何地看重她，除她耿荻之外，社會上沒有一個人肯平等地做她們的朋友。這類求和，總是以耿荻心軟而圓滿收場。也有例外的時候。一次三三和她姐姐鬧得太凶，揭露李淡雲的身體發育又出了新醜聞，大聲嚷道：「臭不要臉的下面都長毛了！」

耿荻甩手便走了。任三三寄多少本《毛主席語錄》她也不理睬。一星期後在菜市場附近的露天舞臺上，耿荻看見「拖鞋大隊」三個年齡最小的女孩在「遊街示眾」，胸口也都像她們父親一樣掛著大牌子，上面寫著罪狀，她們的罪狀是偷竊了十二隻雞蛋。賣雞蛋的農民一聽說這三個賊娃娃是「反動作家」的女兒，就把她們揪到了臺上。正當放學時間，學生們一群群聚攏到臺下，看著三個十來歲扒手女孩，麻桿似的腿和胳膊從嫌短的褲腿和袖子裡伸出來，臉已扮出她們父親那樣的厚顏或麻木。耿荻看見最年幼的穗子，拖鞋少了一隻，辮子散了一半，眼裡只剩百分之五的靈魂。

那農民慷慨陳詞後，一個胖女紅衛兵登上舞臺。她嗓子卻驚人的甜美，說三個年幼女賊是受反動父親的指使，出來搞亂秩序，破壞革命形勢。「同志們，咱們一家每人每月才兩個雞蛋，她們賊膽包天，一偷就偷了你一家子的雞蛋吶！貧下中農把雞蛋支援了我們城裡，她們偷雞蛋就是破壞我們和貧下中農的關係！……」她實在太激動了，熱淚盈眶，一步到了三三面前，抓住三三從她媽那裡撿來的舊繡花褂子，因為身量不對那小腰身垂在三三的髖部，胸便成了腹。

胖女紅衛兵問三三，是不是她的混帳老子指使她出來搞破壞的。三三嘴一向不饒人，說你才有混帳老子。胖女子說你老子不混帳難道是好人？三三說那可不。「你的反革命老子罪該萬死、死有餘辜。」「你老子先死。」

「啪」的一聲，胖女紅衛兵搶手就是一個大耳光。三三往後踉蹌幾步，栽了個屁股墩。三三特別要面子，爬起來臉煞白，尋死的心都有了。耿荻兩條長腿一剪，人已在臺上。誰也沒看見她怎樣就抓住了女紅衛兵的兩手，反扭到背後，完全是個擒拿老手。她嗓音比平時稍響一點，對三三說：「上。給她一巴掌。」

三三瞪著眼。把人牢牢逮好，舒舒服服請她打，這等美事她想也不敢想。

「上啊。」耿荻又說。女紅衛兵不老實，想換個稍有體面的被俘姿勢。耿荻膝頭一抬，女紅衛兵甜美地哀叫一聲，不動了。耿荻說：「三三，她怎麼給你一下，你就怎麼還她。」

三三吸了吸混著淡淡血液的鼻涕。

「你就是耗子扛槍窩裡狠。」耿荻冷笑著說：「後果我負責，跟你無關。」她有點不耐煩了：「三三你打是不打？你……」耿荻的嘴唇突然一收，一看就知道髒字給驚險地收了回去。三三這才衝上去，一巴掌打在女紅衛兵彈性十足的臉蛋上。三三不僅打，嘴還硬得很，說老子反動就該隨便挨你揍嗎？老子反動我不反動，我是可以教育好的子女。三三沒打過癮，還要再次出手。耿荻說好了，就打到這兒。她放了女紅衛兵，三三卻人來瘋起來，非要追擊下去。連穗子都煩三三，覺得她太狗仗人勢。

耿荻在「拖鞋大隊」的威信，此刻達到了頂峰。除了毛主席、林副主席，大概就數耿荻的威信了。耿荻除了上學，其他時間都和「拖鞋大隊」泡在一起，參加她們夜襲軍管會孫代表，往「革命作家、畫家」家的煤箱裡摻貓屎，朝工宣隊長家曬的山芋乾上塗尿液，還要撕毀新張貼的批判她們父親的大字報、大標語，「拖鞋大隊」在夜裡十二點之後繁忙無比，完全是一支紀律嚴明、組織嚴密的地下武裝。耿荻的功用是組織指揮，身先士卒。由於她的勇敢善戰和指揮能力，「拖鞋大隊」很少有失敗的行動。即便有落網的隊員，也從來沒發生過變節。

第二個夏天李淡雲要去淮北下放，三三也不再和她「相撲」了。耿荻說她弄了一條登陸橡皮舟，請「拖鞋大隊」全體去遠郊划船。九個女孩騎四輛自行車，一輛三輪車，浩蕩出發。下午時分她們才把橡皮舟充上氣，然後載上耿荻帶來的桃酥、煮雞蛋、生番茄和兩罐軍用午餐肉向水庫中心划去。水庫中心有個小荒島，九個女孩唱了一支歌又一支歌地漸漸靠攏了它。快登陸時，橡皮舟的氣漏了大半出去。耿荻和四個年長的女孩下水游泳，把剩在船上的四個年幼女孩往島上推。

野餐時大家都脫下外衣頂在頭上曬。身上只穿背心褲衩。耿荻仍穿著她那身學生藍；濕透水的衣服顯得又厚又重。李淡雲的身體已是個小婦人，也只能是一副「誰看誰負責」的坦然態度了。每個夏天，這群女孩都對別人和自己的身體有一番新發現。開始大家對彼此身體的變化不動聲色，不久便相互指指點點起來。一個說，快看，跟倆小饃似的！另一個就說：那也比你好——跟蚊子叮了兩個包似的！一個說討厭！往哪兒摸？一個便說：大家看耶，這丫頭的肉就往這兒長！……

女孩們相互攻擊，動手動腳，耿荻傻乎乎地直是笑。她學生服的風紀扣都未解開，臉焐得通紅。李淡雲說：「耿荻你不脫了衣服涼快涼快？」

耿荻說：「我挺涼快的。」

三三說：「涼快什麼？我都聞到你身上的餿味了。」

耿荻白她一眼，說：「我願意。」

蔻蔻說：「脫了吧，我們都脫啦。」

穗子見耿荻用一把電工刀在切一塊午餐肉，然後用刀尖把它送到嘴裡。她覺得耿荻的刀抖了一下。

李淡雲說：「就是啊，你一人捂得嚴嚴實實，看起來好奇怪。」

三三說：「這樣吧──穗子、蔻蔻，你倆脫光，耿荻就會脫啦。」

穗子反抗道：「憑什麼我們脫光啊？」

三三突然翻臉，說你們誰不脫誰滾蛋。本來就不愛帶你們出來。哼，有什麼怕的？老子就不怕。說著她英勇地扒下了自己身上稀爛的汗背心。怕脫，就證明身上有見不得人的東西。說時遲那時快，她的三角褲衩也落到了腳脖子。三三站起來，做了個「他是大春」的芭蕾舞動作，腿一掀。雖然全是女孩，三三那閃電般的青春生理解剖，還是顯得驚心動魄。她們突然意識到，原來那是如此神祕莫測，層次豐繁，幽深晦暗的東西。

三三得意地叉著腰，對耿荻說：「我都給你看了，你也得給我看。」

耿荻還是不緊不慢把肉切成薄薄一片，用刀尖送到嘴裡，說：「三三你別現眼了，你姐姐羞得要跳水了。」

「耿荻你為什麼不脫？」三三簡直急瘋了。

「為什麼不脫？這還不簡單？」耿荻站起身，個子比三三高半頭：「因為我身上全是見不得人的東西。」

三三瞪著她，她也瞪著三三。三三突然「咯咯」笑起來，說她全明白了。大家問她明白什麼了。三三仍是狐狸似的瞇細眼笑，說反正她全明白了。三三一邊笑，一邊還用眼去比量耿荻，不懷好意極了。

再看耿荻時，大家發現她有點心虛，雖然嘴裡還占著三三上風：「我警告你三三，再這麼下流，我就不跟你客氣了。」

事後大家都背著耿荻問三三，她到底明白了什麼。三三收起她一貫的胡鬧態度，對女孩們低聲說：「耿荻可能是個男的。」

女孩們「哇」的一聲，嚇得摟成一團。這時李淡雲已去了淮北，「拖鞋大隊」基本上歸耿荻領導。三三這個太邪的推斷，使她們感到命在旦夕。

三三要她們好好想一想，有誰見過耿荻尿尿？耿荻領她們去軍區大院的澡堂洗大池，曾幾何時她自己加入過她們的嬉水？問她，她不屑地撇撇嘴，說大池裡浮一層人油，打死她她也不下去。再說她家有自己的鍋爐，什麼時候樂意，什麼時候洗，何苦要圖大澡堂的「白洗」？聽聽這解釋也沒錯，但三三認為疑團正在於此。「對了，我想起來了！」蔻蔻一副毛骨悚然的眼神，口氣也像講恐怖故事。「那天晚上我一個人去藝校上課，穗子你記得吧？你那天騙老師說你拉肚子，叫我幫你請假？後來我叫耿荻陪我去了。高老師上一會課，叫我自己先練習，她回家看看她孩子。耿荻就來幫我下腰，手把我抱得好緊。動作早做完了，她就是不放手。……」

三三馬上問，耿荻的手碰到蔻蔻的要害沒有。蔻蔻讓一陣猛烈的羞辱嗆住，半天才點點頭，說好像碰到了。蔻蔻是個小美人兒，十二歲就常有男孩吹她的口哨。她和穗子一同做藝校舞蹈班的旁聽生，儘管硬胳膊硬腿大板腰，仍是迷死了老師們。大家問後來呢？蔻蔻說後來耿荻請她去她家住一晚。大家問，蔻蔻你去了？蔻蔻說，……嗯。大家又問，耿荻家什麼樣？蔻蔻說：很大，耿荻一人住間大屋，牆上掛了她兩個姐姐的照片，都是當兵的。三三見大家亂跑題，嚴肅陰沉地瞪著蔻蔻，說：你肯定讓耿荻摸快活了吧？蔻蔻的臉頓時變了，說：你媽×三三，你才巴不得讓人摸呢！岔多開也沒人摸！

三三這時心思全在大是大非上，對蔻蔻的衝犯也只在心裡馬虎地記一筆帳。她問蔻蔻看見耿荻脫衣服沒有。蔻蔻想了一會，說耿荻在屋裡搭了個行軍床，兩個人吃了好多炒花生，吃得眼睛都睜不開了。三三追問，你沒看見耿荻脫衣服，對吧？蔻蔻使勁地想：耿荻去刷牙，刷了好久，等她回屋來，我好像已經睡著了。三三說：哦，你睡著了呀。她又鬼靈精怪地一笑，看看「拖鞋大隊」的全體女孩。意思是：想像一下吧——這個小美人兒落在了人家手裡，又是半夜，又是睡成了一隻死豬。

她們約好當晚一定設法讓耿荻露餡。耿荻八點鐘準時到達「拖鞋大隊」的祕密據點——作家協會辦公樓三層的一個女廁所。耿荻一手轉著她的自行車鑰匙，一手拎著個麵粉口袋，吹著「唱上一支心中的歌兒獻給親人金珠瑪」的口哨大搖大擺而來。女廁所的門拴死之後，耿荻把麵粉口袋遞給三三，說：「你們自己分吧。」麵粉口袋裡裝著二十多個不合格皮蛋，女孩們磕掉蛋殼上的泥和麩皮，驚喜若狂：二十多個蛋個個不臭，只是每個蛋都是半虛半實，一個蛋殼裡只有半個蛋。

耿荻還是那樣，臉上帶著淡淡的輕蔑，看這群文人之後開葷。她們一個個飛快地往嘴裡填著，眼睛卻盯著別人的手和嘴，生怕別人吃得比自己快。耿荻無論帶什麼食物，她們都這樣就地解決：在地上鋪一張報紙，七八個人圍著報紙蹲下，完全是群茹毛飲血的狼崽。耿荻甚至相信一旦食物緊缺的局面惡化，她們也會像狼崽一樣自相殘殺。耿荻不時帶些食物給她們打牙祭，似乎就是怕她們由「反革命狗崽子」變成狼崽。看看這個洞穴吧，可以誘發任何人野性發作——這個早已被禁用的女廁所裡，堆滿石膏雕塑的殘頭斷肢。女孩們老熟人似的曾將它們介紹給耿荻：這是獵神黛安娜的大奶子，這是大衛王的胸大肌，這是欲望之神薩特爾的山羊身體，這是復仇女妖梅杜莎的頭髮。沿著牆壁懸置一圈木架，上面有兩個雷鋒頭像、四個巨大的劉胡蘭面孔，眼珠子大如皮蛋。還有幾雙青筋暴露的大手，那是陳永貴的。也可能是王鐵人的。

眨眼間二十多個皮蛋全進入了她們的消化系統。女孩們這時全在想一個問題：假如把耿荻的真面目揭出來，往後還會有皮蛋吃嗎？再往下想，她們在學校和馬路上挨了別人欺負，沒有耿荻，誰去為她們做主？每次她們把狀子告到耿荻那兒，耿荻便上她們學校去，用自行車帶著她們招搖幾圈。光是她車子的檔次和她的氣勢，就讓人明白她是什麼來頭了。

念起耿荻種種好處，女孩們實際起來。有皮蛋吃，有耿荻又寬又方的肩膀做保護傘，何必非要揭開她的真相呢？尤其冬天來了，她們的父親全被押到五十里外的農場，原來拮据的收入又多出一項給父親們添置冬衣、被褥、營養品的開支。耿荻在這個冬天給她們的情誼和援助，更顯得珍貴。應該說，她們已把耿荻做為靠山，做為安全的大後方。靠山是雌是雄，又有什麼關係。

李淡雲在春節前回來了。這是個陌生的李淡雲，又黑又粗，留著女流氓式的鬢角，一點兒「海涅」、「普希金」的痕跡也沒了。兩幫子男知青為了她打了一仗，雙方都有傷亡。李淡雲回來是為了鑲牙，那場仗也打掉她兩顆牙齒。她偷了她母親的金項鍊，打算包兩顆金牙。她回來就和耿荻相處得親密無間，三三告訴「拖鞋大隊」，說她姐姐和耿荻一天到晚密談，李淡雲抹淚，耿荻長嘆。三三刺探，耿荻就轟：「去，小傢伙懂什麼。」

一天清早，耿荻用自行車把李淡雲帶走了。下午她馱回的李淡雲又陌生一層：一張青臉，眼神卻哀婉美麗，尤其在看耿荻的時候。不久三三告訴「拖鞋大隊」，李淡雲造孽不淺，打下一胎四個月的小毛頭。大家便找著藉口來到李淡雲床前，覺得再也不能和她平起平坐，人家已經是超越了巨大羞恥，經過巨大流血犧牲，永別了女孩時代的人了。她們用半是恐懼半是崇拜的眼光看著懶洋洋靠在床上的李淡雲，替她倒帶血的尿盆，洗帶血的褲衩。李淡雲的母親一邊端紅糖水、細掛麵，一邊說：「井蓋了蓋子麻繩總找得到一根吧？不行你們大家借包老鼠藥給她，省我點紅糖掛麵。」李淡雲回道：「是人家耿荻送我的掛麵！」她母親冷笑一聲說：「光榮啊，做個破鞋還吃營養伙食，補好再出去作怪啊！」

等到她媽發現她的金項鍊變成了李淡雲的兩顆牙，便不再手軟。她用雞毛撣子把李淡雲好好抽一遍，便請耿荻帶她走。耿荻把李淡雲接到她姐姐一個同學家住了一個月。李淡雲康復之後，「拖鞋大隊」設宴歡送她回鄉下。她們還是老伎倆，用八角錢買十個鍋貼的籌籤，再用刀仔細剝開籌籤的表層。籌籤是馬糞紙做的，兩面蓋著飯館的紅印。剝開的籌籤和新的馬糞紙膠合，再塗一點紅印泥，浸上菜油和鍋灰，在晚上使用，完全混得過去。這樣一個籌籤就成了兩個，她們半買半劫地備足了晚宴。報紙推開，鍋貼也分成九份，大家吸溜著口水等著耿荻。李淡雲說，這次多虧了耿荻。大家都說那可不是，天大地大不如耿荻恩情大。

「就算耿荻是個男的，我也認了。」三三突然來一句。

穗子說：「耿荻要真是男的怎麼辦？」

三三指著李淡雲：「你肯定知道，耿荻是不是男的！一開始你就知道！我早就發現你們倆眉來眼去！」

蔻蔻古怪地笑笑。李淡雲耷拉著眼皮，心裡有數的樣子。

「放你的屁。」李淡雲不屑地說，看也不看她妹妹一眼。她現在是見過世面的人了，懶得和三三這個十三歲的黃毛丫頭一般見識。

「她是耿荻的幫凶。」三三指著她姐姐對大家說。「她幫著耿荻打進『拖鞋大隊』，幫耿荻隱藏下來。真陰險啊，我們光屁股、尿尿、洗澡都讓人家看去了！還讓人家摸了呢！」

「你少煽動，李逸雲。」李淡雲說，還是懶得細說分曉：「吃醋就說吃醋——不就是人家送我的掛麵紅糖沒你份嗎？」

「你巴不得耿荻是個男的！」

「我是巴不得。她要真是男的。我就跟她好了！可惜天下沒那麼好的男的！」李淡雲以一種飽受創傷的過來人口氣感慨道。

穗子雖然年幼，但她發現李淡雲不光是賭氣。李淡雲眼裡含著不無美好的痴心妄想，儘管嗓音笑容都純粹屬於一個女流氓。

「怎麼樣？果然不出我所料吧？」三三對大家說：「我們全上了李淡雲和耿荻的當了！」

李淡雲哼哼地笑，說：「李逸雲你有種扒了耿荻褲子嘛，這半年你偷吃偷喝也吃胖了，多幾個爪牙不怕扒不了一條褲子。」三三說：「你還別激老子，老子扒貓皮扒兔子皮都是老手，軍管會孫代表女兒的褲子，我也扒過幾回。」李淡雲說：「好，李逸雲，你今晚要不扒耿荻的褲子，我們全體扒你的。」她轉臉問大家同意不同意。大家說同意。墮了胎的李淡雲似乎成了她們的長輩，對她都有些敢怒不敢言。

耿荻一進來就發現氣氛異樣。她把一麵粉口袋大棗擱在報紙上，便解開棉襖扣子。她發現所有眼睛都往她解開的襖襟內部看。她撕一張報紙，墊在地上，兩腿一盤，坐定了。這時她發現所有眼睛轉了方向，全朝她褲襠方向來了。

大家在聽李淡雲講農村的事，一面用手指剝開大棗，若有蛀蟲和蟲卵，就搓一搓，或用筷子刮一刮，再放進嘴裡。李淡雲說打架打得最凶的兩個男知青本來要判刑的，結果，突然被軍隊籃球隊帶走了。女孩們都說，當兵多好啊，扔的次品皮蛋、蛀蟲棗子也夠我們吃的。於是大家便問耿荻：耿荻你兩個姐姐當兵，你幹嘛不當兵去？

耿荻把嘴一撇，肩一扛，答覆全在裡頭了。

「耿荻捨不得你呀，蔻蔻。」三三說。

耿荻白牙一呲，對蔻蔻笑笑。

「耿荻你到底為什麼不當兵？」女孩們追問道。

耿荻說：「這還用問？」細眼瞇得更細，幾乎是調戲的表情：「我走了你們怎麼辦？」說完她立刻哈哈大笑，馬上否定了她剛才酸溜溜的戲言。

李淡雲說：「三三，你不是發現了重大疑點嗎？說出來給耿荻聽聽。」

三三只是剝棗裡的蛀蟲，假裝沒聽見。

耿荻卻並不問：「什麼重大發現。」她也用心地對付棗裡烏黑的蟲卵，把它們清除在報紙上。大家都靜默下來，不時有人飛快地看一眼耿荻，她的藍褲子、藍棉襖從來沒像此刻這樣難以看透。

「我就知道你孬貨一堆。」李淡雲激將三三。其實李淡雲眼下的心情非常複雜，希望三三和耿荻交鋒，打出個水落石出，又怕一架打下來，真相是大白了，可臉也撕破了，她們就永遠得罪了一個最難得的朋友。耿荻是怎樣來的？耿荻是在一個城市的人都朝她們白眼時來的。

「孬貨也比爛貨強。」三三說。

耿荻牙疼似地咂一下嘴。

李淡雲也不知道她究竟希望耿荻是男的，還是女的。她說：「耿荻，三三說你……」三三一隻拖鞋「啪」地砸在李淡雲肩上。二話不說，李淡雲已把那隻拖鞋拍了回去，拍在三三額頭上。耿荻馬上立在兩姐妹中間，一手按住一個髒話四濺，涕淚橫飛的音樂家後代。

大家呆呆立在石膏大腿、石膏胸脯之間，看耿荻不偏不頗的拉架。一年多下來，耿荻拉架已拉得很好。加上她原本有手勁，動作張弛自如，很快把李淡雲推到薩特爾的山羊身子後面。她一再警告大蝦一般彈動的三三：「再動我，我傷了你筋骨啊！」三三被捺在黛安娜肥大的胸脯之間。耿荻聲音低八度：「我真傷你啦。」

三三雖然仍在朝李淡雲跳腳，動作卻一點點小下去。耿荻毫不費力地一個手扼住她，另一個手騰出來撿跌爛的劉胡蘭面孔。耿荻看上去力大、度大，完全是個對女孩們既慣使又小瞧的大男子。

這時有人在門外吼道：「裡面什麼人？」

大家一下子張大了嘴。她們全聽出門外的人是孫代表。她們只聽孫代表講過一次話，但把他的口音刻骨銘心地記住了。那是軍管會剛進駐作家協會的第二天，所有「反動作家、畫家」的子女被集中到食堂。一個英俊和藹的中年解放軍走上去，管大家叫「孩子們！」他告訴「孩子們」自己姓孫，是軍管會的負責人。在部隊大家叫他「孫教導員」，孩子們叫他「孫叔叔」就可以了。孩子們從來沒有見過這麼渾身正氣的叔叔，簡直就是他們心目中的戰鬥英雄。孫代表要孩子們放心，只要他們與反動的父親們劃清界線，揭發父親們的反動言行，祖國人民決不虧待他們。

一個孩子問：「揭發我爸什麼呢？」

孫代表想了想說：「比如說，你爸偷聽敵臺。」散會之後，孩子們看著孫代表雄赳赳的背影相互安慰：「我爸就是真的偷聽敵臺，我也決不揭發。」

這時孫代表在門外喊話：「你們不出來，我要派兵來砸門啦！」

「拖鞋大隊」明白孫代表光桿一個，手下兩個兵春節回鄉了。她們搬了大衛王的中段和瑪杜薩的上半身，抵在門上。耿荻用手勢叫大家千萬別亂，她和李淡雲正拆下一寸厚的隔板，打算用它抵門。

「不要藏了，我已經看見你們了！」孫代表說。他面孔貼在匙孔上，鼻子擠得扁平，往熄了燈的女廁所窺視。

現在推過來的是人面羊身的薩特爾，穗子和蔻蔻騎坐到它雄厚的背上。

「好，不出來就不出來吧。我可以給你們父親罪加一等。誰讓他們指使自己兒子搗亂破壞啊?!……」

耿荻咧開嘴無聲地仰天大笑。所有女孩都張牙舞爪地狂喜：這個笨蛋孫代表做得多低級？露馬腳了吧？

「不然，就是你們的父親教你們在裡面偷聽敵臺！」

女孩們還是手舞足蹈，心想，你愛說什麼說什麼吧。父親們反正早已成了「不恥於人類的臭狗屎」，處境還能再往哪兒壞？

等她們靜下來，發現孫代表早已走了。耿荻拉一下門，說：「完蛋了，那傢伙把門從外面拴住了。」

直到第二天清早，孫代表才回來。他看見一灘渾濁液體從門縫下流出來，便同情地問，女廁所馬桶全堵死了吧？不如把那些牛鬼蛇神石膏像做尿罐，反正那個「特嫌」雕塑家早跳樓了。雙方又對峙一天，孫代表告訴她們，昨晚他只不過用了根鐵絲拴的門，那玩意太不結實，今晚他換了根拇指粗的火通條，絕對保證大家安全。說完他便告辭回家睡覺了。

他一走，女孩們做的頭一件事就是尿尿。半袋蚟蟲棗子已吃完，到後來她們連蟲卵也不清理了，直接扔進嘴裡嚼。剩下的就只有自來水了。耿荻說只要喝水就死不了。至少七天之內都能喘氣。大家就不停地喝水，然後不停地尿尿，把所有的雪白石膏像底層都泡成了黃色。

四個馬桶隔間的門都被釘住，耿荻每次都得從門上方翻進去。女孩們蹲在地上看她翻，矯健是沒錯的，不過畢竟不省事。這樣麻煩自己，必有不可告人的祕密。耿荻的第二條長腿一蹬地，人已騎在門框上了。她無意間發現蹲在地上的八個女孩全把臉仰向她。黑暗中十六隻黑洞洞的眼睛組成黑色的火力網，將她牢牢鎖定。她感覺到她們伺機已久，等的就是這一刻。

「耿荻你幹嘛呀？」她們中一個聲音問道。

她回答了一句。但那陣致命的狼狽感使她馬上忘了她回答了什麼。

「撒謊吧？你每回說拉肚子，我們都聽見你不過是小便。」

她們中另一個聲音說道。耿荻想，果真中了她們的埋伏。原來這群女孩也是這「懷疑一切」大時代的一部分。耿荻騎坐在兩米高的門框上，看她們整齊劃一地站起來，站在比例懸殊的巨大白色雕塑之間。

耿荻一貫的態度回來了。她愛理不理地笑笑，說：「關你們什麼事——我拉不拉肚子？」

「你幹嘛非爬那麼高，費那麼大勁翻進去呢？」

「這你都不知道？」耿荻又一笑：「我要臉吶。」女孩們稍楞又問：「你怕什麼?!都是女的！」耿荻不理睬她們了，一條腿極有彈性地著陸於乾涸的馬桶。

所有女孩在外面屏了呼吸，聽著裡面的每一響動。耿荻說：「真文雅啊——大文人的千金們！」

「反革命大文人的千金。」她們隔一扇堵死的門糾正她道。

最終還是靠了耿荻的長腿，捅開門上方一塊木板，伸手出去撥下火通條，大家才突了圍。孫代表到最後也不知道與他頑抗了兩夜一天的都是誰。

端午節那天「拖鞋大隊」全體逃學，背了各種食品去看她們的父親。路程有五十華里，她們仍是五輛自行車，輪流騎，也輪流被人馱。每輛車把上都掛著大大小小的網兜，裡面盛著過期羊肉罐頭和各種殘次食品。她們把過期豬板油用小火熬煉，煉出的油居然也白花花的，再撒些鹽和花椒，香得命都沒了。根據各自父親不同的刁鑽癖好，她們還挖地三尺地弄到一些精緻物件，比如穗子爸曾經只用藍吉利剃鬚刀，蔻蔻爸只用純細棉的手紙，三三爸每頓飯後必喝一口白蘭地助消化，綠痕爸只用「友誼牌」冷霜。穗子帶得最多的，是她爸需要的薑茶。穗子爸有胃氣痛，一年到頭離不了薑茶。

太陽滾燙，女孩們開始罵穗子，自己不會騎車，還帶那麼多東西。耿荻說：「真是一幫小女人，整天計較小破事。穗子，來，坐我車上。」

自從那次女廁所抗戰，耿荻索性就是一副小爺兒姿態，常常說女孩們頭髮長、見識短、雞零狗碎，胸無大志。

耿荻騎得比其他女孩快，不久便和大家拉開了距離。

穗子發現耿荻是個很懂體貼的人，過一點兒小坎都提醒她坐穩，大下坡時還叫穗子抱緊她的腰。穗子覺得自己心跳得有些超速：這個耿荻要是個男孩該多麼可愛。她想或許所有人都和她一樣，暗暗愛著一個有可能是男孩的耿荻。她們陰謀加陽謀，不斷伺機要揭下耿荻的偽裝，其實就是想如願以償。

穗子突然發現自己的手在摸耿荻的辮子。沒有這兩個辮子，事情就一點也不荒謬了。

「耿荻，誰給你梳的辮子？」

耿荻笑了，說：「你怎麼知道不是我自己梳的？」

「這種反花你的手得反過來編才行。」

「原來你一點不傻呀！」她又是那樣仰天大笑。「是我家老阿姨給我梳的。我從小就是她給梳頭。她也准我媽給我剪頭。」

穗子不響了。她在想，或許耿將軍家風獨特，為了什麼封建迷信的祕密原因把個小子扮成閨女了。但穗子還是覺得這太離奇了。三三發動的這場「大懷疑」運動，大概是一場大冤枉。她知道耿荻和大家拉開距離之後，三三就要正式布置了。原先耿荻不參加她們這次探親，說你們是探望你們的爹啊，又不是我爹，我去算誰？大家說，去吧去吧，你不想見我們這些著名的反革命爹呀？不想看看他們脫胎換骨之後嘴臉還醜惡不醜惡？耿荻答應同行時，哪裡會想到一張天羅地網已悄悄張開。

穗子真想告訴耿荻，你逃吧，現在逃還來得及。但她絕不能背叛「拖鞋大隊」。穗子已背叛了老外公，她已經只剩「拖鞋大隊」這點患難友情了。耿荻的車下了坡，三三她們的車剛剛上到坡頂。她們在商量今晚宿營時如何剝去耿荻的「偽裝」，耿荻沒有退路，沒有出路，只能決一雌雄。七雙手將會捺牢她，然後好戲就登場了。穗子看見四輛自行車正交頭接耳。三三會說：「這年頭什麼偽裝都有。穗子外公多像老紅軍啊，結果是個老白匪！……」

到農場時已是下午。遠遠就看見一群父親排成一列長隊伍，正傳著巨大土坯。蔻蔻爸站在隊列外，戴頂草帽，一輛獨輪車過來，他便往車裡添幾鍬土。

女孩們找了塊稍涼快的地方坐下來，一聲不響地看著這支由父親們組成的晦暗陰沉的隊伍。已是夏季了，父親們還穿著深色骯髒的冬天衣服。穗子爸是一件深灰呢子中山裝，兩個胳膊肘在破洞裡忽隱忽現。三三爸穿的是件綢面絲棉襖，絲棉從無數小孔露頭。只有蔻蔻爸的裝束合時宜：一身淺藍勞動布工裝。

「蔻蔻，你爸爸沒戴白袖章！」

蔻蔻仔細看，立刻慌了。她爸怎麼忽略了這麼大的事，把寫有「封、資、修畫家」的白袖章給忘了？

女孩們就這樣坐著，看著，偶爾說一句：「我爸腳有點瘸。」「我爸瘦多了。」「我爸直咳嗽，別是犯肺病……」

耿荻坐在她們身邊，嘴裡叼一根狗尾巴草。她從來沒見過她們如此安靜，嫻雅，充滿詩意。工間休息時間到了。女孩們向工場中的父親們走去。耿荻一個人坐在原處，望著遠處的父女相會。沒有她想像的歡笑，最多是父親伸手摸摸女兒的腦袋，拉拉她們的辮子。然後女孩們把夏天的衣服和禮品交給了父親們，便朝耿荻這邊走來，耿荻完全不認識她們了，她們沉默並凝重，忘卻了世間一切雞零狗碎的破事，全是一副優美的灰冷情調。耿荻想，這大概是她們的真面目了。

傍晚時分，女孩們去父親們的營房看他們開晚飯。一件出乎她們意料的事發生了。所有的父親捧著女兒們剛送到的「高級物品」低頭站在伙房門口。這個農場有上千人，大多數來自文化界和文藝界。人們出入蘆席圍成的伙房，都停下了腳看女孩父親們手上捧的純棉細手紙、小瓶白蘭地、友誼搽臉霜、薑茶和藍吉利刮臉刀。從遠處聽不見父親們在念叨什麼，但女孩們明白他們一定在悔罪。一定在說：「我生活作風糜爛，把資產階級的奢侈品帶進了勞動改造的艱苦環境……」

大家全站住了。站了一會，全哭起來。

耿荻發現她們的哭也跟平時不同了。是一種很深的哭泣，完全沒有聲響，只有滂沱而下的眼淚。耿荻知道她們心痛而愧疚，因為她們別出心裁的禮物，父親們必得如此當眾羞辱自己。

晚上女孩們去父親們的營房坐了一會。營房就是巨人的蘆席棚，裡面搭了一百多張鋪板。

父女們簡單地交換了一些消息，當著一百多人，連拍拍腦袋、拉拉辮子的親熱也省去了。

耿荻等在門外井臺上。她已經看夠了，不願再看父女們的離別。她坐在井臺的青石臺階上，嘴裡吹著「二小放牛」，見女孩們魚貫走出蘆席棚，蔻蔻遠遠拉在後面。大家顧不上留神蔻蔻的反常，只感到氣息奄奄的疲乏。

所有蘆席大棚的燈都熄了，「拖鞋大隊」還坐在井臺上。「白來一趟。」三三乾巴巴地說。兩個多鐘頭，她們第一次開口。「那麼遠，白來了。」三三又說。

大家說都是你的餿主意，三三，要是不帶那些「高級物品」，就沒事了。三三不反駁。過一會她說：「也不知誰爸爸打的頭？」

「肯定是綠痕爸。」

「憑什麼肯定是我爸?!」

「你爸最想脫胎換骨唄。」

「你爸呢？吃『憶苦飯』糠團子吃個沒夠，還直說好吃！」

「說不定是穗子爸帶的頭。穗子爸一打就招。」

「你爸才一打就招！」

「肯定是穗子爸想掙個好表現，主動把一百多包薑茶交上去，裝得特誠懇，說：我過去的資產階級生活方式影響了我的孩子……」

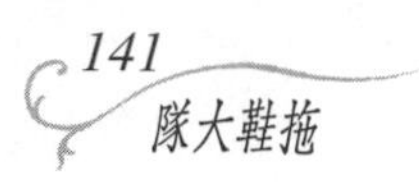

「三三你少誣蔑我爸！你爸才這麼孬種呢！」「我爸才不會把那瓶白蘭地主動交上去呢！肯定是誰爸出賣他的！……」三三怒吼道。「我撿碎玻璃賣的錢，給他買那一小瓶酒，你要了他老命他也不會主動交出去！就是你們那些爸，假積極、裝革命，想洗心革面！」

三三這下子打擊面太寬了。女孩們一致指著她鼻尖，說你爸想撈政治資本，把家裡的麻將牌、電唱機當著紅衛兵砸掉了。結果怎麼樣？還是挨了紅衛兵的一頓牛皮帶，腰子差點打爛！……

三三突然一伸手，指住站在一邊的蔻蔻：「是蔻蔻的爸！是蔻蔻爸主動交代！……」

蔻蔻一聲不吱，手到處抓著身上的蚊子疱。

原來是這樣。原來蔻蔻爸頭一個引火燒身，把女兒五十里路雲和月帶來的東西供了出去。看來她們的父親被改造得相當好，不但善於叛賣別人，更善於叛賣自己。

當晚大家取消了野營計劃，星夜趕路回家。路上蔻蔻一人騎車，既沒人馱她，也沒人讓她馱。耿荻完全理解女孩們對蔻蔻的孤立，也認為蔻蔻爸這一記幹得缺點人情味，背叛自己也罷了，怎麼可以背叛自己的女兒？以使得所有父親背叛自己女兒，狠狠傷女兒們的心？這時蔻蔻的車貼上來，希望能和耿荻默默就伴。穗子坐在貨架上，見蔻蔻越貼越近，忽然向地上極響地啐一口唾沫。

所有女孩都開始了，你啐了我啐。蔻蔻減速了。不久，黑暗的鄉間公路上，蔻蔻就剩了個依稀的小影子。

「蔻蔻可能在哭。」

「哭死才好。」

「會不會碰上壞人？」

「碰上活該。」

「要是蔻蔻現在喊救命我們救不救？」

「不救！」

「真不救？」

大家心齊口齊，大聲說：「不救!!」

蔻蔻爸的脫胎換骨、重新做人提前完成了。不久女孩們看見他爬在高高的腳手架上畫毛主席像。他先指揮一群藝校美術班的學生在一堵高十米的牆上打格子，然後他自己開始在那些格子上爬，看上去像個巨大的四腳蛇。女孩們還見蔻蔻提著一個帶攀的飯盒，把飯給她爸送到現場。他爸連吃飯也表現得十分英勇，把蔻蔻送來的飯盒用根繩子吊上去，在高處吃起來。所有女孩便坐在磚堆上看，邊看邊咬耳朵，然後「轟」的一聲大笑，笑得蔻蔻人都矮一截。

她們說其實蔻蔻爸在高空吃飯是怕人家看見他飯盒裡有青椒炒子雞、黃豆蒸板鴨、溜肝尖或炒腰花。她們能想像到的美味，反正都在蔻蔻爸的飯盒裡。英勇地叛賣了自己，對著「革命

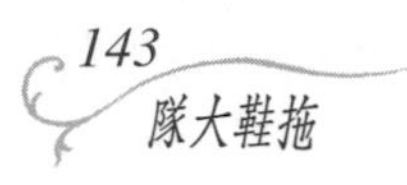

左派」說「我不是人，我該死」，把自己糟蹋個夠，總算有了成效，蔻蔻爸工資解凍，蔻蔻媽也不必一早上菜市搶八分錢一斤的豬骨頭了。蔻蔻去學校，也沒人往她課桌上抹濃痰了。總之，蔻蔻爸的尊嚴人格光榮就義，換回了蔻蔻一家的好伙食，在女孩們看來，也算值。

女孩們看見蔻蔻被笑得渾身芒刺，簡直樂瘋了。蔻蔻爸卻什麼也察覺不到，在高高的腳手架上細嚼慢嚥。蔻蔻爸原先一頭捲毛，為了接近工農兵形象而剃禿了。

蔻蔻仰臉喊：「爸，快點啊！」

「啊……啊。」爸加快速度。他唯唯諾諾慣了，對女兒也謙虛謹慎。

女孩們在蔻蔻拎著髒飯盒向回走時，終於找出了她的碴兒。

「站住！」

蔻蔻回頭，見叫她的是綠痕和穗子。三三目前以軍師自居，凡事不動聲色。耿荻已和「拖鞋大隊」有些疏遠，李淡雲即使回來，也很少參加「拖鞋大隊」的活動。

穗子說：「不准你穿我們的拖鞋。」

蔻蔻馬上去看自己的腳。那雙又髒又舊的紅色海綿拖鞋的確是這個集體開除她之前和大家一塊購置的。那是一批處理貨品，五角錢一雙，每雙都是一順拐的兩隻左腳。

「脫下來。」綠痕說。

蔻蔻看著六個女孩。從幼兒園到中學，她沒跟她們分開過。

所有女孩都說：「脫下來。」

蔻蔻美麗的臉在女孩們眼裡變得很醜，這一點她自己明白。女孩們在蔻蔻眼裡變得很優越，這一點女孩們更清楚。

「那你們要我穿什麼回家呀？」蔻蔻蟲鳴似地說。

「打赤腳。」三三說。

「……有碎碗碴子。」

「那我們不管。」

「太陽曬得洋灰地好燙！」蔻蔻說。

大家楞一會，全哈哈大笑起來。覺得這個蔻蔻真可憐，什麼時候了，還跟咱們發嗲。蔻蔻看見耿荻的笑被每個人模仿得很好，這種笑一出來，真是壯膽壯聲勢啊。

蔻蔻打著赤腳，一步一個灼痛地走了。她的父親就在頭頂，她卻沒有向他求援。女孩們看著走遠的蔻蔻，心裡說，好樣的蔻蔻，被逐也是光榮被逐，畢竟是「拖鞋大隊」的前優秀隊員。但很快發現蔻蔻還是死皮賴臉穿著那雙「一順左」紅拖鞋。她們又警告她幾次，一次比一次效果差。最後一次蔻蔻居然說她是「拖鞋獨立大隊」。

女孩們偷出家裡的廢銅爛鐵，父親的舊稿紙，母親的銅粉盒、銅鞋拔、銀領花、銀胸針，到廢品收購站去賣。然後她們去百貨公司，買了八雙白色透明拖鞋。八雙裡包括李淡雲和耿荻，雖然耿荻永遠一雙藍回力。她們這樣做當然是為了拉攏耿荻和李淡雲，徹底孤立蔻蔻。

不久蔻蔻也穿起了一模一樣的白色透明拖鞋。和上回不同的是，這回怎樣罵她，對她揚拳頭吐唾沫她也不脫了。僵持了一個月，女孩們又換一種拖鞋。她們穿著新拖鞋「夸嗒夸嗒」在作家協會響亮地走，招搖地扭，看蔻蔻這回怎麼模仿。拖鞋底是她們從軍區澡堂偷回的木拖板，釘的襻子是她們自己用毛線織的。就算你蔻蔻也有賊膽去偷木拖板，毛線你絕對找不到同樣的。那是三三和穗子從自己毛衣毛褲上拆的線，橘黃通明，桃紅絕豔，幾十米開外，就能看見有聲有色的「拖鞋大隊」了。

蔻蔻這下垮了。她對著耿荻哭訴女孩們種種殘忍行徑，只因為她爸的過——她爸太想畫畫了，哪怕畫毛主席像都行。耿荻卻說：「不用理她們。你不是還有我嗎？」

蔻蔻看著耿荻。是啊，還有耿荻呢。耿荻這樣的朋友一個頂十個。十個人也救不了李淡雲，耿荻卻單槍匹馬把「現行反革命」李淡雲救了。李淡雲被提拔為公社廣播站的廣播員，一天早上在大喇叭裡祝完毛主席萬壽無疆後，又祝已是死有餘辜的林副主席永遠健康。兩個民兵立刻把她綁下，關押起來。耿荻帶著省軍管會的介紹信趕到時，民兵們正要給李淡雲動刑。耿荻最後使了錢才把李淡雲接回了省城。

耿荻把「拖鞋大隊」的六個女孩招集到女廁所，在地上鋪好報紙，從藍學生裝的口袋裡掏出兩把巧克力。女孩們瞪著五光十色的錫箔紙包著的巧克力，簡直就是在瞪一捧珠寶。她們剝開糖紙，儀式般地咬了一口。耿荻看她們相互遞了個眼色，意思是：巧克力是真貨。久違的香甜在口中暈開，女孩們深感離這樣的味覺文明已太遠了。

耿荻說「拖鞋大隊」勢單力薄，絕不應該分裂。女孩們說，自從清除了蔻蔻，大家空前的團結。耿荻說你們不要忘了，正是別人排斥你們、孤立你們，才使你們最初那樣友愛；那時矛盾衝突也有，但總在格鬥或爭吵中很快解決。女孩們說，那可不同，那都是人民內部矛盾。耿荻問，難道蔻蔻成敵人了？女孩們說，看看她爸！得意忘形了！跟孫代表拍肩打背，晚上乘涼還坐一塊打「拱豬」呢！蔻蔻媽也不是個東西，教孫代表那個蠢丫頭彈起鋼琴來了！三三的鋼琴給抄家抄走了，孫代表憑什麼敢動那些查封的「抄家物資」?!

到了晚上十點，耿荻煩了，說行行行，都是些難養的小女子，我算領教了。她站起身，拍拍屁股，對女孩們一擺下巴：回見了。女孩們黯然神傷地坐在報紙上，明白耿荻對她們有多失望。

再看見耿荻是秋天了。耿荻的車後座上常常坐著蔻蔻。蔻蔻穿著合身的「的確良」女軍裝，比一棵小白菜心還饞人。每看見「拖鞋大隊」在作家協會門口坐成一排，一派笑傲江湖的瀟灑，蔻蔻就眼皮一垂心碎腸斷的樣子。耿荻似乎什麼也沒意識到，大巴掌揚揚，白牙一齜，笑道：「向娘子軍戰士們致敬！」她仍是優越感十足，英氣勃勃，一副「狗不和雞鬥、男不和女鬥」的高姿態。

女孩們說：看上去耿荻和蔻蔻就是梁山伯與祝英台。她們渾話歸渾話，心裡卻酸楚得很。她們每個人都認為自己對耿荻的確喜愛超過其他人，也認為耿荻該對自己偏些心。除了耿荻那對辮子虛假之外，耿荻是她們遇到的最真誠一個人。因為一個蔻蔻，耿荻已不可逆轉地在遠離她們。

這天三三在課堂被老師罰了站。三三在門外站了一會，見蔻蔻也被罰了出來。三三當然不知道，蔻蔻存心惹禍，以得到這一罰。

一分鐘後，蔻蔻說：「我爸又被你爸揭發了，昨晚給帶回農場了。」

三三一句話也沒有。

「你爸揭發我爸在農場畫了兩個女看守的裸體。」

三三奇怪了，問道：「女看守把衣服給你爸脫了？」

「不用脫我爸也畫得了。穿再多衣服我爸一眼就能看出她們光著腚什麼樣。我爸一向就那樣。」

兩個人沉默一會，三三開口了。她說：「你現在和耿荻成死黨了。」

蔻蔻沉默著。

「你不是常去耿荻家住嗎？」

「……耿荻家離舞蹈班近。」

「我又沒別的意思，你急著辯解什麼呀？」

「我沒辯解啊！」

「看你急得，我又沒說你和耿荻在搞鬼！」

蔻蔻真想咬三三一口。不過現在「拖鞋大隊」是三三主事，蔻蔻若想回到集體懷抱必須忍受三三。一共才離開集體三個月，蔻蔻覺得像半輩子。她想死了和女孩們四處游擊的生活，裝鬼嚇工宣隊軍代表的崽子們，撕毀父親們的大字報，往「革命左派」老婆們曬的衣服上放毛毛蟲，或者齊聲大唱充滿下流暗語的歌謠。那是多麼令蔻蔻神往的一段日子。共同的屈辱和共同的榮耀一樣，讓女孩們自尊，甚至自大。

「告訴你一個絕對祕密。」蔻蔻向三三湊近一步，「你不准告訴任何人。」

「我保證不告訴。」三三已聞得到蔻蔻嘴裡發酵的奶糖氣味。「說啊！」

「你肯定要告訴你姐！」

「去你媽的，李淡雲一年才回來三次！」

「你肯定會告訴穗子！」

「穗子考上軍隊文工團了，快走了！」三三說：「滾蛋，你別告訴我了，我不想聽了。」

三三把臉轉向大操場。雨剛過，操場上密密麻麻布滿幾千個腳印。

蔻蔻嘴巴貼在三三耳根上，連她蛀蟲的牙，她家常吃的豬油蒸霉豆腐，三三都嗅得到。蔻

蔻告訴三三，她翻過耿荻的床頭櫃，發現所有的長襯褲全是男式。還有什麼是男式？三三問。

蔻蔻說：還有襯衫、背心，全是軍隊男兵的！

三三思考一會，問蔻蔻：「耿荻肯定摸了你吧？」

蔻蔻臉漲得通紅，說：「三三你個騷流氓！」

「你們倆睡一個床吧？斃了我我都不相信。」三三說。

「你不相信什麼?!」

「你說我不相信什麼？」三三壞笑著。

「你愛信不信！」蔻蔻叫起來。

老師的臉伸出來，看看這兩個「反革命女狗崽」在門外造什麼孽。「罰站都不安生？跟你們反動老子一樣，死不改悔！」

放學後老師讓三三和蔻蔻繼續站在那裡。又下雨了，蔻蔻拿出傘，看看英勇不屈的三三，決定也英勇不屈地挨淋。

「三三……」

三三像什麼也沒聽見。

「三三，我告訴你……」

三三仍是什麼也聽不見的樣子。

「三三，你聽我說嘛……」蔻蔻崩潰了。

三三說：「你不告訴我我也知道——耿荻是個男的。」

尾聲

後來的事是穗子當兵後從女孩們的信上讀到的。

蔻蔻終於坦白，說耿荻摸過她。蔻蔻一坦白，「拖鞋大隊」立刻寬恕了她，並發給她一雙紅黃帶子的木拖板。那是冬天了，蔻蔻也不嫌冷，「夸嗒夸嗒」地穿著鮮亮刺目的木拖板跟著女孩們吵鬧地四處走動。

一切都布置好了，她們讓蔻蔻去請耿荻。耿荻突然戴起眼鏡來了，好像近視得還不輕。進了女廁所，耿荻拿出兩把大白兔奶糖。她奇怪了，發現女孩們的沒出息饞相蕩然無存。

「喲，今天怎麼了？拒腐蝕永不沾啊。」耿荻感覺到氣氛不對，卻仍有僥倖，打著她平素大大咧咧的哈哈。

「耿荻，你不要笑。」綠痕說。

耿荻說：「嘀，嘀！」她仰天大笑。

女孩們都喝：「不准笑！」

耿荻的軍人血液熱起來：「我笑了，又怎麼樣？」

「再笑一個看。」三三說。

耿荻發現情況越來越不妙。

「幹什麼？你們找死啊?!」她兩根粗大的眉毛繃成一條線。

「你欺負了蔻蔻。」三三說。

耿荻大吃一驚。「我欺負蔻蔻？」她看著蔻蔻：「蔻蔻，我欺負過你？」

蔻蔻一點也不敢看耿荻，支吾道：「嗯……」

「你怎麼這樣不講良心，蔻蔻？我怎麼欺負你了？」耿荻的目光逼著蔻蔻抬頭，和她交鋒。

蔻蔻卻死不抬頭嘟噥著說耿荻就是欺負了她。嘟噥著，她猛烈抽泣起來，臉埋在兩個膝頭上，哭成抽搐的一團。

耿荻伸手去推蔻蔻的肩，蔻蔻甩開她。耿荻又去扒蔻蔻的臉，說：「姜蔻蔻，你可是曉得冤枉是怎麼回事。你們的父親更知道冤枉是怎麼回事。蔻蔻，你膽敢抬起頭看著我說我欺負你，我任打任罰。」

蔻蔻頭埋得更深，潑喊潑鬧起來：「你就是欺負我了！你把我騙到你家，就想欺負我！……」

耿荻站在那裡，臉上的笑可怕起來。蔻蔻又拔高一個調哭喊：「你趁我睡著就動手動腳！……」大家只聽「嗵嗵」兩聲，耿荻四十碼的回力鞋已在蔻蔻身上兩次著陸。

「小賤人。」耿荻說道，細眼也不夾蔻蔻地扭頭便走。

預先擺好的陳永貴幾雙大手「嘩啦啦」朝耿荻傾塌下來。耿荻明白中了圈套，正要奪門而逃，懸拴在門上的「梅杜莎」突然墜落，砸在耿荻頭上。

耿荻看看地上的血滴：五！六！七八九……頓時幾十滴、上百滴……不久，浸透尿液的地上，汪起一層血。她的血。

女孩們獰笑著，圍上來，撕開她潔淨的學生藍偽裝。

穗子讀到此處閉上眼睛。那是個軍營的禮拜天，同寢室的女兵僅穿著三角褲和胸罩坐在地上吃西瓜。一會一陣笑，一笑便笑成一團。

信的結尾非常唐突。女孩們告訴穗子，扒下耿荻的男式襯衫和背心，男式外褲和襯褲，發現耿荻是個地道的女的。風華正茂、全鬚全尾……。

小顧豔傳

引子

還得從樓的形狀說起。

若不是因為它的奇特形狀，穗子不會看見許多她不該看見的事物，比如女人打男人，男人摟保姆，狗吃油畫顏料，等等。然而下面這個故事和上面介紹的三種景觀並不搭界，只不過也是穗子和她的同齡夥伴藉樓的形狀看來的。

樓是「凹」字形，四層，南面十二個窗子和北面的十二個窗子對稱，東邊，也就是凹字的底座，每層樓都是裝有鏤花鐵欄杆的長廊，沿著長廊的十二間屋，門扉也全朝著凹字中間的天井。像是一座監獄的建築設計，便於所有人交叉監視，天井留給警衛巡邏。樓建於一九五八年。到一九九九年拆的時候，還能看見樓簷下一圈剝蝕了的「三面紅旗」浮雕，當時全省（也包括外省）的作家、畫家、音樂家陸續遷入彌漫著新漆和鮮石膏味的樓內，都覺得這樓的設計有點不妙，但沒人說穿，其實它多像一座藝術家的集中營。新政權在那時已發現這些人太不省事，以這方式可以圈起他們來統一管理。當然，這都是穗子在九九年看看那個凹字形廢墟悟到的。

四層樓頂上，有個凹字形狀的大平臺，藝術家們在這裡做煤餅，晾被單，曬紅薯乾或高粱米或蛀蟲的掛麵。孩子們在這裡「跳房」，「攻城」，分久必合，合久必分。他們最享受的娛樂是在天黑之後爬上平臺的水泥護欄，觀看每個窗子裡上映的戲劇。平臺護欄高一米六〇，只有兩個巴掌的寬度，爬上去再懸著兩腿坐在四層樓高的天井邊沿上，必得足夠野蠻，足夠亡命。當然，上映的戲劇都是極短的片斷，有時只是驚鴻一瞥。將它們連綴成連續劇，還得靠想像，推理。最主要的，要靠幕後的跟蹤考察。也就是說，穗子和夥伴們冒著墜樓危險看到的，僅僅是端倪，不管畫面有多觸目驚心。

故事開始了

藝術家協會大院裡的人都記得小顧嫁進來那天。那是六一年的秋天，穿一身粉紅的小顧從楊麥的自行車貨架上跳下來，手裡抱一隻麵口袋。人們已經在這場後來被稱作「三年自然災害」的大饑荒中磨尖了目光，一看就知道小顧麵口袋裡裝得是花生仁，並且顆粒肥壯，珠圓玉潤，絕不是逢年過節家家戶戶按定量付高價買的走油的或乾癟的。小顧臉蛋也是粉紅的，這在一群餓得發綠的藝術家看，她簡直就是從魯本斯畫裡走下來的。當晚小顧和楊麥舉行婚禮，三十多斤炒得黑乎乎的花生米攤在會議室長條桌上。所有的大人孩子都吃成一張花臉兩隻黑手。公共廁所一連幾天都是花生油氣味。大家都說楊麥走運，幾幅年畫就花來一個百貨大樓的小顧。

所有人都看出其實是小顧玩了命花來了楊麥。楊麥三十歲，畫的年畫已經家喻戶曉。除了畫畫，楊麥還會寫打油詩，寫獨幕劇，小提琴也會拉幾下。假如不是營養不良，楊麥也有楊麥的俊氣，眉是眉，眼是眼，就是鬍子長得不好，該毛的地方一律禿，喉結周圍卻是一叢曲捲的黑鬚。婚禮上小顧照實介紹了兩人的戀愛過程。小顧老實，說是她先愛上楊麥的。她在櫃檯上跟人爭吵，楊麥向著她，那人威脅要告小顧的狀，楊麥願意作證，留了姓名、地址。小顧一見楊麥的名字，就開始用功夫了。小顧說一句，臉轉向楊麥，一大朵牡丹花笑容朝楊麥盛開，楊麥眉心微微一竄，喉結上的黑鬚一抖，但眼睛還是甜蜜的。

後來人們發現，只要小顧當眾說話，楊麥的眉心總要竄一下，黑茸茸的大喉結提上去卻不落下來了。眼裡的甜蜜在新婚不久就淡下去。

小顧或許比任何人都更早發現楊麥的變化。在食堂或公共水房，她提醒自己不說蠢話，往往發現自己又被人逗得蠢話連篇。而沒人逗她，她又心慌，站在打飯的隊伍裡故意大聲說：「哎呀頭腦子疼，昨晚看書看晚了。」問她看什麼書，她說：「托爾斯泰的《高老頭》啊。」人們就快活死了。食堂一共三種菜，吃起來一個味，加一塊也不如小顧下飯。

「小顧，托爾斯泰是哪裡人？」小顧知道大家又開始不安好心。不過她想，我又不是一年前才嫁過來的小顧，書讀不懂書名還能讀得懂吧？她下巴繞個一百二十度。意思是，你考誰呢?!小顧的下巴、肩膀、腰肢、屁股特別生動，會反駁、提問、嗔怒。楊麥常常想，假如她是個啞巴就美好多了。

「托爾斯泰不就是蘇聯人嗎？」小顧答道。

那些逗她的作家或畫家的妻子們便你捅捅我我推推你。她們起先妒嫉過小顧的青春美貌，丈夫們看小顧時的眼神和看其他女人完全不一樣。那發綠的眼神把男女之間的關係霎那間降到最本質最純粹的位置。這些妻子們看著長眉秀目的笑柄小顧，心想她在男人們那裡只剩下一個價值，就是上床。

不過後來的事實證明，小顧那一項價值相當偉大。

小顧對這些妻子們總有幾分怕，也有幾分崇拜。她們多數是文化館圖書館電影資料館的，剩下的是話劇團和京劇團的，還有兩個是地方戲劇院的，因為口音重顯得不入流。小顧毫不知道這些女人們暗中是你死我活的，拼殺的武器是她們的丈夫。丈夫的名氣、級別、稿酬數目決定武器的精良度。小顧怎能料到，這些女人連穿一件新衣，戴一款新首飾，心裡都是惡狠狠的，想著如何不露痕跡地將丈夫新獲的知名度和版稅透露出去。小顧只是苦苦模仿著她們穿戴談吐，做著她們永遠的底限：水平再低還能低過小顧？

一天晚上，小顧把兩隻腳丫泡在洗腳盆裡，黯然神傷地搓。楊麥看著這一對長在成年女人身上的嬰兒腳丫，既想愛憐她又想弄痛她。小顧卻肩膀一擰，推開了楊麥。楊麥覺得那肩與腰肢表達的委屈簡直讓他陽根子作癢，讓他把難得動用的臥房密語也動用了。他直接把小顧從洗腳盆上抱起，嘴裡「肉肉長、肉肉短」。沒等到床邊，小顧突然眼淚汪汪起來。問她怎麼不妥，她說：「你比渥倫茨基還壞。」

「誰？」楊麥問，手一撒，小顧落在了床上。

「安娜的情人，渥倫茨基。」

楊麥此時已站直了身體，兩手吊兒郎當地架在腰上。

「那你就是安娜・卡列尼娜了？」楊麥鼻翼擴張，吃了一口餿飯似的。

小顧看著他，然後長睫毛一垂。

楊麥「咚咚咚」走到房間那頭，又「咚咚咚」走到這頭，站在朝凹字形天井的大窗子前面，心想這下完了，非離婚不可了。不讀書的小顧蠢是蠢，畢竟可愛，讀了點書，她可叫我以後怎麼受？

小顧此刻側過身，躺得曲線畢露，悲劇性十足，想來安娜臥軌，一定非常婀娜。「百貨大樓你瞅著的時候，就跟渥倫茨基瞅安娜一樣。現在呢？」

楊麥說：「以後不得了了。你還要做瑪絲洛娃、娜塔莎。」楊麥是北方鄉下人，念那些洋名字時企圖念得洋氣，舌頭該翻滾不該翻滾一律都翻滾，因此出來一種又侉又醜陋的聲音。他一面說一面心裡納悶，我這麼認真幹什麼？她想鬧知識分子式的夫妻風波，我還陪著她酸呢。

楊麥想明白了，從窗口轉回身，見小顧還在床上臥軌。他晃晃悠悠上去，只當什麼也沒發生，該解她衣扣照解，該拉燈繩照拉。隨她去滿嘴滿身地排練演出，越來越深地進入角色。她演著頭一次偷歡的安娜・卡列尼娜，黑暗裡身體也開成一朵大牡丹花。楊麥想，隨她怎樣離題八丈地去讀小說，實惠反正是落在我這兒。

從此後再出現這種局面，楊麥只當沒聽見，沒看見，該抽煙抽煙，該喝酒喝酒。光憑小顧買煙買酒的本領，楊麥也離不開小顧。小顧在這凹字形樓裡低人一等，在百貨大樓可是一個天使，所有人都認為她聰明絕頂，美麗絕倫。小顧工作年頭不多，卻把百貨大樓內外編織成一張嚴謹、精密的關係網。她把楊麥出版的連環畫送給黨委書記的小兒麻痹症女兒，又請黨委書記幫著採購科長的老婆調動工作，採購科長送她兩丈毛嗶嘰的謝禮，又被她剪下一半來送給了人民醫院副院長，從此百貨大院的職工看病就不必半夜排隊掛號。

像所有凹字形樓裡的人一樣，小顧也把兩個孩子養在父母那裡，她有足夠的自由和時間讀書、看戲、聽音樂。她找了個老師，開始學拉提琴。也弄了副畫架子，學畫炭筆素描。她漸漸淘汰了紅色或粉紅的衣服，學著名角兒朱依錦一律穿白色或黑色，裙子不是極窄就是長及腳踝。頭髮不再打成兩根辮子，而是在腦後盤一個大餅，別一把玳瑁大梳子。原先她之所以賞心悅目，因為她從相貌到衣飾色彩都像一副農家年畫，現在臉還是年畫的臉，身上卻一襲縞素，半巫半仙，成了一個漂亮的衝突。別人覺得她終於有氣質了，楊麥畢竟比一般人見識好些，他懂得協和、統一才是美。與其有這麼個裝腔作勢，能拿出手去和其他裝腔作勢的妻子們媲美的楊夫人，他寧可要原先璞玉渾金的小顧。

小顧自己卻認為楊麥不再對她「親親」、「肉肉」、「心肝」，是一種尊重的表現。楊麥寫得苦惱的時候，或畫不下去的時候會和小顧談談樓中其他人的事。教她怎樣在那群妻子中含沙射影、指桑罵槐，讓她們知道小顧現在不是傻大姐了，提琴也會拉三支曲子了，素描也畫過上百張了，裝模作樣的本領也不比她們差了。

小顧把楊麥對她態度上的變化全看成好事，是平等和民主，是他們變成文化夫婦的開端。小顧不知道，正是在這時候楊麥在外面交上了女朋友。

楊麥明白自己不可能離開小顧。因為無論小顧怎樣愚蠢地、苦苦地改頭換面，她畢竟沒有錯處。冬天楊麥坐下寫東西，小顧馬上一個熱水袋遞過來，夏天畫畫，小顧開一個二十瓦的小電扇只吹他一人。熬夜小顧就煮夜宵，用一個三百瓦小電爐偷公家的電，燉山藥粥紅棗黨參湯。小顧出去打牌，半夜回來，發現楊麥在藤躺椅上睡了，她會替他脫衣脫鞋，把他哄到被窩裡，再打一盆熱水，用熱毛巾替他擦腳。

楊麥最看重的，是小顧的持家本領。給她十塊錢。她辦得出一桌席，給她五塊錢，她照樣辦得出一桌席。他們兩人工資不多，讓小顧開銷，日子都過出花來了。小顧自己很省，楊麥穿爛的棉毛褲棉毛衫，她剪一剪剜一剜，拿到縫紉機上重新一拼，便是她的了。除了吃的小顧很少買正品，憑了她的關係，她買來的次品往往沒有瑕疵，幾乎不夠格算作次品，而真正有瑕疵的次品，給她的價錢，僅高於廢品收購站了。凹字形樓上的人，家家都有小顧替他們買來的次品，價錢便宜得成了笑話。一次小顧弄到幾十米長的一條毛巾，是一個女工開了機器睡覺著了織的。那條毛巾被剪成上百段，凹字形樓上的人花兩分錢就能買一段。還有一次弄到幾捆織錯紋路的純毛毯子，很漂亮的鐵灰色，每家也都沒這份洋酪❶，買下來做成大衣和褲子。但不久人們發現用這毯子做出的褲子一穿就不對了，屁股鼓出一個大包，兩個膝蓋更鼓得滑稽，看上去凹字形樓上的人都半蹲著走路。因為價錢實在便宜，大家都想，半蹲就半蹲吧。

人們漸漸習慣了買次品，需要什麼就對小顧說，小顧，碰上次品茶杯給我來幾個。小顧，有次品拖鞋沒有？凹字形樓上，你常看見印錯花或染錯色的床單窗簾，帶坑窪的鋼精鍋，「一順跑」的拖鞋，「不倒翁」的茶壺茶杯，缺大、小鬼的撲克，不出聲的鬧鐘。

小顧終於發現了楊麥的疑點。楊麥小臂上出現過三條指痕，非常的淺，換了別人無論如何是看不出來的。不久，她又發現楊麥的手稿是另一個人謄抄的，筆跡相當漂亮。（這是她唯一幫不上楊麥的地方，她的字實在不上臺面。）一次楊麥去南京出差，一回到家，小顧就開始搜查他的行李。（穗子和夥伴們爬在樓頂欄杆上看到的，就是這一幕。）楊麥開始還拉她，要她別還原成醬坊店女兒的庸俗面目。但她又蹦又跳，把楊麥箱子裡的衣服、畫稿、手稿扔得滿天飛。

❶洋酪：撿洋酪即撿便宜貨。

楊麥不理她了，到一邊狂拉小提琴去了。他相信她是徒勞，回家之前他毀了所有證據；兩人看電影的票根，兩人吃館子的收據，兩人住旅館的假介紹信，全燒了。但他沒料到一個女人愛她的男人愛到小顧的份上，就成了精。小顧在楊麥出發之前，悄悄拽鬆了他外套上一顆扣子。只要楊麥一繫那顆鈕扣，它就會脫落。若沒有女人，楊麥會像婚前那樣，毫不在乎地照樣穿。小顧認識楊麥的時候，他幾乎所有衣服都少鈕扣。而這顆鈕扣現在被釘回去了，還用了同色的線。即便退一萬步，楊麥自己釘了這顆鈕扣，他也絕不會違背他的天性，刻意去找同色的線。

楊麥有了個寫一手好字的女人。細心賢慧是臨時裝的，因為她猙獰起來，會拿她那小爪子在楊麥手臂上搔三道淺痕。小顧咬緊一口又白又齊的牙，為楊麥心疼：她的楊麥是她含在嘴裡怕化了，捧在手裡怕碎了的啊。

找到這條線索，小顧反而不鬧了。她把一件件衣服撿回，疊平，放回櫃櫥。然後她看見箱子夾層裡有一個膠捲。楊麥怎麼也沒想到小顧在第二天就已認識了他的相好。她利用關係，請照相館以最快速度將照片沖洗出來，同時在楊麥膠捲盒裡放了一卷完全曝光的膠捲。

小顧看到照片上的女人梳短頭髮，有一雙洋娃娃眼睛，個頭比楊麥還高，小顧讓照相館的熟人把這女人單獨放大，嘴上清淡地說：我家老楊這個舅媽長得少相得很，四、五十歲了哪兒看得出來呀？

照相館的人全圍上來看，都說這女人吃什麼吃得這樣嫩？沒看見她我們還說你小顧是天下頂嫩的！

小顧的心給貓咬了似的。不過小顧馬上想，臉嫩有什麼用？一身柴禾。把那臉一遮，活活就是個男人，胖老頭的奶子還比她的大呢！

小顧誆他們說，「舅媽」是個電影演員，看過《女藍五號》吧？「舅媽」在裡頭跑了個大龍套。小顧建議照相館把「舅媽」的照片好好上上色，擺到櫥窗裡去。省城人把電影演員很另看，也把銀幕看成另一個世界，另一個世界的「舅媽」下凡來，肯在他們小照相館櫥窗裡露個臉，他們當然巴不得。一般他們選中誰的相片去櫥窗裡做樣板，必須免費為那人照一套照片，做為酬勞。小顧說：那我就替她照吧。

小顧沒太多嗜好，就愛照相片。心裡吃天大苦頭，鏡頭對準她，馬上歡眉笑眼。

就在小顧正面，側面地對著照相機鏡頭擠酒窩翻媚眼時，楊麥拿著那卷曝了光的膠捲來到畫報社暗房。他和畫報社的人熟，常常自己洗照片。二十分鐘後，他發現給情婦照的照片全白照了。他一面罵著日姐姐的，一面心裡慶幸：小顧也好情人也好，將來都不會以那些相片清算他了。

抓住了罪證，小顧還不開火。她要更沉著地埋伏。同時她在學畫、學琴的同時，又增加了書法學習。字是可以練出來的，沒奶子到末了也沒奶子。除此之外，小顧一律改穿高跟鞋。原來楊麥喜歡高個女人。那女人上身那麼短，下身那麼長，活像個圓規。人們看見忙來忙去的小顧高出半個頭來，從一樓人家的窗下走過時，腦袋一竄一竄，像一隻無形的手在上方把她腦袋當球拍。

妻子們又有事幹了，聚在一塊談論楊麥和小顧。她們說小顧穿高跟鞋也沒用，楊麥也不會要她了，楊麥這回的相好是個大學老師呢。雖然這樣說，她們有些可憐起小顧來，從她嫁進這樓到現在，她是改頭換面，棄舊迎新，為的就是給楊麥爭口氣，為楊麥塑造一個體面的有文化的，與楊麥的名聲才華般配的妻子形象。小顧險些就和楊麥成「才子佳人」了，假如不是楊麥到大學去看朋友時碰上這位女老師。現在楊麥和女老師的事全世界都知道了，懵的唯有這個小顧，還在沒心沒肺的幫人買次品，高跟鞋滿世界敲著「急急風」木魚。妻子們可憐小顧其實是可憐自己；丈夫們誰不像楊麥那樣渾蛋？也許她們也都和小顧一樣，丈夫在外腐化，全世界都知道，瞞的就是她一人。

這時她們在凹字形天井的竹林外乘涼，手上打著扇子。小顧從她們身邊走過去，高跟鞋敲得很是悅耳。然而一看就不是那麼回事了，小顧蹬在高跟鞋裡，屁股送出去老遠，上下身脫節，支點也不知在哪裡；她每邁一步，等於登一步樓梯，膝蓋弓起，人一矮，腿再一蹬，人再一高，而所有的張弛都含混不清。因此她前送的胸，後送的臀，半塌的腰，以及彎曲的腿形成一系列窩窩囊囊的曲線，別說小顧累死了，看小顧走路的人也累死了。

妻子們叫住小顧，說小顧你要命，怎麼這樣漂亮啊？

小顧哈哈哈地直笑，說我在家裡豬八戒一早上了，穿著老楊的破棉毛衫棉毛褲搬煤，剛剛洗了洗，換了換。

大家越發可憐小顧，覺得楊麥這點還不如她們的丈夫，至少給老婆雇個保姆來幹搬煤之類的事。她們越是可憐小顧，對小顧的讚美油水也越大。一會說小顧頭髮長得好，一會說小顧的痣長得是地方。

小顧心裡奇怪，她們今天用詞好大方。

一個妻子說：「楊麥前世積了什麼陰德，修來一個小顧！」

馬上有人響應：「就是，小顧前世欠他的！」

「看他那個德行！頭髮都長錯了！」

女人們就笑，真解恨啊，楊麥這一刻替所有丈夫做靶子，讓她們一同開火打個稀爛。

小顧卻不懂她們，她有些吃驚地想，楊麥在別人眼裡原來那麼醜？

「要不是小顧嫁給他，他媽說不定會給他在農村說個媳婦。」

「說個餵豬女模範！」

「小顧你給楊麥做幾身處理毛料子，他穿了是不一樣。」

小顧越來越不高興她們。明明一表人才的楊麥，給她們糟蹋的。

女老師的照片在立秋後的一個週末擺了出來。照相館隔壁是一家糕點店，叫「甜心園」，剛出爐的桃酥名氣很大。小顧拉著楊麥去「甜心園」買桃酥。她右手捏著點心往嘴裡送，左手擱在嘴巴下面接著落下的餅渣，不時再一仰頭把餅渣倒進嘴裡。小顧吃糕點，吃冰棍，吃水果一律這姿勢，絕不浪費一點一滴。楊麥一看她這樣子就暗暗翻她白眼。小顧仰起脖子把手掌裡的渣子倒進嘴裡，再用手指尖輕輕撣了撣嘴唇四周，就朝照相館方向走去。楊麥只得跟著，他了解小顧愛照相的毛病。剛要刻薄她幾句，楊麥傻了，黑茸茸的大喉結幾乎縮沒了：照相館櫥窗裡一張兩尺的大照片，情婦挺好的臉蛋給塗成了個關帝菩薩，背景是中山陵的石階，手上拿的正是楊麥那件外套。

楊麥抵賴的時侯，小顧沒有像平時那樣哭鬧。楊麥說他和她不過是一般朋友，恰好在南京遇上了。小顧隨他去胡扯，心裡只想怎麼樣才能捉雙。她上班前在床上擱幾星煙灰，下班回來煙灰從來不見蹤影。尿盆坐圈上放的煙灰也總是消失。女教師膽敢用小顧的尿盆。楊麥居然還給她倒。這天小顧請了假，從早上八點就躲進樓梯口女廁所。

小顧把自己鎖在馬桶格裡，坐在馬桶蓋上，一直等到一雙陌生的鞋走進來。那是一雙又大又扁的腳，活像穿了女人鞋的男人腳。做那事之前總要先排排乾淨，小顧坐在馬桶蓋上想。

半個小時之後，小顧用鑰匙打開家門，看著床上定格的兩個人，什麼也沒說，拾了女老師所有衣服和兩隻大鞋便走了。小顧見女老師穿著楊麥的衣褲出來，腳上的男式布鞋一步一趿拉。

她跟在女老師身後，進了大學宿舍。宿舍的其他三個人正在午睡，小顧這才登場正式亮相。她把女老師的衣服一件件地撕，從內褲到外衣，一邊撕一邊大罵。小顧這樣罵街的時候完全是另一人的嗓音，小市民透頂、兇悍之極的女人才有的嗓音。這嗓音疤痂累累，粗礪牢實，多次被撕爛又多次癒合。此刻它不斷被撐到極限，讓你感覺它正在炸裂成無數碎片，卻奇蹟般再次達到一個新的極限。小顧的罵街幾乎是歡樂的，臉也是隨時要仰天大笑的樣子，眼睛亮得可怕，卻盯著一個抽象的目標。不久宿舍窗口、門口就黑暗下來，人把正午的光線全擋住了。懂行的明白，小顧的罵街是專業的，那些小巷子市井人家專門出這類專業罵手。專業罵街和業餘罵街不同，並不是非有敵手不可，也不是要在一來一往的舌戰中占上風，專業的罵街開場不久就把敵手甩了，更不會讓敵手插上嘴，製造舌戰的機會，這種大手筆罵街上來就昇華，成了一種抽象境界。

小顧罵街的成果，是女老師在暑假後調走了。

楊麥開始和小顧冷戰。一個星期下來，小顧還像平素那樣做個嗲臉說：「你一個禮拜都沒理人家了。」

楊麥看都不看她。

過了一個月，小顧不顧秋天又潮又冷，晚上穿著透明短褲在屋裡走來走去。楊麥只當她不存在。小顧走到他寫字檯邊上，手推了推他的肩，他晃了晃，她推得大一些，他晃得更大更無力。小顧伏在他身上，和他一塊晃。晃得要多嗲有多嗲，天下女人，也只有小顧能嗲成這樣。

楊麥隨她去擺弄，手還拿著鋼筆。

「你一個月都沒碰過人家了。」小顧蜜一樣淌在他身上。

楊麥這回有反應了，他忽然抽出身，看了她一眼。這一眼讓小顧一向糊里糊塗的腦袋裡出現了一些陌生的大詞：尊嚴、平等、屈辱，等等。她不知哪一個詞用到楊麥和她此刻狀態最合適，似乎又都不太合適。她原以為這一類大詞只屬於書和話劇，永遠不會和她的生活有關，從楊麥眼裡，她意識到，她的生活也許從來沒離開過這些大詞。

楊麥和小顧的冷戰結束在一九六九年春天的一個清晨。楊麥一早出去解手，小便池站的一排人全躲著他。他心裡已明白了七、八分，卻仍想證實一下。他走到凹字樓的走廊上，拉住雕花欄杆向外探身，便看見了大門內的大字報，上面他的名字寫得有斗大，但他卻看不清給他的一長串罪名是什麼。

一回到家他對正在梳頭的小顧說：「小顧，你今天還要上班啊？」

小顧心裡轟得一響，眼睛全花了。但她拼命忍住淚，裝得像昨夜還跟他枕邊話不斷似的，耍著俏嗆他一句：「不上班做什麼？在家裡礙人家的事啊？」

「不要上班了。」

她這才看見他臉色灰冷。她趕緊上去，用自己額貼貼他的額，然後轉身去找阿斯匹林。楊

麥一生病就會叫小顧請假。楊麥卻叫小顧別忙了，坐下來。他像對一個孩子那樣，拉著小顧的手，告訴她從今天早上起，他就是個壞蛋了，做壞蛋的老婆是很難的，小顧還年輕，一定要努力去學著做。

小顧發現楊麥的手完全死了，又冷又乾，指甲灰白。他竟比她害怕，竟比她受得驚嚇要大，應該是她來保護他的。小顧不在乎地笑笑，說洗臉吧，洗了臉我去買水煎包子給你吃。

兩天後，一群人半夜跑來，打錯好幾家門，說是來逮捕「現行反革命」楊麥的。七、八支手電光柱下，楊麥哆嗦得連皮帶都繫不上了。小顧替他拴好褲子，在他給押走前，又塞給他一個小包袱，說裡面有兩套單衣，一件毛衣。毛衣是她趕織的。楊麥很吃驚，小顧不露痕跡地把一切準備好了。

楊麥走了半年，小顧沒有打聽到他任何消息。第二年開春，來了個講侉話的男人，說是楊麥的難友。他帶了一封楊麥寫給小顧的信，告訴她他要做胃潰瘍手術，讓小顧設法弄些奶粉捎給他。

小顧按楊麥難友的指點，把奶粉帶到一個軍代表家裡。小顧從另一包裡，取出兩瓶貢酒。市面上連山芋乾酒都要憑票供應，貢酒幾年前就絕了跡。軍代表卻笑嘻嘻地把酒原路推到桌子對過，說他從不沾酒。小顧說對呀，喝酒的男人我最討厭。她把酒收回來，換成一條紅牡丹香煙。軍代表立刻又笑嘻嘻了，說煙他也是不碰的。小顧說哎喲，天下有這麼好的男人啊，你夫人有福死了！一面說著，煙已變成太妃糖。小顧這回嘴嘟起來了，說：「我們這樣的人，送的糖哪是糖啊，是糖衣炮彈！」軍代表這才臉一紅，說那就多謝了。

小顧看看這位三四十歲的團級幹部還會臉紅，不知怎麼心裡有點柔柔的。她把自己在百貨大樓的電話告訴了軍代表，請他一定把楊麥手術的情況及時告訴她。她這天穿一件棗紅色棉襖罩衫，稍稍收了腰，脖子上套一個黑色羊毛領圈，看上去只有二十歲。軍代表心裡一陣溫情的惋惜，這麼年輕好看，偏偏是反革命家眷。

軍代表果然給小顧打了電話。他說楊麥手術做得不錯，在監獄醫院養著。小顧趕緊又買了兩袋光明奶粉，送到軍代表辦公室。這回的謝禮是兩磅毛線。

軍代表看著她的眼睛說：「這個你拿回去。」

「嫌輕？」她眼睛斜著他。

「我們從來不拿群眾一針一線。」他目光哆嗦起來，小小的眼睛因為這目光變得好看許多。

小顧嘴一嘟：「噢喲，黃代表還把我當一個普通『群眾』啊？我以為自己跟你早就是朋友了。」她摔摔打打地把毛線一支一支往包裏塞。

軍代表臉紅得像個童子雞，站起身隔著辦公桌就伸手來拉她的手。

拉得小顧嘴唇一掀，就那樣半張半閉地翹在那裡。小顧從形象到作派都討軍代表這類男人喜歡，輕佻得正到好處，也是恰如其分的有那麼一點賤。加上那村姑氣的美麗，軍代表覺得自己劫數到了。雖心裡叫她「小妖精小討債」，他臉是莊重的，甚至稱得上神聖。

姓黃的軍代表從小顧身上懂得，女人有這麼好的滋味。不必碰她，只看她歪個下巴扭個肩，白你一眼黑你一眼，嘴一嘟嘴一撇，對於在性經驗虧空了幾十年的黃代表，都是大大滋補。

凹字形樓上的人開始注意來找小顧的中年軍官。小顧逢人便說你看巧不巧？我表哥給派到省軍管會來了。人們想難怪楊麥給減刑，一般「現行反革命」趕得巧一點就給斃了。楊麥的刑從無期減到有期，又減成六年監督勞改。

假如不是一幫孩子在四樓頂瞥到了一眼，凹字形樓裡人永遠都不會知道小顧和黃代表的真實關係。

一個燜熱的夏天夜晚，七、八女孩爬上了樓頂平臺的欄杆，在一米半寬的水泥扶手上走著。一個女孩指著三樓南邊的一個窗說：「快看解放軍抱小顧了。」

大家都去看時，小顧正從黃代表懷裡掙出來，慌張地拉嚴窗簾。小顧做夢也想不到，對面樓頂的黑暗中，蹲著一排野貓似的孩子，正朝她瞪著冷冷的綠眼睛。倒不是她們一定要和小顧作對，而是她們已學會在和各種人的作對中找到樂趣了。

女孩們坐在粗糙的水泥護欄上，兩腿蕩在空中，腳下是四層樓深的天井，聽她們的頭目部署行動方案。

乘涼的人們散盡時，女孩們來到小顧家門口。

一個女孩踩在另一女孩肩上，爬到門上方的玻璃窗上向裡看。下來後她說屋裡太黑，什麼也看不見。但從門下的縫隙，她們能聽小顧的聲音，那是很破鞋很破鞋的聲音。

第二天女孩們見人就說：「哎，教你個繞口令，念好獎你五毛錢飯票：『表哥抱表妹，表妹抱表哥』。」

五毛錢飯票在缺肉少油的凹字樓上，意味著五盤滷豬大腸。於是一個個孩子都參加了這個繞口令大賽。它確實非常繞口，並越練越繞口。一整天時間，在知了上氣不接下氣的嘶喊中，加進來上百條舌頭的大操練，整個凹字形樓上一片「表哥抱表妹，表妹抱表哥」的聒噪。

小顧下班時見八、九個女孩坐在大門口石階上，念著繞口令。她頭一低，趕緊走過去。她們在她背後喊：「小顧阿姨！」

小顧站住了，轉過臉。其實女孩們已經看見了她眼裡的討饒。但她們已學會心硬。她們在找到一個人，可以給她一點小虐待時，絕不因為自己沒出息的剎那心軟而放過她。

「小顧阿姨你肯定念不好這個繞口令，不信你試試！」

大些的女孩到她前面堵了她的路，把威脅藏在耍賴裡。

小顧像是被一群小貓寬圍住的大雌鼠，顯得那樣龐大笨重，愚蠢可笑。

「說呀，小顧阿姨。不說不放你過去。」

她們穿的拖鞋是她幫著買來的次品。次品在這些女孩的生活中已成了必須，因為她們父親的工資都被停發了。小顧想起她嫁來時她們的樣子。那時成年人中小顧沒有地位，這些女孩卻喜愛她。她只要坐在誰家打牌，背後總跟著玩她長頭髮的女孩們。她們把她長及臀下的兩根大辮子拆了編，編了又拆；小顧只是在實在給她們弄痛的時候才說去去去。假如小顧在走廊裏燒菜，見到她們總是叫她們排好隊，給她們一人嚐一口；後來慣壞了她們，只要見到小顧啃甘蔗、磕瓜子、吃冰棍，大家就喊「排隊排隊！」小顧喜歡一邊吃東西一邊走路去上班，女孩們就常常在現在的位置上截她，她也存心左突右逃，嘴裡喊她們小土匪。

這時小顧知道她和女孩們之間有了破裂。她卻並不清楚她怎樣惹了她們。她知道在凹字形樓上的事做得怎樣滴水不漏也終究會漏出去。當初設計這樓的人或許就是要和他們開一個陰險玩笑。亦或許他預知會有一場接一場的政治運動，方便大夥相互揭發、背叛，或者，早早就把自己擱到別人的瞄準裡，早早就讓自己放老實些。小顧看到這些十來歲的女孩子身上滴著紅色的西瓜汁，額上一個個大疥子塗著龍膽紫，脖子上的痱子粉和灰垢混淆，被汗水沖成一道道灰黑的溝渠。她們中沒有一個身上不帶傷的，真像一群天天行盜又天天挨揍的野貓。

小顧逃不過去了，只好按她們的繞口令念了一遍。女孩們一片狂笑，兩個女孩笑得腿也蹺在空中，裙子下露出骯髒的三角褲。

當天晚上，黃代表來的時候，告訴小顧可以去楊麥那裡探一次親。小顧一下跪在他面前，臉埋在他雙膝間嗚嗚地哭起來。黃代表心裡作痛作酸，但又無法發作。小顧是人家的人，他也有老婆孩子。除了和小顧這樣狗男女地往來，他們還能有什麼圖頭？想著想著，黃代表眼淚也淌下來，一滴一滴落在小顧嫩柔的後脖梗上。

小顧那晚的身子就像她給所有人買的次品，便宜而量足。一股腦地塞給黃代表。黃代表心裡也明白，此刻的小顧無論多香豔，多銷魂，等於還是一包太妃奶糖或一捆純毛毛線，一堆謝禮罷了。

兩人正在勁頭上，聽見門被敲響了。

小顧抓起一條毛巾被扔在黃代表身上。兩人一聲不吱，聽門外的人說：「不在家？」

小顧一聽就聽出那是女孩群裡的一個頭目。

另一女孩說：「在家，我看見小顧阿姨關窗子的。」

「可能睡著了。」

「再敲敲看。」

這回不那麼客氣了，敲得比帶走楊麥的那幫人還橫。

「誰呀？」小顧問，她怕她們把鄰居敲來了。

「小顧阿姨，開開門！」她們七嘴八舌地喊。

「幹嘛？我睡了！……」

「跟你借假辮子！」

小顧前一年剪了辮子，女孩子們時常向她借辮子去裝鬼。小顧裝著很不情願地打開箱蓋，聲音弄得很響，同時小聲叫黃代表馬上穿衣，躲到立櫃裡去。然後她套了件舊裙子，把門拉開。「喏、喏……！」她用辮子挨個抽著女孩們的腦袋，同時讓她們看清空蕩蕩的屋，那空蕩蕩的床上她剛才睡的是素淨覺。女孩們的眼睛毫不掩飾地向她身後探，個子小的索性明目張膽地佝下身，從她撐在門框上的手臂下面窺視進去。她看到女孩們臉上的疑惑和失望，感到一陣虛弱，正要打發她們，一個女孩說請她去幫著安一個電燈泡。

小顧為這個能討好她們的機會一陣暗喜，便接過女孩遞上來的電燈泡跟她們來到女廁所。女廁所裡燈泡癟了，在凹字樓上是再正常不過的事。女孩們卻堅持要小顧把那個燈泡裝上去。梯子已架好，手電筒也為她舉起了，小顧只得爬上去。她不知道此刻女孩們正順著手電光往她裙襬下看，然後她們相互使個眼色，終於證實了，這個不要臉的女人連褲衩都沒來得及穿。

楊麥的勞改營在北方一座煤城，楊麥的工種是洗煤。按照事先定的地點，小顧在大食堂後面等他。聽到一聲咳嗽，小顧抬起頭，見牆拐角遲遲疑疑地閃出個影子。臉似乎是洗過一把的，兩個鼻孔卻漆黑，因此小顧一眼看去，三年不見的楊麥有兩個陰森猙獰的大鼻孔。她動也不動地瞪著他。

「傻丫頭！」楊麥笑了。從那層煤汙後面笑出的是三年前的楊麥，不止，是十年前的。他和她頭一次在百貨大樓邂逅時的楊麥。

由於黃代表的關係，小顧在附近的駐軍營地找到一張鋪，同屋是其他三個軍隊探親家屬。軍營離煤礦十來里地，一路有各種各樣的車可以搭乘。每天下午四點，小顧借軍營的大灶做些菜，等楊麥下班兩人就在大食堂後門面對面蹲著吃。楊麥漸漸恢復了原先的身量。兩人聊他們認識的人，誰自殺了，誰離婚了，誰被解放了。小顧說話還像曾經那樣，一個句子沒講完，下一個句子又起了頭，常常順著枝節跑得太遠，自己會忽然停住，換一口氣，再去找她的邏輯。而邏輯往往越找越亂。楊麥就笑瞇瞇地看著她，哪個女人能像小顧這樣，活多大一把歲數還滿身孩子氣。他忘了小顧的講話方式曾經怎樣讓他發瘋。

最後一天下午，小顧把一疊補好的乾淨衣服交到他手裡，他捺住小顧的手哭起來。小顧也淚流滿面，一邊掏出自己的手絹為他擤鼻涕，一邊安慰他，沒人再會打他了，她找的關係很硬，跟這裡的管教都私下關照過。楊麥搖搖頭，表示他不是為這個哭。小顧把嘴貼到他耳朵上說她正在活動爭取讓他回原單位「監督改造」。楊麥點點頭，卻還是抽泣不止，兩眼無神地盯著對面的牆。小顧催問他，到底傷心什麼。他隔五秒鐘狠狠抽泣一下，什麼也不說。小顧只顧逼他，哄他，沒顧上去照看她給他帶來的一飯盒豬油被食堂的兩條狗舔得淨光。

小顧告別時楊麥就那樣看著她，眼神死死的。那是擁抱，親吻，甚至交歡都不能及的親密，讓彼此都堅信，他們做到了至死不渝。

等小顧走遠，下坡，消失在運煤卡車捲起的大片黑煙裡，楊麥想他剛才險些全向她招了：他和那個女老師的祕密戀情其實一直延續到楊麥入獄。

小顧是在天剛黑時離開楊麥的。這時她才大把鼻涕大把淚地放開大哭。她哭第一眼看見的那個判若兩人的楊麥，哭他一身傷疤兩個黑洞洞的大鼻孔，還哭他原來不曾有的動作，表情，說話聲氣，也哭他消失了的氣質，姿態，笑聲。他那樣微微笑地聽她說話，眼神軟綿綿的像個冬日裡曬太陽的老奶奶。而她卻愛那個總有一點渾的他，對她永遠搭一點架子，發一點小脾氣，在她裝深沉時以食指和中指鉗一鉗她屁股蛋的楊麥。

哭著哭著，小顧忘了時間，忘了截車，也忘了路上的標記。天已經完全黑了，最近距離的燈火也有幾里路遠。一輛自行車在她身邊停下來，說她一個女人家好大的膽子，怎麼敢一個人跑這兒來。小顧看騎車的人三十來歲，脖子上紮一條沾著煤屑的白毛巾，小顧馬上叫他礦工大哥，問他某某軍營是否順這條路一直走下去。礦工大哥說路還遠著呢，我搭你一截吧。小顧看看他，並不比自己壯多少，就笑起來，說我騎車能拉三百斤大米！你坐上來，給我壯個膽指個路就行。

兩人上路不久，礦工問小顧在省城哪裡上班。小顧說哎喲大哥，你眼尖啊，怎麼知道我從省城來？他回答說這裡的人個個眼尖，只要來個女人大家在井下就搞她材料了，慢說是個省城的女人。小顧說你們搞了我什麼材料？他說大家看見她在大食堂後面，都說「糟賤了，糟賤了」。

小顧當然明白他指的「糟賤了」是什麼。不知為什麼，「糟賤了」突然在她心裡刺激出一種自豪。楊麥要是讓你們這樣的粗坯子理解了，他還是楊麥嗎？大災難落到這個絕代才子身上，才格外顯出他的高貴。夜晚的風帶著低哨，吹在小顧的冷笑上。她從來沒認識到自己有如此的體力，能如此輕鬆地騎車帶一個男人。

其實她早就錯過了軍營的路口。小顧問礦工大哥，還有多遠的路。他回答馬上要到了。小顧左右看了看，說怎麼不見燈光呢？回答說搞不好又停電了。小顧說不對吧，你看路燈還亮著呢。他說軍營是自己發電，所以他們有電沒電跟路燈沒關係。小顧認為他的話合理，便不吱聲了。但她心裡在奇怪：搭汽車不過才十來分鐘的路，騎車怎麼會顯得這樣長。

礦工大哥開始並沒有歹意。在聽小顧講了幾句話之後，他忽然想，她怎麼有問必答，一點不懂得防範呢？萍水相逢，她已經把她家住址、工作單位兜底告訴了他。還邀他去省城時來家坐坐，應承了替他買純毛毛線和進口手錶。只要他偶然去探望一下她的老楊。這時她蹬車接近一個很寬的路口，往裡一拐，不到一里路，就是那座軍營。他見她沒有停車的意思，便熱烈地跟她閒扯下去。自行車穿過路口時，他一陣暈眩：原來從一個平實的人變成一名歹徒，是這麼容易。

他遺憾的是事先毫無準備，因此身上沒好使的武器。他把搪瓷水壺的帶子收到七寸左右，靠裡面水的重量把她擊倒是沒問題的。出擊要出得好，他向後拉了拉身體，右臂抓住貨架，左

臂收縮，開始了出擊的第一步。左臂的準頭和力量都不理想，他一再調整角度。他看著前面這顆秀麗的腦瓜，因裡頭缺根弦而將使它遭受重創。七寸長的水壺帶加搪瓷壺再加半壺水，掄圓了砸夠她受。

這就到了兩人討論軍營是否會停電的當口。前面出現了麥地，他知道再往前有座小火車站，最好的地點就是這一段，即便她喊也不會有人聽見。他再次拿好架式，打死或打不著，都比較費事。他再一想，打死稍為省事些，一個反革命家屬莫名其妙斃命，這年頭並不罕見。

「哎喲，再不到我就騎不動了。」她的口氣像在跟她男朋友講話。

她當然在等他說，那你停車，大哥來帶你。她任何時候都可能一捏車剎，腳落下地。可她卻沒這麼做，這樣一個輕信，以為男人個個寵她的傻東西。都怪她傻，他這樣的人才眨眼間成了惡棍。不然他也想當積極分子、勞動模範。

他的水壺掄了出去。她「噭」的一聲叫起來，然後便跌倒下去。他感到剛才那一下掄得肉呼呼，擊中她時，他的手也沒感到多猛烈的後座力。但不管怎樣，她是倒了下去，身體壓在自行車下面。

她突然動起來，側身躺在那裡划動四肢。他的手及時卡在她脖子上，但自行車絆手絆腳，他只使得上一半力氣。她開始反擊，一隻手成了利爪，他覺得一道熱辣辣的疼痛從腦門直通下巴。他一拳砸下去，她身子一軟。

隨著自行車，他伸手到她鼻尖上，想看看剛才那一拳打下去，事情是不是已經給他做絕了。但一時間他竟沒探出她的死活來。他畢竟是個新歹人，這時感觸到歹人也不那麼好做。

他將自行車從她身上搬起。她卻一個打挺站了起來，跳下公路就往麥地裡跑，一面跑一面叫喊救命。

小顧在這樣放聲叫喊時也有了另一副嗓音。一種響得驚人的非人噪音。所有雌性生物在以命保護自己，或保護自己崽子時發出的聲音。那聲音之醜陋之野蠻，足以使進犯者重新評估進犯的價值。

小顧在麥地裡奔跑，頭髮披散，扯爛的衣服亂舞，在新歹人跟前漸漸成了個女鬼。他在麥子棵裡追她，不占多少優勢。不久她就會把小火車站的人喊來。他記起她從車上摔倒時落下的皮包。做一回歹人若能劫到點錢財，也就不算白做。

小顧看他停下來，然後轉身向公路跑去：跑得飛快，怕她追他似的。她卻不動，站在麥田中央繼續叫喊。跟她罵街一樣，她的呼救漸漸失去了具體意義，昇華成一種抽象。她引長脖子，鼓起小腹，像一隻美麗的母狼那樣長嘯，叫得腦子一片空白，接著心裡也空空蕩蕩，她整個生命漸漸化為這嘶鳴的頻率聲波，所有的不貞和不潔都被震盪一淨。

等小火車站的扳道工和路警趕到時，他們帶的狼狗嗅到空氣中彌漫著小顧呼喊的血腥。

小顧這才覺得一根喉管早喊爛了，濃釅的血腥衝進鼻腔和腦髓，她腿一癱，坐在麥子的芒刺上。

扳道工和路警把小顧送到軍營診所。小顧便人事不省了。中度腦震盪和氣管的卡傷讓醫生十分驚訝，她怎麼可能從歹徒手下死裡逃生。

小顧第二天傍晚醒來了。她看見坐在床邊的是黃代表，馬上微蹙起眉毛。這時門開了，楊麥黑呼呼地走進來，兩個白眼珠朝著她閃動，她眉毛才平展開來。

黃代表看著楊麥的黑臉在小顧的白臉上猛蹭，很快蹭成兩張花臉。黃代表站起身往門外走，楊麥叫住他，說難為你照顧我妻子。黃代表看他一眼，點點頭，心裡頭一次感到委屈，感到被誰玩了。

小顧抬起眼睛，見黃代表突然間駝起背來。

楊麥是在七四年秋天被釋放的。不久省報需要漫畫家，楊麥被調了去。他並不精通漫畫，但他自己摸索一陣，很快就把報紙的漫畫專欄做成了全國名流。漫畫並不署他的名，因為他名分上還是個「監外執行」的犯人。他得靠一天畫十小時的畫來充苦役。監禁初期受的各種傷病這時開始一樣樣發作，小顧常常用自行車馱著他上下班。

小顧在這段時間顯得幸福而滿足，人也沉靜了，見誰都是淡雅一笑，不再蠢話連篇。像所有真正被愛著，被需要著的女人那樣，小顧反而樸素而隨意，頭髮和衣服都顯得毫無用心。

女人們偶然見她提著食品匆匆走過，招呼她：「小顧又給楊麥解饞啊？」

小顧就笑笑，並不解釋什麼。這是個僅次於大饑荒的年代，肉食和蛋類拎在小顧手裡，刺目之極，要在從前，她會感到自己光天化日地做賊。她會繞許多舌告訴大家自己找各種路子買食品是因為楊麥的一身病。她會低三下四地對人們說，以後你們有病就來找我，我小顧上三流的朋友不多，賣肉的賣蛋的認得一大把。而現在小顧什麼也不說，就笑笑。人們都奇怪，小顧什麼時候有了這副派頭？難道腦震盪把她原本短路的腦子改裝了一回，現在反而對頭了？

而凹字形樓中，只有那幫女孩（穗子也在其中）仍是把小顧看得很透。她們絕不會忘記小顧站在梯子上，裙子下面赤裸裸的下體。她們覺得小顧的下體就是「破鞋」二字的圖解。她們觀察到那位軍代表偶爾還會來找小顧，只是不進到樓裡，而在對面梨花街的茶棚子下坐著。小顧一出去，兩人隔著半里路就伴向包河公園走。

一天女孩們用公用電話撥通了藝術家協會傳達室的電話。傳達室往往不管叫人接電話，只管負責轉達信息。女孩們中有兩個會模仿各種口音，便說自己是省軍管會的，受一位姓黃的首長之托邀請小顧去長江飯店吃飯，拜託她買四斤毛線，兩斤新茶，五斤大白兔奶糖。又關照說，請小顧一定要燙個頭，穿上毛料衣、高跟鞋，因為這是重要宴會。

當晚女孩們坐在大門口，看著小顧大包小包地走來，腳已久疏了高跟鞋，走路越發是一步一登樓，屁股、腰肢、胸更是各扭各的。最讓她們稱心的是，小顧真的剪去了一頭好頭髮，燙出一個大雞窩來。

她們一嘴蜜地說：「小顧阿姨這樣臭美要去哪裡呀！」

「去去去！」她笑著說，很是為她和女孩們突然恢復的親熱暗喜。她一直弄不清女孩們這幾年對她的生分是怎麼回事。

「你拎的是什麼呀？」她們圍上來，明知故問地指著糖盒，包裝紙上印有大白兔圖案。全中國孩子們心目中，那是最著名的一隻大白兔。

「裝的什麼你們都不知道啊？」小顧左右突圍，卻很樂意她們和她糾纏。「是老鼠藥啊！又香又甜，專門藥饞嘴小老鼠啊！」

「請我們吃一點老鼠藥吧，小顧阿姨！」

小顧快樂得和她們一樣年輕頑皮，高跟鞋在泥地上留了一圈一圈的小洞眼。她終於擺脫了她們，心裡想一定要再買一盒五斤裝「大白兔」。專為這些女孩買。

兩小時後，女孩們仍坐在原地，看著小顧一步一登樓地回來了，手上的大小紙包都被網兜勒出一些破損，毛料衣、高跟鞋也舊了一成。沒一個人說話，一律瞪大眼睛從上到下地端詳她，端詳得小顧也伸手去摸頭髮，撣衣服。

小顧把那盒「大白兔」往她們面前一放，面孔的肌膚出現了下垂線條。她們一下子看見了二十年後的小顧。

第二天她們給省軍管會打電話。和小顧相處多年，她們學小顧的口音簡直可以騙過小顧自己。接通黃代表後，最年長的女孩用小顧那土氣十足的京腔說：「我在家歇病假，你有空來一趟吧。」

黃代表急著打聽她得了什麼病。

「不舒坦得很。」年長的女孩把「舒坦」兩個字咬得好極了；活脫一個無病呻吟的本地醬園店千金。

半小時後，黃代表也大包小包地來了。小顧正在給紅棗去核，見了黃代表脫口就說：「你作死啊，跑這兒來幹什麼？」

黃代表看著白裡透紅的小顧，「你沒病啊？」

小顧向門口使勁擺手：「你先走，你先走！我跟上就來！」

兩人又是前後隔著半里路來到包河公園。黃代表把小顧一摟，小顧說：「作死了，軍衣還穿著。」

黃代表沒作野外約會的準備，因此軍衣裡面只穿件襯衫，眼下也顧不得冷了，三把兩把脫下來。

小顧前兩天憋的火這時可以好好地燒了。她又是跺腳又是擂腿，說黃代表不要她和楊麥過了，起壞心要毀她名聲。黃代表當了幾十年兵，特別欠女色，因此一個漂亮的小顧給他多少苦頭吃，他也只有吞嚥。他低聲下氣問小顧，假如他有半點壞心，能把一個現行反革命的楊麥變成報社的祕密紅人嗎？

小顧一想，對呀，沒有他哪有她和楊麥的今天，哪有一個溫柔體貼，對小顧感恩戴德的楊麥？她不作聲了，任他把手伸上來。小顧心裡說：你摸吧，你從楊麥那裡偷走一點，我也讓你賠回來。

小顧把兩個孩子從娘家接了回來。這也是她和凹字形樓裡的女人學來的習慣，在孩子們可以上街打醬油的年齡把他們領回來，歸自己使喚。小顧和楊麥的孩子一個七歲，一個六歲，正是打醬油，做煤餅，排隊買豆腐，退酒瓶賣破爛的好年紀。這個時候他們尚未學油，因此特別認真負責，也不會在帳上做手腳。

星期天廢品收購站的三輪車蹬進天井。所有孩子抱著破爛排成長隊。那幫女孩見小顧兩個孩子矮一頭地擠在隊伍裡，便相互咬咬耳朵，把他們倆的破爛接過來，塞了幾個硬幣給他們。小哥兒倆知道他們的破爛不值那麼多硬幣，飛快回到家裡，一面大聲嚷著：「媽，媽！我們家還有破鞋嗎？」

小顧和楊麥正在午睡，聽兩個孩子喊了一樓梯一走廊的「破鞋」，光腳跳下地，衝到門口，拎住大兒子的耳朵拖進屋，一耳摑子打出去。

楊麥對孩子一向無所謂，但見不得他們哭。從床上坐起來就罵：「小顧你不是他們媽，是吧？怎麼這樣打？」

兩個兒子仗了父親的勢，哭得宰小豬一樣。

小顧上去又是一通亂拳亂腳。

楊麥精瘦地插在孩子和小顧之間，肝虛腎虛地直喘氣，手逮住小顧的腕子。他問她兩個孩子犯了什麼過錯。

大兒子指著窗外，半天才從哭聲中掰出一句話：「姐姐把我家破鞋子都買去了！」

小兒子補充道：「姐姐問我們還有沒有軍用破鞋！」

「啪！」小兒子臉上也挨一摑子。

楊麥兩個胳肢窩一張，一邊夾一個孩子，然後把脊梁轉向小顧。小顧臉白了，眼睛充了血，燙的頭髮飛張起來，追著踢孩子的屁股。楊麥的腿上挨了她好幾腳，卻始終不放開兩個孩子。櫃子上的毛主席瓷像摔在地上，底座上的「景德鎮」徽記也摔成幾瓣。

自相殘殺在晚飯前才結束。小顧做了一桌好菜，兩個兒子卻動也不動。他們要教訓教訓母親，無緣無故打人是不配做長輩的。

「吃啊！」小顧先沉不住氣了，心想在楊麥面前她要服孩子的軟，說明她真做了什麼不要臉的事。她用筷子敲敲盤子：「有種都不要吃，從今天起，都不要吃我的飯！」

兩個孩子看看父親。

父親說：「吃。」

兩個孩子迅速抓起筷子。

小顧說：「擱下。」

兩個孩子又看看父親。父親下巴一擺，表示不必理她，繼續吃。

小顧看著三個人又吃又喝，腳還在桌下你踢踢我，我踹踹你，表示勾結的快樂。她覺得兩道眼淚流下來，心裡恨自己，這可真是不打自招的眼淚。

天擦黑時，小顧把摔碎的毛主席胸像撿起來，想看看能否用萬能膠把它膠合起來。摔得很不吉祥，天靈蓋碎了，脖子也從肩上斷裂開。臉蛋卻還完整，胖乎乎的一邊一片淡淡的紅暈。有了這兩片紅暈，毛主席看上去就像個慈祥的羅漢了。小顧想，毛主席要是個羅漢的話，就不會發起文化大革命，楊麥就不會成現行反革命，也不會有省軍管會和黃代表。沒有黃代表，她也就沒法去救楊麥，楊麥也就不會變了個人似的與她百般恩愛。她小顧也就不會時常暗自慶幸，虧得有文化大革命，一夜間改變了尊卑、親仇、功過，一夜間降大難於楊麥這樣的人，使他識好歹，懂得珍惜她小顧。

小顧把毛主席膠合起來，怎麼看怎麼覺得不妥。萬一有人看出那些裂紋，楊麥又要當一回現行反革命。她趕緊把它包在報紙裡，眼睛四處尋視，想找個旮旯把它藏起來。又一想，那樣胡塞一氣很失敬，還是找塊背人的地方挖個坑，把它埋進去。可是把毛主席拿爛報紙裹巴裹巴埋起來，太惡毒了吧？咒偉大領袖呢？她把瓷像慢慢擱在桌上，慢慢剝去報紙。毛主席白裡透紅地露出臉，多像個大富大貴的羅漢。毛主席要是個羅漢的話，小顧永遠不會碰上黃代表，也就不會給人罵成「軍用破鞋」了。

最後她還是決定再把膠合的瓷像敲碎，敲得面目模糊，然後包在報紙裡，用帆布包提著，向包河公園走去。

剛出大門，小顧聽見楊麥在身後叫她。她停下腳，看他東張西望地跟上來。做了幾年反派，動作神態都少掉一些正氣。他說他陪小顧一塊去，否則萬一小顧遇上不測，他可怎麼活。小顧心裡一甜，手勾住他胳膊，反派就反派吧。

走到小橋下。楊麥說這兒泥鬆，就埋這兒吧。

小顧卻還是往前走，說橋下常有民兵巡邏，沒埋完碰上他們就說不清了。她指指河打彎的地方，說那裡從來沒有人，幾對殉情的人都在那裡如願以償的。

楊麥說：「哦。」

小顧一下子抬起頭，他正定定地看著她。她當然明白他是什麼意思。你小顧常到那裡去幹殉情之前的快活事。你對這個公園真熟啊，黑燈瞎火哪一腳都不會踩失。小顧鬆開了他的胳膊，低著頭一個人往前走。她想告訴他從頭到尾是怎麼回事。都是為了他楊麥。都是為了楊麥嗎？她面孔一抽搐，感覺一陣醜惡從她鼻尖向臉龐四周擴散，然後就黏黏的、厚厚地待在那裡。她不能把這張醜臉朝向楊麥，她還是怕醜的。

楊麥上來，拉住她冷冰冰的手，擱在自己褲兜裡。她明白他在說什麼。他的沉默在說他全諒解她，因為她畢竟用一個女人僅有的招數換取了他的自由。他把她的手捏的很緊，災難多麼美好啊，它讓他們越過背叛而盟結。

楊麥動起感情來，把小顧往一棵樹上一推。她兩手抱著樹幹，躬下身去。她馬上一陣後悔，覺得自己把這個野合的姿勢擺得太快了，完全是下意識的，條件反射式的。楊麥從來沒這樣撒過野，她動著動著，心想自己是否太自如純熟了？楊麥會不會在她身後看她，覺得她像頭母牲口？但很快她就忘情了。小顧是個快活起來就神魂顛倒，死活置之度外的人。

那以後凹字形樓裡的人看見楊麥和小顧常常去包河公園。天晴兩人合打一把陽傘，下雨兩人合打一把雨傘。楊麥偶爾被人找去打橋牌，小顧會端一杯水，拿一小把藥輕輕走到他旁邊。她攤開手掌，楊麥從上面拈一顆藥擱在嘴裡，她再把杯子遞到他嘴邊，餵他一口水。這期間楊麥照樣叫牌、出牌，只是服藥過程持續得長一些，長達二十來分鐘。整個過程中，兩人還會飛快交流一個眼神，或微笑。

楊麥從瘦子變成了個胖子，坐在牌桌上，有了胖子的宏亮嗓門和大笑，漸漸的，有了一個胖名流的昂軒氣質。雖然還在隱姓埋名地畫漫畫，全省都知道有個叫楊麥的大漫畫家了。並且楊麥的散文、雜記都相當轟動，媒體漸漸發掘出他的其他才華，一篇篇關於楊麥的報導出來了，描寫一律是又庸俗又離奇，使楊麥在四十多歲做了神童。

凹字形樓裡最流行的事物是看內部電影。多年沒開過張的省電影廠突然成了很有風頭的地方，全省各界頭面人物常常聚在一股霉臭的放映間觀摩外國電影。凹字形樓裡並不是人人都能得到電影票，唯有小顧每晚香噴噴的同人們打招呼，說是去看「內部片」。大街上高跟鞋回來了，滿世界是受洋罪的屁股、腰肢、膝蓋，整個城市岌岌可危地高出一截。小顧的鞋更是變本加厲地高，高出了身分和地位，只是膝蓋不勝其累地彎曲著，步步都險峻。

「內部片」常斷片，有時一場電影停兩三趟。人們便用這些間歇交際。介紹到小顧，話很簡潔：「這位是楊麥的夫人。」

楊麥的崇拜者會眼睛一亮，講一些頗肉麻的恭維話。小顧卻很拿這些話當真，說：「是嘛，我這一輩子就是準備獻給楊麥了。」或者：「他關牢那陣，我就是孟姜女啊，哭都能把牢牆哭倒了。」

楊麥也是個電影迷，抽得出空來也會跑到放映間來，看半場也是好的。一天他坐在最後一排，看了十多分鐘的電影，也碰上斷片。他聽有人在大聲抽泣，再聽聽，是小顧。接著小顧便對電影評述起來，認為它如何深刻，教育意義何在，何故這樣動人心扉。字還讓她念別了；說成「動人心腹」。她生怕別人看不懂，把一些情節做了詮釋，有人忍不住說她的理解是錯施的，至少不全面，因為電影只演了一半，至少結論性發言該留到最後。小顧不服氣，說她怎麼可能

理解錯了，錯了她會感動得心碎？她大聲感嘆：「這部電影太感人了！太感人了！」彷彿她這兩句話就是最好的駁證。

楊麥身體直往下出溜，但願誰也不要看到他，此刻他不想和這個女人有任何關係。一連幾次，他碰到同樣情形，窘迫得連電影也看不明白了。他從來沒有如此嫌惡和懼怕過小顧，小顧若想使他痛苦很容易，不必去和軍代表腐化，就這樣做個誇誇其談的二百五，足使他痛不欲生。終於一天晚上，楊麥忍無可忍了，從他座位上甩過一句話去：「小顧你識字嗎？那上面寫著：『請勿喧譁』。」他指指場子四周的標牌。

小顧覺得楊麥的話很不好聽，多少年前的語氣又出來了。她剛想回敬他一句，楊麥說：「以後大家看電影就好好看，別糟蹋一次藝術享受機會。」

楊麥和發電影票的人打招呼少給小顧電影票。

小顧和那人鬧起來，那人只得說他尊奉楊麥的指示。小顧不信，拉著他找到楊麥在省報的畫室。楊麥正在畫一副大型木刻，渾身滿臉的墨跡。他抬頭一見這兩人便說：「是我說的。」

小顧還沒反應過來，楊麥就對那人說請回吧，她有架會找我幹的。

兩人果然轟轟烈烈幹了一架。小顧是主罵，楊麥隔一會來一句：「放屁。」「扯淡。」「住嘴。」小顧一句話不提電影票，罵的主要是十幾年的婚姻裡，她小顧怎樣厚待他楊麥，而楊麥的良心全拉出去肥田了。

小顧在這種時刻也會發生昇華，年譜日期分毫不差，口才好得驚人。像數蓮花落的老藝人，小顧不太注重段子的內容，而注重它的表演過程。小顧一瀉千里，奔騰澎湃，楊麥被載浮、被淹沒、被沖來撞去，沉浮無定。他看著小顧的一對大圓眼睛想，她幸虧愚笨，不然她可以是個很可怕的女領袖，可以喚起民眾千百萬。小顧眼睛亮得像站在舞臺聚光燈下，也像那種聚光燈下的主角兒，視野一片虛無，一片白熱，她說楊麥這十多年做的是她小顧的皇上，一隻老母雞他吃兩隻大膀，她小顧吃的永遠就是「老三件」——雞頭、雞爪、雞屁股！

楊麥說：「廢話，是我讓你吃雞爪雞屁股的嗎？」

小顧根本沒聽見，接著往下說她心全長在楊麥身上，看護士打針打疼了他，她會比他還疼，背過身去悄悄掉淚。

楊麥說：「誰讓你去掉淚了？」

她說她這麼多年沒給自己買過內衣內褲，都是撿楊麥的破爛改成內衣內褲。

楊麥說：「我說了多少次，叫你別撿破爛？」

「你吃的西洋參是我騎車跑二十里路，到中醫學院給你買的！我頂著大太陽，騎了兩個半鐘頭，馬路上的柏油都給太陽曬化了，糖稀一樣，我不照樣騎嗎？回到家眼都黑了，背上褂子潮了又乾，乾了又潮，你楊麥喝紅棗洋參湯，我小顧碰過一根參鬚沒有？一頭驢子冒毒日頭跑幾個鐘頭，也有人餵把料給牠吧？我是個人唉！……」

楊麥說：「你願意大太陽下騎車去跑！明明有公共汽車不坐！你就是要唱苦肉計給人看！」

這句揭露性的話太惡毒了，小顧體無完膚地楞在那裡。過一會，她滿心悲哀，想楊麥怎麼總把她看那麼透，給他一點撥，她也覺得自己含辛茹苦，樣樣事情做得過頭一點，就是希望能讓楊麥欠她些情分。小顧只有在楊麥做人下人的時候，才是自信的，自如的。老了胖了的小顧，看著如日中天的楊麥，心想可別再出來一個女老師。現在的楊麥不僅有名有錢，長到四十多歲，剛長得鬚是鬚眉是眉，長出一點樣來。

楊麥的求愛者各行各業都有。其中一個才二十來歲。楊麥跟她戀愛不為別的，就為他們巨大的年齡懸殊。在中年男人那裡，懸殊象徵成功、榮譽、金錢，也象徵體魄、魅力、雄性荷爾蒙。年輕女人都是蒼蠅，多遠都能嗅著榮耀、成功、金錢而來。來了這後，又被體魄、魅力、雄性荷爾蒙黏住。

二十來歲的女孩是個女大學生，她可不像女老師那樣軟弱。她先逼楊麥，逼不出結果就去百貨大樓找到了小顧。她走進小顧的科長辦公室，看著頭髮燙焦、衣服繃出橫折子、高跟鞋打晃的小顧說：「噢，你就是小顧吧？」口氣又大方又皮厚，把原本皮也不薄的小顧都震住了。

小顧當然知道女大學生的存在。但她沒有太多聲討過楊麥。因為楊麥一旦對她做了虧心事，在家裡就老實一些。吵起架來，小顧也多一個殺手鐧。小顧自己也有過醜事，這方面和楊麥一樣經不起追究。小顧領頭向辦公室外面走，她不想讓同事知道她小顧不是百分之百的楊麥夫人。

女大大學生跟著小顧走到樓下院子裡，用簡單的幾句話請小顧讓位。

「你說什麼？」小顧抬起眼。眼睛清亮天真，不諳世事，睫毛又黑又長，是難得的美目。可惜楊麥很久不去看這雙眼睛了。不然他會心顫，像他最初愛她一樣。會想，那裡面有多少善良，而善良往往混著蒙昧甚至愚蠢。「你再說一遍。」

女大學生又說一遍，更簡潔明瞭。更厚顏無恥。

小顧甩起巴掌打過去。女大學生馬上捂住腮幫。小顧的手已回來。又是一巴掌。就這樣，女大學生和小顧一退一進，小顧左右開弓，女大學生嘴裡直叫：「唉，怎麼動手？……」

小顧打得好快活好暖和。心裡冷笑，這類女秀才都是囊貨，就會講點餿語寫點酸詩，拿不出行動來。這位嘴尖皮厚一身柴禾的女學生能有什麼用場，上不了床，下不了廚，楊麥怎麼找這麼個大當給自己上。

一架打完，楊麥跟小顧正式提出離婚。

小顧隨他去捶胸頓足，說他和她生活十幾年如何痛苦，她只是照樣給他做飯、洗衣、煎補藥。局面就這樣拖下去。拖得女大學生跑了，換成了個歌舞團的女笛手。

這兩天兒子回來對小顧說：「你別拖爸了。你要把他拖死啊？」

小顧傻了。

兒子現在十七、八了，都是鬱悒藝術家的蒼白模樣。小顧常常奇怪他們沒有她的活力，她的健康。

大兒子說：「爸要把你們的離婚案提交法院了。」

小顧樣子乖乖的，看一眼大兒子。

小兒子說：「爸知道你的事。」

小顧頓時垂下頭，又感到那陣醜惡皮疹一般在臉上發散開來。她想她的兒子們一定看得見它，她只得戴著這層醜惡把頭垂得低低的。

大兒子說：「爸問過蔻蔻、穗子她們了。她們扒在樓頂欄杆上看見好多事。爸剛放出來的時候，就去問過她們。……」

小兒子說：「你拖爸的話，法庭把你的事公布出來，我和哥就完蛋了。」

大兒子說：「照顧一下我們名譽，我們要臉。」

小顧一點一點冷下去，任大股淚水在她鰾著一層醜惡的臉上縱橫流淌。

她沒有向楊麥去聲辯。和黃代表一場豔史，她是不得已的，她的出發點並不醜惡。或許那就更加醜惡。

小顧什麼也沒說，便在離婚協議書交上法庭之前簽了字。

十幾年後穗子回國，在曾經的「拖鞋大隊」夥伴家見到了楊麥和他的年輕夫人。這位新夫人不比初嫁時的小顧大多少，楊麥對她說話口氣總有些衝，笑容也很不耐煩，讓人明白他寵她是沒錯的，但絕不拿她當回事。楊麥對其他藝術家協會的老同事很當心，這表現是在他過分的隨和與過分響亮的大笑。因為這幫人裡只有他一個還有名利可言。他為自己的好時運感到不安。小小的楊麥太太年紀不大，卻很懂得楊麥此刻的用心，幫襯楊麥把玩笑開得更好，以緩衝隨楊麥的財運、官運、豔福而來的孤立。打了一下午牌，主婦安排了晚飯，大家都喝了一些酒。小楊太太以掐耳朵，捏手指來阻止楊麥喝酒。楊麥喝紅了臉，不時哈哈大笑，但兩人都讓大家明白，她敢這樣鬧只是因為他由著她鬧。穗子看著幸福的楊麥夫婦想，當初小顧真是兜了一個大彎子兜到這群人裡來了，不然楊麥可以提前幸福多少年。

飯後楊麥喝醉了，被扶到長沙發上躺下。大家恢復了聊天，聽楊麥叫起來：「小顧，小顧，倒杯茶來。」所有人靜下來，小楊太太臉上有點掛不住。過一會，楊麥起身去廁所嘔吐，小楊太太跟進去捶背，老三老四地輕聲嘮叨他不該喝那麼多。楊麥又躺回到沙發上，小楊太太拿一條毛巾挨著他坐下來。人們該聊什麼還聊什麼，但氣氛有一點不自然了，都開始逗小楊太太，又逗得不十分高明。一直低聲呻吟的楊麥又叫起來，「小顧，小顧啊，」叫得體己貼心，似乎醉成這樣，叫叫也是舒服的。

小楊太太用濕毛巾擦了擦他的臉。原來小顧陰魂不散，這讓她措手不及。所有人都有些尷尬，都不知接下去怎樣再打圓場。「小顧啊，倒杯茶給我，」楊麥說，耍點少爺腔調，並明白不

會為這腔調付代價的。這是另一個楊麥，鬆弛舒坦到極點的一個丈夫。讓在場的人意識到，曾經他和小顧間的親密，超出了他們的想像。

不久楊麥醒了酒，讓小楊太太扶走了。沒人把他醉酒時的表現告訴他。穗子猜是大家並沒有把它當成一個笑話，去講給清醒後的楊麥聽。

但不知是誰把它告訴了嫁到了深圳的小顧。小顧的現任丈夫是個大工廠廠長，很為自己老婆是著名畫家楊麥的前妻而驕傲。小顧總是告訴她新認識的人，她就是愛楊麥，他多不是東西她也愛，她也沒辦法。她講這話時火辣辣的，毫不在乎自己的犧牲品身分。似乎只要她一頭熱著，楊麥就有她的份。這種時候，她的微笑裡藏著一點玄機，一點夢，說：等著吧，還會有文化大革命的。別人等或不等，她小顧反正是心篤意定地等著。

灰舞鞋

被我們叫做小穗子的年輕女兵順著冬青樹大道走來。隔十多米站著一盞路燈，稀❶髒的燈光在冬霧裡破開一個渾黃的窟窿。小穗子的身影移到了燈光下，假如這時有人注意觀察她，會覺得她正在走向自己的一個重大決定。只有暗自拿了大主意的人，才會有她這副魂不附體的表情。她步子不快不慢，到了暗處不露痕跡地轉過身，退著走幾步，貌似女孩子自己和自己玩耍，其實想看看是否有人盯梢。

她背後的球場上正放電影，整個夜空成了列寧渾厚嗓音的共鳴箱。小穗子意識到，從這一時刻起她這個人就要有歷史了。

好，她就這樣一直往前走。一時在燈光裡，不久，又進入黑暗。她的前方是軍營大門，立著持長槍和持短槍的兩個哨兵。現在哨兵若有點警覺性，會認為晚上八點一個小女兵往軍營外跑不是什麼好事情。球場上放映的電影起來一聲爆炸。

不久哨兵們看見的就是她的背影了。一頂棉軍帽下上拖兩根半長的辮子。兩個哨兵不約而同地對一個眼色：有十五歲沒有？文工團的？她在崗哨前面毫不猶豫地打個左拐彎，看來目的地是早就決定下的。往左三百米是幾路汽車的終點站，還有一個停業的公園，她在往那一帶去。

很快路燈就稀疏了。汽車終點站和公園在這樣的冬天夜晚都早早絕了人跡，連一貫在牆外轉悠，想混到軍營大院裡看電影的街上娃娃也一個不見。這都很好，很理想，對一個情膽包天

❶ 稀：四川方言。

1 0 4

廣 告 回 信

台灣北區郵政管理局登記證

北台字第10380號

（免 貼 郵 資）

臺北市復興北路三八六號

三民書局股份有限公司收

姓名：　性別：□男 □女

出生年月日：西元　年　月　日

地址：

電話：（宅）　（公）

E-mail：

□□□

去赴約會的小姑娘來說，外在條件是太漂亮了。

她現在站立下來，整個身影裡也少了幾分神祕的樣子。一邊是馬路，另一邊還是軍營的高牆，裡面有餵豬的士兵和一群豬在對喊。只要站在這牆下和這吵鬧裡，小穗子就覺得安全。她沒有手錶。她還要等個幾年才有資格戴手錶。正如她還有幾年才有資格談情說愛。他是有手錶的，因此她相信他不會遲到。

一個帶錫箔紙的煙殼動了動，又動了動。不久，她發現自己一隻腳勾起，另一隻腳踹著把它往前踢，把身體的分量提得很輕。踢幾下，就踢出一種舞蹈來；左腳兩下，轉身越到它的另一面，換成右腳。她忽然不踢了，是個談戀愛的人了，還有這麼可笑的舉動！她讓自己站定，好好想想，抽屜鎖上沒有？是不是把假日記放在枕邊，把真正的日記藏嚴實了？真正的日記要讓誰看去，等於就是把他和她自己全賣了。

她從軍褲口袋拿出口罩，戴了起來。口罩該洗了，在白天看上面一定有著鼻子和嘴巴灰黑的輪廓，那是會讓老兵們打趣的。她開始檢數在此之前發生的所有細節：暗號、密信的交接……沒有破綻。小穗子是在最熱鬧的時分打出暗號的。當時是下午，排練剛結束，男女演員一片玩鬧，她大大方方叫了一聲：「邵冬駿！」他猛回頭，見她正往練功服上套棉大衣。她用玩鬧嗓門問他，練功鞋怎麼會一隻黑一隻白。她知道他在等她的暗號，便把手舉到肩頭，捻了捻辮梢。這個手勢他們打了半年多，純熟精練。他馬上把手放在軍裝的右邊口袋裡，表示他收到她的暗號了，他會立刻取她的密信。然後就是晚餐；執勤分隊長宣布餐後的露天電影。她向站在第三排末尾的他轉過臉，他明白她的意思：你看多運氣啊，看露天電影是作亂的最好時機。再往後她看見他的手放在軍裝領口上。她放心了，表明他已把她藏的信取到了手。他們每天一封的信藏在公共郵箱下面，郵箱在司務長辦公室門外。他們的信能安全走動半年，全仗了司務長的無故缺勤。洗碗池周圍照舊是打打鬧鬧的，男兵女兵哄搶唯一的熱水龍頭，她向他發出最後一個暗語：不見不散。那是她剛在信中規定的暗語：把棉帽往後腦勺上一推。

這時她成了一個單薄、孤零零的黑影。幾天前冬駿忽然問她：「能不能把一切都給我？」他那封信字跡格外笨拙，每一筆劃卻都下了很大手勁，讓十五歲的小穗子看出他的反常。

他在鬧著什麼情緒。她難道還沒有把「一切」都給他嗎？每天在日記本上為他寫一首情詩，還給他寫兩頁紙的信，全是「永遠」「一生」「至死」之類的詞。於是她就有一點委屈地在信中和他討論起來：難道她沒有趁著演出的混亂一次次把手給他握？偶然幾回，她跟他在舞臺死角相遇，她讓他緊緊抱住；他還要怎樣的「一切」？

邵冬駿的回信字字痛苦，說她就是一堆空話，什麼「永遠」，什麼「至死不渝」，小小年紀，怎麼有這麼多空話？……

接下來她就向他發出了這個絕望的約會邀請。

她的喘息積蓄在口罩裡，成了一片潮濕與溫熱的不適。她突然想出一個不雅的比喻，像是臉蛋上捂了塊不勤更換的尿布。在這樣的冬天黑夜，冬駿要拿她怎樣就怎樣。她不完全清楚「一切」的容納量，但她朦朧中感到，這天晚上將要發生的是不可挽回的，對於她是有破壞性的。二十二歲的排長邵冬駿今夜要帶她亡命天涯，她也沒有二話。

隱約聽得見球場上觀眾的笑聲。她的空椅子上放著她的棉大衣。人們也許會想，小穗子這趟茅房上得夠久的。冬駿至少遲到三十分鐘了。他比她要周全、老練，當然不能跟她前後腳地消失，他得拖一陣，和她拉開足夠的距離。從觀眾的笑聲她能判斷電影進行到了哪一段，什麼人物說了哪句著名的逗樂臺詞。一半已演完了。她堅信冬駿已朝她走來。被我們叫做小穗子的女兵在回憶所有細節時，忽略了非常重要的一個現象：這一個星期副分隊長給她的異常待遇：對她健康的奇特關懷。副分隊長幾次嘮叨，叫她例假來了不准隱瞞，「不然在練功房裡『浴血奮戰』練死球了，英雄事蹟不好寫，光榮稱號也不好封！」

副分隊長叫高愛渝，是個活潑、豐滿、騷情的連級軍官，長相在舞臺下也是主角。動不動就破口大笑，把大包大包的零食撒給下屬們吃的時候，像個美麗的女土匪。舞跳得不好，但天生是領舞的材料。小穗子做夢也沒想到，高分隊長從一個禮拜前就把她所有暗語都看在眼裡，一邊看，一邊給邵冬駿發指令，讓他千萬別暴露，要像往常一樣以暗語答對，看看這個十五歲的小丫頭下一步怎樣作怪。

小穗子動了動凍疼的腳趾，舞鞋留下的創痛此時猛然發作。她想冬駿一定走到軍營大門口了。她怎麼也想不到從一禮拜前，冬駿和她的往來已是高愛渝的一手導演。在高分隊長眼前，這天下午排練結束時小穗子簡直是個小妖怪，打一連串急不可待的暗語，拼死命地勾搭好好一個邵冬駿。當時她站在小穗子背後，用軍事指揮員的冷靜果斷的眼神，向邵冬駿發出沉默的衝鋒命令。於是邵冬駿馬上以祕密旗語向小穗子回覆：一切正常，密信安全到達；我會按信上地點赴約。

就在小穗子向冬駿那雙黑亮清澈，有幾分女孩氣的純情眼睛發出「不見不散」的啞語時，至少有七、八個老兵一起停下了洗碗、漱口，靜止在洗碗池周圍。他們一動不動，一聲不吭，看著要把「一切」都給出去的十五歲女兵。「一切」，把他們的臉都臊紅了。他們是高愛渝的親信，是頭一批知道小穗子和冬駿祕密的人。

很久以後，我們把事情看成是這樣的：小穗子和邵冬駿的戀愛暴發在他一把將她從電纜邊推開的剎那。這是一個近乎不真實的王傑、劉英俊式的英雄動作。它的發生距離小穗子要獻出「一切」這個隆冬夜晚，整整半年。那是夏天，是夾竹桃、牽牛花瘋狂開放的夏天。

那時小穗子成了一舞臺劇裡的當家龍套，灰舞鞋、粉舞鞋、綠舞鞋來回換，一不留神就穿錯鞋。在這之前，別的龍套錯穿過她的鞋，她只得套雙小一碼的鞋上場，把十個腳趾跳得血肉模糊。這天很好，她找著個清靜角落，把各色舞鞋一字排開，按場次順序擱好。演出接近尾聲了，輪到最後一雙舞鞋。是雙灰色的，紅軍制服的灰顏色。她照例蹲不下來，因為汗把尼龍長襪緊箍在腿上；她照例向前一栽，讓兩膝順勢著地。只有一點不是照例的，就是她的手；她的手一般不會朝前送，去抓住什麼，給膝蓋一些緩衝。小穗子是個輕盈靈巧的女孩，真摔跤也不會像那天那樣失控。大家事後說，那就是一個淺度休克，體力和汗水流失過多所致。總之，她失控地向前撲去，手抓住露在地板外的一截電纜上。

誰都說小穗子當時並沒有慘叫。只有邵冬駿一個人說，小穗子的嚎叫穿透了四把圓號，三把小號，二十多把小提琴，直達他的耳鼓。他還在五步之外吃冰棍，和一群人圍在一個三面搖頭的大電扇旁邊。小穗子的叫聲就在這種情況下穿過人們的忽略，刺進他渙散的聽覺。他在一個竄跳之間把冰棍扔得飛了起來，打在電扇上，爆起一蓬冰涼的霧。邵冬駿五步併作一步，已躍到小穗子身邊，狠狠給了她一掌。在冰棍化作的冷霧消散之後，我們看見的就是倒在地板上的兩個人；小穗子一動不動，邵冬駿也一動不動。從舞臺上下場的人氣喘噓噓地打聽他倆怎麼了。

兩個人這才一翻身，坐了起來。邵冬駿指著那個電纜頭，大聲罵人，先罵小穗子找死，把鞋往電門上放；又罵舞美組殺人害命，居然把那麼一大截電纜頭露在外面；光線這麼昏暗，手不去觸電腳也難免。

臺上要架火燒洪常青了，濃渾的血色光調中，國際歌升起。

臺下剩的人幾乎都圍著邵冬駿和小穗子。兩人都不好意思承認自己腿軟得站不起來。沉重的聖樂般的旋律貫通在空間裡。小穗子抬起眼，看著一身灰軍裝的冬駿。她眼裡的淚水集到此刻，已沉重之極，成熟之極。

冬駿兩手一撐地，跳起來。還是那個矯健男兒邵冬駿，眼神卻是另一個人了。是一種恍惚、憂傷的眼神，為自己對這個小姑娘突發的情愫不解。他給她一隻手，說：「起來嘍，沒死還得將革命進行到底。」她把手交到他那裡，一個麻木綿軟的人都交到他那裡。冬駿就在很多雙眼睛下面，把小穗子一直拉到側幕邊。他又給了她一掌，把她推上舞臺。他的手觸在她腰上，掌心一送，就那樣，她像隻被他放回森林的幼鹿，撒歡跑了。

從這以後小穗子和邵冬駿的事，我們是從她的悔過書和檢查交代裡得知的。還有她那本隱藏得很好的日記，也被解了密。在小穗子無法無天跑到汽車終點站去約會的那個夜晚，我們都漸漸注意到了她的空椅子。我們大部分人都還不知情，只覺得小穗子這天的行為很古怪。不過她在我們眼裡，始終是有幾分古怪的人。我們那時是天真無邪的少年軍人，怎麼也想不到就是這個小穗子，正站在黑暗裡想著「愛」「私奔」之類的念頭。我們對她的理解是一片空白，她在這片空白裡忙著她的祕密感情生活，欲死欲生。此刻她留在空椅子上的棉大衣蒙蔽了我們所有人，沒想到她這是金蟬脫殼，實際中她正輕輕跺著腳，以減緩焦灼和寒冷，眼巴巴地望著亮燈的軍營大門。

好了，一個身影閃了出來。

小穗子在看到那身影時周身暖過來。她轉頭向更深的黑暗走去，走了幾步，停下，聽聽，聽見一雙穿皮鞋的腳步跟上來。她向馬路對過走去，那裡是公園的入口，雖然公園停業，卻不斷從裡面抬出自殺的情侶。把冬駿往那裡引，象徵是美麗而不祥的。

她已走到公園大門口。鐵柵欄被人鑽出個大缺口，她就在那缺口邊轉過身，喊了聲冬駿。沒人回答。她又喊了一聲：「冬駿，我在這兒。」

「你在這兒幹什麼?!」

是一個陌生的嗓音。

她定住了。冬天的遙遠月亮使小穗子的身影顯得細瘦無比。細瘦的小穗子身影一動不動，詫異太大了。陌生嗓音又把同樣的問題重複一遍：「你在這兒幹什麼?!」

她的身影十分遲疑，向前移動一點，突然一個急轉，向一步之外的夾竹桃樹叢鑽去。就是說，不管在誰眼裡，這個細瘦的少女影子都是垂死掙扎的，逃跑的意圖太明顯了。

一根雪白的手電筒光柱把小穗子擊中，定在那個魚死網破的姿態上。

「你不好好看電影，跑這兒來幹嘛？」

小穗子這才聽出他的嗓音來。怎麼會陌生呢？每個禮拜六都聽他在「非團員的組織生活會」

上念毛著，念中央文件。

他從馬路對過走來，這個會翻跟斗的團支書。馬路有十多米寬，是這個城市最寬的馬路之一。幾年前公園裡的廟會曾不斷增添它的寬度。廟會被停止之後，寬度便顯得多餘了，只生出荒涼和冷寂。此刻，在小穗子感覺中，街面茫茫一片，她的退路也不知在何處。

團支書還在雪白手電光的後面。手電光一顛一顛，不緊不慢向她靠近。就在這個空暇中，她已把團支書的語調分析過了。自然是不苟言笑，卻不兇狠，遠不如他批評女兵們吃包子餡、扔包子皮時那樣深惡痛絕。他疑惑是疑惑的，但疑點並沒有落實。她給了句支吾的藉口。事後她忘了是什麼藉口，不外乎是胃不舒服，想散散步之類。

無論她的藉口怎樣不堪一擊，團支書都沒有戳穿的意思。在手電光到達她面前時，所有的謊言圓滿完成。他和她一塊回軍營，問了她對他的意見，對團支部改選的看法，以及她母親是否有信來。他沒問小穗子的父親。我們所有人都不提小穗子的父親。她那個在農場接受督促改造的反面人物父親讓我們感到為難，哪怕是好心的打聽也是揭短。那時我們都是來自五湖四海的少年軍人，家庭五花八門，但誰也沒有小穗子父親那樣的父親，有一堆很刺耳的罪名。

我們在電影結束時看見團支書王魯生和小穗子並肩走回隊伍。多數人還蒙在鼓裡，認為鬧半天小穗子也是個馬屁精，找團支書彙報思想去了。我們明顯感到高分隊長對小穗子的憤怒，但她強忍著不發作又很令我們費解。高分隊長不是個強忍的人。這離我們知道實情其實已不遠了。實情是高分隊長組織的對小穗子的監控觀察已經正式開始。她要把小穗子寫給邵冬駿的一百六十多封情書都拿到手，交給文工團領導。於此同時，她只和幾個舞蹈隊的老兵通報了消息，讓他們幫她掌握小穗子的動向，但絕不能打草驚蛇。就是說小穗子現在的一舉一動都在這些眼睛發射的火力網裡。

從露天電影場到文工團駐地有一里路。隊伍走得鬆散，到處是悄悄的拳打腳踢，不時爆起由低聲流傳的笑話引起的集體大笑。小穗子假裝鞋被踩掉了，喊報告到隊列外去拔鞋。她低下頭，默默數著一雙雙從她身邊走過去的腳。冬駿的步子她早就聽熟，步伐聽著都漂亮。再有兩雙黑皮鞋過去，她就該直起身了。好，起身，回頭，手擱在最下面一顆鈕扣上。冬駿卻從她身邊快步走過去，像是沒看懂他們用得很熟的啞語：我空等你一場。她站在那裡，看著冬駿從側影變成背影，多漂亮的背影，又長又直的腿，挺拔高貴的肩背。冬駿也是一副舞蹈者的八字步，卻比其他人走得帥氣。配上他合體的軍裝和習慣性上揚的下巴，這個冬駿看上去狂得要命。小穗子不知不覺走到了冬駿身後，只差一步，就和他並肩了。正是冬駿這類穿軍服的好男兒，在我們的時代迷死一個城的女高中生、女工和女流氓。

她加快步子。現在好了，冬駿就在她旁邊。她的手動作已大得不像話，拼命要冬駿看她絕望的追問：你收到我的信了嗎？冬駿扭過頭，對她使勁皺起濃黑齊整的眉毛。眼睛向隊列一擺。她明白他是在下命令，命令她馬上歸隊；眾目睽睽之下，不要命了嗎？她不服從他，手一直停在第三顆鈕扣上：你收到我的信了嗎?!……

吹熄燈號之前，小穗子拎著暖壺向司務長辦公室走去。假如密信還在郵箱下面，冬駿的失約就有了解釋。她一心想為他今天的不近情理開脫。

司務長辦公室在漆黑的練功房隔壁。再往前，就是一個巨大的煤堆。又是一個意外：司務長辦公室亮著燈，並有女人的朗朗笑聲出來。高愛渝走到哪，就這樣笑到哪。高分隊長為自己有一副大老粗的開懷大笑而自豪。小穗子知道只要高分隊長此刻一出來，什麼都說不清了。司務長辦公室的門留了尺把寬的豁子，能看見高愛渝一隻腳繃成了雕塑，一下一下地踢著。一定是坐在司務長的辦公桌上，才能這樣踢。只有優越和自信到極點的人，才會像高愛渝這樣不拘小節。小穗子猛地提醒自己，高分隊長隨時會輕盈而莽撞地一撩腿，從辦公桌上落地，再是一個閃腰出門，便把她生擒了。

小穗子不顧死活地向前邁出兩步。現在她和高分隊長只隔一層糊了報紙的玻璃門。她佝下身，把信箱搬起一點，讓它的一頭翹起來，另一隻手賊快地伸到下面掃了一下。沒掃到什麼，她把郵箱搬得更傾斜一些，手又再掃了一下。她只掃到厚厚的塵土。才一天，已滋生出細薄的小小荒漠來。還是不甘心，她的手指一點一點地摸。信顯然被冬駿取走了，讀過了。他失約的理由呢？

就在這個時候，響起一聲爆炸。小穗子抽回滿是灰塵的手，向爆炸轉過頭。硝煙滾滾中，她看見自己的竹殼暖壺倒在地上。爆炸使司務長衝出門。高分隊長撿起暖壺空殼，小穗子看見銀色的玻璃渣子花瓣一樣散落下來。

「是你呀，」高分隊長說。「嚇我一跳。」

「我想看看，有沒有我的信。」她當然是指他們祕密郵址的上面，那個公開的信箱，早晨那裡面盛著郵走的信，晚上是郵來的信。小穗子看著最後幾片玻璃「咔嗒嗒」地從暖壺體內漏下來。

「我在跟司務長鬧，想給我們分隊多鬧點白糖補助。」兩人都誠意地把自己行為的合理性找出來，告訴對方。我們那時都是這樣，答非所問不打自招，讓自己的行動在別人那兒完全不存在盲點。

小穗子提著沒有分量的暖壺軀殼往回走。院子中央，兩棵大洋槐禿了，剩的就是一個個裹在葉片巢窩裡的蟲，一顆一顆垂吊下來。她透過珠簾一般的蟲巢，看著冬駿的窗子，窗子在一樓，從南邊數是第七個，從北邊，就是第八。正像冬駿在男集體舞隊列中的位置，中不流的身高，不好不次的舞功。窗子還亮著，光線微微發出淺綠。排級軍階的邵冬駿有特權用帶淺綠燈罩的檯燈。

小穗子發現自己在往那溫存的淺綠燈光走。這是一個妄為的舉動，小穗子也成了空了的暖壺軀殼，沒深沒淺地接近燈光下的年輕排長。

她在離冬駿窗子一米遠的地方站住了。然後她輕輕叫了一聲：「冬駿。」她不知道她身後站著的另一個人。矮矮的水龍頭從一截斷牆裡伸出來，高愛渝就站在牆後面。她一手撐在胯上，隨時要把一口啐罵吐出去。她已斷定這場兒女把戲中，十五歲的小妖精該負主要責任。多麼可怕，才十五歲，已有這樣的膽子，半夜三更去敲男人的窗子。

小穗子遲疑地又喊一聲：「邵冬駿！」

淺綠燈光滅了。連高愛渝都看出小穗子哭了。小丫頭在黑暗裡一聲不吱地哭了十分鐘，慢慢轉過身往自己宿舍走去。眼淚流得又多又快，順著下巴滴到軍裝的胸襟上，汪出冰涼的一灘。半年前她的手觸在電纜上的感覺，此刻才真切起來。

對邵冬駿排長救她的事件，小穗子的印象和我們略許不同。她的印象是這樣的：一個矯健的身影將她推開後，又把她抱住一會，同時迅速將她察看一番：她的喘息、眨眼，她纖毫未損，他才放心地把她擱下。離開他汗濕的懷抱時，她看見他的眼睛起了變化。濃妝的掩護下，他就那樣看著她。他把一種保護式的專有權以這目光烙了下來。小穗子這才發現冬駿和她曾經的每一次相互注目，都暗暗為此刻作著鋪墊，每一次不經意的談話，原來都含有言下之意。他的眼睛總跟著她，才在她觸電時及時救下她。他嘴上罵罵咧咧，眼睛卻是另一回事。一直到幾年後，她回想這時的感覺，才明白冬駿的眼睛其實在表白，一場驚險中他得到了無可名狀的甜頭。大家離開嗡嗡鳴響的搖頭電扇，直奔他倆過來，評論剛才的事件：要不是邵冬駿英勇，小穗子已成一股青煙了。他把她從地上拉起來，往幕邊送。一共幾十步路，他帶汗的掌心在她的手腕上越來越緊，他們的關係忽然出現了突破。他在她上舞臺的最後一刻，兩手托住她的腰。她回過頭，看著他。那是不顧後患，不顧死活的一瞥。突破完成了。兩人都有些受用不住，渾身骨頭都輕了。他在她耳邊說：「好好跳，為了我。」

那六個字在交響樂的伴奏中是六聲單調平直，樸實無華的定音鼓。

小穗子對整個事情的記憶尚不完全停留在以上的印象，它在她快樂時是加倍浪漫的。而她一旦痛苦，就如此刻，那記憶便誇大得失了真。失真變形的記憶，是小穗子這類人不幸的根源，我們和小穗子本人都是在很久以後才明白了這一點。小穗子就那樣站著，棉衣領子浸透淚水，墊著她的下巴。她感覺一個人走到了她背後，但她不想理會。

「在收衣服吶？」背後的人問。

「嗯。」

晾衣繩空蕩蕩的，一頭飄著炊事班兩條襤褸的圍裙。

「今天好冷。還在外頭傻站著？」

小穗子說頭有點疼，想吹吹冷風。她不把臉給高分隊長看。

「要不要去把衛生員叫起來，整點藥吃？」高分隊長問道，對小穗子的瞎話挺配合。

「不用，」小穗子飛快地把臉在肩頭蹭一把。「站一會就會好的。」

「也不曉得穿棉大衣，凍死你！」高分隊長溫暖地斥道。「呼」的一下，小穗子身體一重，已在充滿高分隊長體溫和雪花膏氣味的大衣下面了。

「站站就回去，聽到莫得？」

小穗子說，「嗯，聽到了。」

不久高愛渝又到院子裡，端著腳盆，把水使勁一潑，說道：「這個死女娃子，要下霜嘍，腦殼不疼也要凍疼了。回去睡覺，熄燈號吹過一個鐘頭了！」

高分隊長聲音有點惱火，一再壓都壓不住。小穗子如果今晚上出來什麼不測之舉，會把亂她的全盤計畫。她的計畫是要看到這個小丫頭的充分表演，同時也要邵冬駿把小姑娘所有情書交出來。想到自己宏大的計畫，高愛渝上去攬住小穗子的肩膀：「睡覺去，娃娃咋這麼不聽話？」

小穗子很快隨高愛渝回到宿舍。五個同屋都睡熟了，她坐在床沿上聽著她們奶聲奶氣的鼻鼾。鼾聲帶著微妙的氣味，微微的酸甜。她麻木地坐著，很久才意識到手裡的暖壺空殼。她正要把它擱下，幾片銀色碎片落在地板上。最後一片，銀光閃動地打斷了女孩子們的鼾聲。

我們後來知道小穗子二十多歲染的失眠症其實正是始於這個夜晚。小穗子坐在黑暗裡，想著冬駿的多情。黑暗裡有年輕的女兵的身體氣味，是微微發鹹的，也帶點酸，被一種安全感加熱。渾濁的，溫熱的安全感把小穗子排斥在外。她隔一會看一下她的夜光鬧鐘。鬧針指在四點半上。每天冬駿的鬧鐘也在同一時間起鬧。在他救她之前的許多個昏暗清晨，他和她混在一群練私功的人裡，默默相望。時常有十一、二個人練私功，加上兩個勤奮的提琴手。練功房並不比白天清靜，但它成了兩人相約的一種儀式。在一片耳目下，兩副目光就那樣打游擊；你進我退，你駐我擾，你退我追。

外面下起雨來。小穗子最愛下雨。練功的人在下雨天裡都會犯懶惰，常常就只有兩個提琴手露面。一男一女兩個琴手總是各占南邊和北邊的角落，背對世界狂拉音階和練習曲。雨越下越大，四點半終於在喧譁的風雨聲中到了。

小穗子站起身，一下子又跌坐回床上。兩腳早已凍木，身體也沒剩多少知覺。她動了動，再動了動，慢慢蹬直腿，站穩了，才開始往門口走。她從門後掛鉤上取下練功服，發現是同屋另一個女兵的，又擱回去。她心裡好生奇怪，在如此心情下還能及時糾正錯誤。一個女兵嘟噥一句：「小穗子你要死啊，這麼大的雨還練功。」小穗子知道她這時說什麼都不算數，白天是不會記住的。因此她不理她，哆嗦著把冰涼黏潮的練功衫往身上套。

然後，她走進雨裡。

練功房裡只有一個女提琴手，叫申敏華，小穗子三年前參軍時，她已有八年軍齡。小穗子壓一會腿，跑到申敏華身後，去看她揉弦揉得亂顫的手腕上的舊錶。

冬駿從來不會這樣，把她一個人撂在大雨中的練功房。小穗子對著鏡子豎起一條腿：同樣一個十五歲的小穗子，難道他突然看出了什麼瑕疵？難道是年齡和軍階的懸殊突然讓他恐怖？腿頹然垂下來，「咚」的一聲墜落在生白蟻的地板上。申敏華的弓一震，回頭白了小穗子一眼。

小穗子換下舞鞋，穿過給雨下白了的院子。這回什麼也攔不住她了。

她手指生疼地敲在堅冰一般的玻璃上。她叫著他的名字，恍惚中感覺自己在佯裝，嗓音讓誰聽都是一派光明正大。窗子裡面有了響動。她鬆口氣，朝黑暗的樓梯口張望。這回是出乎意料的快，不久聽見冬駿趿著皮靴的腳步近來。樓梯口塞了幾輛自行車，被他撞倒又被他及時扶住。然後，她看見了他的身影。他一手拎著雨傘，一手拔鞋跟。拔了左邊的，又去拔右邊。和剛才扶自行車的閃電般動作相比，他現在遲鈍無比，充滿無奈。

「叫什麼叫？」他牙齒磕碰著說。

她覺得噩夢結束了，冬駿還原了他的魯莽和多情。

離她兩步遠，他站下來說：「不要命啦？」

她楞了，他嘴裡的字眼還是沒有聲音，還是一股股毒猛的氣流。他從來沒有這樣和她說過話。她囁嚅著：「你昨天晚上怎麼沒來？」

他使勁擺擺手，意思說這哪裡是講話的地方？跟我走。

小穗子跟在他身後，走了一會才意識到他那把傘只為他自己打著。她趕上去一點，他聽她趕上來，馬上快起步子。她對這個給了她半年保護和溫存的年輕排長大惑不解，滿嘴是陌生語氣，渾身是陌生動作。

他感覺到她停住了腳步。他轉過身。

他眼前，一個渾身濕透的女孩。路燈反打出她的輪廓，平時毛茸茸的腦袋現在給水和光勾了一根晶亮的線條。

他想這時候決不能心軟。一天早晨，當他又收到她一堆莫名其妙的情詩時，突然一陣強烈的不耐煩。他看著一心一意發暗語的她，突然發現她的可笑，整樁事情都那麼可笑。原來和他紙上談兵親密了半年的就是這麼個小可憐。他居然會陪著她談了六個月的地下戀愛。看她起勁地比畫著聯絡「旗語」，他想到自己竟然也把這些動作做了成百上千遍。一個二十二歲的排級軍官，去做這些動作，看上去一定慘不忍睹。太滑稽了，太讓他難為情了。當時他趕緊扭過頭，不敢再看她，怕自己對她的討厭增長上去。但很快他不得不承認，他討厭這段戀情，恨不得能抹掉他從頭到尾所有的投入。

再早些時候他偶然得到高愛渝的青睞。高愛渝突然約他去看一場內部電影。電影結束時兩人的手拉在了一塊。第二天這個時時發生豔麗大笑的女連長便大大方方到他屋裡來串門了。她掏出一對緊相依偎的瓷娃娃，逗笑地擱在他淺綠的檯燈罩下。一晚上，她都在虛虛實實地談婚論嫁。談著，就有了動作。動作中有人來敲門，她看他緊張便放聲大笑，說怕啥子怕，一個排級幹部跟一個連級幹部，慢說接個吻，就是明天扯結婚證，看哪個敢不騰房子給我們。她說著眼梢一挑，樣子真是很豔很豔。

再早一點，高愛渝從別的軍區調來時，他和其他男兵一樣，把她看成難以征服的女人。他們都對她想入非非過，都為她做過些不純潔的夢。

他這時把雨傘擋到小穗子頭上。

小丫頭一犟，獨自又回到雨裡。總得給她個說法吧。

他乾巴巴的聲音出來了：「我們不能再這樣下去了。」

「我和你的事，主要該怪我。現在從我做起，糾正錯誤。」

她的臉一下子抬起來，希望他所指的不是她直覺已才猜中的東西。

過了一會，她問：「為什麼？」

他更加乾巴巴地說下去。他說因為再這樣下去會觸犯軍法。他說已經做錯的，就由他來負主要責任。他比她大七歲，又是共產黨員，排級幹部。

她萬萬沒想到他會給她這麼個說法。

他又說他們必須懸崖勒馬。再不能這樣下去太危險，部隊有鐵的紀律。小穗子沉默著，要把他給的說法吃透似的。然後她忽然振作起來，幾乎是破涕為笑的樣子開了口。

「那如果我是幹部呢？」

冬駿頓了一下說：「那當然沒有問題。」

小穗子死心眼了，使勁抓住「沒問題」三個字，迅速提煉三個字裡的希望。她幾乎歡樂起來，說：「那我會努力練功，爭取早一點提幹。等到我十八歲……」

「不行。」他說。

他這麼生硬，連自己都嚇一跳。他換了口氣，帶一點哄地告訴她提幹不是那麼簡單的，不是好好練功就能提的。他言下之意是要小穗子想想自己的家庭，那個受監管的父親。再看看她的本身條件，練死也練不成臺柱了。

小穗子果然看到自己的所有籌碼，又不響了。

他說：「我們還可以做好同志嘛。」

她怕疼似的微妙一躲。他才意識到他剛才那句話比任何絕情話都絕情。

她就那樣一身舊練功服，站在雨中，這個失寵的十五歲女孩。那時我們都認為她是沒什麼看頭的，欠一大截發育，欠一些血色。

「那我去練功了。」冬駿交代完工作似的，轉身走去。

小穗子大叫一聲：「冬駿哥！」

她一急，把密信裡對他的稱呼喊了出來。

他想壞了，被她賴上可不妙。話還要怎樣說白呢？

她穿著布底棉鞋的腳劈哩啪啦地踏在雨地上，追上他。她嘴裡吐著白色熱氣，飛快地說起來。她說不提幹也不要緊，那她就要求復員。她的樣子真是可憐，害臊都不顧了，非要死磨硬纏到底，說如果她不當兵，是個老百姓，不就不違反軍紀了嗎？只要能不違反軍法，繼續和他相愛，她什麼也不在乎。

他知道她怎樣當上兵的。太艱難的一個過程，她卻要把什麼都一筆勾銷，只要他。練功房的琴聲散在雨裡，急促的快弓聲嘶力竭地向最高音爬去。他不知道還能怎樣進一步地無情。他剛才還為自己的無情而得意。我們那個時代，無情是個好詞，冬駿覺得自己別的都行，就是缺乏這點美德。

「冬駿哥，我馬上就寫復員報告！」

冬駿一把把她拉到傘下，手腳很重。他心裡恨透自己：真是沒用啊，怎麼關鍵時刻來了這麼個動作？他說她胡扯八道，斥她不懂事，把個人的感情得失看得比軍人的神聖職責還重。最後他說：「好好當你的兵，就算為了我，啊？」

小丫頭把這一切看成了轉機，立刻緊緊抓住。眼睛那麼多情，和她孩子氣的臉奇怪地矛盾著。他再一次想，他怎麼了？怎麼和這個可憐的小東西戀愛上了？她的多情現在只讓他厭煩。整樁事情都讓他難為情透頂。

可她偏偏不識時務，盯著他說：「好的，好好當兵。那你還愛我嗎？」

「這不是你眼下該考慮的。」他聽自己嘴裡出來了政治指導員的口氣。

「那三年以後考慮，行嗎？」

練功房的大燈被打開了。光從她側面過來，她的眼睛清水似的。他曾為自己在這雙眼睛裡投射的美好形象而得意過。小提琴的音符細細碎碎，混著冬雨冰冷地滴在皮膚上。在這樣一個清晨，讓這樣一個女孩子失戀，他也要為此心碎了。必須更無情些，那樣就是向堅強和英勇的進步。

「冬駿哥，你等我三年；等我長大；如果那時你不愛上別人……」

他不敢看她，看著自己濺著雨水的黑皮靴和她泥汙的布棉鞋。他不要聽她的傻話。

「如果你那時愛上了別人，我也不怪你……」

他緩慢而沉重地搖起頭來。他說感情是不能勉強的，他這半年來把自己對她的憐憫誤當成愛情了。他明顯感到她抽動一下，想打斷他，或想驚呼一聲。他讓自己別歇氣，別心軟，讓下面的話趕著前面的話，說到絕處事情自然也就好辦了，小丫頭和他自己都可以死了這條心。他希望她能原諒他，如果不能，就希望她能在好好恨他一場之後，徹底忘掉他。

「可是……」她的聲音聽上去魂飛魄散，「你上星期寫信，還要我把一切都給你啊……」

他看著不遠處黑黑的炊煙。炊事班已經起來熬早餐的粥了。

「就那個時候，我才曉得我對你並沒有那樣的感情。」他背書似的。

她不再響了，從雨傘下面走出，朝練功房走去。

他鬆下一口氣。她這個反應讓他省事了。我們那時還是了解冬駿的，他和我們一樣認為無論怎樣小穗子畢竟知書達理，是個善解人意的人。他想，高愛渝的傳授果然不錯，最省事的就是跟她這樣攤牌：「你看著辦吧，反正我不愛你了。」他進了練功房，開始活動腰腿，在地板上翻了幾個虎跳，爽脆爽脆的身手。心裡乾淨了，他可以開始和高愛渝的新戀愛。他最後一個虎跳收手，瞥見鏡子裡小穗子。隔著五米遠，他看見她的腳擱在最高的窗棱上，兩腿撕成一根線，看上去被綁在一個無形的刑具上。她一動不動，地板上一片水漬。過一陣他忽然想到，地板上全是她的淚水。

他感到自己鼻子猛的酸脹起來。原來割捨掉這個小丫頭也不很容易。他想走過去，像從電纜邊救下她那樣緊緊抱住她，對她說別記我仇，忘掉我剛才的混帳話。我只是一時鬼迷心竅，中了高愛渝的暗算。

高愛渝是暗算了他和小穗子嗎？他不得而知。一想到高愛渝的熱情和美麗，他捺住了自己的衝動。他轉身往練功房另一頭走，心疼也只能由它疼去。事情已經不可收拾，高愛渝已經連詐帶哄讀了小穗子一大部分情書了。

為了小穗子的心碎，他的長睫毛一垂；他發現自己流淚了。

冬駿對事情的印象是這樣的：在三十多個新兵到來的第二年，他開始留意到他們中有個江南女孩。又過一年，他發現女孩看他的時候和別人不同，總要讓眼睛在他臉上停一會。後來他發現不止是停一會，她的目光裡有種意味。漸漸地，他開始喜歡被她那樣看著；每天早晨跑操，他能跑下兩千米，因為他知道他跑在她的目光裡。一天他看見大家都把自己碗裡的瘦肉挑給她，給她祝壽，嘻嘻哈哈地說吃百家飯的孩子命大。他也走上去，問她過了這個生日是不是該退少先隊了。有人起鬨說，還有一年，紅小兵才退役呢！他吃了一驚，原來她只有十四歲。

他要自己停止和她玩眼神。要闖禍的，她還是個初中生。就在這時，他感到她的眼神追上來。他想，別理她，不能再理她了，可還是不行，他的眼神溜出去了，和她的一碰，馬上又心驚肉跳地分開。他有過女朋友，也跟一些女孩曖昧過，而這個小丫頭卻讓他嘗到一種奇特的心動。再和她相互注目時，她十四歲的年齡使他生出帶有罪過感的柔情。

整整一年，眼睛和眼睛就那樣對答。常常是在一大群人裡，他默默接近她，站在她的側面，看著她乳臭未乾的輪廓。她往往會轉過頭，孩子氣的臉容就在他眼前突然一變，那目光使那臉容一下子成熟起來，與他匹配了。他和她交談很少，印象裡頭一次交談是在她十四歲生日之後的那個秋天，全軍區下鄉助民勞動。她沿著橙林間長長的小徑向他跑來，左腳穿著一隻灰舞鞋，右腳上卻是一隻綠膠鞋。她跑著就開始說話了。她說他好了不起，父親是個有名的烈士。他說沒錯，他只從相片上見過父親。她眼睛瞪得很大，氣喘吁吁，卻什麼也說不出了。他催她回去演出，她說她的節目完了，正換鞋。她不會化日光妝，弄成一副丑角面譜，向他微仰著臉，表達她傻呼呼的肅然起敬。結滿橙果的枝子全墜到地下，金晃晃的幾乎封了路。文工團不演出的人不多，打散後混在通訊營和警衛營的兵力中參加秋收。他語塞了，她也語塞了。然後她扭頭順著來路走去。她走出林子前他哈哈大笑起來，說她跑那麼大老遠，就來說一句傻話。

她站住了。她在小路那一頭，兩邊的金黃橙子反射出午時的太陽光。他太明白自己了，一點詩意也沒有，不過他也感覺這是極抒情的一剎那。她說她真的沒想到，他是從那麼偉大的家庭裡來的。偉大這詞不能亂用，他玩笑地告訴她。她對他頂嘴說，就亂用。接下去，她和他讓太陽和橙子的金黃色烤著，足足站了半分鐘。小丫頭白一塊紅一塊的丑角面孔也不滑稽了，那樣不可思議地打動了他。他深知自己可憐的詞彙量，這一刻卻想起「楚楚動人」來。

那以後不久，一次他和一群男兵逛街，聽她在馬路對過叫他。她斜背著挎包，辮梢上紮著黑綢帶，腳上是嶄新的妹妹鞋。他笑嘻嘻地穿馬路，說她新裡子新面子的要去哪裡。她說她原來打算去照全身相寄給家裡，現在照不成了。他問為什麼。她把他往一個街邊小吃鋪引，然後轉過身，手掀起軍裝後襟，說有人在擁擠的公共汽車上缺德，擤了鼻涕往她軍褲上抹。他一看馬上明白了，嘴裡出來一句「畜牲」。然後他問她，哪路公共汽車。她指著車站牌子，說她剛剛下車。他四周看一眼，想找輛自行車追殺上去。他聽她說車裡怎樣擠得不像話，有人腳乘上車身子還在窗外。他把臉轉向她，說她怎麼那麼遲鈍，讓人家把她軍裝當抹布，他說抹布還好些，當了解手紙！

她看著他，完全是個躲揍的孩子。

他這才意識到自己的嘴臉有多兇。他對站在馬路對過等他的幾個男兵揮揮手，要他們先走，他隨後趕上去。他撕下半張過期的「宣判書」，把紙搓軟。他動作牢裡牢騷，自己也奇怪他的一腔惱火從哪裡來。

她嚇得一聲不吭，要她怎樣轉身就怎樣轉身。他用搓軟的「宣判書」將她的軍褲擦乾淨，手腳還是很重。似乎她的純潔和童貞有了破損。亦似乎那份純潔是留給他的，突然就讓人捷足前登揩了油去。他掏出自己的手絹，又狠狠擦幾遍。嘴裡老大哥一般，叫她以後到人多的地方不准東張西望，也不准跟陌生男人亂對眼神。

她問哪個陌生男人。

他說他哪知道是哪個，就是在她背後搞下流勾當的那個。

擤鼻涕的勾當？她問。

他苦笑了。沒錯，她只有十四歲半。他說小丫頭，現在跟你講不清楚，你去問問你們副分隊長。他曉得自己大紅臉一張，又說，等你長大一點，自然就懂了。

她說我就是要現在懂。

他說你現在懂不了。

她說你怎麼知道我懂不了？

他的手指噁心地捻著污染了的手絹，把它扔進街邊氣味刺鼻的垃圾箱。一面說他絕不會講的，他可不想教她壞。

她有一點明白了，楞楞地站在那裡，看大群的蒼蠅剎時落在那塊手絹上。

街上什麼地方在放《白毛女》的音樂。他心裡的噁心還在，憤恨也還在，卻覺得一陣迷醉。這是件隱密的事，醜惡是醜惡，她和他卻分承了它。它是一堂骯髒卻不可缺的生理課，讓她一下子長大了。

事後他一想到小丫頭渾沌中漸漸省事的面容，就衝動得要命。然後就到了那個晚上，他從電纜邊救了她。他把她抱在手裡的一瞬，驚異地發現她果然像看上去那樣柔細，一個剛剛抽條的女孩。他從來沒有那樣心疼過誰。他直到把她輕輕一推，送上舞臺，才意識到自己從救下她手就一直沒敢離開她。眾目睽睽，他不顧自己對她的疼愛太露骨。

他們的書信戀愛從此開始了。

高愛渝說他二十二歲陪小穗子談中學生對象。他覺得受了侮辱，說他們也有過肌膚親密。高愛渝進一步激他，說不過就是拉個小手，親個小嘴，好不實惠。他賭氣地說誰說的。高愛渝扮個色瞇瞇的笑臉，湊到他跟前問：「有多實惠？」

不久他明白和高愛渝戀愛，才算個男人。在小穗子那裡做小男生，他可做夠了。擔著違反軍紀的風險，整天得到的就是幾個可笑的手勢，一封不著邊際的密信。

高愛渝看了小穗子幾封情書後，半天沒有話。他想這個豔麗的女軍官居然也會妒嫉。他怎樣哄也沒用，兩天裡她一見他就往地上啐口唾沫。他指天跺地，發誓他已經跟小丫頭斷乾淨了；那天清早，他什麼話都和小丫頭講絕了。高愛渝說那好，把她寫的所有密信，退給她。

他想了想，答應了。

高愛渝又說，沒那麼便宜，信要先給她看，由她來退給小丫頭。又掙扎一會，他再次讓步。他想他可能做了件卑鄙的事。但激情是無情的，和小穗子，他從來沒調動起這樣的激情。我們後來的確看到，邵冬駿和高愛渝的戀愛十分激情。

文工團黨委連夜開會。會議桌上，攤著一百六十封信，全摺成一模一樣的紙蕪子。一個全新的男女作風案，讓他們一時不知怎樣對應。他們都超過四十歲了，可這些信上的字句讓他們都臉紅。他們在那個會議上決定，不讓那些肉麻字句漏出點滴。不過很快我們就拿那些肉麻語言當笑話了。只要看見小穗子遠遠走來，我們中的誰就會用酸掉大牙的聲音來一句：「你的目光在我血液裡走動……」或者「讓我深深的吻你！」我們存心把「吻」字念成「勿」，然後存心大聲爭辯，「那個字不念『勿』吧？」「那念什麼呀？」「問問小穗子！」這樣的情形發生在黨委成員開夜會之後。

就在黨委成員們的香煙把空氣抽成灰藍色的夜晚，小穗子躺在被窩裡，想著怎樣能把冬駿爭取回來。她想到明天的合樂排練，有一整天和冬駿待在同一個排練室，她會把每個動作做完美，她藏在優美動作中獻給他的心意，他將無法拒絕。她漸漸閉上眼，加入了同屋少年人貪睡的群體。

就在小穗子沉入睡眠的時候，黨委會成員們開始討論小穗子的軍籍問題。會議室裡的誰說，這小丫頭入伍手續一直沒辦妥，因為她所在城市的人武部始終作對，認為文工團不尊重他們便越級帶走了她。又有誰說，「不是已經交涉三年了嗎？」

「那是僵峙三年；三年她父親的政治問題不但沒有改善，又多了些現行言論。」

「不如把她退兵拉倒。」

「退了兵她檔案可不好看，影響她一輩子。」

「自找，小小年紀，那麼腐朽，留在部隊是一害。」

「還是看她本人交代的態度吧。」團支書王魯生說：「不老實交代，不好好悔過，就退兵，不過她業務不錯，勤奮，肯吃苦。」

會議在早晨兩點結束。決議是這樣：新年演出一結束，立刻著手批判小穗子的作風錯誤。就是說，從這一刻到小穗子的身敗名裂，還有兩天一夜，而離我們大多數人知道事情的真相，僅有幾小時了。在黨委會結束的那天早晨，我們來到排練室，嗅都嗅得到空氣中醜聞爆炸前的氣息。

在三套練功服面前，小穗子舉棋不定。深紅的一套太新，一穿她馬上覺得太不含蓄，成了挑逗了。黑色讓她自信一些，走到門口還是返回來，認為海藍的最隨和，是冬駿最熟識的顏色。弊處是看不出她的苦心；她為他偷偷打扮過，頭髮盤得很精心，瀏海稍稍捲過。她頭天從化妝箱裡偷出一枝眉筆和半管紅油彩，這時不露痕跡地描了眉，抹了胭脂。然後她翻出一直捨不得穿的新舞鞋。

小穗子在以後的歲月中，總是回想起這天的合樂排練。那雙嶄新的、淺紅軟緞舞鞋歷歷在目，給她的足趾留下的劇痛也記憶猶新。她印象中，十五歲的自己那天跳得好極了，肢體千言萬語，一招一式的舞蹈跳到這一刻，才是自由的。她在旋轉中看見冬駿，她的胸脯一陣膨脹。後來做了作家的小穗子想，原來舞蹈上萬年來襲承一個古老使命，那就是做為供奉與犧牲而獻給一個男子。

小穗子跳著跳著，人化在了舞蹈裡。她認為她一定又贏得了冬駿的目光。這是他唯一能夠光明正大、明目張膽看她身體的時候。也是她唯一可以向他展示身體的時候。她還不懂身體那些生猛的、不由控制的動作是怎麼回事。她只覺得身體衝破了極限，無拘無束，由著它自己的性子去了。

這時她聽見周圍一片靜默。收住動作，她看見所有人早退到了一邊，抱著膀子或靠著牆。接下去，她看見哨子從編導嘴唇上徐徐落下。我們中的誰咯咯地笑起來，說小穗子你獨舞半天了。

「蕭穗子同志，魂帶來沒有？」編導說。

小穗子笑了笑，想混進場子邊上的人群。但大家微妙地調整了一下距離，使她混不進去。

「一早上都在胡跳。」編導說。他把手裡的茶缸狠狠往地板上一擱，醜化地學了小穗子幾個動作。

大家全笑了。

小穗子聽見冬駿也笑了幾聲。

其實我們在站到一邊時，已經有劃清界限的意思。事情已在我們中傳開。元旦演出一結束，團領導就要開始一場作風大整肅。

編導要小穗子下去，換一個替補演員上來。他黃褐色的手指間夾一個半寸長的煙頭，交代小穗子把隊形和動作趕緊教一教。突然他悄聲罵了句什麼，被煙頭燙著的手猛一甩。回過神不再說舞蹈，說起小穗子的舞鞋來。

「誰讓你穿演出鞋來排練的？」

小穗子說那是她幾年來省下的鞋。

「穿雙新鞋，就能在集體舞裡瞎出風頭？」

小穗子低著頭，汗水順著髮梢滴到眉毛上。

大家全一動不動，眼睛不放過小穗子身上任何一個細節：眉毛是淡淡描過的，兩腮和嘴唇也上了色。我們都想，她那樣喪心病狂地舞動，就是為了挑逗和追求一個男人。我們的目光朝她敞開的領口走，似乎海藍拉鏈衫的領口被重新改過，袒得比誰都低。看上去白白淨淨一個女孩，說不定早不乾淨了。

現在是小穗子站在到一邊，而所有人站在中央。她顧不上去看這個孤立陣勢，心裡只想著冬駿那幾聲笑。或許沒什麼惡意，但他在那個節骨眼絕對不該笑。她知道自己剛才跳得有多麼出色，想出風頭大概沒冤枉她，但她絕對讓冬駿看到了她貫穿到全身的情愫。他一定看見了，否則不會笑的。看見了，她就如願以償。就那樣，她讓他看著她足蹬一雙紅緞舞鞋，病楚地、至死不渝地舞動。她找來自己的布鞋，順勢坐在一個低音提琴的箱子上。無論如何，冬駿的笑是難以原諒的，編導的醜化是那麼不公正，冬駿和眾人參加到這份不公正裡去了。她從華美的舞鞋中拔出血跡斑斑的腳。

「往哪兒坐呀你?!」

她回過頭，低音提琴的主人拿琴弓指著她。他一臉鬍子，一向愛和舞蹈隊小女兵逗嘴打鬧。她像往常那樣倚小賣小，嘴一撇說：「又不是坐你的，是坐公家的！」

他那把弓子翻臉不認人地敲敲琴箱：「起來起來。」

她創傷的雙腳趿在布鞋裡，硬要自己把眼下情形當作好玩。她撅起嘴唇說：「哎喲，小器！」

她立刻發現自己討了個沒趣，甚至有點不自愛了。因為琴手毫不買帳，並吐出兩個無聲的字眼。兩個特別能發揮唇齒力度的字眼：「犯賤」。

小穗子一下子向我們抬起頭。陣線很鮮明，我們是嫌惡而憐憫的一大群，她孤立得那麼徹底。編導在講解下一段舞的要領。誰也沒聽見他在說什麼，一副副懶散消極的身姿神態都是看好戲、看出醜的。我們是一群肢體語言大大豐富過文字的人。小穗子兩個褲腿挽過膝蓋，裸露出細細的蒼白小腿，腳趿在舊布鞋裡。然後她開始向門口走，腳趾受的傷向她發起猛烈攻擊，她忍住了，步子裡只有一點疼痛，一點趔趄。否則她真成了戀愛中的慘敗者。她已經意識到她在我們眼裡的狼狽，開始疑惑，到底是為了什麼她不得而知的原因，我們集體和她翻了臉。

她從排練室門口的衣帽鉤上摘下自己的棉大衣。順著往右數，第六個鉤子上掛著冬駿的棉襖和毛背心。還有一串鑰匙。她背後樂聲大作，地板鼓面一樣震動著。她向右移了兩步，臉湊上去，冬駿的氣息依然如故。她明白這是很沒有出息的，但她沒辦法。

她輕輕吻了吻那有一點油膩的軍裝前襟。

我們全聽見團支書王魯生是怎樣把小穗子叫走，帶到黨委辦公室去的。那是新年之後的第二天，剛剛收假，還沒進行晚點名。團支書在女生宿舍走廊口大聲叫喚，叫到第三聲，小穗子兩手肥皂泡地從走廊盡頭的水房蹦出來，說她把衣服晾好就來。王魯生說：「別晾了，擦擦手就來吧。」

當時我們在寫家信、聽半導體、吃零食，欣賞某人的集郵，這時一聽，全停下來。小穗子的腳趾仍是連心作痛，步子重一下輕一下地走過走廊。然後我們全扒到窗子上，從窗紙的綻口看出去，冬天的院子顯得寬闊，未落的梧桐樹葉子黃色褚色褐色，掛在無風的傍晚天色中。小穗子走在前，王魯生走在後。小穗子幾次停下，想等王魯生趕上來兩步，好跟他走個並肩，但王魯生就那樣，一直走在她後頭。這樣小穗子就走成了王魯生的一個戰俘。

我們看她給押送進了黨委辦公室。這時候我們看出醜的心情沒了，面孔上「特刺激」的興奮表情也沒了。我們體內也發酵著青春，內心也不老實，也可能就是下一個小穗子。

小穗子是第二天早上回到宿舍的，嘴唇上一層焦皮。五個同屋都害怕她似的輕手輕腳從宿舍躲出去。她從枕頭旁邊拿出一個大練習簿，又把鋼筆伸進「民生藍黑墨水」瓶裡，深深灌滿水。這時她猛然嗅到自己棉衣裡一股香煙氣味。黨委成員中的六個老煙鬼以他們焦黃的手指對她憤怒、委婉、痛心地比劃了一夜。

她在練習簿的一張新紙上寫下「我的檢查」四個字。字是父親教的，父親做夢也沒想到他手把手教下的一筆字派了這番用場。

第二天檢查被退了回來。曾教導員把小穗子請到自己宿舍。宿舍素淨溫暖，掛著白色塑料框的大鏡子。牆角還有一對藤沙發，上面鋪著藍印花土布的海綿墊。曾教導員是小穗子概念中好阿姨的形象。曾教導員拿出一個玻璃瓶，裡面盛的東西似乎是冰糖。瓶口太小，搖半天，出來一塊冰糖，再搖半天，下一塊怎麼也不肯出來。陌生的空間裡於是充滿叮噹叮噹的危險響聲。小穗子很想說：不必了，不必那麼優待俘虜。曾教導員在把她帶來之前，已告訴她檢查太空洞，等於是在負隅頑抗。

第二塊冰糖終於被搖下來。曾教導員把兩塊冰糖放在一個粗瓷盅裡，用玻璃瓶底子去杵。聲音更懸了。小穗子睫毛一撲騰一撲騰的。好了，曾教導員把杵碎的冰糖分開，用手指捏起一堆，放進一個搪瓷碗，又捏起剩下的，放進另一隻一模一樣的搪瓷碗。然後在兩個搪瓷碗裡沖進開水。

她雙手捧起頭一隻碗，走到小穗子面前。她說：「來吧，補一補，這碗糖多些。」曾教導員帶酒窩的白胖手替小穗子撩一把頭髮。那手真是暖洋洋的，「我昨天夜裡就不同意他們男同志的意見，好像你一個小丫頭要負全部責任似的。」曾教導員說。她等了一會，看著那些話滲入小穗子的知覺。她又說：「小丫頭，你太年輕了，可不要傻，這種事都是男人主動，你不要為他隱瞞。」

小穗子說她什麼也沒有瞞，都寫在檢查書裡了。

曾教導員說：「傻丫頭，你替人家瞞，人家可不替你瞞。人家把什麼都交代了。」

小穗子猛地抬起臉，小小的臉上就剩一雙茫然眼睛和一張半開的嘴。

「對呀，邵冬駿都向組織交代了，你們幾月幾號幾時，做了什麼什麼。他一個排級幹部，又比你成熟那麼多，幹出那樣的事來，當然該承擔主要責任。你還為他擔待，難得你這個好心眼的孩子。」曾教導員用她溫潤的嗓音說道。見小穗子仍是一張茫茫然的面孔，她又說她最憎恨男人欺負年少無知的女孩子。

小穗子說冬駿可從來沒欺負她，每回幹部們發糕點票，他都買了糕點送給她。

曾教導員一咂嘴，說她指的可不是那種欺負。她人往藤沙發前面出溜一下，和小穗子便成了說悄悄語的一對小姑娘。她要小穗子想想，他是否對她做過那件……小穗子不太懂的那件事；就是那件有點奇怪、挺疼的、要流血的事。

小穗子表情毫無變化，看著曾教導員吞吞吐吐的嘴唇。

「孩子啊，」曾教導員說，「我就怕你糊塗啊，人家拿走了你最寶貴的東西，你還幫他瞞著。」她拍拍小穗子的臉蛋。

小穗子還是一動不動。

「不該怪你，你還小，……」曾教導員又打算拍小穗子的臉蛋。

「沒有。」

曾教導員有點意外。遭到搶白，她的手停在半途。

「小丫頭，你不懂那件事……」

「沒有！」

曾教導員再次被頂回來，想她對小丫頭的抵抗力量輕視了。

「你知道我說的是哪件事？」她問小穗子。

小穗子使勁搖了搖頭。

「你不知道那件事有多嚴重。街上女娃娃一夜之間變成女流氓，就是糊里糊塗把那件事讓個男人做了……那，就這樣……」曾教導員想用動作來形容了。

「沒有。」

兩人都沉默下來。過了一會，曾教導員拿了個勺子，在小穗子那碗甜水裡攪了攪。

「真沒幹那件事？」曾教導員從水裡拎起勺子。

「……哪件事？」

勺子「噹」一聲落進搪瓷碗，曾教導員說：「不知道哪件事，你抵賴什麼？」

小穗子看著這張三十來歲的好阿姨面孔。她惹得她也翻了臉。勺子濺了幾滴水在碗周圍，最後一塊碎冰糖正在化開。她聽自己又出來一聲：「沒有。」她原來不想這樣生硬，不近情理，原來她想對教導員表達領情的，她沒料到嘴一張，又是這副壞態度。

「那都幹了什麼？」

她又茫然地沉默了。

「你說你沒幹，那你告訴我，都幹了些什麼。」

她說起第一次見冬駿時的感覺。那時她是新兵，在為新兵排寫黑板報，站在一個翹來翹去的板凳上。一大群老兵在她身後看她畫圖案，等人全走光了，還剩一個人，還在看，就是冬駿。她說觸及靈魂地反省，她從那時就喜歡上了他。也許冬駿在很長時間裡什麼也沒感覺到……

「手不要摳我的藤椅。」曾教導員說，「好，你再接著說。」

她說從那時起，她就愛看他走路、出操、練功，有時他當值星集合隊伍，她就是一副完美的軍容風紀，偶爾他看她一眼，完全無意的，她掃地、洗衣、沖廁所都成了舞蹈……

「唉，腳當心，別踢到我的暖壺。」曾教導員說。

她把最祕密的心思都翻出來，攤給曾教導員。那些心思對於她自己都是祕密的，這一攤開她才認清了它們。她講得忘乎所以，曾教導員的手上，甜美的小酒窩全消失了，然後握成一隻拳頭，捶捶藤椅扶手。

「看來你這小丫頭不簡單嘛。」曾教導員說。她意思是，小小年紀就知道避重就輕。

過了五分鐘。曾教導員站起來，在十二平方的木板地上踱步，錚亮的黑皮矮靴邊沿露出淺黃的狗毛，一寸高的鞋跟。兩根長辮梢上繫著纏黑絨線的橡皮筋，軍裝領口一圈黑色細絨線鉤織的狗牙形花邊。她踱到兩個帆布箱子前面，箱面上蓋著尼龍紗巾，紗巾上一個相框，裡面有她和丈夫在天安門前的合影。她不時看看執迷不悟的小穗子，覺得冷場還可以長一些，壓力會更理想。

好了，曾教導員站住了。

「你真的沒幹那件事？」

小穗子兩眼發直，不說話。

「是不好意思說吧？」曾教導員說，「那當時怎麼好意思幹呢？」

「沒有！」小穗子大聲說。

曾教導員嚇一跳。她偏一下臉，看看小丫頭究竟不識好歹到什麼程度。然後她長嘆一聲：「邵冬駿全承認了。哪年哪月哪日，在哪個地方，寫得清清楚楚。」她馬上看見小穗子自己也糊塗了，難道「那件事」真發生過，而她並不知道？

曾教導員拉開抽屜，從裡面抽出一個牛皮紙公文袋。她把牛皮紙拍得直響，告訴她裡面全是小穗子寫給邵冬駿的信，一百六十封，全被繳獲。這下你小穗子不能抵賴了吧？信都寫得這樣過分，還有什麼事幹不出來。

小穗子早跑神了。她腦子裡轟轟一片，想著她點燈熬油，嘔心瀝血寫的信，一字沒得跑，全落了網。那些不該被看的字們，痛苦而羞辱地裸露著，讓人翻過來調過去地看；在絕對缺乏尊重的眼睛前面，它們一絲不掛，窘得曲扭了。她的那些失去了保護，近乎失了貞操的字們。

「我們從邵冬駿交上來的這些信裡，也分析出你和他的關係到了什麼程度。」曾教導員說：「你這個孩子，一晚上引著我跑題。現在你必須把你們哪年哪月哪日，在哪裡做了那件事，好好寫出來。」

小穗子想，冬駿為了她這些白紙黑字賴不掉的戀愛證明一定也受了苦。

「你聽見沒有？蕭穗子？」

「……?!」

「你沒聽見我剛才的話？」

「聽見了。」她站直身，從桌邊拿起軍帽，手在帽徽上捻著，捻出紅漆五角星涼陰陰的光潤。

「你要好好去寫。否則你這身軍裝可能就危險了。」

小穗子抬起頭，看著好阿姨似的教導員。她對她們這群小女兵一向是呵護的。小穗子知道自己的入伍手續一直沒辦妥，她所在城市的人武部、她的學校、父親單位串通一氣，跟文工團扯皮。就是說，她是軍隊當中一名黑戶。

曾教導員說：「邵冬駿交代完，寫張檢查，照樣還是排級幹部。你就不同了。你們兩人的家庭，絕然不同。」她把最有刺傷性的話留在口中：你父親給了你什麼呀？有邵冬駿的先烈父親，留給他那樣的雄厚老本嗎？你父親虧欠著國家和人民。部隊原本給了你一個平等的機會，你把這機會糟蹋了。

早晨小穗子沒有起床。她的鬧鐘把同屋所有女孩都鬧醒了，一個個在床板上重重地翻身，蹬腿，表示抗議。鬧鐘還不歇氣。她們便開始發脾氣，醜話全拿出來說小穗子。誰也沒想到小穗子睡死了。她從衛生室拿了三天的安眠藥，一次吞下去，以為自己從此不會醒來了。我們對這事毫無知覺，一直到二十多年後，才從小穗子寫的一篇文章裡得知。那篇文章充滿幽默，形容了她在死睡十六個小時後復活的種種滑稽感覺。但我們深信，當時她從自以為的自盡中醒來時，絲毫沒有滑稽感。

小穗子醒來時已是下午。她第一個感覺是驚奇，接下去就是深深的慶幸。她感到這慶幸有些可恥，但她沒辦法。一場莊嚴神聖的殉情，由於慶幸感成了舞弊。服藥前她在手電筒光圈裡縫了一只小繡袋，用母親送的一塊抽紗手絹縫的。她剪下自己一縷頭髮，有小拇指粗細，縛上一根她的黑髮帶。她拿出筆記本，看見鋼筆尖在手電筒的一個小光圈裡走動，出來「親愛的冬駿哥」。她的筆停下來，想到這幾個字很可能也將當眾裸露，遭受羞辱。她不寫了。

她拿著裝著她一縷黑髮的繡袋，躡手躡腳出了屋。院子被掃得極乾淨，沒有一片落葉。這就是他的窗子了，積累了多少她的目光。她敲了敲。沒人應，她又敲了敲。

她不知道敲了多久。直到她死了心：冬駿不可能理她了。她剛剛走到院子中央，聽見身後的腳步，輕得近乎無聲。她回過頭，看見了立在她身後的冬駿。

月亮特別大，樹木樓房的影子特別黑。冬駿臉上的愧怍和痛苦也特別清楚。幾天不見，他成了蒼白清瘦一個人，只是更加俊美。他受的逼迫也一定不比她少。頓時之間，一切都值了，包括死。

她說不出一句話，只向他走過去。

而他慌了，往後退幾步。

她並沒追究他後退的原因。他還肯出來見她，她已知足。一切都格外的美，因為絕境。

她突然發現自己啞聲地說起話來。模糊的字句從她嘴唇間快速而火燙地往外噴，她自己都來不及抓住它們的意義。她在說瘋話，說她什麼也不要了，什麼軍裝軍籍名聲性命，只要冬駿哥帶她走。天下大得很，處處有浪跡天涯的有情者。

他似乎受了感動，垂著頭，一副心碎模樣。她的話越來越瘋，說趁人們正睡熟，逃吧。

「別胡說！」他啞聲制止她：「我們是革命軍人！」

她一楞。羅密歐和朱麗葉不是革命軍人，梁山伯與祝英台也不是。

她說：「那就只有死了。」

這回他不吭氣了。似乎她這一點撥，他開了竅，看見了一大片光明的可能性。

她說一個人從十二歲就開始的戀愛，怎麼可能斬斷。斬斷只有去死。

他悶悶地嘆一口氣說：「回去吧，回去睡覺，別胡思亂想了。」

她又向他跟前邁了一步，他再次退卻。她只好拿出那個繡袋，擱在他們之間的地上。地面真的給掃得一塵不染，月光使一切都那麼純淨。

他沒有馬上撿她的繡袋。但她知道他一定會撿的。

我們在小穗子的悔過書裡得知的情形是這樣：她半夜去找邵冬駿，想和他長長談一次話，定個祕密的盟約。邵冬駿怒斥了她，要她別忘了，他們都是革命軍人；白枕巾上是他父輩的鮮血寫成的先烈遺言「將革命進行到底」。她向他靠近，渴望他的懷抱。她在那個絕望的夜裡，站在他對面，之間只隔三、四步。她向他走了一步，兩步，只差一點，就扎入他的懷裡了。他卻及時阻止了她，說：「蕭穗子同志，看看你這是在哪裡？已經走了那麼多歧途，我們絕不能再走下去！我只希望你把我當個革命同志和戰友，不然，你就當我不存在吧。」

小穗子被阻止在那裡，看著冬駿，漸漸有些羞愧。她從冬駿消瘦而堅定的臉上，看見了他的先烈父親，那樣不屈服於個人感情，那樣以大局為重。

後來我們在小穗子寫的小說裡，似乎讀到另一種情形；十五歲的小穗子一下子明白了，她愛的俊美男子多麼軟弱。她在向他懷裡撲去時，他幾乎拔腿便逃。趁著奇白的月光，她看見他變了個人，瘦削得兩腮塌陷，厚厚的頭髮成了荒野的亂墳崗。那麼好的眼睛，神采全散去。她想他怎麼懼怕成那樣？

第二天，她痛快起來，一口氣寫完二十多頁的悔過書。

小穗子有天忽然發現，她居然和我們一塊大笑了。像是一年前沒有發生那樁醜聞，沒在二百多名戰友前念悔過書，沒被女兵們躲瘟似的躲了半年多，笑衝口而出，氣流和音量都完全癒合了。事後她不記得是什麼引起大家的笑，總之她笑得和大家一樣前俯後仰，無拘無束。也居然沒人轉過頭來瞄她一眼：這類快樂竟有她的份了。

也許只有她自己注意到，從她朗讀了悔過書之後，她失去了大笑的能力。父親曾經講了個故事；有隻雁被雁群驅逐了，牠孤單單在葦蕩裡叫了一夜，起飛了半天，就墜落死去。驅逐對這隻雁是致命的羞辱。雁是多麼尊嚴的生命啊，父親在自己被驅逐時講了這個故事給小穗子聽。小穗子在孤單單起飛時竟忘了這故事，而在她又接近集體時忽然想起它。

後來她把這個故事告訴了劉越，劉越流了眼淚。就在她和劉越剛剛相戀的時候。他哀傷地一笑，流下淚來，那個從小就做籃球明星的劉越。

在她恢復大笑功能這天晚上，她已恢復了上臺，角色很小，還是女扮男裝。她就穿著一身男式軍裝，頭髮全塞進帽子，臉上化得虎眉虎眼，手裡拿著一把帶紅長穗的木頭大刀，哈哈哈地跟著我們所有人笑起來。

其實我們也注意到了小穗子的笑。一個念頭從我們誰的腦子裡一閃而過：她笑得真好，一點陰暗烙印都沒有，畢竟年少。

小穗子對那十二個月的印象不清晰。印象中，在她念悔過書時，不斷被人打斷，說聲音太小，剛才一句話沒聽清，要求她重念。她眼睛便大亂一陣，把丟失的句子找回來，重複那些令她無地自容的詞彙。又有人問某詞是什麼意思，很快聽到解釋後，便是一片竊笑和身體坐立不安的聲音。她坐在他們對面，手把悔過書捧到面孔前面，人們總是向左或向右尋找，看她把臉往哪藏。她還記得她念完時，排練室裡進來了幾束陽光，像個明媚的刑場。然後人們靜寂一片，被十五歲的戀愛自白震住了，嚇呆了。一個聲音說：「大家都可以發言，幫助蕭穗子同志。」副政委的聲音。

發言開始了。大致意思是：對小穗子這樣一腔骯髒、糜爛、腐朽的思想，所有人都料所不及；一切都有階級起源，看看這個小敗類的起源吧。有人說：「這是什麼交代？太不老實。」這是一個高昂的嗓音，不圓潤，乍聽細細的刺，但有種獨特的魅力。一個後來被認為是性感的聲音。小穗子看著那張紅潤豐滿的臉，看著冷豔無情的高分隊長提溜著那只繡袋，如同提溜著一隻死老鼠。

這些混亂的，次序顛倒的印象在小穗子那聲溶入集體的大笑裡淡去。她穿著軍裝，打著綁腿，化著面目全非的妝，在演出前的舞臺上反覆練習旋轉。一年中，她的舞蹈長進很猛，人也不再是抽條女孩的樣子了，多少有了點看頭。中敏華歪戴著軍帽，撥著琴弦走過舞臺，突然停住，說：「喲小穗子，是你呀，差點沒認出來，扮男裝倒挺精神。」

小穗子停下旋轉，呼呼直喘，笑容咧得很大。重新上舞臺是件大事情。

申敏華有一點想聊天的意思，撥著弦人站成個稍息。一年前對小穗子的批判幫助會上，她忽然大聲說：「我明明看到的是邵冬駿勾引小穗子！」她這一叫大家全楞了，看著平常一身怪毛病的三流女琴手走到臺前。政委小聲說：「喂小申，請回到自己座位上發言。」她像是沒聽見，一直走到小穗子旁邊。她又長又細的手指朝排練廳的鏡子揮舞，說何年何月何日邵冬駿如何偷摸一把小穗子的臉蛋，偷捏小穗子的手，借「抄跟斗」的名義，偷摟小穗子的腰。大家都想，她一貫埋頭拉琴給人們一個脊梁，結果什麼事她都沒錯過。

申敏華所有的軍事姿態都差勁，但稍息站得特別標準。她慢慢換著腿，從左邊稍息換到右邊，手指頭在琴弦上撥出半句一句的旋律，嘴上卻聊不起來。她天生有點大辯若納，一開口總嚇人一跳。批判會過後的一天，小穗子走進女浴室，發現所有女兵一齊靜下來。兩三個人合用一個龍頭，小穗子便走過去，想和誰擠一擠。而她剛把頭髮打濕，抬起頭，見搭夥的人全躲開了，擠到了別的龍頭下去。這時有個人大聲冒出一個句子，怪腔怪調，那是引用她給冬駿的情書。女兵們尖聲喝采，又有一個人出來，整段背誦了小穗子的一首情詩。字句竟然可以任人打扮，被女兵們打扮成了古怪而猥褻的東西。她們磊落地露著肉體，追逐打鬧，小穗子這下可給了她們一項新娛樂。原來自以為情深意切的文字，給她們一念，再歪曲歪曲，她自己也覺得不堪入耳。然後就聽見一聲喝斥：「你們他媽的乾淨！」一看，是在霧氣深處的申敏華。「你們誰沒有在暗地搞小勾當？還有偷偷勾搭首長兒子的呢！」

此刻申敏華看著穿著灰色舞鞋的小穗子，臉上出現了個譏誚的、意味深長的微笑。小穗子想她大概是那個意思：才剛剛穿上舞鞋，骨頭可別太輕。

我們得說，申敏華的眼力是沒得說。她看出小穗子那天晚上演出不是無緣無故地輕盈、優美、出色，而是在借題發揮地拋投情愫。申敏華看出小穗子是永遠處在情感飢餓中的一類人。她的言行舉動，都是為一份感情，抽象或具體，無所畏。對於這個剛過十六歲的小穗子，她就那樣蹬在一雙灰暗的舞鞋裡，苦苦地舞動，為著尚且在空中飄緲的目光，為那目光中的欣悅。她尚不知那副目光來自何處，屬於誰，她已經一身都是表白。她語彙的表白被人們嘲弄了，唾棄了，否決了，她就剩下脖頸、胸、腰、臂與腿的語彙。她的忘形正在於此。

應該說申敏華是為了小穗子好。我們全知道申敏華看不上跳舞的人，對小穗子算是友善的。她的稍息從左腿換到右腿，看小穗子命也不要地蹦、跳、旋轉。她想這小ㄚ頭原來是很經整的。在她看來的一場大迫害已經被她淡忘。

中年的小穗子寫的作品讓我們吃驚，那段經歷對於她是多麼不堪回首。她對那天的印象是從二十多年的記憶中提煉出來的。一個潮溼的冬天早晨，緊急集合哨音從前院一直響到中院，再到後院。人們面色莊嚴地跑步出來，樓上樓下全是腳步聲。連有了孩子的老女演員們也不婆婆媽媽了，圓滾滾的腰桿上緊緊繫著武裝帶。這是文工團有史以來的男女作風大案，主犯居然只有十五歲。

小穗子對批判會場的描繪，似乎不客觀。她印象中的會場是個又大又深的舊禮堂，掛著毛主席像和「八一」軍徽，讓我們聯想到軍事法庭。入場的人都穿著整潔的軍裝，幾個老兵痞也扣嚴了領口。銅管樂手們戴著雪白的手套，懷孕四個月的女歌手也勒上皮帶。不是開會，而是要開拔上前線的氣氛。九個分隊像大軍入城一樣進入會場，目不斜視，充滿威儀。值星分隊長把兩個鐵硬的拳頭端在兩脅，小跑到部隊正面，用野戰軍指揮員的破鑼嗓音吼叫「立正——！」所有軍官都穿了皮鞋，鞋跟上的鐵掌這時碰成一個聲音「叮噹！」舊禮堂回聲四起。政委簡短的發言後，小穗子就上場了。她打開手裡厚厚一摞紙，看一眼對面眾多的面孔，明白自己正是那隻被驅逐的雁。

中年的小穗子還寫到我們不了解的一些事。批鬥會後的一天晚上，她從後門走進廚房，開始打撈漂在渾湯裏的餃子皮。她已習慣獨自往來，省得女兵們躲她。她渾身豬食氣味，剛幫炊事班餵完豬。這時她覺得有個人走近來。是大家稱為耗子的女孩。

耗子把一盆餃子放在她面前，說是專為小穗子留的。

耗子五短身材，一張長著連鬢鬍的漂亮臉蛋。男兵假如損誰，只需說：「哎，你跟耗子有一手吧？」男兵沒人肯和耗子跳雙人舞，說她身上一股奇怪的酸臭。女兵們面對耗子所有不可理喻的討厭習性，鬼祟行為，從幾年前就習以為常。反過來耗子對大家給她的作賤和孤立，她從一開始就舒舒服服地接受。批判會之後，耗子試試探探地親近小穗子。她會鬼頭鬼腦塞給她一塊油炸饅頭或半碗炒雞蛋。我們在小穗子的描寫中看到的是這樣一個耗子，蓬著過分厚的一頭捲髮，表情過火地表功，說她怎樣奮不顧身，一頭扎進哄搶的人群，為小穗子搶到這碗餃子。

小穗子一聲不吭，一動不動地捧著小耗子為她搶到的餃子，發現耗子大而黑的眼睛那麼靈活，是一種幸福的目光。我們細細一想，正是這樣，低人一等的小耗子在那一刻肯定感覺良好。原來不幸和幸運是相對的。不幸者必須找個更不幸的人，並對這個倒楣蛋關愛施捨，才會油然生出優越感，才會瞬間變成個幸福者。為了這幸福感和優越地位，我們不得不製造一些倒楣蛋。一切終極的迫害，實際上無緣無故，只為製造尊與卑的懸殊，只出於對良好感覺的需求。

她捧著一碗冷餃子楞神的時候，耗子已經在廚房裡當家了。她熟門熟路地翻箱倒櫃，找到一桶未啟封的老陳醋，倒了一大碗出來，說留著她倆以後慢慢吃餃子用，別人不給，就小穗子和她。她又踹起老高，去揪掛在牆上掛的紫皮新蒜，拿大菜刀啪啪啪地拍，剝下蒜皮嘴巴「呼」地一吹，一會弄得滿地垃圾。她讓小穗子看看，她多麼敢糟蹋敢禍害。然後她很滿足地看著小穗子狼吞虎嚥。快吃光時她說，最近警告她的人越來越多。

小穗子問：「警告什麼？」

警告她小心一點，小穗子思想複雜，誰都不敢和她靠近的。

小穗子滿嘴餃子。不然她會說：「何必呢耗子，你為我跟大家唱反調又是何苦？」

小耗子向前湊湊，聲音壓得很低，說她才不在乎呢，她才不會跟著大夥「牆倒眾人推」呢。

而我們中一些人，記憶中儲藏著同一段事情的另一面。情形是這樣的：一天晚上演出結束後，男兵和女兵們開著玩笑，你給我一拳我給你一腳地走出禮堂。我們中的誰說：「走快點，看後面哪個來了。」回頭一看，是小穗子。小穗子端著一大筐髒毛巾，走在我們後面。她一隻腳穿著骯髒的灰色舞鞋。她在偷偷練那個高難度的單腿旋轉，指望身懷絕技，部隊會因此而留下她。我們嘀咕著她的妄想，為她仍然心存僥倖而竊笑。她埋頭走著，筐子的分量太重，她得使勁支出右邊的髖去頂住筐沿，身體便斜出一個不堪其累的角度。我們存心不良地盯著耗子。耗子慢下腳步，似乎想搭一把手。我們中的誰小聲說，「這叫什麼你知道嗎耗子？叫『夜壺找尿盆，什麼人找什麼人』」。

耗子不敢掉隊了，巴巴結結跟上我們。我們中又有誰說：「早就知道耗子給小穗子通風報信，端湯倒水。」

耗子乾笑：「什麼時候我給她端過湯倒過水？誣陷！」

「別惱羞成怒嘛，耗子，端了大家也理解。」

「沒端！」耗子說。

「端了又不是什麼壞事，你賴什麼賴？」

「人家明明沒端嘛！」

「耗子你就這點不好，不老實，以後要問寒問暖，光明正大一點嘛。」

耗子更是矮了一頭，不斷乾笑說大家誣陷了她。

天天練單腿旋轉的小穗子在看著大鏡子時，眼睛又水靈起來。她不知道那樣練已救不了她的大局。她穿灰舞鞋的腳支起她的身體：腳尖、腳跟，腳尖，腳跟，滴溜溜地轉，如同一根鞭子下的陀螺。轉得相當精彩，但我們知道她是悔不了整盤棋上那顆走錯的子。就在她的單腿旋轉趨於成熟時，一份處分已在保密室的打字機上敲定。保密室的小馮或小李在想，這個被處分的女下士蕭穗子長得什麼模樣？是否面帶邪氣？然後，這張保密公文被蓋上了政治部的紅印。

小穗子端一大筐化妝毛巾走過籃球場，看著我們在燈光下和喬副司令玩鬧。然後她逕自向大門崗走去。演出結束，演員們時常步行回文工團院子。

女兵們歪三倒四地上籃。喬副司令穿著棉褲和運動衫，在女兵們中間靈活地竄來撞去。他投了幾個球，準頭很棒，便大張嘴粗喘地問：「娃娃們，老頭子球打得好不好啊？」

「不好！」女兵們嚷著。高愛渝瞅個冷子搶了球，一個舞蹈大跳，球不知飛哪兒去了。當舞臺監督的副團長這時也上來湊趣，撿了高愛渝的球，三步上籃。一會他過來問喬副司令，演出觀感如何。

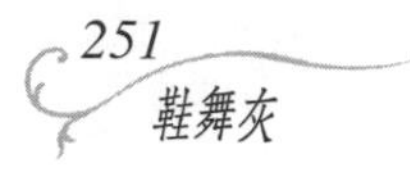

「又想問我討錢買鞋子！」喬副司令說。舞鞋的費用老是超支，他老得額外批條子。

高愛渝說：「老頭子硬是小器，一雙鞋子才幾塊錢麼？」

喬副司令在她頭頂打一巴掌，又對所有女兵說，「都過來，一個人給老頭子打一巴掌，老頭子就給你們批條子，買鞋子！」他學高愛渝，把「批」說成「披」，把「鞋子」說成「孩子」。

女兵們就跑啊，躲啊，笑得清脆無比。都沒戴軍帽，頭髮裡還有汗，軟軟地貼在前額和面頰上，揩去的粉脂在眼圈和嘴唇上留了淺黑和淺紅，就像街上男流氓們叫的「妖精軍妹兒」。打著打著，喬副司令的手頓在空中。他向左看看，又向右看看，說還有個小丫頭呢？哪兒去了？女兵們靜下來，對老頭兒所指的人猜到一點。老頭兒這時去看副團長，說很長時間沒看那小丫頭上臺了，就是光著腳丫子踮腳尖那個。

副團長不知說什麼。老頭子說：「那個丫頭跳得不賴，一不怕苦，二不怕死。叫她跳！」

副團長想，可別敗了老頭子的興致。他笑著說：「好，叫她跳，一定叫她跳！」

「你們誰能光腳丫子踮腳尖？」喬副司令用回力鞋的鞋尖點著地，「那不就給我省錢買『孩子』了麼？」

女兵們想小穗子那一手只能叫撂地攤。三年前她投考時成績不好，卻突然當眾脫下鞋襪，人在兩個大腳趾頭上立了起來。然後她就那麼挺可怕地立著，跳了一段自編的《吳清華訴苦》。消息傳到幾位首長那裡，都跑來看十二歲的女孩耍猴。門外漢的首長們收留了小穗子，連她那位有著醜陋政治面貌的父親，也都被忍受了。

喬副司令又跟副團長說：「小丫頭跳得不賴，讓她跳。」

副團長還是嘻嘻哈哈：「好好好，讓她跳。」他腦筋卻是很忙亂的，想著如何把小穗子將挨的處分告訴老頭兒，首長們老了，倚老賣老地總想在文工團有那麼幾個玩具兵，副團長對此重重嘆口氣。

小穗子推著雞公車走到沙坑邊。最初她不會推雞公車，獨個輪子常常扭歪，把車裡的沙倒一地。大家隨她去幹這粗重活兒；她需一個忍辱負重的形象，只好隨她去。開始是有人支她差，說小穗子你閒著沒事，去弄點新沙填到沙坑裡。大群的野貓總在沙坑裡方便，沙坑隔一陣就得吐故納新。不久小穗子就把雞公車推得很好，像進城賣菜的社員。她也不需要誰派她活，隔兩天就把沙坑裡的沙換一換。

頂上脊梁上的太陽已相當燙。才是柳樹、桐樹發芽的時節。她抓起給沙埋了多半的大平鍬，把沙從車裡撥出來。所有人都去吃午飯了，小穗子這一會的孤獨味道不錯。活兒做完了，她身上的勁頭還剩不少，便脫了鞋，赤腳跳進沙裡。她用鍬把沙翻鬆。深部的沙有點潮，很細，腳掌觸上去，舒服得她心裡一悸。她一點點往後退著走，前面的沙翻透了，一股很細的陰涼撲在她面頰上。這一刻若有人走過來，只能看見她的背影。但誰若看了這背影，都一定會認為這是個快活的背影。按說她不該快活，還不知處分將怎樣嚴厲，她這樣快活簡直是不知羞恥。她把鍬踩下去，鏟大半鍬沙，再翻向兩邊。細看她這動作是扭著小小的秧歌兒。在冬天被滅除的感情，此刻隨著春天又活過來。那些莫名的柔情，使副團長女兒彈奏的鋼琴很遠地傳過來時，顯得優美動人，她覺得她頓時喜愛上了這個彈琴的九歲女孩。

她聽見宿舍樓上東一聲、西一聲的吊嗓。人們吃罷午飯回來了。很快，小號、巴松、長笛都回來了。這是該小穗子吃飯的時間。

走進炊事班後門，見耗子正等她，守著一大盆菜，花炒肉片和麻婆豆腐。她告訴小穗子，處分她的文件已經到團部了。

小穗子不看她表情過火後的臉，只聽她講某人如何偷看到了處分的內容。

耗子說：「你別太難過。」

小穗子把肥肉挑出來，仔細堆成一個小尖堆。再把鮮紅的海椒皮放上去。耗子還在重複，千萬別難過，難過有的人可高興了。

「邵冬駿被罰下部隊，回來升副連級了，」耗子說道。「你千萬別傷心，噢？」她掏出一塊毛了邊的舊手絹，打算伺候小穗子好好哭一場。小穗子卻開始一勺一勺地進食；這類菜往往沒有瘦肉，今天卻不同，耗子自己一片瘦肉也沒捨得吃，全慰問了小穗子。

對蕭穗子的處分因為演出而沒有及時宣讀。但所有人都知道處分的內容。

沒人再差小穗子做這做那。若誰迎頭遇上她，會偈促一笑，自己也覺得笑得不好，反而虧欠了她似的。對小穗子的處分是「非正常退役」。只有申敏華在飯廳裡大聲罵街：「媽的越坦白越處分，小穗子為大家樹立了『坦白從寬』的好典型。」

有人偷偷地送筆記本和相冊給小穗子，都是趁小穗子一個人在宿舍，出溜一下鑽進來，塞了禮物就走。小穗子還有參軍前同學們送的一大堆筆記本和相冊，她對著這兩堆筆記本、相冊傻眼。她沒有把受處分的事告訴家裡。對送了她筆記本的同學們，更不知怎樣去解釋。她開始為家裡採購東西，為父親買了兩斤毛線，為母親買了一套竹器。下午拎著大包小包走進宿舍，她吃了一驚——高愛渝正坐在她的書桌上化妝。

「等你半天了。」高愛渝說。她一隻腳蹺在另一隻腳上，腳尖插在黑色半高跟皮鞋裡。最近她擔任報幕員，四川話也不講了。「冬駿是不是還有幾張相片也在你這裡？」

小穗子看著她兩隻形狀漂亮的腳上，黑皮鞋的跟脫落下來，只剩鞋尖套著腳，一晃一晃，隨時要掉下來。她說並沒有什麼照片，所有的都燒了。

「什麼時候燒的？」高愛渝把柳眉杏眼的臉從鏡子後面挪出來。她讓皮鞋落到地板上「嗵」的一聲，隨後伸出腳尖懶散地四下摸，摸到鞋，又讓它在腳上晃悠，再一次，鞋「嗵」的一聲落到地板上。她在這期間閉著一隻眼描眼皮，一面說：「小穗子，到這個時候了，撒謊還有什麼意思嘛。」

「我從來不撒謊！」

「那天夜裡，把人家冬駿從屋頭喊出來，非要跟人家私奔，後來問你，你沒撒謊？沒見過你這麼不知臊的人。」

原先在院子裡化妝的人漸漸圍到窗子前面。

高分隊長美麗的紅嘴唇花一樣綻開，飽滿而細膩。她宣告她和冬駿如今正在正當戀愛，要不是響應晚婚號召早就可以解決個人問題了。冬駿把你小穗子的照片都退還了，你小穗子還藏著人家冬駿的照片，想幹什麼？未必還要偷偷看人家？

又是「嗵」的一響，錚亮的黑皮鞋再次砸到地板上。那腳又開始摸索，透明絲襪下面，大足趾似乎在向小穗子比劃一個下流手勢。

小穗子又辯解幾句，但很沒有力量。什麼使她注意力渙散。或許是壓制自己盛怒的努力，讓她無法凝聚心智，讓她理屈詞窮。

高愛渝說：「那是幾張練功照，穿短褲背心，你留著算哪回事？」

小穗子說：「我不記得有什麼練功照。」

高愛渝對窗外的人說：「聽見了吧，撒謊！剛才還說燒了呢！要不要我把冬駿叫來，讓他自己跟你要？死皮賴臉，非要藏人家的照片！」

人們都高聲嚷嚷說，叫邵冬駿個龜兒來！這些臉化妝化了一半，五官全給底色蓋掉了，成了一塊塊沒有眉目的空白。

小穗子向自己書桌走去，慘敗得很。大家以為她要去找冬駿的照片，都靜下來等。反正比這更沒面子的事小丫頭也經歷了。可她突然一掀桌子。

高愛渝懸著兩隻腳，重心也不對，這一下就落到了地板上。

我們在二十多年後才知道小穗子直到那時，還愛著冬駿。小穗子感情過剩，死心眼，總得有個誰，她可以默默地為他燃燒、消耗。一次去重慶演出，她獨自請假去了紅岩烈士紀念館。採集了一些草葉和野花，草和花下面，是烈士踏過的泥土。其中有冬駿的父親，戴著鐐銬，滿身血跡，踱過去踱過來，想著在冬天出生的兒子……為這個想像，她心裡一陣瘋狂，跪在了雨後的泥土上，那瘋狂使她聯想冬駿的一顰一笑，一舉一止，都那麼高貴。她伏下身，替冬駿也替她自己，吻了那片土地。

我們想像著瘋狂的小穗子；她伏在泥土上，嘴唇觸著帶雨滴的野草。因為冬駿，那土地不再是冷土，而帶了三十七度體溫。她把一點點泥土和草與花隨身帶回，壓成標本，做為一件信物。她把它假想成冬駿給她的信物。高愛渝和冬駿在院子成對出沒，她便呆呆地站在遠處，手在軍裝兜裡，撫摸這件信物。她承認自己是傷心的，但正因為傷心整個事情變得優美。小穗子是個多少有點病態的女孩，認為優美的事物總有點傷心。

然後就到了這一天。小穗子站在高處為團支部出牆報。團支書王魯生覺得她編牆報很快。畫的報頭、花邊、排的版面也還過得去。她站在小椅子上，小椅子疊在大椅子上，聽見人們在她身後聚一會，又散開。只有一個人沒走。她絕不回頭，因為她一回頭，他就會走。最終他還是走了，輕輕說一句，「小心點，別摔下來。」他站了那麼久，原來是想在她出閃失時及時救助她。像從前那樣，他總給予她默然的，有備無患的保護。他的保護網原來仍在暗中為她張著。原來她還是他心裡的一點牽掛與不忍。

再後來是一場重要演出，和另外兩個文藝團體合作。小穗子不上臺，雜事都忙得她渾身大汗。她得傳遞道具，遞茶水，遞假辮子。在穿過一條荒棄的走道時，她看見了那截電纜。

她停住了，看電纜頭不過被膠布粗粗地纏住。只需再把膠布撕開。九個月前，強大的電流從她肉體和臟器中穿過，以那樣危險的震顫來點穿一個祕密事實：他對她無處不在的注視。她慢慢蹲下來，看著黑色膠布下的粗大銅絲，形態很清晰，如同一觸即裸露的神經末梢。

「你在幹什麼？不曉得這裡已經不是走道了?!」

她回過頭，冬駿顯靈一樣站在她身後，手裡拿一把木頭大刀片。

她說了句什麼。也或許她什麼也沒說。

冬駿上來，扯住她的胳膊，扯到五步開外。他明白她蹲在那電纜邊意味著什麼，他在濃妝後面的眼睛，是懇求的：別這樣——為了我，不值。

她想解釋事情不是他想像的那樣。剛才，是銷魂的一瞬。她想問他，難道我走進這個廢棄的昏暗走道時你在看著我？難道我還像過去一樣惹你不放心？小穗子見自己的胳膊被他狠狠甩下，同時聽他責備：「這麼大人了，還這麼冒失，走路也不看看，能走的不能走的，只管瞎闖！」

他偷偷把事情改了個性質。絕口不提這情景是九個月前那情景的重複。但不論他怎樣為自己自圓其說，他還是騙不了她；他仍是一刻不停地在注視她。或許這早就成了他一部分自然，他對此已無意識。

「冬駿哥，」她說。

冬駿在濃妝和舞臺服飾後面畏縮了。他拚命製造另一種人物關係和事物邏輯，說：「做什麼事都跟沒魂似的，你不闖禍誰闖禍？」

「謝謝你。」她說。她在三個字後面抒情，表達所有的諒解和忠貞。

她相信冬駿和她的相愛只有他們自己知道。它被迫斷裂，只因為它不合時宜。她還相信高愛渝得到的，是不同的冬駿，那個冬駿不會抽絲一樣地愛，細細地用心疼的目光編一張網。

然後就到了這個暮春的下午，我們都在院子裡化妝，看見受了「非正常退役」的小穗子為邵冬駿的相片和高愛渝吵了起來。我們不知道小穗子心裡的那種瘋狂。它沉靜而深潛，但霎時間會上漲，會漲成黑沉沉一片。黑沉沉的瘋狂中，她只是抓住一個目標，不至於完全迷失。那個目標是高愛渝的腳。那雙腳絕不僅有腳的功能，它們生來是做一些隱密的色情小動作的，它們會輕輕踩誰一下，或小小踢誰一腳，不便言辭的話語就都有了。腳像模型一樣標準，腳趾直而長，有一點妖嬈，但不傷大雅。當她聽見「那是幾張練功照，穿短褲背心，你留著算哪回事?!」的剎那，那腳在她眼前簡直流氣、荒謠起來。小穗子渾身發冷，看著透明絲襪裡在起勁挑撥的腳。

整個空間一片黑暗和靜寂。她上去給了她一個耳光。

我們想，肯定小穗子記錯了，當時她只是猛掀書桌，把高愛渝掀到地上。鏡子跌碎了，劃破了高愛渝的手。也許小穗子記錯了，小穗子猛然發起攻擊，原意是要抽一個漂亮的大耳摑子。多年後連高愛渝自己也糊塗了，她當時是否挨了小穗子一巴掌。一片大亂中，趁亂掄巴掌也是合邏輯的。

我們記得在動手前兩人似乎還有幾個唇舌的惡毒回合。

「你下來——別坐髒我的書桌！」小穗子叫道。

「還有比這更髒的?」高愛渝說，拍拍屁股下的三合板桌面。「這裡頭鎖的東西，有種拿出來給大家念念。那才是髒得生蛆的東西！」

「偷看日記犯法！」

「寫黃色日記才犯法！」

兩個人的話此刻疊在一塊：「反動、侵犯……日記……人權……遭逮捕……踐踏人格……」

一提到因反動日記而逮捕的事，小穗子啞了，看著二十五歲的美麗上司。

在窗口和門口擠著看熱鬧的我們此刻已確定，小穗子頂撞上司的勇氣來自破罐子破摔的自知之明。

高愛渝四面八方轉動著臉，大聲地說：「看看啊，這種混到革命隊伍裡來的人，年紀輕輕思想髒得跟茅房一樣，早該清洗出去！」

不知怎樣小穗子發現自己的手已抓住了高愛渝的頭髮——專門吹成的報幕員大波浪頭髮。她邊打邊想，現在好了，她可以不顧解放軍的光輝形象了。老百姓打解放軍，打也白打。推雞公車的小穗子原來長了一身賊肉，力氣也見長，拉架的人想。

這時曾教導員來了，百米賽地穿過院子，兩腮緋紅。她一看這場女子角鬥就大喊道：「都瘋了！……」喘了兩口氣，她又說：「我們解放軍裡，還有這種爭風吃醋的醜惡現象！」

高愛渝和小穗子被拉開了。高愛渝揭露著小穗子日記裡一段段的祕密，如何偷偷藏著紅岩的泥土和花草，作為她痴情暗戀的見證。

小穗子瘋牛一樣向高愛渝撞去。

曾教導員叫道：「小高，不還手，讓她打，看她能把你打死不能！」

幾個男兵怪話一片：「不能還手喲，人家現在是老百姓了，打出好歹來我們解放軍要管人家一輩子的飯喲！」

教導員把辮子往肩後一甩，臉已經不紅了，變得煞白。她問看熱鬧的人消遣夠了沒有，夠

了就該幹什麼幹什麼去。人群還是不散，七嘴八舌地說蕭穗子是主犯，先動的手。有的還指著書桌，說寫黃色日記，還不准人家揭發，不如乘機就把黃色日記公開公開！

曾教導員寒心透頂，慢慢走到小穗子跟前，說：「蕭穗子同志，你為什麼這樣……不可救藥？就為了一點兒女私情？還是不是新中國生紅旗下長的青年？你爸就給你這樣的教育？」

小穗子說：「可不。」

其實小穗子並沒有把「可不」說出口。她不過在心裡這樣反駁的。她心情悲壯，她讓人看看，為她認定為神聖東西她可以血淋淋地去角鬥，為那份神聖，她可以粗野不堪。什麼都不能阻止她和冬駿用目光，用神思，用心靈去悄悄地愛。

曾教導員說：「你的檔案還沒封口呢我告訴你蕭穗子同志，組織上可以馬上再給你記一大過。」

三年後小穗子站在喬副司令的遺像前，眼淚流得一塌糊塗。老頭兒聽說他的玩具兵小穗子被「非正常退役」，把文工團的兩個領導叫到他家裡。老頭把大局給挽回了，處分成了「觀察留用」。

三年裡老頭兒沒來文工團視察，但托人給小穗子帶了一包糖果，一支鋼筆，一封字條。上面寫：「好好跳舞。沒有我批准，不許亂談戀愛。」

小穗子哭是哭她一點不知道，老頭兒寫這封信時，病已很重。老頭兒臉上的淺麻子在遺像上消失了，面容是古板的，像農民大爺進城照的頭一張相。小穗子正是為這副淳厚古板的面容而無聲痛哭。

她感覺到一個人站在她旁邊。一雙白色的回力鞋，尺碼很大。她等了一會，這個人卻不走開。又等一會，淚水乾了，把臉繃得硬梆梆的。

「喬副司令本來說，要介紹我們認識。」這個人說。

小穗子轉過臉。這個人個子很高，一米八幾。小穗子馬上被他那種奇特的單純吸引了。這單純不在於他目光的坦率，也不在於他孩子般愛驚奇的眉毛。也不完全在於他微笑時露出的虎牙。小穗子一時想不出他的單純是以什麼體現的，只感覺那單純極其有感染力，讓她輕鬆和無拘束。

「我老是看你跳舞。最早是剛當兵的時候。」他露著虎牙微笑著說。「有時候你在後臺外面一個人練功，我也常常去看。不是故意的，那時我在警衛營下放，站崗看守桃子。桃林不就在禮堂後面嗎？」

他急急忙忙地說，這時換一口氣。所有的話在他那裡都正正當當，十分的無邪。他站得筆直筆直，微笑也是正面的，完全沒有潛意，就是微笑本身。

小穗子猜他大概有二十歲。這樣無邪，有點令她不忍。

她和他說起喬副司令的病，老頭兒的幾個孩子如何不孝順。他們這時在靈堂外面，花圈順臺階鋪下去，白色淺黃淺藍，紙花發了大水。

兩人不語了，想起喬副司令其實是把體工隊和文工團的孩子們更當孩子。

「我跟老頭兒說，不用你介紹，我認識她。」又是直截了當的笑。

小穗子心裡想，他突然回到他的開場白了。

「你猜老頭兒怎麼說？」

小穗子看著他。奇怪，她居然敢這樣不眨眼不躲閃地正視他。她說猜不出啊。

「老頭兒說，把你美的，小越子，你給老頭兒多打贏幾場球，提了幹，我再給你介紹。」

他這樣說著，傷感就來了，並為這傷感害羞，藏起了目光。

原來他是軍區有名的籃球中鋒劉越。十三歲就成少年球星，十四歲就進了軍區體工隊的劉越，原來是個大個頭的男孩子。小穗子心動了，臉一陣微痛，笑容正把繃得硬梆梆的臉撕開。不久她發現自己一時輕咬下唇，一時又把下巴斜起，一時又用手去繞耳邊的碎髮。徵候出來了，她那些十分女孩子氣的動作和神態只說明她受了大個頭男孩的吸引。竟是這樣：長久以來她舞啊舞的，正是為這一副為她照耀過來的目光；原來她不是平白無故地讓肢體動情，不是無端端地渾身語彙，一切都是因為這一副為她而欣悅的目光。她迎向這目光，笑了，不怕闖禍的笑。

幾個星期後，小穗子鑽進正賽球的籃球場。那是軍區隊和軍工廠的友誼賽。小穗子剛坐上看臺，就見劉越被換上場。他活動了幾下，開始往場上走，不知被什麼一絆，直挺挺摔倒了。小穗子發現他爬起來後眼睛就往看臺上找，找到了她之後嘴唇猛一掀。

後來他說他一摔倒就知道有個人在使勁盯他。

小穗子臉燒起來，反駁道：「誰使勁盯你了？」

劉越哈哈地笑：「這可太準了，我最不願意我妹妹看比賽，有次她偷偷來了，我剛跑上場就摔倒。」

小穗子問他是不是也不願意她去看比賽。

他說沒錯，因為他球風特差。常常和人打架，有時還罵髒話。他不願他妹妹看他比賽，也是因為他不想毀掉他的美好假象。

小穗子明明看到他在場上呼風喚雨，觀眾都是他的。一群偏心眼、偏愛的狂熱觀眾，球一到他手裡就起來喝彩。哪裡用著他罵粗話？誰犯規阻止他進球，場上一片髒話。

小穗子明知故問：「你為什麼不願你妹妹和我看你比賽？」

「因為你們太純潔了。」

小穗子一下子沉默了。所有的羞辱和唾棄，都沒有傷及她？沒有在她形象留下哪怕淺淺的陰影？她才是一個真正的假象。他接近的是這個假象。她想著，心裡湧起一陣急迫，這美好平和的時刻將瞬間即逝，而美好的每一分遞增，都在催成那消逝。

小穗子說：「劉越，你根本不了解我。」

他稍微嚇了一跳，馬上又笑了，也做出沉重陰暗的樣子說：「你也根本不了解我。」越是這樣，越是表明他經歷中一點沉重陰暗的東西也沒有。地面是淺紫的，玉蘭的大片花瓣基本已落盡。小穗子發現玉蘭香得很有層次，落地的和樹上的就隔著好幾個階段。地上的花瓣鋪得如此雍容，埋沒了他和她的腳步聲。玉蘭最後層次的如苦茶一般的芳香一直鋪到紅磚圍牆。

牆外是一個農貿集市。紅磚牆上的玻璃被拔下不少，總有軍區的人翻牆去趕集，省了好幾里路的腿腳。也有翻牆出去戀愛的，劉越告訴小穗子。他說他在警衛營下放時，巡邏這段圍牆，就看到過翻牆的戀人。

小穗子問他為什麼要下放去警衛營。

劉越說被罰的呀。罰了一年呢。

「為什麼？」

「打架唄。」他平鋪直敘地說。「屢教不改，每次打架都打到眼兒黑。把人牙齒打掉了幾顆呢。要我媽說，就該剁了我這隻手。」他把右手舉起，握成個拳，左右轉了轉，像評估賞析一件好武器。「我也恨它，」他指他的拳頭。「一見欠揍的人，它就突突直跳，跟你套的狼狗似的，套不住，冷不防，它就出去了。」

他做出很苦惱的樣子，但小穗子看出他並不真苦惱。果然，他咧嘴樂了，虎牙全露出來。

他是為一頓肉包子打的架。吃一頓肉包子不易，得靠偷，才吃得飽。每回炊事班怕第二天來不及包上千個包子，總在頭天夜裡把包子包出來，蒸熟，鎖進糧庫。總有人能撬開糧庫的鎖，偷出包子宵夜。這天領導在糧庫外設了埋伏，活捉了包子賊。包子賊馬上亂招，說是兩個農村兵指使他們偷的。劉越問小穗子：「你說我這拳頭見了這麼個叛徒，能不能待著不動？打完後就給送警衛營站大崗去了。」

「那是哪年？」小穗子問。

他說三年前。

小穗子扭過頭，看著他。

他說：「你瞪什麼眼？是我還不懂事的時候。那年我不滿十七。你十五。」

她想，是的，十五。

劉越從上衣口袋掏出兩張電影票，問她下午有沒有空去看電影。他這樣說，臉上毫不曖昧，似乎他不知道「看電影」早就是一種儀式，讓一男一女進入某種關係的儀式。他是一個缺乏概念和雜念的人。

她問是什麼電影。

他剛一回答，她就忘了。她問只是為了拖延時間，不馬上做決定。她發現自己點了點頭。

他兩根眉毛一揚，進了個好球似的。他那兩根濃重的充滿好奇的眉毛。

在小穗子後來的印象裡，那是和劉越的第一次散步。不知為什麼，她更願意把場地記成金晃晃的油菜田。似乎她需要熱烈的色彩，至少像曾經和冬駿談話的橙林那樣暖調。軍區牆外不遠，的確有一大片油菜田，走在裡面眼睛都會給金黃色耀得睜不開。劉越是在嗆人的油爆爆的油菜花香裡將兩張電影票拿出來的。兩張藍灰色的紙片，三十六度五的體溫，還有三四年的煙味。她問他是否也抽煙。他說抽了好幾年了，他是許昌人啊。許昌人抽煙就理直氣壯的。

油菜花的香氣濃得她昏昏沉沉。那香氣漸漸變得有些葷腥了。

她看他脫下軍裝，露出白襯衫。襯衫下的紅色背心透了出來。背心上印著他的號，還有兩個大窟窿。他正著走走，退著走走，那麼結實成熟，卻又那麼單純。她去看過他訓練，看過三次。此刻看著油菜花上的他，她頓悟到他的單純是怎麼回事。他是個走火入魔做一樁事的人，幸運就幸運在，他做哪樁事都是塊材料。他只想把它做好，時時都為做好它活著；他投中一個理想的球，就成了一瞬間的活神仙。為他能做一瞬的活神仙，他毫不在乎世上在發生什麼。

劉越的單純，在於他神仙一樣不省人事，神仙一樣與世無爭。她和他坐在電影院裡，看他啃著麵包喝著汽水，被電影上的一句話逗得哈哈大笑，眼睛汪起淚水。她害怕和他分開的時刻到來。這一天，十八歲的小穗子對自己有了重大發現：她生活中不能沒有愛情。那是個可怕的發現：她可以一邊失戀，一邊蠢蠢欲動地就準備新的戀愛。新的戀愛不開始，失戀就永遠不結束。

她坐在電影院裡，腦子在開小差，突然手被抓住了。劉越的手又大又厚，魯頭魯腦，抓住她，傻傻地僵著，不知下一步往哪兒走。她想他的手真是隻套不住的狼狗，說撲就撲過來，笨拙而生猛。

出電影院太陽落了，他的手還拉著她的手。她看看這兩隻手，一隻深色一隻淺色，小聲提醒他：「哎，哎！……」

他說：「解放軍叔叔阿姨也可以拉拉手。」他又看看自己的右手，說：「這不是我幹的，是它幹的，我怎麼會隨便拉女孩子的手？要犯錯誤的，它不怕犯錯誤。」

我們都不知道籃球中鋒劉越到禮堂來是為了看看穗子。禮堂外面是球場，球隊在那兒訓練。他總是跑進來，找個好位子，一般在第五排或第六排。他坐下來，點一根香煙，就開始看我們排練。男兵們都仰慕他的球技，很快和他互遞煙糖。領導看不清他的面容，叫他出去，說不然警衛營的大兵會請他出去。男兵們大聲說，他是「大表弟」。領導問誰的「大表弟」。回答說「文工團所有人的大表弟」。

我們記得那段時間小穗子跳舞成了舞痴了。排練時，很多人都使七分勁，她使十二分勁，動作穩、準、狠、表情有點誇張。尤其那個單腿旋轉，她沒事總要轉它一陣，灰色的舞鞋上補靪摞補靪，從三年前的批判會開始，她一副要把舞臺跳穿的樣子。她不知我們在背後叫她什麼。

我們叫她小妖怪。她乾脆用不理睬來對抗我們對她的排斥。她常和鏡子裡的自己做伴，一個動作又一個動作地度日度月，在我們冷眼旁觀中，長高了，長出了成熟的曲線。她從編牆報發展到編歌詞。漸漸地，她的歌詞被譜了曲。

我們中的誰仍是會和她作作對，把那些歌詞和她曾經的情書摻和起來，用色瞇瞇的腔調去唱，她有時裝著沒聽見，有時會陪我們笑，笑得特乾，但比完全孤立要好些。

軍紀已不再像幾年前那樣嚴明，士兵們開始把褲腿改窄，裙子改短。含蓄的碎花襯衫出現了。小穗子仍是士兵的白襯衣或黃襯衣，以寬寬的帆布武裝帶束在寬大的軍褲裡。她就這樣一個形象，讓一批批新兵交頭接耳。

新兵們馬上從老兵那兒知道，叫蕭穗子的老兵不是真樸素：她三年前犯的錯誤比誰都花俏。老兵們認為把真相告訴新兵是他們的義務。

這就到了球星劉越常來看我們排練的那個初夏。劉越討我們喜歡，也因為一身孩子氣。男兵們有時看不下去他的單純，用些猥褻的雙關語和他對話，他一概不懂。我們中的誰說，讓小妖怪教教他。不然他白活二十年，還得接著白活。

他便問：「誰是小妖怪？」

我們全笑了，說：「你常來，自個慢慢就知道了。」

我們那時把捍衛單純、抵制複雜看成是所有重大崇高的使命之一。

一天，在電影院裡，我們中的一個人認出了坐在她前面的一對男女軍人。電影散場時，她悄悄跟蹤上去，發現他們手拉手走到電影院外的夕陽裡。他們穿過擁擠的人群，手是鬆開了，眼光卻沒有。她看見小穗子穿軍裙的背影十分甜蜜，什麼創傷恥辱的印記都沒有。是個圓滿的落日時刻，滿街人與樹都拉出極長的影子，在橙色光線裡把街道割成不固定的條縷。年輕的女兵和男兵走在這條縷中，像個異國的電影畫面。

跟蹤的人看男兵在一個路邊小吃攤停住了。女兵卻有不同意見，一身都是嬌嗔。跟蹤者心想，原來她什麼都沒丟掉；這個小穗子，你以為她給那樣整一場，這些女性的輕佻毛病和姿態該整乾淨了?!結果沒有。

小穗子給劉越捺到長凳上，坐下來，掏出手絹，淋上開水，細細地擦著碗筷。劉越說了她一句什麼，大概是打趣的話，她嘴一撇，人一扭，白他一眼。她先擦了劉越的碗筷，再擦自己的。然後又倒些開水到手絹上，兩手飛快地換來倒去，被開水燙著了。劉越馬上接過那手絹，鼓起嘴呼呼地朝它吹氣，又朝小穗子一笑。小穗子把他的手翻開，用手絹細細地擦平那寬闊的手掌。這個小穗子現在是側影，專注而稚氣的輪廓，誰能想到她寫得出那樣的情書，經受過拋棄和眾人的驅逐。原來她挺過驅逐，苟且偷生，暗中養得羽翼豐腴，為了這再一次在異性面前竭盡柔媚。

跟蹤者不知該為馬路對面的情景感動還是悲哀。小穗子坐在長板凳上，仰脖子大笑。你以為她此生不會再這樣笑了?!這個小穗子，這個經過惡治而不癒的害情癆的女孩。

跟蹤者一時吃不準自己心裡的滋味。因此她把所見的隱瞞下來，沒有告訴我們。

但我們還是感到小穗子的變化。順著一些端倪，我們對中鋒的來意有所察覺了。我們看到，大家上去和劉越打鬧玩笑時，她總是躲得遠遠的。她想，假如這時她出現，可能會提醒我們，把她受的處分告訴劉越。她好不容易摘下「觀察留用」的帽子，她知道單純的劉越受不了這個打擊。她到現在還留戀冬駿給她的保護，而她對於劉越，滋生出一種近似保護的感情。這感情使她幾近脫口而出地對劉越攤牌。沒有攤牌，部分原因也是出於不忍。她一天天貪婪地吮吸著大個子男孩給她的情誼。她感覺大個子男孩老三老四皺著眉，叼著煙在臺下坐著，她在他的目光下走向青春發育的最後階段。她拼命地舞動，末日來臨一樣，想把劉越的目光拉住。紙包不住火，她旋轉得瘋起來，讓危機感和緊迫感抽打著。

一天劉越沒來。

又一天劉越也沒來。

小穗子在蹲著脫舞鞋時向後一跌，坐倒了。她一圈一圈地解下舞鞋帶，看著塵土尚未沉澱的舞臺上，我們歡快地打來鬧去。高愛渝小心地挪動著四個月身孕的身體，和幾個新兵在講解一段舞蹈。她丈夫邵冬駿走上來，遞給她一瓶橘粉泡的水。小穗子想，新的劇痛多好啊，使舊的消散了。她可以這樣恬淡地看著邵冬駿和高愛渝，不可思議地盯著高愛渝的腹，設想冬駿的一部分，怎樣進入了那裡。小穗子拿著骯髒灰暗的舞鞋，獨自走出後臺的門。秋天天短了，傍晚已降臨。

她在一個水龍頭下沖了沖腳，用襪子擦乾水，把布鞋換上。她的動作是懷念的，將來這鞋還為誰舞？她又用冷水澆了澆臉，在臺階上坐下來。她可以假說自己在這裡涼快涼快。

我們那天的排練耗時特長，一結束就隨集體回宿舍了。

我們不知道小穗子一個人坐在後臺門外的臺階上，又是滿心的酸溜溜情詩。

小穗子看見劉越向她走來時，覺得自己就是在這裡等他。他臉上那個明月皓齒的笑很大很大，存心走得晃晃悠悠。然後他問她，有沒有看出他的變化。

她只盯著他眼睛，心驚肉跳地說：「你變化了？」她原想把它說成俏皮話。

他說那可劃時代的變化。

她便說：「我知道你會變。」她原意是弄出一句雙關語的，但她馬上覺得愚蠢：原本也沒有山盟海誓，原本沒有說穿過名分，戀愛還待他們去開始呢。說「變」是有些賴上人家的意思。

他說：「嘖，往哪兒看往哪兒看？臉上有什麼可看的？」

她這才去看他的軍裝。嶄新，一道道摺痕硬得很，領章鮮豔欲滴地卡住他粗壯的脖子。他失去耐心了，兩手拍拍軍裝下面的兩個兜說：「沒看見加了兩兜哇？」

她說：「哎呀！」

她站起來，笑了。

他是排級中鋒劉越了。他這才有點不好意思，說行了行了，又不是沒看過四個兜。他告訴小穗子，就是為了看她此刻的驚喜面孔，他特地消失了兩天。

他問她去不去走走。她還有不去的。她的驚喜何止他看到的那些。他們又走到紅圍牆的牆根下。

「小穗子，喬副司令活著的時候，說等我們提幹了，就介紹我們倆認識。」

小穗子知道劉越這時舊話重提是什麼意思。她說她可沒提幹。

劉越的手一直在口袋裡，這時拿出來，掌心打開，裡面是塊手錶。他說他去為她買了件禮物，一塊上海牌手錶，慶祝老頭兒三年前介紹他們認識。

小穗子瞪著那塊無華的不銹鋼手錶。半天她說：「你怎麼了？我怎麼會收你這麼一份禮物？」

劉越開始臊了，他的臊表現出來是惱。他說：「我就要送你！」

「憑什麼？」小穗問。

「不憑什麼！」他臊得怒髮衝冠。「我想送，我樂意！」

小穗子要他懂道理，她大頭兵一個，戴手錶違反紀律。

劉越說他看女兵們在臺上排練，大頭兵戴錶的多得是。就她一個人窮酸。

小穗子說：「劉越，我和他們不一樣。」

顯然她聲音是壓抑的，劉越聽出了點什麼。他楞了一會說：「那你收著，等你提幹了再戴，行了吧？」

小穗子搖搖頭，說她真的不能收，心領了。

劉越給晾在那裡，手還伸在外面，手裡還拿著那塊錶。他窘得手指頭冰涼。突然，他眼神變得很匪，說：「小穗子，我再問你一次，你收不收？」

「劉越！……」

「收不收？」

小穗子苦笑了，可憐巴巴地說：「你先替我收著……」

一道雅致的暗金屬光環從她頭上劃過。劉越的投擲姿態在鉛色的傍晚中定格了一瞬，才慢慢收住。小穗子跺著腳，眼淚也出來了，說劉越怎麼這麼胡鬧？把好幾年的津貼砸了。劉越晃晃悠悠從玉蘭樹叢往回走，這時他回頭說：「什麼好幾年的津貼？我才不攢津貼！那是我媽媽買的。我寫信叫她買的。」

小穗子滿臉追問地跟在他身後。

他說：「我把你告訴我媽了。」看她眼睛追問得更緊，他又說：「你才沒有領我的心。」

我們後來知道正是從這個時刻，小穗子開始對自己說：他太單純了，我們不會有好結果的。

劉越把小穗子的迴避看成是自己的過錯。他想起那天傍晚的壞表現，原形畢露，讓小穗子看到一個粗暴野蠻的人。她信中措詞十分婉轉，說他們是完全不同的兩種人，需要很好的相互了解。她希望他不要再去看她排練或演出，因為排練和演出中的她都不真實。最後她說到喬副司令，說她答應過老頭兒，只好好跳舞。

她搬出喬副司令來拒絕他。他巴巴地捧一塊手錶，好像一百二十塊錢就能說明什麼。他把一百二十塊往牆外一扔，又裝闊地說自己不必攢津貼，不過是母親的一點小心意；好像他這樣任性胡來，她就被征服了。

此刻劉越一個人在籃球場上投球。每一球都投中，沒一點意外。他不會再去看文工團排練了，一個要強的人不會在收到那樣的信之後，還老著臉皮繼續出現。

一天晚上放操場電影。文工團的地盤空了一大塊，籃球隊的地盤卻讓家屬占了不少，文工團的男兵女兵都叫劉越過去坐。他決定不過去。他們見他往銀幕後面走，叫得更乍唬：「劉越大表弟，可把我們想壞了！」

他只好搬著凳子走過去，兩條大長腿在通訊團、警衛營隊列裡橫跨著。他的心打著夯，就怕和小穗子目光相遇。他垂著頭，讓幾個男兵劈哩啪啦地拍肩打背。所有人都質問他，為什麼不來文工團串親戚。他憑直覺感到女兵裡沒有坐著小穗子。她沒來看電影，怕碰上他；剛剛軋斷的往來，得冷卻一陣。

他心裡說別問別問，嘴一鬆，就問了出來。他問那個老轉圈的丫頭呢？

他裝著連小穗子的名字都不知道。若不是天黑，人們會看見他紅透的耳根。

大家你看看我我看看你。一個男兵說：「你問她幹什麼？」

劉越是一點臊也藏不住的。他說不幹什麼，隨便問問怎麼啦？

下面就是小穗子的故事，給伶牙俐齒的文工團員們繪聲繪色地講了出來。

半夜，劉越用鐵條打開活動室的鎖，拿出康樂棋子，一個人打起來。小穗子的日記，總是背著人偷偷摸摸寫的，比靡靡之音還糜爛。劉越使勁打一桿子，想像那靡靡之音似的日記。棋子走出一個理想的幾何路線，落巢了。小穗子那樣一個清純的形象，站在兩百多雙眼睛前面，念著二十多頁厚的交代。她沒有哭。文工團員們告訴劉越，哭倒好了，換了別的女孩子，是一定要翻天覆地哭一場的。哭是一種姿態，表示知錯，知羞，服軟。假如小穗子一面交代醜事，一面哭得洗心革面，大家整她會手軟些。

劉越玩熱了。脫下外衣。他又看見四個兜的軍服，還是嶄嶄新。他明白小穗子的意思了。她寧可斷了和他的往來，也不願他知道她曾作的孽，以及那以後她如何擔著冒熱哄哄臭氣的豬糞走出院子，擔著氣味同樣不悅人的泔水走入豬棚。小穗子那時十六歲，一個單薄的年少贖罪者形象。劉越忘了自己拄著桿子朝棋子發了多久的呆。文工團的男兵女兵都有模仿天賦，他們做著小穗子的動作，一扭一擺地用雞公車推沙土。「劉越你看，就這樣改造她恐怕都改造不好，誰知道她是不是暗中又跟誰眉來眼去，情書暗投。」「劉越大表弟，她沒來勾搭你吧？沒跟你說：『啊，你的目光在我血液中流動，你的呼吸掠過我的髮梢吧？』」那模仿很不賴，小穗子略帶南方的口音的普通話給他們學舌出來，劉越也笑了。劉越開始布棋子，找位置，架桿子，人慢慢伏下去。他奇怪自己會笑。大概他當時不是笑小穗子，而是笑他自己。笑他幾天前向她捧出手錶時的蠢樣。

劉越打了一夜康樂棋就一切恢復了正常。偶然地，小穗子擔豬糞的形影會在他腦子裡悠悠而過。他會突然痛心：這個罪有應得的小穗子呀。

他聽了小穗子的勸告，再也不去看她排練。直到開春的一個禮拜天下午，他路過門崗對過的修鞋鋪，見昏黑中坐著白晰的女兵。她坐在很矮一個小凳上，不知在對著什麼出神。鞋匠在為她修補舞鞋，兩人背對背而坐。小穗子微仰起臉，她的出神極其純粹，排除了繁鬧的街景：街上一家人在轟轟烈烈地出殯，另一個店鋪門口排了搶購的隊伍，幾個妙齡女流氓在輪流用望遠鏡看每一個從軍區門崗走出來的軍人，一面做著污穢的評論，一面把煙灰東彈西彈。小穗子只是靜靜地出神。兩個骯髒的小女孩走到她面前，她們最多三歲，一個將手裡拇指大一塊餅餵進了另一個的嘴裡。

劉越見小穗子對小女孩們笑了。

劉越說：「喂，你修鞋呢？」

她嚇一跳。從矮凳上站起來的時候，整個臉一點表情也沒有。

劉越對鞋匠說：「鞋你先修看，我們一會來取。」然後下巴一擺，要她跟上他。他們順著這條毫不浪漫的小街走，兩邊的板鋪人家隔著馬路大聲談話。樓上伸出的竹竿上，晾滿破爛衣服。老人們圍坐在街沿上摸民國時期的竹牌。

劉越跨過一灘灰色的肥皂水，等小穗子趕上來。他兩手插在褲兜裡，對她說：「我全聽說了。」

小穗子的臉衝著他，給他的錯覺是她會裝蒜問：你聽說了什麼呀？但她只頓那麼一下，便說：「我知道。」

「到底是怎麼回事？」

「他們不是全告訴你了嗎？」

「我要聽你告訴我。」

他希望她能從他話裡聽出這個意思：如果你告訴我，那是一場冤枉，我會相信你。

她卻平鋪直敘地講起來。是的，十五歲，她為了他吞過安眠藥。也為了他差點摸電門。沒有人知道她那次失敗的服毒，他們只知道同一個雨夜的前半章：她把他叫醒，求他，要他帶她走，遠走天涯。然後她講到那隻含羞死去的雁。

劉越聽到這裡，眼淚流了出來。

小穗子這天背著「五四」手槍從省舞校往回走，見一輛摩托車從門崗開出來。騎手是劉越。不用打聽她也明白劉越讓一個首長夫人招成未來女婿了。小穗子每天早晨五點去舞校上編導課，團裡怕她不安全，特批她一支「五四」手槍。她下課是中午十一點。常常在門崗前面看見騎摩托進出的劉越。文工團很快有了傳說：那位首長的女兒得肝炎住院，劉越每天騎摩托車去送午餐。

他從來沒有看見過小穗子。他戴著頭盔風鏡，長腿擺成好看的角度，斜斜地拐個彎遠去。女流氓們衝他打一聲尖利的口哨，他偶爾也向身後揮揮手。小穗子發現，她天天下了課就往回趕，為的就是這樣站在梧桐樹後面，看他一眼。二十一歲的劉越，對那群女流氓，是天上的星星。

舞校放暑假時，小穗子看見劉越的摩托後面帶著一個女軍人，嬌滴滴地把頭歪在劉越寬闊的背上。小穗子想到半年前她和劉越走到那條小街的盡頭，又走回來，路燈掙扎著亮起來。電力不夠的路燈照著劉越臉上的眼淚，一個鋪板門裡潑出的涮鍋水把兩人鞋襪都潑濕了。小穗子不懂自己怎麼會在這時刻想到他們潑濕的鞋襪。

那之後劉越死了心。

她記得他在某個地方低聲說：「別說了。」是她講到團支書王魯生的時候。劉越聽到這裡，對他和小穗子的前景，完全死了心。女流氓們這天一聲不吱，心情複雜地看著摩托車上的劉越和女軍人走遠。

回到宿舍，同屋三個女兵穿著內褲和胸罩在吃午飯。她們拉小穗子一塊吃，說是有她們自己醃的海椒。曾教導員調走後，女兵們開始把飯打回宿舍吃。每人的床下都有自己的私藏，醃蛋、鹹魚、醪糟。

正吃得熱鬧，窗子外面有人拍玻璃。女兵們全歡聲尖叫，喊著「不准推窗子！」這一叫外面的男兵拍得更響。一面說來點私貨嘛！食堂今天的菜是餵豬的！

「哪兒來的私貨？鼻子倒尖！……」

「那我們把窗子推開了？」

裡面又是尖叫：「不准推！哪個推哪個是流氓！」

男兵們在外面咕咕直笑。女兵們在裡面也咕咕直笑。窗子開個縫，一個女兵露大半個臉和一整條赤裸的胳膊，手裡拿一個盛「私貨」的玻璃瓶。她說：「閉上眼，偷看莫得給你吃的！」

男兵們全在窗外說：「沒偷看！眼閉著呢！」

赤裸的胳膊縮回來，等在窗子裡面，悄悄抓起筷子等外面的手上來抓窗臺上的玻璃瓶，胳膊掄出去，筷子清脆地敲在某個手背上。男兵便叫起來：「哎喲好歹毒！」

女兵便得勝地大聲笑了。

小穗子也跟著她們大聲地笑。這時聽見哨音在院子裡響，宣布下午排練的節目。新上任的業務副團長不到四十歲，他也走到女兵的窗子外面，問女兵們是否穿了衣服，若穿了就請打開窗子。

男兵們告訴他說，穿了點關鍵的，副團長你閉上眼，她們就開窗子。

副團長呵呵地笑起來，說他小老頭一個，孩子也不比她們小多少，不閉眼問題也不大。他隔著窗子對裡面交代，團裡決定要小穗子趕編一個舞蹈，做「八一」節演出的開幕式。「行不行啊，小蕭？」

小穗子說行。

「抓緊時間，只有兩個禮拜了，還要譜曲，排練。開開夜車吧。」副團長在窗外說，「知道你小蕭腦子快，一晚上能寫好幾篇詩。開它三個夜車，爭取下星期一開始排練，行不行啊，小蕭？」

小穗子又說行。她明白副團長說她腦子快沒任何惡意，把她寫情詩的腦筋派正經用場有什麼惡意呢？人們近來偶然談到當年小穗子的「作風錯誤」，都是另一個態度，覺得那是件過時而滑稽的事了。有人偷偷地用錄音機放一個叫鄧麗君的歌。和這些歌比，小穗子當年的情詩多麼的土氣。

十九歲的小穗子第一次正式擔任了一個大型舞蹈的編導。三十六個人的隊型，很快喊啞了她的嗓子。演出之前，出了意外，領舞高愛渝不能上場。高愛渝已流產兩次，演出前又發現懷孕，領導商量了一下，讓小穗子頂上去。雖然小穗子的身量、形象都不夠輝煌，畢竟熟悉動作隊形。

演出地點是體育場。小穗子一上場就看見了坐在第一排的劉越。緊挨他的女軍人，手裡拿本書當扇子，給自己扇扇，又給劉越扇扇。女軍人沒戴軍帽，微微燙過的頭髮在額前翻出一個波浪。不一會女軍人便不再往臺上看，打開了那本書，又在書上擺了一小堆瓜子，一邊讀書一邊磕瓜子。

小穗子那股瘋勁又來了。她兩眼一抹黑，只有劉越的眼睛準確地給她打著追光。她跳得身體分量也沒了，柔韌度也沒了極限。劉越有一年沒見小穗子，她在他眼裡是不是有了變化？她轉身回眸，目光只有劉越明白，那種祕密情人的目光。

演出結束後的第二個星期，邵冬駿在軍區牆外的農貿市場被人打了。他每天天不亮就到市場等屠宰場的車來，好買到不要肉票的肉骨頭，給高愛渝滋補。那天他被人用口袋套住了頭臉，惡揍了一頓。天亮時，街上的人出來倒馬桶，見一位滿臉是血的解放軍躺在下水道旁邊。那人擱下馬桶，跑上去摸摸解放軍的鼻子，還有氣，便去了街道派出所。民警們給文工團打電話，叫領導派人去醫學院急診室認人。他們在附近街上挨門挨戶地盤查，看看有沒有跟這位解放軍有仇的。

邵冬駿在醫院醒來後告訴民警，揍他的幾個人全是北方口音，動作麻利得不可思議，像幹偵察兵的。他們顯然早就摸出了他每天買肉骨頭的行動規律，先埋伏在一個爛席棚後面，從他身後出擊的。他再清醒一些，又回憶說，暴徒共有四個，身高全在一米九左右。

小穗子在午睡時告了假。她借了一輛自行車，頂著大太陽騎到籃球隊集訓地。那是個軍區的內部招待所，離市區有四、五公里。大型比賽前，籃球隊就被囚到那裡集訓。

小穗子到達時，所有球員都在午睡。一走廊的門大開著，傳出電扇的嗡嚶和男性的鼾聲。她不敢再往前走，找了個通風的地方，坐在陰涼的青石臺階上。

她聽見一個人從走廊那頭的屋裡出來，然後就僵在門口。她抬頭，看著他，一身白色，胸口印個鮮紅的號碼。

他說招待所門口有個冷飲室，有種雙色雪糕他想她一定愛吃。

她沒等到他走到跟前就說：「劉越，你為什麼要打他？」

她啞了的嗓音此刻破爛無比。他說：「走吧，我一天要吃十根雙色雪糕呢。」他步子鬆鬆垮垮，似乎走路這件事不值得他花體力。他那又懶又大的步子和從前略有不同，像是要告訴小穗子，他油滑了，是過來人了。他的笑也有變化，自己也瞧不起自己曾經的單純。他買了十個雪糕，很響地撂在桌上。

她一連問了他幾次，為什麼對邵冬駿下那樣的毒手。

他好像剛剛聽清了她嘶啞的聲音：「誰是邵冬駿？」

「劉越，我一聽就知道是你。你和你們籃球隊的死黨幹的。」

「那個叫邵冬駿的舅子遭人打了？」

小穗子瞪著他。雪糕在他和她之間化成粉紅的一灘和乳白的一灘。蒼蠅綠瑩瑩的，點綴在上面。

「打得慘不慘？」

「劉越！」

「有沒有送醫院急診室搶救？……你心疼啦？聽說這舅子不是個東西，出賣了一個跟他談戀愛的小姑娘。」劉越嘻皮笑臉，一副逗小穗子玩玩的樣子。逗一個五歲的小穗子：「不愛吃雪糕？那咱們換『紙杯』！」他正要招呼坐著午睡的老服務員，手被小穗子拉住了。

小穗子拉著他的右手。就是他那隻主意特大，不留神就出去給他闖禍的右手。她拉著它，過一會，另一隻手也慢慢上來。她的兩隻手把他的右手握著。骯髒的淺藍色電扇把頭從一邊擺向另一邊，再擺回來。風甜得發膩。

劉越安靜下來。這時小穗子看到他的確少了些單純。他長出長長的鬢角，和特意蓄下的鬍鬚連成灰藍的陰影，眼睛也變了，笑起來有點壞，某方面開了竅似的。

下午的政治學習在招待所食堂，劉越請了假。小穗子知道有演出的日子文工團下午全體休息，她便跟著劉越到了他宿舍。他和她已開始東拉西扯，講他們一年中的碎事。冷場總是出現，每次冷場，小穗子手上玩的自行車鎖匙就響得刺耳。

「把那鎖匙放下。」劉越說。「聽得人心慌，就像你馬上要走一樣。」

小穗子說她是馬上要走，四點鐘要化妝，五點鐘開晚飯前要點名的。

劉越說：「那好，你走吧。」

小穗子站起身，拉了拉坐皺的裙子，襯衫的背上濕了一片，她並沒有感覺熱。

「那天我和她吵起來了。」劉越說，眼睛跟著她，扯住她。

小穗子等他的下文。那種激動很不高尚。

「她跑到那兒去看英文書！如果我在場上賽球，有誰坐在最好的座位上拿本書看，我肯定上去踢她一腳。看書回家看去，糟賤個好座位。還特地拿本英文書！生怕人家不知道她走後門上了軍醫學院似的！」

小穗子嘴上說軍醫學院也許要趕考試，心裡卻希望他說下去，態度再惡毒一些。

這時她已經離門很近了，偏西的太陽在地上投了個晃眼的長方型。她的身體在那光裡，火燙的。

劉越站起來，一大步就已到了門邊，他胳膊上汗毛被太陽曬焦了，一條泥塑般標準的長臂，那麼男性。

「小穗子，你領第一套軍裝的時候，我從你對面走過來；體工隊領軍裝的新兵往外走，文工團的新兵正好往裡走，那間被服倉庫你還記得嗎？樟腦味嗆死人。你看了我一眼，我也看了你一眼。兩個隊伍就交錯過去了。你記得不記得？」

她說不記得了。她說她得走了。

他的胳膊慢慢圍過來，她不久已在胳膊彎裡。多好的胳膊，哪個女人在這胳膊擁圍裡都覺得滿足、踏實。他開始吻小穗子的嘴唇。兩人似乎不知道門大開著。

然後小穗子發現他用兩條胳膊把她固定在牆上。他兩條長臂攤成個十字叉，手掌按著牆面，下巴輕輕抵住她的額頭。誰也不說話，就那樣奇怪地站著。一個人跑進屋他們都沒察覺。那人「嘔」一聲，又飛快退出門去。

劉越姿態沒變，大聲對遠去腳步叫道：「別跑，在門口給我看著點。」

小穗子換一口氣，想換換神思。

劉越說：「只要你一句話，我就和她斷。」

小穗子把頭擱到他肩膀上，輕輕搖著。為什麼非得她一句話呢？

劉越把她抱起來，往床鋪走。然後，他一隻手伸到她的襯衫下，解密一樣打開了那個絆鈕。

小穗子突然說：「『別人碰得，我碰不得嗎？』……」

他呆住了。那是一年前小穗子告訴他的話。是團支書王魯生的話。

小穗子拾起落在地上的自行車鑰匙，扣好背後的胸罩絆鈕，頭也不回地走了。劉越在招待所大門口追上她。她站下來。

劉越比她受的傷害更慘重似的，兩眼都是疼痛。

她說：「你打他幹嘛？他從來沒碰過我！」

在小穗子的一篇小說裡，我們看到王魯生和她之間發生了什麼。但畢竟是小說，人物早和原形大相差異了。小說裡的女主人公是個工廠小學徒，車間主任年輕正直，是王魯生的形象。

在一次聚會中，我們問起這篇小說。小穗子嘻嘻哈哈的，把十七歲的她和王魯生發生了怎樣一段插曲大致講出來。

她念了悔過書之後，一天晚上在炊事班碰見團支書。她從大桶裡舀出餵豬的泔水，又把剁好的菜葉拌進去。王魯生問她是否挑得動。她沒說話，只點點頭。王魯生見她挑得東搖西晃，叫她放下擔子，說要挑給她看看。他果然挑得輕巧無比，如同舞臺上走圓場。他把要領告訴她，又替她舀出些泔水，說少挑些，還有一大截個頭要長呢！

她微笑了。那是念完悔過書之後，半年中的第一個微笑。

王魯生又問：「豬圈那麼黑，有手電沒有？」

小穗子說有是有的，可她要照顧擔子，騰不出手來打電筒。

王魯生於是便為她打著電筒，一路送她到豬圈。路上他笑，說：「哎呀，實在太業餘了，姿勢那麼醜，我來吧。」小穗子不理他，上下身脫節地挑了下去。他打著手電在她身邊跟著，說要強好，要強什麼錯誤都能改。

小穗子倒泔水的時候，王魯生的手電照得不準確，照在她臉上。但她沒糾正他；她已很熟習豬食槽的位置，閉著眼也可以完成動作。她把柵欄門提起，讓八隻豬崽跑到槽邊。王魯生說：「他們說難聽話的時候，你心一定要放寬些，別往心裡去。群眾嘛，不能要求他們水平一般齊。」黑暗裡，他的聲音隨和溫暖，不到十六歲的小穗子眼淚湧起來。

他又陪她挑了一趟泔水，告訴她，她的進步組織上是看得見的，所以別理他們說什麼。然後他兄長般的追加一聲：「啊？」

那個「啊？」簡直有些護短了。在泔水的複雜氣味裡，它終於把小穗子的眼淚催下來。一年後王魯生在進藏演出時出了事故，在舞臺上讓木頭槍刺捅斷了兩顆門牙。牙醫說最理想的補牙是用黃金搭橋，可黃金是不可能找到的。小穗子拿出一個指甲蓋大的心形盒子，告訴王魯生那是她母親送她的禮物，純金的。

王魯生把小金盒子在身上揣了一天，又還給了小穗子。他說他怎麼可能毀這麼珍貴的東西？難為她的一片心。

深秋的傍晚，王魯生用一個雪白的大口罩遮住下半個臉，眼睛在對比下顯得又黑又深。「你看銀杏樹葉都黃了，多好看。」王魯生殘缺的口齒在口罩下面說。「小時候，誰家有棵銀杏，可是美了。」

小穗子想，原來團支書是有情調的。

「有銀杏樹，就餓不著。」團支書又說。

小穗子問他，牙齒還疼不疼。

團支書笑笑說：「這能算疼？小時候上樹摔下來，低頭一看，胳膊裡出來的這是什麼呀？白生生的，一看，骨頭！」

小穗子看看二十八歲的團支書，兩手背在身後，步子充滿思考。她此刻隨著他走進樂隊排練室，裡面已是夜晚，只有一個譜架上的小燈亮著。燈下是一對正「交流思想」的男女，一個懷裡抱著琵琶，另一個腿上橫著長笛。

團支書叫著他們的名字，說：「對不起，你們倆能不能另找一個地方談？我和小穗子要在這裡談談團支部的牆報編務。」他說話時一隻手仍留在身後，另一隻手指指門外。團支書的派頭很好，這套動作做得像個年輕首長。

小穗子有點詫異，王魯生平時是沒有派頭的。

只剩他們兩人了。團支書指指立式鋼琴的凳子，朝小穗子笑笑，「坐這兒，這兒軟和。」他拖過一把椅子，坐在她對面。不久他談起她的表現：「進步是有的，但還不夠。不要光是外表樸素，要內心樸素。」

小穗子仔細聽著他帶消炎藥水味的話。

「看到你的每一分進步，你知道我這心裡有多感動嗎？」團支書的眼睛長久地看著她。組織的目光透過這雙眼睛長久地看著她。

「我真的為你高興。『觀察留用』對你是個嚴峻考驗，你得挺過去。」秋涼中，消炎藥水味的詞彙一個個從口罩下出來，觸在她臉上，鼻尖上。「因為這進步中，有我的心血。」團支書說。大譜架上十五瓦的小燈營造了一小團光暈和一房間的幽暗。小穗子只能看見團支書的大口罩。大口罩雪白雪白，突然和她沒了絲毫距離。同時團支書的兩隻手抱住了她。她下意識地叫了一聲，但嘴被大口罩捂住了。一面孔都是充滿藥水味的大口罩。她不顧一切了。抽出一隻胳膊就往大口罩上杵。

大概是很疼的。那殘破的牙床，斷了的牙根，並不像團支書表現得那樣無所謂。小穗子聽見他壓抑地呻吟一聲，手向口罩舉去，又停在半空中，意識到不能這時摘下口罩，並且劇痛是摸不好的。

小穗子恐懼地站在那裡。她有點懷疑自己的反應是錯的。或許整個過程都是她的錯覺。他明明是被誤傷的樣子，困惑而委屈。

這時他恢復了力氣。他用一點裝痞的口氣說：「怎麼啦？看不出來我喜歡你？」樓上樓下，院子各處都是樂器聲，歌聲，笑聲。那些刻薄她，孤立她的人，此刻令她那麼想念。「我是要娶你的。」團支書說。這回好一點了，不那麼痞了。「真的，不然我那麼關心你。」她一句話也沒有。四周的旋律在相互叫板，相互抬槓，那聲音和這聲音相比，卻顯得那麼安全，那麼光明。

「你快十七歲了。我不怕等。最多再等兩、三年。」

團支書已完全收起了戲腔戲調。

而正是他的陰沉和鄭重使她奪路逃走。

一路「唏哩嘩啦」撞倒無數譜架，腳步帶起的風掀起幾張樂譜，在黑暗裡撲騰著。王魯生在門口扯住她的袖子，口罩下的口齒也不含混了。

「不准告訴任何人。」

她馬上求饒地說：「不會的……」

他把這看成了轉機，再次隔著口罩把嘴壓上來。

她掙脫了他，跑到一群正分零食吃的女兵裡。

過了兩個月，團支書裝了兩顆又齊又白的門牙。他又要朝小穗子撲過來，嘴裡說：「把你給清白的——別人碰得，我就碰不得？」他要她把這話當成淘氣。她卻視死如歸地瞪著他。

那年年底團支書王魯生進教導隊學習去了。結業後他成了政治部的一個副科長。大家說王魯生進入了做軍區政委的預科期。

不過王魯生後來的結局，似乎不合乎上面的邏輯。

我們追問，小穗子神祕地一笑，眼角起了細密的魚尾紋，嘴角也老了，不甜了，這個曾經是我們中最小的小穗子。

球賽結束了。他打得不好，沒給自己隊贏多少球，犯規犯得多，咒罵也惡狠狠。小穗子看了兩場關鍵比賽，都是悶悶不樂地走出球場。

她想跟他說兩句話，寬寬他的心。想告訴他，她的提幹報告已經遞上去了。她將徹底走出十五歲那場處分陰影。那不可視的紅字，正一點點地從她臉上淡下去。也許他會為她感到寬慰。她看見大轎車開來。巨人們排著隊上車，他是最矮的一個。樣子也比其他隊長年輕許多。老首長的玩具兵一是年齡小，二是要有絕招。劉越就有魔一樣的彈跳力。劉越二十二歲了。玩具兵生涯即將結束，出路有兩條，一是好好做首長千金的騎士，二是打道回鄉。

她叫了他一聲。

他背馱得特別嚴重。給她一叫直了一瞬。他慢慢朝她走過來，身上的汗給燈光一照，像剛給一大盆水潑過。他笑得很累，說小穗子該對他今天輸的球負責。

她說：「就跟你說兩句話，你們的領隊車叫喚了。」

「隨他叫喚去。讓我先跟你說兩句話，」他說。

「不行，我必須先說。」

她的笑容讓他感覺，她已忘了那天招待所發生的事。

他堅持說：「我這兩句話短，讓我先說。」

她說：「我的話可是喜訊噢。」

他說：「我的正相反。」

小穗子一楞，說：「那你先說吧。」

大轎車的引擎在十米外響動。領隊喊：「劉越，怎麼還不上車?!」

他兩手握住小穗子的腕子。小穗子往後退：「哎、哎、你們球隊的人全看著呢……」

他說：「我愛你。」

小穗子不往後退了。他嘴唇明明是不會說這三個字的，是從許許多多三流浪漫詩、愛情手抄本裡硬搬來的。換了另一個人這樣硬搬，她會很倒胃口。她早就不是十五歲的戀人和情書著者了，她現在懂得，真實情感正是在那三個字以外。十五歲的她，有著多麼強大結實的胃口，時時咀嚼消化那麼油葷的字眼、詞彙。

她聽見大轎車的窗口有人拍手，叫好，呼喊一些含混不清的啦啦隊語言。有條醜陋的歌喉唱起了「……路邊的野花，你不要採！」

領隊口氣變了，變成了典獄長：「誰在唱黃色歌?!」

劉越扭頭跑去，一步蹬上轎車。從關上的車門玻璃上，他看到小穗子走一步踢一下草叢，他從沒見過她這樣毫無負擔。她目送轎車遠去，右手的食指頂著軍帽打轉。這是她對他的話的反應？他坐在一個尾部的座位上，暮夏的風肉呼呼的，撲在臉上。

劉越要告訴小穗子的，是在那三個確定戀人關係的俗字眼。他本想告訴她，揍邵冬駿的事還沒了結，保衛科的人根據邵冬駿的形容，懷疑「一米九的暴徒」有可能是籃球隊或排球隊的。體工隊領導不願在比賽前影響球員情緒，把調查推遲到比賽後的第二天。

很簡單，只需問一下集訓地招待所的警衛戰士，就知道誰在出事的那個清晨出過門。查下來，出事那天，籃球隊有四個人在清晨四點離開了招待所。兩人騎自行車，另外兩個合騎一輛摩托。

劉越索性不讓保衛科費事了。他正吃早餐，見兩個保衛幹事往領隊房間走，就把稀飯往泔水桶裡一倒，啃著饅頭跟了過去。

兩個保衛幹事和領隊一一握手，劉越在他們身後「啪」的一個立正，大聲喊：「報告！」領隊問他什麼事。

「人是我打的，」他回答，「沒其他人的事。」

保衛幹事反而有些不好意思似的，相互看看。過了半秒鐘，領隊說：「劉越，為打架你挨的批評還少嗎?!寫檢討手有沒有寫出繭子來？」

劉越一聽就明白，領隊是在護短，想把這事說成是「打架」。打架籃球隊誰不打？飯廳裡吃炸醬麵還打呢。

保衛科的人把劉越帶到了會議室。他們倆坐在一並排的兩個絲絨沙發上，劉越坐對面。一大圈空著的沙發，全是紫紅絲絨面子，獸瓜式的腿。似乎是那些該來而沒來的審判者位置。

一個年長的保衛幹事請劉越把事情經過談一下。他是自帶三分笑的面孔，劉越乾巴巴的敘述沒使他表情發生絲毫變化。

年輕的那個眼睛特亮，問劉越，能不能把偷襲的第一個動作再重複一遍。劉越心想，這貨陰險，想看看動作和邏輯對不對。他站起來，比劃說：「這是席棚，兩個棚之間是個狹窄的巷子，只能過一個人。所以埋伏在巷子裡的人必須站成一列，第一個人必須拋出布口袋把被害者的臉套住。對不對？」

兩個保衛幹事表示同意。

劉越指著自己鼻尖：「這個人就是我。我一手套上去，腳就朝他腿彎那兒一踹，小子就臉朝地倒在地上了。」

他忘形起來，成了說金錢板❷的。然後他抄了大銅頭皮帶就照那腦殼上，背上猛抽。那才多少地方呀？不夠打的，把小子一提溜，翻過來，揍他臉。小子喊得跟娘們似的，不過口袋做的厚，用軍用毛毯做的，就讓他裡面慢慢喊。後來也喊不動了。毯子原來就是深色，這會有幾

❷ 金錢板：四川的一種曲藝。

塊成黑的了。

保衛幹事問：「總共打了多長時間？」

「也就一分鐘吧？」劉越說。「就那麼一個人夠誰打的？都上來還不打死？所以我叫他們都別上，等我打累再說。」

現在到了「犯罪動機」了。對此劉越和三個同夥早商量好了。他們一口咬定「打錯人了」。

「那你們本來想打誰？」

「打一流氓，」劉越大聲說，氣呼呼的。

「那流氓叫什麼？」

「不知道，那一帶的流氓多，你們一定也知道，那天小子流氓了一個女孩，我看見了，不過當時他們人多，我沒打贏。」

「什麼樣的女孩？」

「一個十五歲的女孩，瘦瘦的，好像不是本地人。」

「在哪兒流氓的？」

劉越頓一下說：「就在那條街上。」

兩個保衛幹事裝做看記錄，心裡在想這位首長的未來女婿實在無法無天。

「你們錯打的這個邵冬駿，和那個流氓很像？」

「像。一模一樣。尤其在早上五點，天不亮的時候看。」

「邵冬駿穿軍裝，你們沒看見？」

「誰讓他不戴軍帽？這年頭，是人是鬼都穿軍裝，流氓格外愛軍裝！」

幹事們把該問的問了，知道劉越最多挨一次嚴重警告，不會動他的。他是有靠山的人，又是籃球隊的寶貝。

元旦前我們在禮堂合樂連排，劉越又來看了。他還坐在第五排中間的椅子上，手上卻沒點煙。首長的千金不喜歡他抽煙，我們議論道。我們對他很冷淡，男兵們也不再叫他大表弟。他打傷了我們的人。打斷了兩根肋骨的邵冬駿到現在都不能大笑，慢說恢復舞蹈了。打錯沒打錯，都暴露了他的粗魯，野蠻。我們還認為這事的處理太便宜他，只給個嚴重警告，他該幹嘛還幹嘛，照做他的摩托騎士、球星、乘龍快婿。

我們不知道他當時有多煩悶，盯著舞臺上指手劃腳小穗子，真想馬上做出決斷，從一個暗暗形成的三角關係中解脫。小穗子在他眼裡還是有一點古怪和不好捉摸，他還是覺得她有一點說不出的危險，但他是入了迷。他看她穿一件黑色練功服，脖子和胸口相接的一帶顯得脆弱而蒼白。她身上背一只小銅鼓，不時敲兩下。她一敲鼓，排練便停下來。樂隊還有不甘心的樂聲，在她講解隊形、動作時，繼續奏響。副團長便會在臺下叫：「小蕭，再敲敲鼓！有人聾哎！」

她便不好意思地笑一下，又敲兩下鼓。她不用尖利的哨音而用鼓聲來做行止指令，就是不願意自己像其他老編導那樣一副權威形象。

她講完什麼，演員們「哄」的一聲，各種抱怨沖天而起。嫌隊形不合理，動作不好看。老編導是不必忍受這些的。小穗子還要熬一些年數，才能收服我們。

我們中的誰說：「會不會編舞啊？你自己來跳跳看！」

小穗子走到了舞臺中間，對樂池點一下頭。音樂響了，她跳起來。一面氣喘呼呼地說著隊形變動，動作訣竅。

我們不知道她那天跳得那麼出色，是因為她在為劉越跳。他們倆在暗中一呼一應，使我們感覺氣氛中有種異常的東西，但我們判斷不出來，只覺得小穗子搖身一變，成了個獨舞角色。她停下來，臉通紅，似乎在討好我們，笑著說：「就這樣，不難的，熟了就好了。」

我們看見劉越站起身，邁著高個頭人的大步，向禮堂外面走去。

小穗子敲了兩下鑼鼓，接著剛才斷的地方，把舞蹈排下去。

她想劉越會在後臺外面等她。她剛在他眼裡看見了約定。她果然在那裡找到了他。正在建築的圖書館堆了一垛垛新磚，成了孩子們的城堡。他和她站在一座城堡裡面。他問她冷不冷。

他說：「穗子，我快煩死了。這麼拖著，筋都拖斷了！」

她說：「男女朋友吵架總時有的。去哄哄她。」

他搖搖頭。然後他眼睛一狠，嘴唇拉成一條縫。他說：「去他媽的，就這麼定了。」

他轉身往城堡外面走。

她說：「會很不一樣的。」

他說：「處理復員唄。也不一定處理得了我。這地方你還沒看透？只要你有用，他們就先留著。」

她笑笑說：「劉越，你可是劉越呀。」

他說：「劉越就不會變世故了？劉越就不能市儈市儈？」他做出玩世不恭的樣子，相反卻把他最初的單純又露了出來。

小穗子想，他們什麼時候起已經開始這樣對話了？沒說出口的那半句，已給對方聽去了；彼此心裡的和口中的話連接起來，才是完整的，但他們都不再需要那連接。

小穗子想起什麼，叫住他。她說她父親終於恢復了工作、名譽，給她帶了一大包吃的。主要是口香糖。因為她小時候特別愛吃口香糖。她問他愛不愛吃口香糖。

劉越說：「給我留著。」

小穗子笑了。她一下子看到？她下面的日子，五年、十年、二十年。和這個劉越，這個一面寫情書一面畫飛機大炮坦克戰艇的劉越。

劉越的背影在紅磚裡一隱一現，不久就走到灰白的冬天黃昏裡。他在走出三角關係。同時心算著另一個多邊幾何圖形。這種心算在他是下意識的，他手一提起康樂棋桿子，那心算已基本完成。棋子要怎樣聲東擊西才能消滅另一個子。籃球也是這樣，手裡的球運著運著，一個幾何圖形的路線就被心算出來了。然後是出其不意，出奇制勝。他是個天生的運動員，動作和意識不分誰和誰。

小穗子又叫他一聲。

劉越看著她。兩人都一動不動。她頭髮在腦後盤成個髻，黑練功衫外面罩著棉大衣。他也看到了今後的五年、七年、二十年；他會給她這樣叫住，然後她會說：你先去接孩子吧，我今天排練可能要晚一些。或者她說：我忘了帶鑰匙了，你把你的先給我。

劉越看她走上來。大衣下襬甩來甩去，脖子和胸口難道不冷嗎？他身上一陣湧動：那將都是他的，冷的暖的，她一切都將是他的。

二十二歲的劉越真想就和二十歲的小穗子消失一會兒。從暮氣沉沉的下班的、打飯的軍人群落中消失那麼一會兒。灰白的下班號音送著一群群軍人走出司令部、政治部樓宇，警衛兵的隊列踏出乾燥冷冰的操步，朝食堂走去，炊煙和飯食的氣味和昨天、前天一模一樣。小穗子和劉越一動不動站著，卻從這裡消失了。

小穗子先結束了「消失」。她說：「你那天賽完球，不是有兩句話要告訴我嗎？」

「哪天賽完球？」

「八月底。你輸球那次。」

「兩句話？」

小穗子斜他一眼：「那天你只說了一句。」

劉越大聲地笑，說那句話留著，換她的口香糖。

小穗子後來寫的一篇小說，似乎是寫她和劉越共同的生活。我們不如就把那個男主人公叫劉越，女主人公叫穗子吧。主要情節是這樣：一天，劉越拆洗被子，床單，發現了一本藏在床墊下的日記。假如它不是被藏得這樣深，劉越是不會去看的。他拿著那個乳黃色的本子，塑料封面上的圖案是一張張紀念郵票。他打開了它，心裡告訴自己，只是好奇心想得到點滿足。閱讀是從最後一篇開始的，就是現實時態的前一天。他一篇一篇倒著讀。漸漸明白他曾察覺她那點說不出的危險是怎麼回事。她的熱情依賴於不可能的感情，就像她十五歲時，她要的就是犯王法的感覺，那感覺讓她去上當，受背叛，險些把十五歲的身體做了祭品。她也需要那份屈辱感，眾叛親離才使一段普通的初戀不普通了，因為屈辱是有分量的。感情應有的代價。她多年來一雙灰色舞鞋，一身布衣，就是對人們說，你們唾棄吧，你們鞭打吧。人們就那樣成全了一個愛情烈士。

劉越一頁一頁往前翻著。事情遠比他曾經察覺到的要糟。穗子僅僅把他當成一帖補藥，在她重創時，他是救命的，而疤痕一淡去一切都淡去了。她的觸角又向外張開，向外是未知的。未知使她再次充血。

劉越怎麼可能長久地滿足她？這個一面上夜大一面還是畫飛機大炮坦克戰艇的劉越？但劉越是必須出現、存在的，不然寫不成她的情感史。這個自私自戀的女人。劉越看著紙上的自己，連全稱都不配，一個「L」了事。他想難怪她一次次往中越邊境跑，她是膩了。

穗子從邊境回來的當天晚上，劉越告訴了她，他看了她的祕密日記。她馬上變得可憐巴巴的，說有些閃念是不能當真的。

劉越問她是不是又走了什麼「危險的情感航道」？

穗子笑一下，想要耍賴混過去。

劉越說：「是誰呀？他知不知道在你這樣的女人豔史裡，他也就是個字母，一個符號？」

她說：「劉越，你在無理取鬧了。」

「你失望什麼？我為了你差點葬送了另一個女人。現在我才知道那個女人多難得！」

「我知道你會說這個。」

「我當然會說！」

穗子又想說什麼，但克制了。劉越看出她沒說的話：你心裡從來都在說，那個女人差點為我死了，恐怕當初的選擇失算了。

看出她嚇回去的話，劉越走上來，她以為他要動粗，結果他只是使勁看了她一會，拿了牙刷和洗臉毛巾就走了。

我們覺得小穗子的這篇作品隱隱藏了許多悔悟和痛楚。但她明白自己的本性，她無能為力。

被我們叫作小穗子的女兵在長長的花崗岩走廊上走。還是布底布面的鞋子，尖口那種，不同的是鞋幫兩邊各釘一根黑帶子，在腳背上綁成個結子。走廊高大乾淨，剛拖過的地面一股涼意。走廊兩邊是一間間辦公室，門上橫出一塊塊牌子：組織部、幹部部、文化部。敞開的門把上午的光線投在走廊上，小穗子就走在明和暗的輪替中。她不常來這座森嚴的大樓，每個辦公室都有人在嚴峻地說話，電話鈴在堅硬的花崗岩上起著回音。

小穗子不常來這裡的原因之一，因為她十六歲那年在這樓裡碰到的一位老首長。那是個典型的老首長形象，紅臉膛，雙下巴，富態持重。他說站住，是文工團的嗎？小穗子說是的。他們是不是叫你小穗子？她說正是。首長的笑容變得很奇怪，先點一會頭才說，哦，就是你呀，你就是那個小穗子。她走過去很久，覺得老首長還在看她，還在奇怪地笑看。

小穗子想，可別再碰上那位老首長。她走進一間辦公室，四下看看，發現一個人也沒有。她摘下棉帽，看著牆上的領袖像。這裡的領袖像似乎比文工團的質量更好，你走哪它們眼神跟到哪。她走到牆角，馬、恩、列、斯、毛都一致看著她。

一個聲音說：「你幹嘛呢？」

小穗子一看，原來招她來的人是王魯生科長。

「坐、坐，」王魯生說著，挺著板直的脊背，走到桌前，取了個茶杯，又叫：「通訊員，送壺開水來！」他伸出手，小穗子裝著打量環境，沒把自己手給他。

王魯生說：「恭禧你提幹啊。」

這對小穗子倒是個新聞。提幹報告打上去快一年了，似乎一直被遺失或遺忘在哪個環節上。她說那謝謝你了。她不論青紅皂白先謝他，不然他又搬出帳本說：你提幹有我的心血。可是帳本還是搬出來了，王魯生悲劇兮兮地說：「你提幹，我是投入不少心血的。」

通訊員提一個漆著「政治部」字樣的暖壺，站在門口大喊「報告」。王魯生走過去，接過暖壺。小穗子一看不好，門關上了。

小穗子聽他講起事件的經過。王魯生說，本來她條件也算成熟，特別是創作業務，很突出。文工團的報告打上來，專門提到她的創作成績，說她改正錯誤改得十分徹底。一般做政治工作的人心裡都有數，小偷和男女作風，都是一犯再犯，難改。文工團領導認為小穗子很不容易，就改得很徹底。

他停下來，大首長那樣細咂一口茶。

小穗子聽見叮呤呤的響聲，奇怪什麼在響，一看她手上端的茶杯蓋子不停地磕著杯沿。她趕緊把打著寒噤的茶杯擱下。她聽王魯生話鋒一轉，心想，來了。

「有個人跑去向領導彙報，說你是一直沒斷過犯錯誤，她在好幾個地方看見你和一個男的親親我我。有一次在電影院，她就坐在你們後面，把你們所有的動作都看在眼裡。她說你矇騙了所有的人，她是受你騙最深的人。」

小穗子呆呆地看著桌面，那是一塊玻璃板，下面壓了塊綠氈子，氈子上有一張課程作息表。王魯生科長也在上電大。她聽他問：「這話是不是真的？」

她回答基本是。

「當初悔過改過全是假的？」

她想他像一隻玩垂死老鼠的貓。

「你想不想知道，舉報你的人是誰？」

她抬起臉看著他。知道他爪子把她拋出去，不是放生，而是吊他自己的胃口。

「這個人你死也不會想到。」他給她一會時間，讓她腦子裡雜亂地奔跑的各種猜疑跑個夠。「你想想，在你被集體拋棄的時候，是不是有那麼兩個人，始終為你說話，偏袒你？其中一個，不用說，是我，另一個呢？」

小穗子搖搖頭。她放棄了所有猜測。

「申敏華。」

那個略帶男性，駝背塌腰的申敏華。一度追查反動謠言，追到她那兒，她全認了。一星期的審問後，她回了北京。不久她傳的謠言被證實既不反動也不是謠言。申敏華一貫和人唱反調，原來因為她是個暗藏的高幹子女。

「你沒想到吧？」

小穗子承認她死也不會想到。

「她說了你一堆難聽話，說你天性弱點太大，多大屈辱都不會讓你長記性，記得永遠跟人鬥狠，不談戀愛就是不談戀愛。她在轉業前把這話告訴了一個人，這人又傳給了領導，讓他們謹慎考慮你的提幹。」

保密室在樓後面處理文件。成了黑色灰燼的各級機密，在冬天的好太陽裡飛著，從王魯生的窗子飛過，一些落在光溜溜的樹枝上。

王魯生說：「幸虧有我。」他笑了笑，他這樣一笑就是另一個人，在諷判著那個一本正經、充滿理想主義的自我。「知道吧？我其實也是假公濟私。我一方面覺得要還你一個公道，另一方面，我是為我自己。」

小穗子說：「那可真得好好謝謝你啦。」

來了，真正的清算來了。高利貸、驢打滾。

「你看，這麼多年，我的心你也看出來了。別人說你什麼，我不管，我還是一心一意等你的。」在桌子下面，他穿三接頭皮鞋的腳夾住了小穗子的腳。只不過是腳，她覺得讓他觸到了女性最神聖，最隱祕，最致命的地方。她抓了棉帽站起身，對他不挑破地直是道謝，告別，叫他有空來文工團玩。

她走到門口，王魯生一把將她拉回來。她裝著給逗急的樣子說：「你幹嘛呀？」

「看你怎麼謝我。」他戴著兩顆完美潔白的假牙，笑嘻嘻地湊上來。「在電影院和那個人都行，就和我不行呀？」他的笑是笑給一個賤骨頭的。

小穗子一下子蹲下身，蒙著臉哭起來。他不動了，一聲也沒有。

「我這兒來人可多啊，待會讓人看見，我可說不清楚。」王魯生冷冷的看著小穗子站起來，整理了一下臉容。「看來你也挑人，不是誰都能碰的。」

她出了他的辦公室，一直奔到操場上。兩個老太太正從菜場買菜回來，討論著春節前分軍用臘腸的事。小穗子恍惚地想，什麼也不耽誤你們吃臘腸過年。她的布底鞋在柏油上踏動，發出麻木地聲響，她恨這腳，他碰過的腳。她突然恨身上的軍裝，因為他也穿著它。

小穗子從中越邊境打起仗之後，就沒再見劉越。她把王魯生辦公室裡發生的一切寫信告訴了他，就和軍區的幾個記者搭上了南去的火車。

幾個月後，她從野戰醫院回到城裡，所有的事和人都有些事過境遷。

我們把小穗子的變化歸結為她地位的改變：作品上了大報，全國的大報呢。她一腦殼亂七八糟的東西終於有了正經出路。幸虧沒跟邵冬駿成家，邵冬駿被打傷後再也不肯練功，長得白白胖胖，天天在家氽肉丸子。我們不知道小穗子正經歷的苦楚。她一回來就聽說劉越的女朋友自殺未遂，為著要拉回劉越。女朋友的父母也去了籃球隊，說劉越個王八羔子把他們閨女的甜頭都吃了，就想不認帳了。劉越發現，不認帳已不大可能了。

小穗子後來去了北京的電影廠修改劇本。臨走她聽說劉越的女朋友跟一幫高幹子女搞色情舞會，被人檢舉了。劉越和她取消了婚約。

七十年代的最後一個月，軍區舉行了一場自六五年後最大的軍事演習。我們不再像過去一樣，把這類事看成政治表現的主要得分機會。我們中最新的兵，也有四年軍齡，對英雄主義的興趣不那麼強烈了。演出小分隊還是組織起來了，主動報名的人，就會遭人打趣：去掙營養補助吧？每個參加演習的人都能得到一筆不錯的營養費。

一星期的行軍後，籃球隊要在駐地搞表演賽，幾十個球員住在機關直屬隊營地。體工隊、警衛營、通訊營一塊分擔駐地警戒，站二十四小時的崗。我們偶爾看見劉越獨自在球架下練球，嘴上叼根香煙。他練球時眼睛從不斜視，投了好球也不像過去那樣滿面得意了。他幾乎不苟言笑，我們忘了他有顆生動的小虎牙。

我們一看見他練球就遠遠地站著觀看。那也是一種舞蹈，每一個騰空都是和地心引力掙扎

的一剎那。那一剎那，就被鑄塑在空間，成為一個完美的塑像。縣城中學的球場在墨綠的山凹裡，冬天的雨粉細地飄在空中，很久才落到地面。劉越給我們的錯覺是他每一竄跳都要發生某種突破。突破自然的極限，成一個自由物體上升。

表演賽他打得非常出色。駐地軍分區的部隊為他傾倒。比賽的第二天晚上，一個十六歲的新球員發低燒，劉越便為他代一小時的夜崗。他是軍官，按說不必站崗，但他總是替年紀小的新球員站夜崗。似乎為了白天的半天休假。劉越偶然會吃一驚，意識到那麼愛起鬨的自己現在不合群了。

他披著棉大衣站在哨位上，夜裡的山顯得非常近，非常大，山坡上是淡綠和淡藍的點點磷火。過了這座山，再行軍一天，就是大演習的地點。野戰軍已經先到達了，野戰包紮所和後勤部門正在夜行軍向那裡進發。直屬隊清晨四點就要開撥。劉越看了一眼錶上的夜光點，還有一小時。他的右手按在手槍上，手槍被他抽出槍套，此刻待在他的大衣口袋裡。這是打開了保險的槍，飽含子彈，因此他得小心地按住它。

三十米外，是個公共廁所，廁所有十個窗口，正對著哨位，若是劉越此刻練靶，他可以拿它們瞄準。廁所裡的黃渾燈光透出窗子，很好的靶心。

偶爾有急匆匆向那裡去的人影，劉越便問一聲口令。對方一面回著口令，一面已進了廁所。不少人對口令毫不認真，隨便回一句話衝到廁所裡。就在這時，一個挺拔的身影從政治部宿營地出來，快步向廁所走。他斜穿過劉越面前的開闊地，步子自信、彈性十足。如此挺拔的一個政治部首長看上去十分荒謬，至少劉越這樣認為。他向他喊：「口令！」

挺拔的首長楞住了。

「口令！」

「是我，組織部的……」

「不准動！口令！」

「我要上廁所！」

「再動我開槍了！」

……他終於把口令記起來。

但是太遲了，劉越的「五四式」已響了，後座力已震麻了他的手。所有的燈全亮了，穿白色和黃色軍用襯褲襯衣的士兵和軍官們擁到寒冷裡，問出了什麼情況，誰走了火。警衛營一個連長跑來，見劉越把手槍口朝天，兩腳站得很開，身體重心完全在中心。一個洋氣的打槍姿式，像從內部參考的外國電影裡模仿來的。他氣喘呼呼地問：「為什麼打槍?!」

劉越不說話，就那麼站著。

幾個人已把倒在血泊裡的人認了出來，叫著：「是組織部的王科長……」

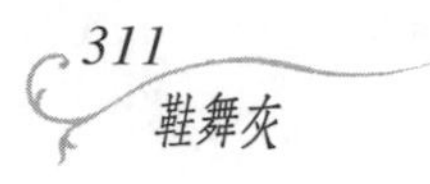

眨眼間搶架來了，搶救器具跟了一大串。此刻射擊的後座力似乎震麻了劉越的全身，他身體一矮，就地坐下來。保衛科長睡眼惺松地問他，事情是怎麼發生的。

「我問了他三次口令，他不回答。」劉越用平直的聲音說。

調查下來，有人說他聽見劉越只問了兩次。他說那時他也起身了，正準備上廁所，怕起床號一響，廁所人滿為患。他還聽見王科長清楚地回答，他是組織部的。再回來問劉越，他一口咬定當時他問了三次口令，並且，對方什麼也沒回答，他是根據演習的規定開槍的。當然，他忘了首先警示。

王魯生科長的傷勢很重，直到演習結束才脫離危險。子彈從他頸子的側面鑽入，傷及頸椎，有終生癱瘓的可能性。他說劉越第一次問他口令時，他一時沒想起來，但馬上報了身分。第二次再問，他正確地回答了口令，並且問了回令。劉越說王科長絕對記錯了。

雖然事故不小，但也算每次大型軍事演習中不可避免的代價。責任追究漸漸成了扯皮。曾經調查過劉越揍人事件的兩位保衛幹事看著振振有詞的劉越，心裡明白這不是一次普通事故，其中必有他們看不透的原因。劉越已不再是首長未來的女婿，他有詞沒詞，不會像上次那樣不了了之。

好在兩大軍區合併，體工隊以人員調整的名義，把劉越調到西藏軍區昌都軍分區去當宣傳幹事了，主要職責是抓部隊基層體育活動。

小穗子在北京的兩年裡，起初每週和劉越通兩封信，後來變成一週一封。信從西藏走到北京有時要半個月，有時更長。劉越總是不斷地下部隊，一個地方待不了幾天，收信越來越難。他開始弄攝影，小穗子從他寄的照片裡看見他新涉足的地方，新結識的人。到了一年後，他們倆就是兩三個月通一封信了。

小穗子終於告訴劉越，她有了男朋友。劉越從此不來信了。半年後，小穗子收到了他一封短信，說都怪他，三年前在那條髒兮兮的小街上，聽她講了王魯生的事之後，他覺得自己沒力量跟那麼多人抗；他在那之後倒向了首長的女兒。「事情先錯在我這裡，穗子，不怪你。」似乎他收到她宣布有男朋友的信之後，一口氣就噎在那裡，半年後才呼出來。呼出來，徐緩而黯然神傷，已有一點緬懷和回顧。

小穗子回文工團才知道王魯生兩年前受了槍傷，至今還在恢復站立和行走功能。聽這消息時，她在院子裡曬棉被。一個月的陰雨，褥子下出現了一層霉霜，天一放晴，院子和樓上一片草綠棉被。小穗子身體在綠軍棉的夾道裡，聽我們中某個人把大演習中的事故簡單地告訴了她。她一動不動，剛洗的頭髮隨意披散，水滴把她天藍毛衣的肩洇成一片深色。那是小穗子留給我們的一個奇怪印象：她突然記起她失去了什麼。

他從樓梯口上來，走向走廊盡頭的小穗子。她背後是一面大窗，給戰士們擦得賊亮，窗臺上搭著兩個拖把，潔淨得每根布條上的圖案都清清楚楚。太陽是高原上的，使她看上去曝光過度。他一時站住了，和她隔著三步。其實不必的，他只看她給陽光投出的輪廓就能認出她，不必這樣細看。

「劉越。」

「你呀？什麼時候來的？」

他們握手，講些非講不可的見面辭。太陽照在他臉上。他高原人的臉，只有虎牙依舊，他妻子可欣賞這顆虎牙？

她告訴他來是為了採訪。他說好啊，他哪兒都能帶她去。樓梯上他停下來。她在上面一個臺階，臉和臉平齊。她看著他的正連級軍階，和她的一模一樣。

他說：「唉，你欠我的口香糖呢？」

「那天你說有兩句話的。你說了一句，留了一句，留的那句呢？」

他眼睛沒有老，還單純如孩童。眼睛好傷心嘴巴卻是一個牛仔式的笑。是走一個地方，丟一個戀人的牛仔，他們的那種笑，它告訴你，誰拿它當真誰負責。牛仔玩真的只玩一會，玩長了很不好意思。他就這樣笑著說：「留的這句和前面那句一樣，所以是句廢話。」

辦公樓外面，是高原的盛夏。

奇才

畢奇回來的時候是八月，是蕭穗子出事之後的第六十八天。穗子把這記得如此刻骨銘心是因為整整六十八天沒一個人跟她講過話。連「練功去呀？」「發白糖啦！」「借我點洗髮膏小蕭！」這樣的話都沒人和她講。可這天下午兩點多，在一片知了的吶喊聲中，穗子聽到一聲：「沒睡午覺啊小蕭？」

穗子楞了。回頭一看是畢奇，拎了一個網兜，兜著他的臉盆、牙具和拖鞋，還有就是大半盆毛桃。他的提琴斜背在背上，邁著小兒麻痺式的步子。十七歲的首席提琴手畢奇像世上大部分天才那樣隱約帶一點怪胎的影子。不同於其他天才的是畢奇特別明白自己，明白與他的天才搭配而來的低能是瞞不了誰的。因而他兩個大眼總是歉意的、難堪的。因而文工團的人對畢奇從開始就另眼看待，覺得不照顧這個既蠢又懦弱的天才畢奇心裡過不去。

穗子站在練功房窗口，眼睛還盯著畢奇的背影。畢奇是唯一不知道她醜事的人，否則他不會主動同她打招呼。穗子萬萬沒想到大家如此仁義，竟忘了把她的二百多封情書落網經過告訴僅在十來里以外的音樂學院進修的畢奇。也就是說，唯有畢奇不知道穗子在情書裡寫過多少餿話，還把她當作純潔無邪的「小蕭」。

這會哪怕只有一個人把她當好人穗子也知足了。她含著淚看畢奇已走到了宿舍樓的樓梯口，給幾個下樓來的男兵圍住，給他們拍頭打肩。很快女兵們也來了，說畢奇「瘦了胖了」。畢奇挨一記親熱就縮縮頸子，咧嘴傻笑，任逗任寵的樣子。

其實畢奇並不難看的。就憑他母親的模樣，也不該認為他難看。畢奇有個漂亮的寡婦母親，把畢奇從北京一路送到成都。火車上幾十個新兵擠在七八個座位上，畢奇母親對其他新兵說：「勞駕了，請讓一讓，畢奇這會要練琴了。」或者：「真對不住，請讓一讓，畢奇要睡一會兒。這孩子身體太差，不睡非垮不可。」畢奇比其他新兵小一兩歲，看上去小更多，並且每個人都知道他五歲就獨奏，因此都很服從畢奇母親，心甘情願地讓著畢奇，騰地方給他練琴、睡覺、做體操。後來，畢奇母親說：「請讓一讓，畢奇得加餐了。」所謂加餐，就是吃零嘴。大家很快都被畢奇母親說服了：世界上人分兩種，一種是天才，一種不是天才；攤上畢奇這樣的天才是沒辦法的，連她做母親的都沒辦法，只能多忍受多犧牲。連司令員也沒辦法，聽了畢奇的演奏就去挖地方樂團的牆角，把十三歲的首席提琴畢奇挖來了。

新兵連一屋有三十張上下鋪，畢奇母親一看畢奇分配的是張上鋪，便拍拍那張下鋪對畢奇說：「奇奇你睡下鋪。」下鋪的新兵說慢著，下鋪貼的是我的名字！畢奇母親說：「那一準是貼錯了。你看我們能睡上鋪嗎？奇奇的胳膊腿兒要像孩子你這麼好使，我準敲鑼打鼓送他上上鋪！他要像你這樣利索，我可福氣死嘍！」她一摟那新兵的肩膀，笑容香噴噴的。

大家於是都去看畢奇的手、腳、四肢。那是春節過後，畢奇的一雙大肥手上長著紫紅凍瘡。畢奇的身體是七八歲兒童的，手腳卻是中年人的，並且是發福的中年人。他左邊脖子上的那塊皮膚是老年人的，又暗又糙，畢奇母親說想知道奇奇從小練琴吃多大苦頭，就看看這塊皮肉。

畢奇母親這時已把畢奇的被包卷打開，攤在下鋪上。被包卷裡包著十多包奶粉，幾大瓶肉鬆。大家許久沒見到這樣高級的食物了。臉都紅起來，趕緊全躲開。畢奇母親很快和大家講了道理：看著畢奇是在吃好吃的，實際上他是在吃藥，不吃你們就等著瞧吧，不出一禮拜他就得犯貧血。

拉起琴來的畢奇是另一個人，四肢也合作協調了，大眼睛也不怯生生了。他拎著提琴走上臺時一點都沒有他素來的蹣跚。臺風也極其漂亮，甚至有點獨斷專橫的氣質，琴不響人都給他震得抽口冷氣。琴一響反而倒沒什麼了，觀眾對音樂識好歹的又有幾個？不過看著看著，人們還是會莫名其妙地激動。看畢奇薄薄一片瓦似的頭髮在他錚亮的大奔兒頭上甩下甩上，甩得那樣瀟灑，那樣激情澎湃，人們無法不受感染。

穗子印象中，畢奇幾乎是無語的。總是夾著小提琴，兩個大平足一拐一拐，急匆匆要躲到沒人惹他的地方去練琴。大家惹他也出於疼愛，拎一把他的肥大耳朵，踢一腳他的兒童屁股蛋，或者抬起他的兩手兩腳給他坐「滑桿」。畢奇上臺獨奏從不自己化妝，把臉往誰面前一伸就可以了。有時幾個男演員無聊了，便把畢奇的臉化成個美女，畢奇並不去照鏡子，下臺後才發現。那是人們見畢奇給惹哭的時候。他哭起來是不怕羞的，一面嗚咽一面控訴，完全是個忍無可忍而告狀的孩子。畢奇嗚啊嗚地向老吳告狀，口水在嘴唇上拉絲兒，鼻涕在鼻孔前吹泡，老吳便真跟惹畢奇的人生氣。老吳一開始聽畢奇拉琴就不行了。雖然是末席提琴，但老吳對於音樂最識好歹。

幾天後的一個晚餐時間，很多人圍著畢奇說笑。穗子非常害怕，老拿眼梢去瞟他們。只要有誰朝她這邊看一眼，她便在心裡說完了，他們正在把她的事情告訴畢奇。她現在唯有在畢奇跟前還有臉面。有個人給你點臉面多麼不容易，這對於垂死地希望同人們恢復正常接觸的穗子是根救命稻草。

穗子見畢奇走過來了。她嗓子眼緊得一口飯也嚥不下去。假如畢奇看見她當沒看見，就說明有人已把她幹下的好事告訴了他。他卻向她笑笑。她在這個笑裡沒找到任何破綻。她一口氣鬆下來，看著畢奇笨頭笨腦在洗碗池那兒洗碗、接水、仰脖子漱口，軍帽順著脊梁滑下來。在畢奇心裡她還清白。一陣竊喜使穗子又犯起骨頭輕來，腳也飄然了，原地來了個「劈叉大跳」。人們不是那麼徹底地殘忍。穗子呆著，一條晚照進來，桌上的一群大蒼蠅五彩繽紛。

直到十月國慶的繁忙演出，畢奇似乎始終蒙在鼓裡。穗子仍是揪心，一旦看見有人跟畢奇眉飛色舞地說話，她便提心吊膽：畢奇馬上要知道她穗子闖下什麼丟臉大禍了。她看見老吳跟畢奇都抱著琴撥弦，老吳說著什麼，畢奇朝男女演員這邊看看，笑笑。老吳嘴很缺德，只對畢奇一人留情。老吳說哪個女演員瘦便說她「一身雞骨頭」，說誰踼後腿是「狗子撒尿」，說誰腿短，就叫誰：「兩條腿的大提琴」。一身缺陷的畢奇卻從沒讓老吳糟蹋過。老吳愛畢奇愛到什麼都替他做的程度。他替畢奇灌暖壺，替畢奇釘棉被，吃畢奇的包子皮和肥肉皮，也替他受過。一次年度打靶，老吳和畢奇站靶場警戒哨，不准行人進入靶場外圍，以免被流彈傷著。老吳站東南，畢奇站西南，老吳遠遠看見西南邊灌木叢裡出沒一個人影，立刻向臥在幾百米外的射擊手們揮旗大叫：「停止射擊！……」卻來不及了，一顆流彈落在一個打豬草的老太太腿上。畢奇傻眼看看血泊裡的老太太，老老實實告訴老吳他一個盹兒功夫把老太太放進了靶場。老吳叫他閉嘴，責任由他去推卸。他說畢奇你別膿包啊，讓他們詐出真話你就脫軍裝吧！老吳把責任開脫得很好，開脫不掉的一點兒自己替畢奇頂了。誰也不知道老吳的檔案裡是否為此留了陰影。老吳不在乎，他非黨非團，又是末席，還能往哪裡貶？只叫畢奇成了音樂偉人別沒良心，忘了為他犧牲的末席老吳和貧農瘸奶奶。

穗子緊盯著老吳薄薄的嘴唇，生怕它們擺出「蕭穗子」三個字的形狀。還好，好像沒有，他和畢奇談論著一段旋律下樂池去了。

燈暗下來，觀眾席靜得只聽到人們不斷咳嗽，「咯、咯」地吐痰。

樂池裡的校音聲也斂息了。男女演員們挺胸收腹，準備一個衝刺出去。

指揮棒抬起，一小陣，又放下來。指揮問首席提琴畢奇怎麼了。畢奇說有人音不準。於是他又給個音，大家又校一遍。畢奇再領頭，又是一遍。他對指揮說，就差那一點；就那一扣扣兒……他說這話時一點也不老三老四，所以五十歲的指揮尷尬一瞬，帥勁馬上就還原了。

畢奇的提琴獨奏靠後半場，三次謝幕後，汗把他的薄毛料軍裝後背打得澆濕。女兵們一塊上去給他打扇子、擦汗，端冰鎮牛奶。女兵們疼他的時候嘴裡總有幾聲罵：「又沒睡午覺！」

「又藏在哪兒練琴！」「累不死啊？」……畢奇就那樣站著，臉上有一點羞愧。畢奇畢竟很純潔，女性的觸碰使他多少有些受罪。

穗子在畢奇走過去時本想說句什麼。什麼都行，比方「拉得真棒」之類的廢話。但她臨時又變卦，佝腰裝著整理舞鞋去了。她看見那雙穿錚亮「三接頭」的大平足從她身邊走過去，不久聽見一聲：「奇奇！……」不必看也知道是妞妞和ㄚㄚ。

妞妞有一米八零的個頭，卻梳兩根細辮子。ㄚㄚ膀大腰圓，一口老煙牙。兩人都說極不地道的四川話或極不標準的普通話。所有司令、政委的兒女都是這樣一口話；超越省界的、涵括東西南北的、高於任何鄉俗的洋涇濱。

她們大聲和畢奇說話，一口一個「奇奇」。她們是奇奇獨奏的前一分鐘進劇場的，奇奇上面謝幕，她們下面就拍拍屁股走人了。除了奇奇，所有人的表演都是「傻蹦」「瞎吼」。有時她們心情特別好，也會把領舞演員或獨唱演員招呼一下，說：「唉，那誰，過來過來。」過去後，ㄚㄚ會上下打量她（他）一下，說：「跳得還不錯，叫什麼呀？」告訴她們叫什麼，姓什麼，她們說：「不錯。過去怎麼沒注意你呀？」假如她們心情好得要命，她們會把送給畢奇的巧克力、麥乳精分一點出來，賞給她（他）。極偶然的，兩姐妹會把個別男、女演員開車接走，帶到崗哨森嚴的司令樓裡，請他們聽奇怪的音樂（爵士），吃一種叫「吐司」的東西，卻明明就是麵包。畢奇每回都是半個主人，幫著挑唱盤。演員們受寵若驚，坐在那裡動也不敢動地聽上兩、三個鐘頭，終於聽完了，丫丫總會發現新大陸地說：「你的眉毛描過吧？……」或說「你臉上搽了胭脂吧？……」當然，被丫丫揭穿的多半都是事實，演員們去她們家總要給自己形象加工。這樣姐妹倆就倒了胃口，覺得文工團員淺薄虛榮是沒錯的了。破天荒也是有的：姐妹倆跟幾個演員偶然也會交往下去，直到談及家庭門第。在這方面姐妹倆最受不了謊言。一旦發現誰撒謊丫丫便會說：「人家畢奇就不撒謊，他爸被鎮壓又怎麼樣？還是擋不住人家成大音樂家！」當然這樣講得要很大派頭，連文工團領導都講不起這話。

冬天文工團和軍區部隊一塊下鄉，進行兩個月的軍事訓練和演習。畢奇變得悶悶不樂。他仇恨冬訓，第一是每回冬訓他手上的凍瘡就發作得一塌糊塗；第二，他不能保持每天十小時的練琴；第三，他的那對平足在急行軍夜行軍中會充分顯出劣勢。

這是個多雨的季節。文工團兵分四路組成戰地鼓動隊。穗子和畢奇都在老吳的旗下。大部隊的行軍是沿著盤山公路。而鼓動隊必須插小道超到大部隊前面。小道上一腳下去黃泥齊踝，才兩里路所有人老了似的喘。聽見一聲沉悶的「我操！」大家知道畢奇又摔了一跤。老吳鼓動隊長也不做了，專門去照顧畢奇。老兵說雨天行軍跌跤不能超過三次，不然人就給跌散神了。畢奇少說已跌了十跤，神散了形也散了，最後一跤把架著他的老吳也拽倒。老吳說：「好樣的，爬起來！」畢奇的大平足麻木地搓動幾下，卻沒爬起來。老吳心裡很虛，但嘴巴仍舊鬥志昂揚：

「我就不信咱們畢奇今天就爬不起來！一、二、三……喲！」

畢奇的兩腳又蹬幾下，再蹬幾下。他長著凍瘡的肥大耳朵往下一耷拉，嘴啃在泥裡，成了一尊完整的泥胎。他抬起臉，人們看見眼淚飛快地從黃泥裡衝出來，兩片泥嘴唇之間一根亮晶晶的水涎。畢奇「嗚嗚」地哭，一邊哭一邊口齒不清地控訴：「……襪子都縮到腳心了……褲衩讓汗給弄濕了，特磨得慌！……這什麼破路?!什麼破天氣?!老不晴！……」

大家圍在他身邊，瞪著眼看他，幾個女兵恨不得和他一塊罵，陪他一塊哭。老吳這時把自己背上的被包和鑼鼓交給一個男兵，對畢奇說：「來嘍，老吳今天做老驢了。」他「吭哧」一聲把畢奇背起來，又說：「我他媽的連自己兒子都沒背過。」

老吳背著畢奇走走歇歇，到達鼓動地點時，大部隊早已過去了。晚上領導當全團人的面革了老吳鼓動隊長的職。老吳對畢奇說：「我老吳為我老子都沒受過這種氣。畢奇你以後成了大音樂家可要孝敬老吳。」

大家這時都圍著炊事班的炊火燙腳，沒有凳子，只能站著，先燙一隻腳，再燙第二隻。老吳卻搬了幾塊柴讓畢奇坐。有人逗畢奇，說畢奇認老吳做爹算了，老吳這麼疼你，親爹都不會幫你洗腳、挑水泡。

畢奇只笑，露顆小虎牙。

老吳捧著畢奇擱在他膝蓋上的腳，上面的十幾個水泡穿了刺，扎著引流液體的頭髮，乍看快成仙人掌了。老吳說：「怎麼樣？畢奇，就差給你抓屎抓尿了。」

畢奇又羞了，說：「哎呀老吳！」

老吳說：「屎尿咋個了？畢奇也太純潔了。未必馬克思就不屙屎？」

大家笑著說老吳反動；老吳太粗，不配做畢奇的爹。

畢奇這時抬起頭，正好看見穗子。他笑了一下。穗子想，人們怎麼了？從此對畢奇瞞下了她穗子鬧得滿城風雨的事了？

軍訓期間除了演出幾乎沒人練功。誰都沒這份體力。不演出的晚上，大家洗洗衣服，早早就滾地鋪了。文工團住的是一所小學，後面有座破禮堂。偶爾需要排練，就去那裡。天剛亮穗子已練功練得一身汗，見畢奇一手提譜夾一手拎琴盒進來。他說：「小蕭真刻苦啊。覺都不睡！」穗子說你不也挺刻苦的。畢奇一邊擺好譜子一邊說：「天天這麼翻跟斗，非摔了不可。」

穗子原以為她私練「搶背」並沒人留心。她脫下練功鞋，換了棉鞋，去取掛在銹鐵釘上的棉衣。畢奇說：「喲快看！」穗子諕一跳，轉過臉，見畢奇已經在她身後，離她半步遠。他指著她側腰說：「你剛才伸胳膊我都看見你肋巴骨了，一條一條特清楚！」她笑起來，這有什麼大驚小怪的，女舞蹈演員瘦得見骨，那是福氣，舉起胳膊還不見肋巴骨，在舞臺上就成豬了。

畢奇像剛懂道理一樣點頭。

穗子說：「你練琴吧，我練完了。」畢奇說：「我打賭你不到八十斤。」

穗子把海藍練功服袖子一擼，說：「那也比你有肌肉！看見沒有——」她一捏拳，大臂上真出來個小疙瘩。

畢奇便伸手上來摸了摸，說還真是肌肉！他又用兩個虎口一比，說：「你的腰肯定比這還細。」穗子馬上說不可能，我又不是隻馬蜂。她像所有舞蹈隊女孩那樣歪脖子擰下巴，嘴上是吵架眼裡柔情似水。她在很多年後奇怪，經受了一場奇恥大辱之後，她怎麼仍在這個時刻躍躍欲試地想作怪？

畢奇說那我量量看。他兩隻大胖手帶著凍瘡和松香粉末傻呼呼地卡了上來：「你看，差不多吧？也就稍微粗一扣扣兒！」

他的手弄得穗子癢了，咯咯地笑著躲閃。畢奇說他打賭她腿上肯定沒什麼肌肉。穗子不服，把一條腿單舉起來，控在空中，緩緩划動，一面說沒肌肉能做這個？你掐錶吧，十分鐘之內我這條腿不帶落地的！畢奇還是不以為然，穗子急了，說那你來一個試試！畢奇把腿一繃，說：「來，摸摸看，咱這肌肉一塊塊都不含糊！」穗子覺得伸手去摸不大成體統，但又一想，男兵女兵常常在一塊掰腕子，有時還會打鬧得滾作一團，認為「不成體統」，只說明自己思想複雜。「思想複雜」是最刺痛穗子的一個罪名。穗子思維飛轉的時候，畢奇已捉住她的手，捺在他腿上。畢奇的腿果然挺結實。畢奇把她的手領到肚子上，說看看咱這腹肌！

穗子徹底放心了：假如人們這時還不把她的事告訴畢奇，就不會告訴了。倒不是穗子對畢奇有非分之想，只是她太看重畢奇給她的這份平等和尊嚴。

打靶之前出了事故：畢奇半夜口渴，起來喝水，喝了行軍壺裡灌的擦槍油。每隔半小時，畢奇便要嘔吐一次，腹瀉一次。老吳忙壞了，打著電筒、架著畢奇在茅廁和宿舍之間飛快往返。最後仍是無濟於事，還沒跑到茅廁畢奇就不行了。老吳咬牙切齒地說：「夾緊屁股、屏住呼吸、排除萬難，去爭取勝利！……」

畢奇身體一垮，老吳知道這下好了，全到褲子裡了。

老吳怎麼也拽不動畢奇。他蹲在地上「嗚嗚」地哭，老吳一說「總得洗吧？總得換褲兒吧？」他就哭得更傷心。老吳很懂畢奇，他自尊心太強，寧死也不要人收拾他褲子內被粗粗消化過的槍油。

擦洗乾淨後的畢奇躺在被窩裡，不理睬勸水勸湯的老吳。老吳明白他羞壞了，並且心裡有太多的知恩和感激，若要表達，更令他害羞。老吳說：「你龜兒真做老吳兒子了——老子給你抓屎抓尿了。」

到中午連軍區首長都來看望畢奇了。然後畢奇就讓首長的車給送到了軍分區醫院。一禮拜後畢奇還是吃什麼吐什麼，一個人瘦得只剩個大腦殼和一對大手、一雙大腳。妞妞和丫丫從成都趕來。妞妞一見畢奇眼圈也紅了。丫丫把醫生護士叫來大發脾氣，說這麼簡單的病情都處理不了，乾脆回老家做赤腳醫生去。丫丫指示給畢奇用她帶來的營養液，又指示把畢奇同屋的三個病號搬出去。姐妹倆在招待所號了間房，一早便到畢奇床邊來監督治療，開始是把早餐帶過來吃，後來洗漱、早廁都挪到了這邊。畢奇臉上果真有了人色。一天早晨例行抽血，妞妞見小護士扎得畢奇咧嘴，便斯斯文文地訓導起來，說你以為人人都跟連隊來的糙大兵似的，吃了你們的苦是啞巴吃黃連？

一個老護士這時跑進來，一把逮住妞妞就往走廊裡拖。「今天讓我逮著了——我說怎麼天天早上有人在女廁所大便不沖水！……」

妞妞已給她拖到走廊上，一個勁地掙扎。老護士說：「去，把你拉的大便給我沖掉！」妞妞的白淨臉漲得通紅。丫丫跑出來保護姐姐，說：「你再敢不放手?!……放不放？……好，好。現在不放，可就來不及了，馬上你就要知道我們是誰了。」

有人湊到老護士耳邊告訴她：「這姐妹倆是司令員的女兒。」

老護士說：「司令員的女兒就拉了大便不沖啊？」

老護士這話非常在理，非常合邏輯，也非常有原則。連妞妞和丫丫都覺得理虧起來。但兩人畢竟是女孩子，一口咬定老護士老眼昏花，誣陷好人。科主任這時開始查房，聽走廊上亂便出來搞治安。丫丫和妞妞回到畢奇病床邊，聽老護士大聲說：「司令員的娃兒也要講衛生吔！不行讓司令員自己來評評理！……」

軍訓結束回到成都，是春節前夕。老吳交代了畢奇如何吃藥，如何休養，便匆匆回家探親了。其實畢奇已經康復了，人也胖了不少，早就開始吃正常伙食了。初一早上他照舊練琴，結束後拿了飯盒到伙房打飯，這才記起初一伙房不開伙，而是分發給每人半斤麵、半斤肉餡，由大家自己去包餃子。大家往往自己結伴，五、六個人合成一組，擀皮兒的擀皮兒，包餡兒的包餡，同時胡聊，或者逗嘴。

穗子受到一組人的邀請，感動得心也要化了。半年來這還是第一個集體向她展開懷抱。但她忽然發現各組都沒有畢奇，知道他又躲到什麼別人找不見的地方練琴去了。她便撒了個謊，說另外一組人已邀請了她。

穗子撒謊是因為畢奇。假如她告訴人們，畢奇尚未入伙，大家一定會等他練完琴冒出來時，拉他入伙。那伙人裡萬一逗嘴逗得過分，說出穗子的事來，穗子從此連最後尊嚴也沒了。她見過類似情形：鬥爭歸鬥爭，事情一過半年，人們就會拿當事男女開玩笑，假如有人說：「唉，小蕭，怎麼不和你男朋友一塊包餃子啊？」穗子在畢奇面前就原形畢露了。這麼長時間以來，畢奇給她的一份友情，基於他仍舊認為她單純無邪。半年中，從夏到冬，畢奇的友情成了穗子的空氣和水。

她領到麵和肉餡，等著畢奇。見到他，她說她起床晚了，別人都搭了伙，她只好單幹。畢奇特別高興，說我來擀皮兒吧，你這個南方佬兒肯定不會擀皮兒。穗子不動聲色，把麵和好，不緊不慢操起了擀麵杖。畢奇大手直拍，連連喝采：「啃！啃！南方人擀成這樣也還湊和。」吃飯時畢奇談到他母親。他說他跟母親每隔兩天就通一封信。妞妞和丫丫接他去司令員宅子，也請他用司令員專線給母親打電話。

他忽然說：「你好像挺脫離群眾的。」

穗子說：「沒有啊。」

「你不太合群。」

「誰說的？」

「你說我呢，小蕭，我合不合群？」

穗子說你當然合群了，你群眾關係最好了。

他說：「咳，咱本身就是群眾嘛。」說完他笑起來，大眼睛彎彎長眉飛舞，一點也沒有平時怯懦木訥的樣子。穗子想，畢奇倒跟她挺合得來，說不定他也拿她的友情當回事呢。她還發現畢奇有個不正常的地方：對別人的事，他一個字都不談，似乎他一點也不知道他周圍的人怎樣活著，亦似乎他知道也不感興趣。

春節之後，復員、轉業的名單公布下來。名單裡有老吳。老吳委屈沖天，說文工團卸磨殺驢、過河拆橋、吃了柑子砍樹、掏空了豆瓣醬砸醬缸。他在文工團領導面前卻說另一番話：這麼多年我老吳不是無怨無悔地做末席嘛？末席，就是最小一顆螺絲釘，只能由他這樣思想過硬、不圖名不圖利的老同志來當。最後他老淚縱橫，說畢奇和他處得跟爺兒倆似的，他走了，誰來照顧畢奇？畢奇可不是螺絲釘，而是主機喲。

老吳哭了一場又一場，有真哭有假哭，從文工團哭到政治部。最後政治部再三研究，結果是再次決定讓老吳復員。老吳跟畢奇說，老子非去偷桿機關槍來，掃平文工團，掃平政治部。畢奇說機關槍恐怕不好偷。老吳說，衝鋒槍也行。說著老吳兩手抱著頭，又哭了。

而老吳卻被驚險地挽救了下來。畢奇跟妞妞求情，妞妞又向她爸求情，在老吳將要踏上回他那小縣城的火車之前，把老吳搶了下來。這樁事丫丫和妞妞、畢奇分歧頗大，她說老吳這種充數濫竽早該扔出去，正是他和你們要對中國音樂的悲哀負責。丫丫說，知道世界上最無情的東西是什麼嗎？是藝術。

老吳又恢復成一貫的老油條，滿嘴俏皮話牢騷話，早上叫他起床出操，他仍舊說：「出你媽啥子操喲，把老子皮鞋都崴斷嘍！」和曾經不同的是，老吳開始收學生。他求爺爺告奶奶的時候欠了一屁股人情，政治部幹部們把自己的孩子送到老吳這裡來免費學琴。老吳到處跟人說，他們請我「誤人子弟」，我只好照辦。他心裡圖得是和辦實事的人搞好關係，就不會在下次轉業中讓文工團領導下他的毒手。一次老吳出差，把學生們交給畢奇。等老吳回來，一個學生說畢奇揍了他。老吳非常吃驚，問畢奇怎麼回事。畢奇一口否認，說老吳你想我會揍他嗎？我又不是他老師。老吳不知如何斷案：懦弱的畢奇不可能揍人，也犯不上揍人。而那學生的敘述又十分逼真，也難以推翻。那個八歲男孩甚至說畢奇的手又大又厚，熊掌一樣拍下來時，讓他感覺「剎時間天昏地又暗……」

老吳覺得學生的形容是有根據的。他又回去找畢奇。畢奇正練琴，老吳坐在一邊等。他明白畢奇對什麼都無所求，只求一份清靜，在他練琴練到一半時不被打斷。一支練習曲圓滿結束，老吳還等。他知道畢奇剛拉完曲子你說什麼他都不明白，或者明白了也靠不住。得等他自個醒過懵來，主動和你說話，才是有效的。終於畢奇看見鋼琴凳上坐著個人。是老吳。他說：「喲，老吳啊。」

老吳說：「你小子告訴我一句實話；你揍沒揍那個娃娃我都無所謂，但你必須說實話。」畢奇急得更口訥了，說：「我憑什麼揍……揍他呀？就他、他也配我揍他？」

「那他憑什麼胡編啊？」

「那、那我怎麼知道？」

「畢奇，他爸可是管著幹部提升、調任、轉業的喲，他回家告你一狀，你小子吃不了兜著走。」

畢奇瞪著眼，瞪著自己黑暗莫測的前途似的。

好一陣，老吳覺得他確實無辜，只好走了，說：「好吧，你練你的琴吧。我想法拉攏腐蝕那小王八羔子，豁出去這月四兩糖果都給他吃。」

老吳走到門口，照例問畢奇有什麼事托他辦。畢奇從口袋抽出一封信，請老吳替他扔郵筒裡。

老吳拿著畢奇給他母親的信，向文工團大門口走。司務處沒開門，他買不了郵票便在臺階上坐下來，曬著早春的太陽。畢奇給他母親的信沒有封口，他看得見洇到劣等信紙背面的字跡。畢奇用英文給他母親寫信，這並不是什麼祕密。而老吳會讀英文，倒是一個祕密。老吳嘴巴很渾，心裡一點不渾，知道胡言亂語都不要緊，會英文卻是會惹「裡通外國」的禍。因此文工團的人沒一個知道老吳在高中還用一口「椒鹽英文」朗誦過莎士比亞。老吳想，這時閒著，不如用畢奇的信測測自已英文水平，看是不是忘光了。

打開的信紙上畢奇這樣寫道——

親愛的媽媽：

原諒我前天沒有按時給您寫信。出了一件事：我揍了老吳的一個學生。我指出他方法完全不對，他不但不聽，還說吳老師就那樣教他的。我忍無可忍，給了他一個大耳光。我其實揍的不是這個八歲的孩子，儘管他愚蠢而可憎，我揍的是那個更愚蠢可憎的老吳。他這樣一個大蠢才已給音樂造成極大危害，還嫌不夠，還要造就一幫小蠢才，共同來禍害音樂。上封信我告訴您，我怎樣替這位大蠢才求情，免去他的轉業（當時我一聽說他被處理轉業，心裡大聲為領導們叫好；這些狗屁不懂的領導總算做了一件正確的事！）。現在我覺得自己也很蠢，只想留下他為我洗衣服刷鞋套被子，就忘了他在我身邊將長期用他的琴聲折磨我。我幾次想告訴他：你也別費勁拉提琴了，不管你怎麼拉聽起來都是板胡。我的痛苦在於整個樂團都是老吳這樣的人，既無天分又無素養，並且愚蠢得可怕。他們前天晚上很神祕地請我去布景庫房，說有一個祕密音樂會。庫房的門窗還用棉被遮了起來。有人打開一架留聲機，宣布「音樂會」開始。等結束拉亮燈時，我發現所有人都兩眼痴呆，含著眼淚。您知道什麼讓他們這樣激動嗎？《梁祝》。連《梁祝》這樣膚淺庸俗的東西也能把他們打動成這樣！

這一點倒是妞妞和丫丫勝過他們了。至少她們不會用《梁祝》來開音樂上的洋葷。儘管這兩姐妹也是一對白痴，畢竟在音樂上見了點世面，知道拿孟德爾頌、布拉姆斯裝裝門面。對了，我忘了把丫丫找出的一張父親的演奏唱片寄給你。上面還有父親的相片。不知她挖空心思找它時什麼感覺。難道不覺得挺荒謬？她的父親把我的父親當成兇惡的敵人。我常常想拒絕她們的邀請，但又經不住打免費長途的誘惑。畢竟我能常常聽見您的聲音啊。而每次到她們家，我就更討厭她們。文工團的白痴們儘管不可饒恕，畢竟還辛苦賣力；而她們會什麼？什麼也不會。兩條生在特權裡的寄生蟲。每回坐在那個巨大的客廳裡，我就想，我原該擁有這一切。她們把我的奪走了。

您上封信提到要為我抄的「巴哈」，我已從劉教授那裡借了一份，那個姓蕭的女孩會幫我抄。她抄譜抄得還不錯，加之她十二分的巴結。本來我聽說她的家境和我們相仿，倒和她有同病相憐之感，不料她倒同我熱切起來，好像我不知道她在夏天挨批鬥的事情。我以為我們這樣家境的子女一旦有機會就會殊死奮鬥，看來不盡然，也會出她這樣的敗類。不過我還是會讓她幫我抄譜子的。看她討好的樣子，我心裡好笑：難道我不知道你是什麼樣的女孩？難道我會受你勾引？

成都的天氣已轉暖，我手上的凍瘡也該好了。北京的風沙季節快到了，您要保重。謝謝李楠叔叔，他的推薦雖然失敗了，但我仍會一天也不鬆懈地練琴，音樂學院我總有一天進得去，也許不是去做學生。也許是做一個偶像，當一個偶像樹起來後，沒人在乎他從什麼家庭背景中走出來，您大概又要叫我「做夢者」了。

起床號響了，我得像身邊所有虛度年華的人一樣進行愚蠢的一系列活動去了。

想念您的奇奇

一九七四年三月二十日

耗子

這樣一群少女朝你走來時，你會發現她們中醜的那個最為奪目。因為她是唯一的醜姑娘，因為美貌在此是普遍和一般，而醜陋卻是個例外。還因為你覺得這樣穿軍服的年輕女舞蹈者理所應當是美麗的，醜姑娘反而不同凡響，讓你覺得這個明顯謬誤必定有什麼讓你一下看不透的堅實理由。她們就這樣走在陽光斑斕的梧桐林蔭道上，手裡端著五顏六色的塑料臉盆，腳上穿著五顏六色的塑料拖鞋。

每年四月，新兵訓練結束，這座軍營裡總要添一群跳舞蹈的年輕女兵，十四、五歲，或更年輕些。她們尚未學會軍人的內斂，在老兵眼裡，個個天真爛漫活潑討厭。若是把她們剝得赤身裸體，擱進西歐古典神話的背景，她們便是世世代代男人們夢寐以求的山林小妖。當然，醜女孩黃小玫除外。

這是她們每天必走的路：從練功房到軍人服務社，再去浴室，然後回營房。因為跳舞，她們每人每月有一大筆衛生費用，折合出來便是一百來張「光頭」票。她們自然不必像男大兵那樣把「光頭」票花在推光頭上，她們可以用兩張「光頭」票換一張「淋浴」票，或五張「光頭」票換一張「小池」票，去享受四小時練功後長長的浴洗。若服務社新到了什麼甜食，她們還可以用「光頭」票做做貿易，比方十張「光頭」票換一斤炒米糖或蜜三刀。她們很快注意到，只有黃小玫從不這樣揮霍「光頭」票，卻總是很捨得把它們開銷在「小池」票上。「小池」票很貴，一張夠男兵推五個光頭。

黃小玫細看並不醜。假如她肯好好給你個正面的話，你會發現她眼睛的形狀不錯，深深的，一圈粗黑的眼睫毛。眉毛是粗大了些，兩個起端隱約連在一起，可以說這是個長一根超長、超粗、超黑眉毛的女孩。還有就是兩鬢的走向走出了個淺淡的絡腮鬍，連同唇上毛茸茸一道陰影，使這張原本俊美的臉大大地吃了虧，變得有些髒相。若推後二十年，擱在九十年代，就全不成問題了，西方女人的除毛劑流通到了中國大陸，黃小玫完全可以眉清目秀。

穿出林蔭道，就是司令部辦公樓，再往前，有幾排紅磚紅瓦的簡易營房，眼下歸文工團和體工隊的新兵住。營房前一大排水泥池子，供年輕的男女大兵們洗漱浣衣。少女大兵們披散開頭髮，一人一個豔麗的臉盆，一個盆裡一堆晶瑩的肥皂泡。她們出著軍事訓練和舞蹈練功的洋相，不一會就鬧到了黃小玫身上。誰突然叫起來：「哎呀小黃，教導員剛才到處找你！」

黃小玫從不戳穿她們在消遣她，只說：「真的呀，那麻煩你們照看一下我的臉盆。」她站起來，甩著兩手的肥皂泡，轉身走了。大家都一聲不響，望著穿襯衣軍褲的她奇怪地戴著軍帽。黃小玫假如肯好好梳兩根小辮，留一排瀏海，和其他女孩一樣，或許也不會給人認為是醜的。黃小玫卻永遠一頂軍帽，嚴嚴實實捂到髮跡線，即便從浴室回來，所有人都一路梳著濕頭髮，她一人卻不知在帽子裡孵化什麼祕密。必定就是那個需要她大破費「光頭」票去洗「小池」的祕密了。這個祕密越來越熬煎這幾個年輕的女兵：到底這醜人想拿帽子瞞住大家什麼。她們常常討論，從新兵訓練第一天到現在，一個多月了，有誰見過黃小玫的頭髮？沒有。

早晨起床號響，她們一睜眼她已戴好帽子；平時哪怕她身上是褲衩背心，頭從不光著，帽子總是周正得可以進儀仗隊給司令員行大禮。

黃小玫的脊梁感覺到女兵們一聲不出，眼色卻快速地飛來飛去。她們的眼睛問答得很熱鬧：看見了吧？脖子上露的雖頭髮還是濕的！天天這麼捂著，頭髮裡要出蝨子了。誰說她有頭髮？恐怕就是個癩痢頭！……黃小玫的脊梁給她們無聲的熱烈議論弄得無地自容，畏縮得很難看。見她走過燈光球場，拐進了最後一排營房，誰便大聲地說：「真作怪呀，就是不摘帽子！」

「你們哪個把她摁倒，動手揭下那帽子不就完了？」

「看看她的頭癩得還剩幾根毛。」

「有一種傷寒，死不了的話頭髮全禿光。」

大部分女兵不同意了，說禿是禿不了的，禿子兵站大崗都不會要，別說文工團了。

這樣談論著，黃小玫從營房那邊又拐了出來。她誰也不看，對她們剛才說了什麼一清二楚。換個正常人，這是發難的時候了：「那個誰誰誰，你安什麼心？教導員根本沒找我！」黃小玫什麼事也沒有，蹲回她的臉盆邊上，接著搓衣服。肥皂泡全瘪了，她窩窩囊囊地搓。她是明白的，她們要講她壞話，不支開她不方便。

誰突然叫起來：「哎呀，洗爛了一毛錢！」

馬上有誰接話：「貼貼還能用，給小黃吧。」

「小黃你要不要？」

「怎麼不要啊？小黃拿去還能買三個糖醋蒜頭。」

黃小玫抬起臉，對大家嘿嘿地笑。那種沒脾氣的笑，夥同別人取樂自己的笑。她當然知道她們指的是什麼。她把食堂打來的糖醋蒜頭藏在抽屜裡當點心吃，被查內務的分隊長搜了出來。搜出來的不止蒜頭，還有乾巴巴的油條，啃得缺牙豁齒的饅頭，星期天早餐的炸花生米，星期四午餐的滷豆腐乾。全是從食堂餐桌上搜集來的剩餘食物。就像看不見黃小玫的頭髮一樣，也從沒人看見過她好好吃東西。把不堪入目的食物殘渣從她抽屜裡清理出來時，人們都無法想像黑暗裡她怎樣兇猛地消耗。

黃小玫有一個大優點，她從不辯解什麼。說她噁心也好，窮酸也好，她氣度大得很，一點也不強詞奪理，過後該怎麼偷嘴還怎麼偷嘴。說急了，她就像現在一樣抬起臉，嘿嘿一笑。

多年後蕭穗子一想到黃小玫的笑，就會想，是什麼讓那笑不同尋常。它寬厚，賴皮，她其實以這笑給女兵們碰了個大軟釘子。

黃小玫這樣一笑大家就沒有什麼好說了。一陣無趣上來，誰便說快洗吧，馬上要開午飯了。她們潦草地清洗，很快把水池讓給了黃小玫。每次想欺負欺負她，卻總是發現她做好了充分的準備全面迎合你的欺負。

這些女兵是從上千投考女孩中篩選出來的，就算黃小玫混過初試，還有複試和終試，這支苗條秀麗的隊伍怎麼就讓她混了進來？大家覺得疑團太大。就算她會那種很絕的跟斗，她的入選還是欠缺說服力。

一天來了幾個首長，觀看新兵舞蹈彙報。兩個副司令員盯著黃小玫咬了一陣耳朵，最後接見時又拍拍她的肩膀，說還是有點像你媽媽。每個人都注意到了黃小玫的神情。回到宿舍她沒話找話地和同屋女兵搭訕，興奮得上氣不接下氣，大家看得很清楚，她太巴望為大家解決一個大疑案了：她母親是個什麼人物，值得司令員們去惦記。同屋的女兵們就是不給她這個滿足，開始了每晚的零食大會餐。她們相互間熱熱鬧鬧的請客，起初有黃小玫的份，很快發現她不上路，明裡客套，暗裡獨吞獨食，因此她們再不給她面子。

此刻蕭穗子提著暖壺進來，劈頭就說：「小黃，他們說你媽過去是咱們團的主角，首長全認識她！」

黃小玫飛快地看看大家，問穗子聽誰說的。

所有人都對穗子虎起臉，意思是你可讓她得逞了，人家胡扯一晚上就想把話往那兒引，現在你問到門上了。

穗子指著木板門外面說：「鍋爐房的老師傅都知道小黃的媽媽。」

黃小玫踢開壓腳背的五斤重沙袋，眨眼間已從床下抄出一本相冊，第一頁上的頭像，是個穿軍禮服的女人，燙頭髮，抹口紅，五官有黃小玫的影子，只是不那麼眉毛鬍子一把抓。無疑是個做主角的女人，自信而風流，眼裡戲很足。「看，我媽媽。」黃小玫把相冊捧成一個奬狀，上身向左轉四十五度，又向右轉四十五度。她一副翻了身出了頭的勁頭，說她母親曾演過多少歌劇的主角，被軍區和省裡多少高官名人追求過。女兵們傳看著相冊，又去看眉飛色舞的黃小玫，心裡想，她還挺美，原來是走後門走進了革命隊伍。營房有三十平米，靠牆一溜搭了十二張鋪板，鋪和鋪之間有條只容一個人側身穿過的空隙。此刻少女大兵們全半躺在床上，兩個腳尖壓在沙袋下面，懷裡抱著炒米糖或蜜三刀。黃小玫在床鋪間的窄過道裡急急忙忙奔走，指點著相片上的母親，給每個人做講解。一個人伸長手臂隔著過道將相冊傳給下張鋪上的人，黃小玫便急匆匆從一個過道走出，再走入下一條過道，去重複同樣的解說詞。「你看我剛生下來的時候多難看！」她高聲地咯咯咯笑，大家就想，好像她現在不難看了。終於有人說：「小黃，你小時候挺好看的嗎，怎麼長成現在這樣了？」黃小玫一點都不受打擊，或許聽都沒聽進去，說人家都說她和她母親長得一模一樣，但她認為還是母親更漂亮。於是女兵們想，她太陶醉了，太幸福了，亢奮得耳也聾了，眼也花了，起碼的客觀也不要了。

大家都注意到一張相片，明顯是被剪去了一半，剩的一半裡有黃小玫的母親，右胳膊摟在被剜去的那個人身上。那個人也沒有全部消失，還留兩隻手，從空洞裡伸過來，抱著嬰兒黃小玫。問她這兩隻手是誰的，黃小玫倒是毫不猶豫，說她怎麼會記得，她還不到一歲。

心眼子很多的蕭穗子感覺她在撒謊，一個不值得記住的人是用不著從相片上剜去的。

黃小玫大聲說：「今天我請客！」

她在抽屜裡摳搜半天，拿出一袋鹽金棗。鹽也化了，看上去濕乎乎黏乎乎的。她又順著床鋪間的窄過道走到每個人跟前，三個手指伸進塑料袋，挖出十多粒鹽金棗來。她要人家攤開手心，仔細把互相沾黏成一小撮的黑色顆粒擱上去。有的太黏，沾在她手指上不下來，她手指頭就得費勁搓捻。誰笑了，說小黃，你搓鼻涕球呢？

黃小玫說四川天潮啊，都回潮了。

誰又說算了吧小黃，你還不定藏了多久。

又有誰說，我們的東西怎麼沒化得那麼噁心？肯定是你每天半夜偷偷起來，想吃又捨不得吃，把每一粒鹽金棗都舔了舔，再放回去。

誰便把剛含到嘴裡的黑色顆粒吐到地上，說不行了不行了，你們還讓不讓人吃啊？

黃小玫馬上臉紅了，說你們不吃別吐，還給我，我媽媽到淮海路第一食品商店給我買的。

女兵們一面做著各種作嘔的姿態，一面還是把黏得可疑的鼠糞狀顆粒吃了下去。她們沒辦法，一當兵才發現自己弱點很多，愛瞟男兵，愛搬弄是非都好克服，饞起來太可怕了，可以不分敵友，不顧原則，不講衛生。

又有人說，小黃你媽媽肯定給你買了好多好吃的，從上海到成都多久了，還沒吃完。黃小玫不直接回答，豪邁地一舉手裡的半袋鹽金棗，說誰吃完了再來拿啊。

大家開始起鬨，問道：「小黃，你媽媽還給你買了什麼？多拿幾樣出來請客。」

黃小玫還是不說什麼。

突然兩個女兵踢掉腳上的沙袋，喊道：「搶啊，咱們可不能眼看著小黃同志吃獨食，長賊膘！……」

所有女兵都跳下床，十來雙手把黃小玫摁住，一雙手拉開她的抽屜。黃小玫的圓臉蛋通紅通紅，覺得大家今天可真夠朋友，居然也和她親密無間地打鬧，居然也摟她腰抱她腿擰她胳膊。但不久她們安靜了。

女兵們站在打開的抽屜前。抽屜裡有幾片乾了的油炸饅頭，一小碟白糖，一看就是被舌頭一點一點舔剩的狼籍。還有幾顆青毛桃，是從軍營果園裡順手摘的。她們想，無論黃小玫的母親多麼輝煌，她把這個女兒養得夠賤的。剛才抓過她胳膊腿的人都覺得手心有些不爽。黃小玫對氣氛的突變毫無感覺，熱火朝天地就朝兩個女孩撲過來，一面嘿嘿笑著，手就去她們身上猛嗝肢。這樣的打鬧式親熱來之不易，她得把它保持下去。大家常和歲數小的新兵玩鬧，所以黃小玫一出手，蕭穗子馬上知道她是個從不和人打鬧的生手，招式生硬，又沒輕沒重。穗子掙扎開，跑了，黃小玫便全力去對付另一個。黃小玫渾身圓滾滾的，力氣極大，動作起來老有一股發酵的汗味冒出來。開始那個女兵還跟她扭作一團，很快就來了一聲尖利大叫：「討厭！」

誰都聽出她是真惱了，黃小玫還不識時務見好就收，還是極其戀戰，把那個女兵壓在身下。

只聽「啪」的一聲，兩人分開了，黃小玫一手捂在腮幫上。

沒人看見那個耳光是怎麼落下來的。女兵們全傻在那裡。這樣撕破臉面，傷和氣可是從來沒有的。這一刻黃小玫只要一哭，就馬上是這齣鬧劇裡受壓迫、受欺凌的丑角了。眼淚在黃小玫眼裡結成兩片晶體，給日光燈一照，悲劇感出來了。

「……好哇，耍賴皮！」黃小玫說，笑容是吃力的，但畢竟沒有撕破臉：「你等著，」笑容漸漸已不那麼艱難，她已經偷換了把那個耳光的性質：「等有勁我再還手。」

一天夜裡她們摸到黃小玫床邊，幾支手電筒一塊兒照上去。黃小玫不僅不禿，而是一個腦袋長了三個腦袋的頭髮，並帶著天然捲花。她留一種簡單的短髮，此刻沒有軍帽，收拾不住了，蓬成極大一個頭。應該說這是很好的頭髮，少見的濃密茁壯，卻實在太厚，太黑，在黑夜裡襯著白枕巾，看上去不知怎麼有些恐怖。

黃小玫睜開眼第一個反應就是伸手到枕邊。枕邊擱著她的軍帽。衝著手電光，她的臉皺得只剩一道筆劃，就是那根又粗又黑的眉毛。她嗓子裡堵著痰，問：「誰呀？」

本來要揭一個短，揭出來的卻是她身上唯一一個過人之處。大家都挺失敗的，也不知怎麼收場。黃小玫的帽子是不能戴了，但她一隻手還狼狽地捂住蓬得老高的髮冠，人縮小了，成了毒辣的聚光燈下真相大白的反派。

黃小玫當然知道她們安的什麼心，但她一臉迷糊地問：「你們要上廁所啊？我不憋。」

她們夜裡集體起夜從來沒約過黃小玫。這時卻都說你回頭一個人去，嚇死你活該。廁所有半里路遠，去的一路她們沉默不語，在想黃小玫的頭髮長在她身上似乎不配，可惜了，那是多豪華的一頭頭髮。回來的一路誰開口了，說小黃的頭髮幸虧短，長了肯定編不成辮子。誰說編成也難看死了，想想看，那麼粗，還不跟豬屎撅子似的。這一討論，都好受不少，覺得黃小玫的頭髮並不動人，她整天拿軍帽蓋著它是有自知之明的。又有誰說，那麼多頭髮洗一次得用多少洗頭膏啊？太費錢了。所以她就不洗，捂個帽子讓它餿去。快到營房門口時她們已經有些同情黃小玫了，長那麼一大堆頭髮和禿就差不多了，也是見不得人的缺陷。

半年後文工團的房屋擴建竣工，所有的新兵都搬了過去。所有人都擺正了與黃小玫的關係。一般情況下，對她各種莫名其妙的習慣不加理會，閒得難受了，就作弄作弄她。練功之後，女兵們有一段最快樂的無聊時間，全癱在練功房的地板上，找些傻話來說。一個人說，哎小黃，你「後橋」翻得夠棒的，給我們翻一個，欣賞欣賞。黃小玫不知道她練功褲襠部綻了線，走到場子中央便賣命地翻騰起來。女兵們看她每向後一翻，那口子便撕裂得更大一點，漸漸的，黃小玫就在她們眼前穿起了開襠褲。

一年後男兵們也開始拿黃小玫娛樂。團支部牆報上貼的「學習心得」和「思想彙報」都是拿辦公信紙寫的，紙張菲薄柔軟，沒有衛生紙津貼的男兵們常去撕「思想彙報」解手。團支書一次把團員們集合到牆報前，指著被撕走的最新「讀書心得」，大聲問誰幹的。問了幾遍，誰大聲說：「黃小玫幹的。」

這個時候文工團的人對黃小玫的身世已大致清楚。她父親作了省裡有名的右派後，她母親改嫁到上海去了。黃小玫說她的繼父是個高幹，她常常乘他的小車上學。繼父還帶她在家裡的小院開荒，種豆種菜。實際上她兩歲那年剛進入繼父的家門，母親就把她拉到浴室裡告訴她以後不可以哭，因為這是別人的家。拖油瓶黃小玫在有了個弟弟和妹妹後，懂得了走路躡手躡足、說話輕聲輕氣叫做識相。還有很多事情叫做識相，比如在桌面上少吃東西，無論繼父說什麼都嘿嘿一笑，決不辯解，無論弟弟妹妹的待遇和她怎樣懸殊，都決不爭取平等。繼父其實很少難為她，更不難為他自己，始終大大方方地表現他對親生兒女的深厚偏愛。黃小玫告訴女兵們母親如何拿她當心肝，好東西都是背著弟弟妹妹給她吃，漂亮衣裳也偷偷給她穿。其實曾經做名角的母親永遠在一家人裡唱紅臉，白臉，三花臉，當繼父的面，她得把繼父說不出口的話說出來：「女孩子怎麼長一頭野人頭髮？看見就討厭！」「少裝老實，心裡跟你右派老子一樣不服的很吶！」……一轉臉又總是個淒美的含辛茹苦的母親，說：「心肝啊，知道媽心裡最疼你嗎？」這時就有半杯牛奶或一塊奶糖贓物一樣塞過來，要她躲起來偷偷吃喝，別讓弟弟妹妹看見，因為沒有他們的份。後來拖油瓶黃小玫發現，母親以同樣的方法給了弟弟妹妹同樣的東西，也給了他們同樣的囑咐。有些老演員們還記得黃小玫的母親，零星講到她一些趣事，人們對她的印象是活潑而潑辣的。到這種時刻，黃小玫總聽得最入迷，似乎是聽一個陌生偉人的事蹟，不厭其煩地請人重複細節。然後她會眼神醉醺醺的，對女兵們說她母親就那麼瀟灑可愛，誰都抵擋不住她的魅力。她沒有意識到她話裡有多大成分的謊言。她記憶中的母親從來不是瀟灑的。有時母親下班回到家，會飛快地從報紙裡取出一雙繼父的皮鞋，擦的錚亮，對繼父說：「你看，小玫懂事點了，花一晚上時間給你把皮鞋擦了。」母親在這時會向她飛個眼，一個不倫不類的，有一點賤的神色。

再過一些年，蕭穗子將會明白黃小玫的真正成長環境。黃小玫忍辱負重和臥薪嚐膽註定將要使她成為一個了不起的人物。到了那個時候，穗子將順理成章地去接觸她的母親，繼父，弟弟，妹妹，對黃小玫這個人做出比較全面的結論。

不過那都是以後的事，現在還得回到一九七四年的這個軍隊歌舞團的排練現場。現在的穗子只一心巴望排舞蹈隊形時別緊挨黃小玫。黃小玫一跳起來就成了一籠熱蒸饃，熱騰騰冒著酸酸的汗氣，一邊跳嘴裡還會嗤嗤嗤竊笑，好像她看見了某人出醜而其他人都沒看見。下來問她笑什麼，她總是一本正經說她沒有笑。這天黃小玫排在穗子的身後，作為替補演員跟著隊伍跑隊形，等誰發三十九度高燒好充個數。負責排練的是個新教員，排了一會忽然從椅子上站起來，眼睛亮了幾度。他說：「後排那個小同志，你上前頭來。」後排的新兵你看看我，我看看你。新教員又叫一遍，大家往邊上退了退，蕭穗子向前邁了兩步。新教員笑笑說：「不是你，是你後面那個小同志。」蕭穗子也往邊上退了退，把大紅臉蛋的黃小玫亮出來。新教員說：「上來一點。」她一動不動，瞪大兩個剛闖了禍的眼睛。初冬的早上，她汗濕的身體在陽光裡起一層微酸的白煙。

新教員說，剛才的動作這個小同志做得不錯。他轉臉笑瞇瞇地看著黃小玫：「來，你給大家示範一下。」

黃小玫圓滾滾地站在場地中央，還是一動不動。人們把場子給她拉得更大，準備好好消遣她一番。「來呀！」新教員催促著，如同看著一個胖乎乎的、可愛的小東西那樣看著黃小玫。有人意識到，在一個不知底細的人眼裡，黃小玫可以給看得聰明活潑，靈巧好學。黃小玫飛快地掃一眼四周，忽然一笑。那是個很難看的笑，迷亂，低智，但得意是有的。後來人們發現他們小看了黃小玫，她的模仿能力一流，總是頭一個把新動作學下來。場子中央的黃小玫跳了一遍又一遍，賣力得一地板汗珠子。新教員對大家說：「看見沒有？這個小鬼就跳得八九不離十了。」他已打了停止手勢，黃小玫還不肯歇下來，動作漸漸做過了勁，表情也是忘形的。一個迅猛旋轉，她摔倒下去，聲音比男兵們翻彈板跟斗還響。她臥在地板上回了回神，然後喃喃地說地板怎麼這麼滑。新教員一臉過意不去地上前，正要伸手，她已七歪八扭地自己爬了起來，說：「沒事，沒摔著。」誰都聽出剛才那「轟通」一聲，她骨頭皮肉與地心引力剎那間發生了怎樣的衝撞。她臉上的紅色更深，笑容也七歪八扭。

如果不發生下面的事，黃小玫這一天就算揚眉吐氣了。新教員說要是她沒摔著，就領著大家跳幾遍。她傷筋動骨也不顧了，渾身發條立刻上滿，又是跳又是喊：「一、二、三、四——抬左手！……五、六、七、八——抬右腿！……」

快到中午，新教員叫兩個男演員出列，說下面的托舉動作由他倆完成。他布置著位置，把兩人安排到黃小玫身邊，自己的手模擬地在黃小玫身上比了比，說，好，開始吧。

兩個男兵都是有七、八年軍齡的兵油子，指著黃小玫一字一句地問：舉她呀？教員說對呀，怎麼啦？兩人不動，笑容卻清清楚楚地在說，虧你想得出來。新教員此刻已悟到什麼，但他不願頭次掛帥權威就受挑釁。他四十多歲的面孔拉了下來，很老的師爺嘴臉出來了，說你倆小心點，我排練的時候說一不二。

兵油子們說換個人舉舉不成嗎？

新教員說，不換。舉就舉，不舉出去。

兩人有苦難言地一對視，邁著大八字步就朝排練廳門外走。所有人都看得見他們脊梁上的笑。

教員心想，這樣以後還做不做教員？他憋粗聲音說，你們要敢走，後果自負！軍隊指揮員一生總要把這句話講個上百遍，效果也總是有的。兩個男兵停下來，脊梁上的笑也消失了。其中一個轉過臉，求饒地說老師哎，咱真舉不了她呀。

教員問為什麼。

他說換個人他準舉。換誰都行。

黃小玫不知什麼時候已退出了中央位置，彎著腰一下一下地揉著膝蓋。劇痛到這會才發作似的。女兵們相互戳戳搗搗，去看黃小玫腿上鼓起的紫色大包。她索性大搓大揉起來，往地板上一坐，全面進入傷員角色。教員看看她，見她拿擦汗的小毛巾敷著傷處，毛巾動一下，她嘴裡就「絲」的一聲，身體也使勁抽一抽。她眼睛看了這個又去看那個，向每個人募徵同情。她的戲過了，連新來的教員都認識到這一點。她無非想讓大家承認，舉不舉她並不取決於兩個男演員，而取決於她：因為她腿傷嚴重，主動放棄了被舉的角色。

教員終於得了黃小玫的要領，說腿疼你就回去休息吧。他認為得好好琢磨琢磨，人們對這女孩如此無情道理何在。果然，黃小玫人影還在玻璃窗上，室內的大笑就爆破開來。教員竟不光火，問這麼笑是什麼意思。其實他已經隨大流了，語調和神情都表示他知道他們要抖的包袱是什麼。

一個男兵說，他們女兵也不勸勸她，好好洗洗澡，整天跟蒸發糕不擱鹼似的。

另一個人說哪兒是發糕，是餿泔水。

女兵們惡毒勁上來了，拿出黃小玫許多不雅的事來說笑。

新教員對他們糟蹋人的口才直搖頭，卻不斷跟著笑。眼看不像話起來，他才撿起地上一根腰鼓棒，敲敲把桿的鋼筋架子說可以了，可以了，不要那麼低級趣味。但大家都知道，從此以後他再不會讓黃小玫做示範動作，也不會讓男兵托舉她了。儘管從此後黃小玫每天都悄悄替他的保溫杯加滿熱水，替他清理煙缸裡的煙頭，替他曬練功鞋，灌暖壺，搬錄音機。每次上舞蹈課，他把煙頭擱在某人高高地控在空中的腿下，說給我控好，掉下來一寸燙死你。黃小玫便命也不要地控起腿，大家換動作了她還控著，等教員上來也給她用一樣的刑。但他對她很寬容，她怎麼練都隨便。

黃小玫還是抓緊一切機會和他說話，對他笑。有時她老遠叫著「老師」追上來，滿嘴話急著要講，到了跟前，又只是喘著粗氣冷場，讓教員跟著她侷促地受罪。有一兩回，教員問她可是有什麼事。她一楞，突然明白這樣的師生交往得有個名目，有個話題。她說老師，我媽媽來信了。教員心想，這下苦了，她媽媽來信也要跟我報告了。她又說老師，我告訴了媽媽，我們來了個新教員，對我可關心了。教員加快腳步，給她弄得又慚愧又窘迫又煩惱。他匆匆往天橋上走，步子身姿都在說他多麼想擺脫這場談話。黃小玫跟著他，緊趕慢趕，把她母親的感激話說了一遍又一遍。走到天橋頂上，教員說謝謝謝謝，代我問你媽媽好。黃小玫聽不出他話裡的句號，還是緊緊跟著。文工團有兩個院子，院牆上跨的天橋是兩邊往來的主要交通。

教員在終於甩掉黃小玫時心裡有所觸動。他最初給她的那點重視真經用，以後的冷落、忽略都消耗不完它。

到了第三年，新兵熬成了老兵，老老兵們就不再對他們說，哎，誰誰誰，你去鍋爐房順便幫我打點洗腳水。又來了一批新兵，對蕭穗子他們這批兵說，我們正好去鍋爐房，要不要順便帶點洗腳水？老老兵們更瀟灑，下連隊演出都懶得和蕭穗子他們爭角色，行軍時也懶得霸佔好鋪位，霸佔僅有的臉盆夜裡當尿盆。一切都三十年河東、三十年河西了。不變的就是黃小玫。

女兵們對她早就失去了探索的興趣。都知道她在熄燈一小時之後開始繁忙。從夜裡十一點到十二點，她有許多事務要處理：讀信，看相片，數錢，吃東西。但人們不知道她有一塊不大走動的老式女錶，是她母親送她的參軍禮物，她也總是在這時分拿出來戴一戴。

好了，來看看這時的黃小玫。她戴著手錶，插著耳機，吃著宵夜，手腳的準頭極好，從來不會碰出響動。有時她會忽然摘下半導體耳機，聽誰在夢裡說了句什麼。有一次誰說「集合了集合了！」她搭上去說：「在哪兒集合？」那女兵在夢裡一楞，被另一個世界來的聲音嚇住了，好一陣才說：「自由散漫。」黃小玫給這個在夢裡做指揮員的女兵逗壞了，嘎嘎地笑起來。

女兵又楞了，然後也嘎嘎直笑。那是一種很陌生的笑，讓黃小玫毛骨悚然。

黃小玫覺得講夢話的人和平素都有些兩樣。這個區別使她夜裡這段生活更加多采。也有人會半夢半醒地突然發脾氣，大聲說又吃又吃，真討厭，是人還是耗子?!偶然有誰白天記起夜裡的事來，指著她問：「你有什麼事非要半夜偷偷摸摸幹?!」她只是不一般見識地笑笑。她夜裡享的福她們怎麼能想像。黑暗中她的世界一下子那麼遼闊，她祕密的自由使乾成化石的油炸饅頭吃起來美味無比。

黃小玫半靠在牆上，一個袖珍手電照著母親最近來的信。信很簡單，說她托人給黃小玫帶了東西。她微仰起下巴，躺得舒舒坦坦。假如誰此刻醒來，一定不會相信這是同一個黃小玫，渾身自在，伸展得像在海灘上日光浴。窗子外面的梧桐樹給月光照出花斑，投在牆上。她一動不動地看著梧桐葉子的圖案，專注得連一隻老鼠從她帳頂上跑過都毫無察覺。老鼠是這個女兵宿舍的熟客，多次咬穿她們的口袋，獵取半塊餅乾或幾粒瓜子。偶然的，也獵到過巧克力。第二天女兵們被布滿參差齒痕的巧克力嚇哭了，誰也沒料到一隻老鼠能把東西糟蹋得如此猙獰。最初的驚恐過去，誰開了口，說好可惜，其實剜掉老鼠啃的地方還可以吃。誰又說，對呀，拿刀好好剜一剜，給小黃吃。她們一本正經地請客了，把那塊不堪入目的黑玩藝擱在黃小玫桌上。在黃小玫不聲不響用紙捏起它，把它扔到門外垃圾筒裡時，大家快活死了，說喲小黃，你還嫌耗子呢？

已經是淩晨兩點，黃小玫還沒有瞌睡。她的失眠全是因為那個從上海捎東西的人要到達了。母親終於也像所有女兵的母親一樣，以捎東西來證實母愛。捎來的巧克力會證實，她是個把女兒當寶貝的母親。她會馬上把她難得的財富分給同屋的女兵們。她們會一擁而上，分享她短暫的闊氣。

第二天中午黃小玫沿著走廊走來，腳步彈性十足，見誰都指著手裡的網兜說：「請客嘍，我媽給我帶吃的來嘍！」午睡剛起床，人人照例鬧著點「下床氣」，拖著折疊椅去排練廳政治學習，黃小玫一吆喝把她們吆喝精神了。女兵們這時都忘了平時對她的嫌棄，對她一貫的欺辱，立刻熱熱鬧鬧地和她重新建交。她們跟著她進屋，看她拆開網兜裡包的一層層《人民日報》，聽著外面集合哨在催命，都嘻嘻哈哈地說快點快點。黃小玫紅紅的一張團臉，由於失眠前額上出了兩顆青春痘，圓溜溜的已經成熟。大家催得太急，她心狠手辣地撕扯起來，終於從無數層報紙裡拿出兩個老舊飯盒。打開一個，裡面是滿滿一飯盒「蕭山蘿蔔乾」，第二個飯盒上面纏了膠布，撕開來一看，又是一盒蘿蔔乾。

誰風涼地笑起來，說這回夠小黃吃到復員了。

黃小玫犯了錯誤似的，眼睛也不抬了，說：「我媽媽知道我最愛吃這個。」她把飯盒朝大家讓著，「吃吃吃，每人多抓點！」

誰說走嘍走嘍，學習嘍。現在政治學習比蘿蔔乾味道好了。

那盒纏膠布的飯盒裡有張小字條，打開讀了才知道母親意思。她囑咐女兒一定要把這一飯盒蘿蔔乾送給那位教員。黃小玫沒有照辦。她有一點意識到，假如照辦了會比較荒誕。

又一批新兵來的時候，老兵和老老兵都改變了審美觀和廉恥觀，都不再為束平的胸脯自豪。她們發現在男、女一同上舞蹈課時，胸脯上那點顫動招來了男兵們魂飛魄散的一瞥，她們隨之也有了魂飛魄散的剎那。她們托人去上海買一種胸罩，兩個鼓凸被一圈圈密實的針腳行納成兩個靶子。因此在蕭穗子這批兵熬成老老兵那年，她們突然又來了一度青春發育，個個胸脯挺出生硬的曲線。

這天更過分的事件發生了。誰在晾衣繩上發現了一個墊了海綿的乳罩，並心虛地蓋在一塊毛巾下。偏偏趕上三極風，毛巾吹落了，把它給暴露出來。女兵們一批批跑來看，看它多麼不要臉，竟墊出了兩毫米的豐滿度。黃黃的舊海綿是化妝用的，縫得又蠢又粗，做賊一樣完成這點針線活也是不易。女兵們相互都不敢對眼，怕眼睛稍不磊落會引起懷疑，或讓人認為自己在找別人疑點。

傍晚所有的衣服都被收走，只有這個乳罩還掛在繩子上示眾。都知道灰藍的暮色裡潛伏著多少眼睛，看它到底屬於哪個敗類。一場薄雨後，它濕淋淋的耷拉著，畏罪瑟縮似的，更是一副賤樣。

快要熄燈的時候，蕭穗子和另一個女兵從隔壁院子的衛生室回來。走上天橋，見一個人在橋欄杆上壓腿。黃小玫。沒什麼奇怪，女兵們喜歡在天橋上壓腿，聊天，磕瓜子，順便觀看天橋下的巷子景觀。兩個女兵只說快熄燈嘍，還練吶。黃小玫立刻放下腿。如果街燈再亮些，她們會看到她臉上有個熱切願望，把她們留住的願望。但她們實在對她太不感興趣了。若稍有一點興趣，會明白她壓腿所取的角度是有目的的。那個乳罩在一盞路燈的餘光中不像白天那樣髒兮兮的，而是白得晃眼。誰也不知道，當所有人都已放棄追捕時，黃小玫仍在狩獵。熄燈後乳罩的主人一定會出現，黃小玫對此很有把握。她想邀請穗子她們和她一塊兒看好戲，讓她多兩個眼證。

夜晚冰冷黏濕，典型的成都冬夜。黃小玫原本就過分豐厚的頭髮在濕氣裡徹底伸張開來。此時誰若看見她，真會給她蓬起的頭髮嚇一跳。冰冷黏濕的初冬侵透了她的絨衣，襯衣，然後就在她血液裡了。這點苦頭她是能吃的，耐心也足夠。每年例行的身體檢查，她就是憑著耐心等到最後，然後混進婦科檔案室，和某個護士搭上訕，偷看到其他女兵的檢查記錄。並不是每個人的檢查結果都值得看，看都是看那些平時最得勢，最作賤她的女兵。她得看她們那個關鍵欄目裡，是否也填寫著和她的一樣的「未婚形外陰」。

黃小玫從不拿某人的核心祕密去攻擊或報復。正如此刻，她在稠厚的冬霧裡等候她的獵物，其實並不清楚自己獵獲這些祕密出於什麼動機。她也不知道，在幾年後，輝煌起來的她將把這些事情當笑料講給蕭穗子聽，而穗子會心裡發寒，半晌無語。穗子沒想到她會如此陰暗。又過一些年，穗子覺得她的陰暗情有可原，因為她必須時刻準備著，一旦侮辱不可承受，她能亮出一顆咬人的祕密牙齒。黃小玫不能不準備，她知道一切無法追究的醜惡懷疑最終都會在她這兒落定。她已經感到人們的懷疑在那天下午開始轉向，在傍晚漸漸指向她。對於曲線的可憐巴巴的妄想大多數女兵都有，大家卻要以她黃小玫來判決這妄想。

黃小玫開始打哆嗦。成都的冬天是陰險的，柔柔的就把你凍傷。黃小玫多肉的手從在這個時節開始紅腫，皮下漸漸灌漿，飽滿，然後，在某個夜晚暖和的棉被裡，它們將一個接一個迸裂，達到最後的成熟。去年的疼痛復活了，開始細微地拱動，咬著她的手指，腳趾。但她還是堅守，她相信不會白守一場。

叫池學春的男聲獨唱演員在全國走紅是七十年代末。池學春出奇的高大，出奇的英俊，也出奇的儒雅。那時沒人運用謙謙君子這個詞，若用是該往池學春身上用的。平時男兵們下流起來，他總是疏懶一笑，嫌他們髒了他的耳朵。他像是不知道眾人給黃小玫的待遇，偶然在洗碗池或鍋爐房碰到她，都微一撤步，細聲說你先來。池學春曾有個開醫院的祖父，所以他是小半個醫生，誰得病他都慢條斯理講出不少理論。男女舞蹈演員都很喜歡他，喜歡他一面給他們針灸一面慢悠悠地，帶點口吃地神吹。他會講北京的王爺府，講法國叫做「印象派」的畫家，講世界上最貴的「銀鬼」汽車，講太平洋島國的土著。他的結巴不傷大雅，反而倒更讓他顯得溫良可愛。他似乎從未察覺女兵們對他的暗戀，因而待她們從不厚此薄彼。

春節後一天早晨，一個新兵的母親拉著那個新兵進了文工團大門。她走到男兵宿舍的樓下，一手插腰一手指出去，嘹亮地開罵。這是個街上的女人，罵街是登臺獨唱，首先罵得抒情言志，然後才罵出道理。人們漸漸聽出是某個男兵壞了她的女兒，「……兩個月前我們還叫你龜兒解放軍叔叔喲；解放軍叔叔吃豆腐揀嫩的吃喲！」

大家剛出完早操，站在一邊看她嗓子越吊越高，越來越盡情地發揮，都在想，這個事件可不是一般的男女作風案，咱們裡頭終於出了個流氓。上午練功文工團的招牌男高音啞了。起初大家沒注意，但一連幾天兩個院子沒有池學春的歌聲，女兵們先警覺起來。她們的日子過得不香了，因為每天聽見那多情、悠揚的「光輝的太陽朝邊疆……」，她們心裡就有一種莫名的希望。她們開始打聽池學春怎麼了，是不是得了什麼病。一個大霧的早晨，緊急集合哨響了，命令是取消練功，立刻帶折疊椅到第一練功房，任何人不得缺席。

五分鐘後，那個十四歲的新兵上了臺，指著池學春就控訴起來：春節她去男兵宿舍串門，串到池學春屋裡，同屋們全回家過年了，池學春便用擁抱和親嘴招待了她。

這個揭發給了所有人一記悶棍。最初的麻木過去後，女兵們首先心碎了。這個謙謙君子騙取了多少她們的隱密慕戀啊。當領導請大家發言，對池學春的行為做批判鬥爭時，另一個女兵站了出來。她是一個無比美麗的女兵，和池學春站在一起是天仙配的二重唱搭子。她痛哭流涕地揭發池學春不止一次吃過她類似的豆腐。人們覺得這個美麗的女兵有點不大地道，因為人人都看得出，長久以來是她始終給池學春擔著一頭熱的剃頭挑子。

接下去一發不可收拾。女兵們一個接一個站出來，說池學春是個「混進革命隊伍的黃世仁」。六、七個女兵全成了喜兒，上去要和池學春拚了。池學春啊池學春，你白白地英俊，白白地可愛；你白白地糟蹋了我們這麼多愛慕。池學春坐在折疊椅上，架在膝頭上的兩隻大手修長高貴，托著他沒處躲藏的面孔。一滴滴液體落在地板上，誰也不知是汗還是淚。女兵們都還存一點幻想，認為拯救這個浪子只能是自己。

原先領導們計畫的批判幫助會議已經變了性質，變成了群眾性自發的訴苦報仇大會。兩個多小時的沸騰情緒在黃小玫站起身時達到最高沸點。人們一看就知道黃小玫經過了內心的殊死搏鬥才站出來的。她也是沉痛而憤怒，走到臺上說：「池學春，我總算認清了你這個虛偽之極的兩面派。」大家眼都一大，為黃小玫的用詞在心裡鼓掌。她挑的詞還真是那麼個意思。她兩隻手上的凍瘡個個圓熟，此刻手與手痛苦地扭絞著。她的頭低得太狠，有人看見她厚厚的頭髮上別了十來個髮卡，頭路也挑歪了。

她告訴大家，池學春連她也沒放過，一次在水池上洗衣服，她脫了鞋坐在池沿上踩床單，池學春跳進來幫忙，兩隻不懷好意的腳在她的腳上亂搓。人們輕聲「歐」了一下，池學春這個動作狎昵得他們渾身癢癢。

女兵們開始對池學春死心了。黃小玫的揭發使她們重新衡量了池學春的檔次。

「然後呢？」某個男兵追問。

「然後池學春就……就就就。」不堪繼續的黃小玫咬住嘴唇。

事情似乎再次變了性質，變得滑稽起來。

黃小玫最後也沒說池學春到底惡劣到什麼程度。

半年前那個午睡時分，光天化日下在公共場合池學春能對她有什麼大動作？人們很難想像。池學春四平八穩一個人，犯錯誤也不會太沒風度，所以黃小玫的控訴一結束，眾人竟來了個小小的笑場。

會一直開到午飯時間，叫解散時，一個老老男兵說：「老池怎麼啦？瞎抱！抱她還不如摸你自個兒呢！」

這才是放開的一陣笑。黃小玫的脊梁感覺到人們的鬼臉。她快起腳步逃了。她的控訴中有多大成分的事實，她自己也糊塗了。她沒說那天是她見池學春洗被套，是她主動跳進水池幫忙的。他的腳確觸碰了她，但那個不懷好意的曖昧感覺或許是她一廂情願的幻想。如果沒有其他女兵的控訴，她始終以她的痴心妄想把半年前那個明媚午後當成她一個人的私藏。白色的霧化了，太陽光裡，樹枝和地面一層晶亮的細細蒸氣。黃小玫聽見人們還在樂。他們怎麼會想到，所有心碎的女兵中，最最心碎的是黃小玫。

七九年一月，中越邊界起了戰事。仗打得突然，軍區一時派不出足夠的前線記者，蕭穗子正好膩味了舞蹈，就請求上前線當臨時記者。她很快就領了「五四」手槍和「特派記者證」，搭上了成昆線快車。車停在一個小站時，上來一群野戰醫院的護士。穗子一打聽，知道她們恰好同黃小玫一個醫院。黃小玫一年前在演出中受了重傷，恢復後改行進了護訓班。後來聽說她去這所野戰醫院當了護士。女護士們告訴蕭穗子，黃小玫是她們醫院頭一批請戰上前線的，那批人裡只有她一個女兵。

穗子從女護士口中聽到的是另一個黃小玫，潑辣果斷。穗子本來不打算去前線包紮所找她，這一聽來了好奇心，準備頭一個採訪就從黃小玫開始。

一年前的一場演出中，黃小玫頂替一個生病的女演員參加了一個集體舞。她換了服裝，梳好頭，正要上場，一個女演員向她發難了，說黃小玫穿的備用服裝是她的。她說：「褲子給你這麼一撐，以後誰還穿得了啊。」

結果只好挑了一套顏色略有差錯的備用服裝請黃小玫湊合。那套服裝的褲腰上少一顆鈕扣也來不及釘，就別了根大別針上去。上臺不久，導演在側幕就看見黃小玫的動作遲鈍，常常過火的面部表情這時蕩然無存。再細看，發現兩寸長的大別針開了，針尖消失在她腰裡。每次她跳到側幕，導演便說：「小黃好樣的，堅持住，下來一定給你請功！」她的動作越來越難看，但還不至於影響全局，導演接著鼓動：「加油，咬咬牙，就快結束了！小黃是咱今晚的英雄啊！……」熬到最後一個隊形了，全體演員排一條龍，跟斗過場。這是黃小玫的頂得意的一個動作，現在不行了，每翻一下，針尖就往深裡戳一戳，她落花流水地向前對付，終於倒在了舞臺中央。隊形煞不住了，立刻倒成一副多米諾骨牌。大幕倉皇墜落，樂隊丟盔棄甲地停下來。所有演員包圍了黃小玫，恨不能一人給她一腳，說她可算掙到一個輕傷不下火線的英勇表現了。導演替她拔出那根別針後，她還一動不動地癱在原地，好像等著照相。她的臉上一層水痘般的大汗珠子，誰上來跟她發脾氣，她就仰臉看著誰。導演有些不忍了，說誰腰上扎那麼個大別針也不算輕傷。他伸手要拉她起來，她卻搖搖頭，嘴唇無力地鬆開。大家火氣更大，說太進入角色了吧？亮相亮那麼久可不好看。害我們摔那麼慘，我們還沒哼哼一聲，她來勁了！導演最後把她背起來，弄到門診部去了。診斷結果出來後，導演才明白，與她撕裂的膝蓋半月板相比，黃小玫她對那根別針毫無知覺。穗子記得女兵們湊了些零嘴送到醫院，那是她們第一次以近似莊嚴的眼光看她。

女護士們談了不少有關黃小玫的事。蕭穗子一再感覺那是個陌生的黃小玫：打靜脈點滴打得一流，上藥動作輕巧，還會剃頭縫衣，在傷兵裡簡直就是明星。除了傷兵們叫她「玫姐」這一點讓穗子覺得肉麻，她把黃小玫其他的細節都記在採訪本上。

穗子到了那個包紮所時，黃小玫卻負傷被送下火線了。

見到黃小玫是在省裡的戰鬥英雄報告會上。那之前，穗子已看了報上登出的她的大照片，知道了她在戰場上負傷的經過。黃小玫在一個夜晚把一位重傷員背了十多里地，奇蹟一般救下了傷員的性命。路上黃小玫的腿傷發作，只能用繩子拖著人高馬大的傷員爬坡過河。

穗子想像這樣一個黃小玫，渾身軍裝磨爛了，血肉模糊的身軀在熱帶的草叢上拖出血色軌跡。當她和傷員被人發現時，兩人身上的血招來了大群的熱帶螞蟻……她的想像中，那就是一幅很好的英雄主義電影畫面。有生以來第一次，黃小玫過人的隱忍精神顯示了正面的價值。

黃小玫一見蕭穗子馬上從層層疊疊的記者中突圍出來。穗子發現她的親熱是真的，眼淚在眼眶裡直抖。黃小玫問起她的同屋們，問領導們可有換班的，舞蹈隊的女兵們有誰結了婚。蕭穗子看著她胸前掛滿功勳章，軍裝特別神氣，笑容也是另一種笑容，在她黑亮的熱帶皮膚上顯得暖洋洋的。

因為女英雄極少，所以黃小玫比男英雄們更受關注，也更忙。穗子和她約定的長篇採訪一再延遲。她一天有三、四場報告要作，中學生小學生都說她們從來沒見過這麼漂亮的女英雄，像「英雄兒女」中的王芳。不久黃小玫的報告作到了文工團，團首長全出動了，開了三部吉普去賓館接她，車上還貼有「歡迎我們的英雄女兒回娘家」的紅標語。吉普車還在一里外，文工團的鑼鼓就震聾了幾條馬路的人。然後又是大炮仗小炮仗，黃小玫一下車就傻在那裡，像是根本不認識這個地方。大家交頭接耳，說不像啊，瘦了那麼多，精神多了。就是黑了。黑了好看一些。哪止一些？好看太多了。瞧這眼神，多亮，一點不賊眉鼠眼了。別鼠啊鼠的，人家是英雄。聽說還要提拔她當政治部幹事呢。那不就要拿連級工資了？還住幹部宿舍呢。就是五個人合用一個廚房的那種？四個人。……

黃小玫跟每個人握手。池學春留團察看的處分剛剛到期，此時見黃小玫走到跟前，突然上去行了個軍禮，兩人都紅著臉笑起來。大家楞一會馬上跟上趟，笑得東倒西歪。兩年前的批鬥會大家那樣煞有介事，如今在真正經歷過生死考驗的黃小玟跟前，顯得鬧著玩似的。

事情出在一個禮拜之後。黃小玟在一次演講中碰上一個人，上來就緊緊抱住她，叫著那個幾乎被她忘了的乳名。她正想掙脫他的懷抱，又聽見一個女人叫著同樣的乳名。她把臉擠到那懷抱之外，發現叫她乳名的女人竟是母親。那個早離她半世遠的乳名就這樣一聲一聲，從生叫到熟，叫到她從這個缺席了很久的親生父親這兒認領了它。他們幸福地看著她，母親說爸爸復職了，又要做部長了，又會有小車坐了。她應接不暇的對他們笑，對他們「咱一家人總算破鏡重圓」的提法心驚肉跳。當晚回到賓館收到了池學春的信，約她去人民公園走走。信上說當時聲討她的女兵中，唯有她是誠實的，沒有小題大作，而是大事化小。也唯有她事先沒有勾引過他。他說直到她回文工團演講那天，他才意識到這麼多年來始終對她懷有的同情。也直到聽完她的英雄事蹟之後，才意識到他不配同情她，因為她是個多麼有力量的人，有著忍辱負重的古老美德。

黃小玟一夜沒睡，不斷打開檯燈，瞪著信上那一筆漂亮的鋼筆字。天亮的時候，她走到賓館花園裡，還是瞪著那張信紙上的漂亮字跡。人們事後回憶起那天早晨，才知道那便是黃小玟的最後一個清醒形象。這本該是她一生中最燦爛的一天，上午在體育場有一場幾千人的演講，然後親父親的小車來接她，到成都唯一一家西餐館去和親母親吃破鏡重圓飯，晚上有池學春陪她，去花好月圓地走走。……

穗子沒能如願完成有關戰鬥英雄黃小玫的長篇採訪。因為黃小玫過分緊湊的演講安排，也因為輪不上穗子這樣的臨時記者來寫黃小玫這樣的著名英雄。她們聊過兩次，都是敘舊式的閒談。後來穗子再次被派去了野戰醫院，回到成都不久，借調到北京去了。好幾年後她碰到成都的一個老戰友，問起黃小玫。那人很驚訝，說不會吧，你什麼也不知道？穗子想北京的軍官們近兩年忙著學跳「的斯可」，連她自己都覺得離英雄啊光榮啊頗遙遠了。老戰友說，黃小玫瘋了。人們在賓館花園裡見她獨自走了一早晨，臉上掛著個類似遺像上的永恆微笑，非常非常美麗。當天上午她走上體育場的講臺，大聲說：「你們別把我看成女雷鋒，其實雷鋒也沒什麼了不起的！」她不可遏制地笑起來，就像她多年前聽到同屋女兵在夢裡發出的另一個世界的笑聲。

愛犬顆韌

顆韌臉上頭一次出現人的表情，是在牠看牠兄姊死的時候。那時顆韌剛斷奶，學會了抖毛，四隻腳行走也秩序起來。

牠被拴著，還沒輪著牠死。牠使勁仰頭看我們；牠那樣仰頭說明我們非常高大。我們這些穿草綠軍服的男女，牠不知道我們叫兵。牠就是把頭仰成那樣也看不清我們這些兵的體積和尺度。牠只看到我們的手掐住牠兄姊的頭，一擰。然後牠看見牠狗家族的所有成員都在樹上吊得細長，還看我們從那些狗的形骸中取出粉紅色的小肉體，同時聽見這些兵發出人類的狂吠：「小周個龜兒，剝狗皮比脫襪子還快當！」

「燒火燒火，哪個去燒火？」

「哪個去杵蒜？多杵點兒！」

顆韌這一月狗齡的狗娃不懂我們的吠叫，只一個勁仰頭看我們。牠看我們龐大如山，漸漸遮沒了牠頭頂一小片天。在這時，牠的臉複雜起來，像人了。

我們中沒一個人再動，就這樣團團圍住牠。牠喘得很快，尾巴細碎地發抖。牠眼睛從這人臉上到那人臉上，想記住我們中最猙獰的一個臉譜。誰說了：「這個狗太小！」

這大概是把牠一直留到最後來宰的原因。

牠越喘越快，喘跟抖變成了一個節奏。牠不曉得我們這些劊子手偶爾也會溫情。

「留下牠吧。」誰說。

「牠怪招人疼的。」誰又說。

誰開始用「可愛」這詞。誰去觸碰牠抖個不停的小尾巴。牠把尾巴輕輕夾進後腿，傷心而不信任地朝那隻手眨一下眼。

誰終於去解牠脖頸上的繩子了。牠靦腆地伸舌頭在那隻放生的手上舔一下；明白這樣做是被允許的，牠才熱情殷切地舔起來，舔得那手不捨得也不忍心抽回來了。

第二天我們結束了演出，從山頂雷達站開拔，誰的皮帽子裡臥著顆韌。打鼓的小周說：「就叫牠顆韌。」都同意。那是藏民叫「爺兒們」的意思。顆韌一來是男狗，二來是藏族。顆韌也認為這名字不錯，頭回叫牠，牠就立刻支起四肢，胸脯挺得凸凸的。

我們的兩輛行軍車從山頂轉回，又路過山腰養路道班時，一條老母狗衝出來，攔在路上對著我們哭天搶地。牠當然認得我們；牠又哭又鬧地在向我們討回牠的六個兒女。昨天我們路過這裡，道班班長請我們把一窩狗娃帶給雷達站。雷達站卻說他們自己糧還不夠吃，哪裡有餵狗的。小周說：「還不省事？把牠們吃了！」進藏讓脫水菜、罐頭肉傷透胃口的我們，一聽有活肉吃，都青面獠牙地笑了。

顆韌這時候從皮帽裡拱出來，不是叫，而是啼哭那樣「嗚」了一聲。牠一嗚，老狗便聽懂了它：那五個狗娃怎樣被殺死，被吊著剝皮，被架在柴上「嘟嘟」地燉，再被我們用樹枝削成的筷子杵進嘴裡，化在肚子。顆韌就這樣「嗚嗚……」，把我們對牠兄姊所幹的都告發給了老狗。

老狗要我們償命了。灰的山霧中，牠眼由黑變綠，再變紅。誰說：「快捂住小的！不然老的小的對著叫，道班人一會就給叫出來了！」

顆䩕的頭給捺進帽子裡。捺牠的那隻手很快溼了，才曉得狗也有淚。

老狗原地站著，身子撐得像個小城門。牠是藏狗裡頭頂好的種，有匹鹿那麼高，凸額闊嘴，一抬前爪能拍死一隻野兔；牠的毛輕輕打旋兒，尾巴沉得擺不動一樣。

車拿油門轟牠走，牠四條腿戳進地似的不動。要在往常準有人叫：「開嘛！輾死活該！」這時一車人都為難壞了：不論怎樣顆䩕跟我們已有交情；看在牠面上，我們不能對牠媽把事做絕。

顆䩕的哽咽被捂沒了，只有嗤嗤聲，像牠被委屈憋得漏了氣。老狗漸漸向車靠攏，哭天搶地也沒了，出來一種低聲下氣的哼哼，一面向我們屈尊地搖起牠豪華的尾巴。牠仍聽得見顆䩕，那嗤嗤聲讓牠低了姿態。等老狗接近車廂一側，司機把車幌過牠，很快便順下坡溜了。車拖著一大團塵煙，那裡面始終有條瘋跑的老狗，從黑色跑成灰色。牠沒追到底，一輛從急彎裡閃出的吉普車壓扁了牠。

顆䩕恰在這一刻掙脫了那隻手，從皮帽子裡竄出來。牠看到的是老狗和路面差不多平坦的身體。牠還看到老狗沒死的臉和尾巴，從扁平的、死去的身子兩端翹起，顫微微，顫微微地目送顆䩕隨我們的車消失在路根子上。

顆韌就那樣呆傻地朝牠媽看著。其實牠什麼都看不見了：車已出了山。

顆韌這下誰也沒了，除了我們。牠知道這點，當我們喚牠，餵牠，牠臉上會出現孤兒特有的誇張的感恩。牠也懂得了穿清一色草綠的，叫兵的人，他們比不穿草綠的人們更要勇猛、兇殘，更要難惹。兵身上挎的那件鐵傢伙叫槍，顆韌親眼看見了它怎樣讓一隻小獐子腦殼四迸。顆韌目瞪口呆地看著那隻瞬間就沒了命的生靈，良久，才緩緩轉頭，去認識那黑森森的槍口。

顆韌同時也明白我們這群叫作兵的惡棍是疼愛牠的，儘管這愛並不溫存。這愛往往是隨著粗魯加劇的。牠不在乎「狗日的顆韌」這稱呼，依然歡快地跑來，眼睛十分專注。我們中總有幾個人愛惡作劇：用腳將牠一身波波的毛倒擼，牠一點不抗議，獨自走開，再把毛抖順。有幾個女兵喜歡把手指頭給牠咬，咬疼了，就在牠屁股上狠打一巴掌。

兩個月後，顆韌再不那樣「嗚嗚」了，除了夜裡要出門解溲。有次我們睡死過去，牠一個也嗚嗚不醒，只好在門拐子裡方便了。清早誰踩了一鞋，就叫喊：「非打死你，顆韌！屙一地！」

牠聽著，腦袋偏一下，並不完全明白。但牠馬上被提了過去，鼻子尖被捺在排泄物上：「還屙不屙了？還屙不屙了？」問一句，牠腦門上捱一摑子。起先牠在巴掌搧下來時忙一眨眼，捱了四五下之後，牠便把眼睛閉得死死的。牠受不住這種羞辱性的懲罰。放了牠，牠臊得一整天不見影。從此怎樣哄，牠也不進屋睡了。十月底，雪下到二尺厚，小周怕顆韌凍死，硬拖牠進屋，牠再次「嗚」地吶喊起來。小周被牠的倔強和自尊弄得又氣又笑，說：「這小狗日的氣性好大！」那夜，氣溫降到了零下三十度，早起見雪地上滿是顆韌的梅花瓣足跡：牠一夜都在跑著取暖，或是找地方避風。

四個月大的顆韌是黃褐色的，背上褐些，肚下黃些。跟了我們三個月，牠知道了好多事：比如用繩子把大小布片掛起，在布片後面豎起燈架子，叫作裝舞臺。舞臺裝完，我們要往臉上抹紅描黑，那叫化妝。化妝之後，我們脫掉清一色軍服，換上各式各樣的彩衣彩裙，再到舞臺上比手劃腳，瘋瘋癲癲朝臺下的陌生人笑啊跳的，那叫作演出。演出的時候，顆韌一動不動地臥在小周的大鼓小鼓旁邊，鼓一響，牠耳朵隨節奏一抖一抖，表示牠也不在局外。牠懂得了這些吵鬧的，成天蹦躂不止的男兵女兵叫演出隊。牠還懂得自己是演出隊的狗。

顆韌最懂的是「出發」。每天清早，隨一聲長而淒厲的哨音，我們像一群被迫躦籠子的雞，一個接一個拱進蒙著帆布的行軍車。逢這時顆韌從不需任何人操心，牠總是早早等在車下，等我們嘟噥著對於一切的仇恨與抱怨，同時飛快地在自己被囊上坐穩，牠便「蹭」地一下將兩隻前爪搭上第二階車梯，同時兩個後爪猛一蹬地，準確著陸在第一層梯階上。再一眨眼，牠已進了車廂，身手完全軍事化，並也和我們一樣有一副軍事化的表情，那就是緘默和陰沉。這時牠和我們一塊等馮隊長那聲烏鴉叫般的「出發！」這聲烏鴉叫使顆韌意識到了軍旅的嚴酷。

過了金沙江，路給雪封沒了。車一動一打滑，防滑鏈噹啷噹啷，給車戴了重鐐一般。我們的行軍速度是一小時七八公里，有時天黑盡還摸不到宿營的兵站。

這天我們的車爬上山頂，見一輛郵車翻在百米來深的山澗裡，四輪朝天。

「司機呢？」有人問。

「找下巴頦去了。」有人答。

聽到此誰呻吟一聲：「嗯……哼……」

回頭，見司機小鄭蹲在那裡，眼球跟嵌在韌爛的牛頭上一樣灰白灰白。我們都看著他。他又「嗯」一聲，鼻涕眼淚一塊下來了。

「頭暈……」他哼著說：「開、開不得車了。」

開頭一輛車的司機班長說：「裝瘋迷竅！」

小鄭一邊哭一邊說：「頭暈得很，開不得車。」

我們都楞著，只有顆韌跑到小鄭身邊，在他流淚淌鼻涕的臉上飛快地嗅著，想嗅出他的謊言。

司機班長上去踢小鄭一腳，小鄭就乾脆給踢得在雪地上一滾。

「站起來！」班長說。

「腳軟，站不起。」小鄭說。

「鄭懷金，老子命令你：站起來！」班長喊道。

小鄭哭著說：「你命令噻。」他仍在地上團著。

馮隊長說：「算了，這種尿都謔出來的人，你硬逼他開，他肯定給把車翻到臺灣去。」於是決定把兩輛車用鐵纜掛住，由司機班長開車拖著走。到一個急彎，馮隊長命令大家下車，等車過了這段險路再上。全下來了，包括顆顆。

班長突然剎住車，從駕駛艙出來，問：「為啥子下車？」

馮隊長說：「這地方太險，萬一翻下去……」

班長打斷他：「死就死老子一個，是吧？」

馮隊長意識到失口，臉一僵，忙說：「空車好開嘛！」

班長冷笑：「空車？空車老子不開。要死都死，哪個命比哪個貴！」他將他那把衝鋒槍杵在雪裡，人撐在槍把上，儼然一個驍勇的老兵痞。

馮隊長說：「不是防萬一嘛？」

「萬一啥子？」

「萬一翻車……」

「再講一個翻字！」

馮隊長不吱聲了。他想起汽車兵忌諱的一些字眼，「翻」是頭一個。這時幾個男兵看不下去，異口同聲叫起來：「翻、翻、翻……」

班長眼神頓時野了，把衝鋒槍一端，槍口把演出隊劃一劃。

男兵們也不示弱，也操出長長短短幾條槍，有一條是舞蹈道具。都一動不動，只有眼睛在開火。顆韌不懂這一刻的嚴峻，不斷在雪裡撲來撲去，給雪嗆得直打噴嚏。或許只有牠記得，我們槍裡的子彈都打空了，打到那兩匹獐子、五隻雪獺上去了。

馮隊長這時說：「好吧，我上車。我一人上車！」

雙方槍口耷拉下來。

馮隊長一個鷂子翻身，上車了，對車下轉過臉，烈士似的眼神在他因輕蔑而低垂的眼簾下爍爍著。

「開車！」馮隊長喊。

車卻怎麼也發不動。踩一腳油門，它轟一下，可轟得越來越短，越沒底氣，最後成了「呃呃」的乾咳。

天全黑下來，四野的雪發出藍光。女兵中的誰被凍得在偷偷地哭。缺氧嚴重了，連顆韌也不再動，張開嘴，嘴裡冒出短促急喘的白氣。

偷偷哭的女兵越來越多，捂在臉上的雙層口罩吸飽眼淚，馬上凍得鐵一樣梆硬。

顆韌明白這個時刻叫做「饑寒交迫」。牠曾與我們共同經歷過類似的情形，但哪一次也不勝過這一刻的險惡。牠跟我們一樣，有十幾個小時沒進食了。牠明白所有偷著哭的女兵是因為害怕和絕望。牠還嗅出仍在急驟下降的氣溫有股刺鼻的腥味。牠也感到恐懼，一動不動地向無生命的雪海瞇起眼。這樣的氣溫裡耽兩小時，就是死。

燒了兩件絨衣，仍沒把汽車烤活過來。司機班長用最後的體力往車身上踹一腳。他也要哭了。

馮隊長問他：「咋辦？」

班長說：「你說咋辦就咋辦。」過一會他又說：「離兵站還有二十公里，走路去送口信，等兵站派車來拉，肯定是拉一車死豬了！」

「那咋辦？」馮隊長又問。這回是問他自己。

「大家都動啊！不准不動！不然凍僵了自己都不知道！」馮隊長朝我們喊，一面用手拔拉這個，推搡那個，看看是不是有站著就已經凍死的。

小周忽然說：「我看叫顆韌去吧。」

我們都靜下來。

「顆韌跑到兵站只要一小時！」小周很有把握地說。

顆韌聽大家討論牠，站得筆直，尾巴神經質地一下下聳動。這事只有牠來做了：把信送到兵站去，讓人來救我們。牠那藏獒的血使牠對這寒冷有天生的抵禦，牠祖祖輩輩守護羊群的天職給牠看穿這夜色的眼。牠見小周領著我們向牠圍過來，在馮隊長一口一個「胡鬧」的喝斥中，將一隻女舞鞋及求救信繫在牠脖子上。我們圍著牠，被寒冷弄得齜牙咧嘴，一張張臉都帶有輕微的巴結。

牠覺出小周在牠的屁股上拍的那一掌所含的期望。

小周對牠說：「穎韌，順這條路跑！快跑，往死裡跑！」

穎韌順下坡的公路竄去。雪齊牠的胸，牠的前肢像破浪一樣將雪剪開。牠那神祕的遺傳使牠懂得向前跑，向有燈光的地方跑。牠跑進藍幽幽的雪夜深處，知道牠已從我們的視野中跑沒了。

穎韌得忘掉許許多多我們的劣跡才能這樣拿出命來跑。牠得忘掉我們把牠的兄姊投進嘟嘟響的鍋裡，忘掉牠母親被壓成扁薄一片的身體，以及從那身體兩端顫顫翹起的頭和尾──那樣慘烈的永別姿勢。牠必須忘了我們中的誰沒輕沒重地扯牠的耳朵，揪牠的尾巴，逼牠去嗅一隻巨大的半死老鼠。那老鼠高頻率的吱吱叫聲，那油膩的黯灰皮毛，以及牠鮮紅紅的嘴和眼都讓穎韌噁心得渾身發冷。老鼠吱吱叫時齜出的長形門齒使穎韌感到醜惡比兇悍更令牠戰慄。穎韌記得牠怎樣把屁股向後扯，將下巴往胸口藏，卻仍然拗不過我們，我們已將穎韌的臉捺到老鼠鼻尖上了。穎韌的胸膛裡發生沉悶的聲響，這響是向我們表示：牠對我們的作弄受夠了，牠肉體深處出現了咬人噬血的衝動。而我們卻毫不懂牠，一個勁歡叫：「快看狗逮耗子！快看狗逮耗子！」

穎韌最需下力忘掉的是牠的鼻子在腥臭的老鼠臉上一擦而過，猛甩掉了扯緊牠的手。那手幾乎感到了顆韌那兇猛的撕咬。牠當然不會真咬，牠只以這逼真的咬噬動作來警告我們：狗畢竟是狗。狗沒有義務維持理性，而人有這義務。而我們誰也不懂牠那一觸即發、一發就將不可收拾的反叛。我們被牠反常的樣子逗得樂透了，說：「看來好狗是不逮耗子！」

「逮耗子的是婆娘狗，我們顆韌是狗漢子！」

「這狗日的比人還倔！」

「把耗子煮煮，擱點佐料，給顆韌當飯吃，看牠還倔不倔！……」

顆韌轉過頭，拿屁股對著我們笑歪了的臉。牠覺得我們無聊空乏透頂，牠這條狗就讓我們囉嗦成這樣。

顆韌吃力地在忘卻那一切。

牠跑下公路最後一道彎彎時，眼前出現幾盞黃融融的燈火。那就是兵站。所有兵站的房舍幾乎一模一樣。最靠公路的一間小房是值班室。我們演出隊的車每進一個兵站，都是從這小房跑出個戴紅袖章的人來跟馮隊長握手，嘴裡硬梆梆的說：「某某兵站值勤排長向演出隊敬禮！」然後這排長會跑進兵站，小聲喊：「來了一車豬啊，又要弄吃的啊！」

顆韌叫幾聲，沒人應，大門緊閉著。牠繞著鐵絲網跑，想找隙口鑽進去。鐵絲網很嚴實，顆韌整整轉了一圈，沒找著一點破綻。牠開始刨雪。雪低下去，一根木樁下出現了縫隙。顆韌塌下腰，伸長肩背一點點往裡鑽，幾乎成功了，卻發現脖子上的舞鞋帶被鐵網掛住，任牠怎樣甩頭，也掙不脫身。飢餓和寒冷消耗了顆韌一半生命，剛才的疾跑則消耗了另一半，顆韌突然覺得一陣鋪天蓋地的疲倦。牠不知那樣臥了多久，貼地皮而來的風雪一刀一刀拉過牠的臉，牠濕透的皮毛被凍硬，刺毫一樣根根乍立起來。牠最後的體溫在流失。

顆韌想到自己的藏獒家族，有與狼戰死的，有被人殺害的，卻從未有過死於寒冷的。想到這兒牠使勁睜開眼，緊扣牙關，再做最後一次掙扭。「咣噹」一聲，那木樁子被牠扯倒了。

而值班室的黃燈火一動不動。沒人聽見顆韌垂死的掙扎和完全嘶啞的吠叫。

顆韌感到自己六個月的生命在冷卻。牠最後的念頭是想我們這幾十條嗓門對牠粗野的暱稱：「顆韌這狗東西！……」

在雪山上的我們把所有的道具箱、樂器箱、服裝箱都澆上汽油，點燃，燒了四大蓬篝火。半邊山都烤化了，還燒掉誰半根辮子。總算沒讓誰凍死。這四蓬衝天大火把山頂二十公里外的道班驚醒，他們給山下兵站發了電報。兵站派車把我們接下山時，才發現倒掉的木樁和被雪埋沒的顆韌。

小周把顆韌揣在自己棉被裡，跟他貼著肉。

誰說：「牠死個毬了。」

小周說：「死了我也抱牠。」

誰又說：「咦，小周那狗日的哭了。」

小周說：「你先人才哭。」

我們女兵也都跑來看顆韌，不吱聲地坐一會，觸觸牠冰涼的鼻尖，捏一把牠厚實闊大的前爪。我們一下子想起顆韌從小到大所有的事情。誰把牠耳朵掀起，輕聲叫：「顆韌，顆韌，顆韌……」

叫得幾個女兵都抽鼻子。

下半夜三點了。小周突然把演出隊的衛生員叫醒。

「給顆韌打一針興奮劑！」

衛生員說：「去你的。死都死得硬翹翹的了！」

「牠心還在跳！你摸——」

衛生員的手給小周硬拉去，揣到他棉被裡。衛生員忙應付地說：「在跳、在跳。」

「那你快起來給牠打一針興奮劑！」

「我不打。我沒給狗打過針，慢說是死狗。」

「牠沒死！」

「小周你再發神經，我叫隊長啦！」衛生員說。

小周見他頭一倒又睡著，忙把他那隻大藥箱拎跑了。我們女兵都等在門外，馬上擁著小周進了兵站飯廳。炭火先就生起，一股熱烘烘的炭氣吹浮起我們的頭髮梢。

末席提琴手趙蓓繃緊臉，蒼白細小的手上舉著一支針管。她在顆韌的前爪上找了個地方，只見她嘴唇一下沒了。針戳進去，顆韌仍是不動。我們沒一個人說話。眨眼都怕驚動趙蓓。

「好了。」趙蓓說，嘴唇被放出來。

小周看她一眼，馬上又去看顆韌。他對我們說：「你們還不去睡。」假如這一針失敗，他不願我們打攪他的哀傷。

顆韌真的活轉來。不知歸功於興奮劑還是小周的體溫。小周一覺醒來，顆韌正臥在那兒瞪著他。小周說：「顆韌你個狗東西嚇死老子了！」顆韌眨一下眼，咂幾下嘴，牠懂得自己的起死回生。牠也曉得，我們都為牠流了淚，為牠一宿未眠。小周領著牠走來時，我們正在列隊出早操，幾十雙腳踏出一個節奏，像部機器。我們把操令喊成：「顆韌、顆韌。」

從此顆韌對我們這些兵有了新認識。牠開始寬恕我們對牠作下的所有的惡。牠從此懂得了我們這些穿清一色軍服的男女都有藏得很仔細的溫柔。顆韌懂得牠對於我們來說，並不是一條無關緊要的畜牲，我們是看重牠的，我們在牠身上施與一份多餘的情感。之所以多餘，是因為我們是做為士兵活著，而不是做為人活著；我們相互間不能親密，只得拿牠親密，這親密到牠身上往往已過火，已變態，成了暴虐。牠從此理解了這暴虐中的溫柔。

雪暴把我們困住了，在這個小兵站一耽四天。從兵站炭窯跑來一隻柴瘦的狗，和顆韌咬了一整天的架。第二天兩條狗就不是真咬了。邊咬邊舒服得哼哼。瘦狗有張瓜子臉，有雙單鳳眼，還有三寸金蓮似的尖尖小腳。我們都說這狗又難看，又騷情。不過顆韌認為牠又漂亮又聰明。牠高度只齊顆韌的肩胛，不是把嘴伸到顆韌胳肢窩裡，就是伸到牠的胯下。顆韌享受地瞇上眼，我們叫牠，牠只睜一隻眼看看我們。

「顆韌，過來，不准理那個小破鞋！」誰說。

牠把尾巴尖輕輕蜷一蜷。牠不懂「小破鞋」，也不懂我們心裡慢慢發酵的妒嫉。牠奇怪地發現當牠和瘦狗一齊在雪原上歡快地追逐時，我們眼裡綠色的陰狠。我們團出堅實的雪球向瘦狗砸去，瘦狗左躲右閃，蛇一樣擰著細腰。顆韌覺得牠簡直優美得像我們女兵在臺上舞蹈。

瘦狗被砸中，難看地撇一下腿，接著便飛似的逃了。顆韌也想跟了去。卻不敢，苦著臉向大吼大叫的我們跑回來。

誰扔給牠一塊很大的肉骨頭，想進一步籠絡牠。

瘦狗在很遠的地方站著，身體掩在一棵樹後，只露一張瓜子臉。完全是個偷漢的小寡婦。

顆韌將骨頭翻過來調過去地看，又看看我們。牠發現我們結束了午餐，要去裝舞臺了。沒有一個注意牠，牠叼起那塊肉骨頭走了兩步試試，沒人追，便撇開腿向瘦狗跑去。瘦狗呲開嘴笑了，「哈嗤哈嗤」地迎上來。

牠倆不知道我們的詭計。瘦狗則一脫離樹的掩護，我們的雪球如總攻的砲彈一樣齊發。瘦狗給砸得幾乎失去了狗形；尾巴在襠裡夾沒了，耳朵塌下，緊緊貼著臉。

顆韌楞得張開嘴，骨頭落在地上。

牠聽我們笑，聽我們說：「來勾引我們顆韌！顆韌才多大，才六個月！」

「看牠那死樣，一身給跳蚤都咬乾了！」

「勾引倒不怕，怕牠過一身跳蚤給顆韌……」

我們以為顆韌被制住了，卻不知顆韌從此每夜跑五六公里到炭窯去幽會瘦狗。我們發現時顆韌已是一身跳蚤。我們給牠洗了澡，篦了毛，關牠在房裡，隨牠怎麼叫也不放牠出去。下半夜不止顆韌在叫，門外那條瘦狗在長一聲短一聲的呻喚，喚得顆韌在裡面又跳腳又撞頭。牠只聽瘦狗喚痛，卻不知痛從哪來的。

我們當然知道。都是我們布置的。

清早我們跑出房，見那隻捕兔夾子給瘦狗拖了兩尺遠。那三寸金蓮給夾斷了，血滴凍成了黑色。顆韌跑到瘦狗面前，瘦狗的媚眼也不媚了，半死一樣略略翻白。

顆韌急急忙忙圍著牠奔走，不時看我們。我們正裝行軍車，準備出發，全是一副顧不上的表情。顆韌繞著瘦狗越走越快，腳還不斷打跌。我們不知道那是狗捶胸頓足的樣子；那是顆韌痛苦、絕望得要瘋的樣子。

顆韌這時聽見尖利而悠長的出發哨音。

瘦狗嘴邊溢出白沫，下巴沉進雪裡。

顆韌看著我們。我們全坐上車，對牠嚷：「顆韌，還不死上來！……」

牠終於上了車，一聲不吭，眼睛發楞。馮隊長那聲烏鴉叫都沒驚動牠。

顆韌一直楞著，沒有回頭。牠明白牠已失去瘦狗，牠不能再失去我們。

過了康定再往東，雪變成了雨。海拔低下來，顆韌趴在小周的鼓邊上看我們演出，牠發現我們的動作都大了許多，跳舞時蹦得老高，似乎不肯落下來。

這是個大站，我們要演出七場，此外是開會，練功。

一早顆韌見小周拎著樂譜架和鼓槌兒往兵站馬棚走，頭在兩肩之間游來游去。突然他頭不游了；他正對面走來了趙蓓。趙蓓也在這一瞬也矯正了羅圈腿。小周看她一眼，她看小周一眼。兩人擦肩而過，小周再看她一眼，她又還小周一眼。

小周開始照樂譜練鼓，兩個鼓槌兒繫在大腿上。從每一記的輕重，他能判斷鼓音的強弱。顆韌發現他今天不像往日那樣，一敲就搖頭晃腦。今天他敲一會就停下，轉過臉，眼睛去找什麼。趙蓓的琴音給風刮過來刮過去，小周不知道她在哪裡。

顆韌觀察他的每一舉動。等他轉回臉發現顆韌洞悉的目光。他順手給牠一槌，說：「滾。」

等小周把頭再一次轉回，見枯了絲瓜架後面兩個人走過來。他倆半藏半漢，一把大提琴夾在胳肢窩下面。

小周問：「老鄉，你琴哪找的？」

老鄉說：「偷的。就在那邊一個大車上還多！」兩人說著，大模大樣跨上犛牛。

顆韌感到小周在牠背上拍的那記很重。小周說：「顆韌，不准那兩個龜兒子跑！去咬死他們……」

顆韌沒等他說完已竄出去，跑得四腿拉直。牠追到那兩匹犛牛前面，把身子橫在路上。小周解下一匹馬，現學上馬、使戟，嘴裡嘟囔著驅馬口令和咒罵，也追上來。

兩個老鄉策犛牛輪流和顆韌糾纏又輪流擺脫牠。小周喊：「咬他腳！咬他腳！」

顆韌不只聽指揮，撲到哪是哪，咬一口是一口。

「咬他腳——笨蛋！」

顆韌見歪歪扭扭跑來的馬背上，小周忽高忽低，臉容給顛得散一會、聚一會。眼看馬追近了，卻一個跳躍把小周甩下來。

顆韌一楞，舌頭還留在嘴外。馬拖著小周拐下了小路。顆韌沒興致再去追那兩人，楞在那兒看小周究竟怎麼了。牠不懂這叫「套蹬」，是頂危險的騎馬事故。

馬向河灘跑，被倒掛的小周還不出一點聲，兩隻眼翻著，身體被拖得像條大死魚。

河灘枯了，淨是石蛋兒。顆韌聽見小周的腦勺在一塊大石蛋兒磕得崩脆一響，石蛋上就出現一道血槽。顆韌認得血。牠發狂地對馬叫著。牠的聲音突然變了，不再像犬吠，而像是轟轟的雷。

馬在顆軔嗓音變的一剎那跑慢了，然後停住。顆軔喘得呼呼的，看看馬，又看看沒動靜的小周。馬這時看見不遠處的草，便拖著小周往那兒蹓，顆軔喝斥一聲，馬只得止步。顆軔開始渾身上下拱小周，他仍是條死魚。顆軔一樣樣撿回他沿途落下的東西：鋼筆、帽子、鞋，牠將東西一一擺在小周身邊，想了想，叼起一隻鞋便往兵站跑。

牠跑到一垛柴後面，趙蓓正在練琴。牠把前爪往她肩上一搭，嗓子眼裡怪響。

「死狗，瘋！」趙蓓說。她不懂牠那滿嘴的話。

牠扯一扯頸子，「嗚」的一聲。顆軔好久沒這樣淒慘地啼叫了。趙蓓頓時停住琴弓，扭頭看牠。這才看見牠叼來的那隻鞋。她認出這草綠的，無任何特徵的軍用膠鞋是小周的。

顆軔見她捧著鞋發楞。牠上前扯扯她的衣袖，同時忙亂地踏動四爪。

趙蓓跟著顆軔跑到河灘，齊人深的雜草裡有匹安詳啃草的馬。再近些，見草裡昇起個人。

趙蓓叫：「小周！」

聽叫，那人又倒下去。

趙蓓將小周被磨去一塊頭皮的傷勢查看一番，對急喘喘跑前跑後的顆軔說：「去喊人！」

顆軔看著她淚汪汪的眼，不動。任她踢打，牠不動。牠讓她明白：牠是條狗；狗是喊不來誰的。

趙蓓很快帶著衛生員和馮隊長來了。

小周的輕微腦震盪，以及嚴重的頭部外傷十天之後才痊癒。十天當中，我們在交頭接耳：

「你說，顆韌為什麼頭一個去找趙棓？」

「你說，顆韌是不是聞出了小周和趙棓的相投氣味？」

我們都怪聲怪氣笑了，同時把又憨又大的顆韌瞪著，彷彿想看透牠那狗的容貌下是否藏著另一種靈氣，那洞悉人的祕密的靈氣。

顆韌疏遠了我們。牠不再守在舞臺邊，守著小周那大大小小一群鼓。牠給自己找了個事做。牠認為這事對我們生硬的軍旅生活是個極好的調劑。牠很勤懇地幹起來。牠先是留神男兵女兵們的眉來眼去。很快注意到一有眉眼來往，勢必找到藉口在一塊講話。再往後，這對男兵女兵連廢話都講完了，常是碰了面便四周看看，若沒人，兩人便相互捏捏手，捏得手指甲全發了白，才放開。在行軍車上，男兵女兵混坐到一塊，身上搭夥蓋件皮大衣，大衣下面全是捏得緊緊的一雙雙手。有次顆韌見一車人都睡著了，車顛得兇猛，把大衣全顛落，那一雙雙緊纏在一起的手都暴露出來。卻沒人看見，獨獨顆韌看見了。

顆韌每晚是這樣忙碌的：牠先跑進女兵宿舍，在床邊尋覓一陣，鼻子呼哧呼哧地嗅，然後叼起一隻紅拖鞋（亦或是綠拖鞋、粉拖鞋、奶白拖鞋），飛快地向男兵宿舍跑。牠不費事就找到了他——那個跟紅拖鞋的主人暗中火熱的男兵。顆韌仔細將女兵的拖鞋擱在男兵床下，既顯眼又不礙事。然後牠連歇口氣都顧不上，立刻叼起那男兵的一隻皮鞋（亦或棉鞋、膠鞋、舞鞋），再跑回女兵宿舍，將男鞋擺在那女相好床上。有時顆韌興致好，還會把鞋擱進被窩。再就是牠心血來潮，不要鞋了，改成內褲或乳罩。

到了內褲這一步，我們就不再敢偷偷甜蜜了。我們開始感到大禍臨頭。誰也沒往顆韌身上去想。開始大家都假裝是粗心，錯拿了別人東西，找個方便時間，把東西對換回來便是。久了，這樣的對換便給男女雙方造成一份額外的接觸。於是，渾沌的大群體漸漸被分化成一雙一對，無論我們怎樣掩飾，怎樣矢口抵賴，這種成雙成對仍是一日比一日清晰。我們困惑極了，想不出自己的體己小物件怎麼會超越我們的控制，私奔到男兵那裡。我們甚至想到「宿命」和「緣分」之類的詮釋。當這樣奇事發生得愈加頻繁時，我們不再嘻嘻竊笑，我們感到它是個邪咒；它將我們行為中小小的不軌，甚至僅僅是意念中的犯規，無情地揭示出來。

我們怎麼也沒想到顆韌。是牠在忙死忙活地為我們扯皮條。牠好心好意地揭露我們的青春萌動，同時出賣了我們那點可憐的祕密。牠讓我們都變成了嗅來嗅去的狗，去嗅別人發情症候。沒有顆韌的揭示和出賣，我們的出軌應該是安全的。在把內褲和乳罩偷偷對換回來時，我們感到越來越逼近的危險。然而我們控制不住，這份額外的接觸刺激著我們做為少男少女的本能。

在恐懼中，我們嘗試接吻，試探地將手伸到對方清一色的軍服下面。我們怎麼也不會想到，是顆韌這狗東西使我們一步步走到不能自拔的田地。

顆韌也沒想到，牠成全我們的同時毀了我們。終於有一對人不顧死活了。半夜他倆悄悄溜出男女宿舍，爬進行軍車。我們也悄悄起身，馮隊長打頭，將那輛蒙著厚帆布的車包圍起來。

黑暗中那車微微打顫。

我們都清楚他倆正做的事，那是我們每個人都想做而不敢做的。只有讓他倆把事做到這一步，我們才會像一群觀看殺雞的猴子，被諕破膽，從此安生。我們需要找出一對同伴來做刀下的雞。我們需要被好好諕一諕，讓青春在萌芽時死去。

馮隊長更明白這一點，他的青春在二十年前就死光了。他捺住不斷刨腳的顆韌，看一眼錶。他心沒狠到家，想多給他倆一點時間，讓他倆好歹穿上衣服。他從錶上抬起臉，很難說那表情是痛苦還是惡毒。他說：「小崔、李大個兒兩個同志，砍繩子！」

繩子一斷，車篷布「唰啦」落下來。裡面的一對男女像突然被剝出豆莢的兩條蟲子，蠕動尚未完全停止，只等人來消滅。那是很美麗很豐滿的兩條蟲子，在月光下尤其顯得通體純白。

我們全傻了，彷彿那變成了蟲的男女士兵正是自己；那易受戳傷的肉體正是自己的。

「不准動！」馮隊長的烏鴉音色越發威嚴：「把衣服穿起來！」

誰也不顧不挑剔馮隊長兩句口令的嚴重矛盾。

「聽見沒有？穿上衣服！」

我們都不再看他倆。誰扯下自己的衣服砸向趙蓓。趙蓓嗚嗚地哭起來，赤裸的兩個肩膀在小周手裡亂抖。小周將那衣服披在她身上。

女兵們把趙蓓攙回宿舍，她嗚嗚地又哭了一個鐘頭。天快亮時，她不哭了。聽見她翻紙，寫字，之後輕輕出了門。誰跟出去，不久就大叫：「趙蓓你吃了什麼？」都起來，跑出門，趙蓓已差不多了，嘴角溢出安眠藥的白漿，一直溢到耳根。

趙蓓沒死成。拖到軍分區醫院給救了過來。但她不會回來了，很快要做為「非常復員」的案例被遣送回老家去。小周成了另一個人，養一臉鬍子，看誰都兩眼殺氣。很少聽他講話，他有話只跟顆韌嘮嘮叨叨。

一天，我們突然看見顆韌嘴裡叼著一隻紫羅蘭色的拖鞋。這下全明白了。那是趙蓓和小周的事發生五天之後。

只聽一聲喊：「好哇！你這個狗東西！」

頓時喊聲喧囂起來：「截住那狗東西！截住顆韌！」

顆韌抬起頭，發現我們個個全變了個人。牠倒不捨得放棄那隻拖鞋，儘管牠預感到事情很不妙了。這回賊贓俱在，看牠還往哪裡跑！

顆韌在原地轉了個圈，鞋子掛在牠嘴上。牠眼裡的調皮沒了。牠發現我們不是在和牠逗，一張張緊逼過來的臉是鐵青的，像把牠的兄姊吊起剝皮時的臉。牠收縮起自己的身體，盡量縮得小些，尾巴沒了，脖子也沒了。

牠越來越看出我們來頭不善。我們收攏了包圍圈，在牠眼裡，我們再次大起來，變得龐大如山。牠頭頂的一片天漸漸給遮沒了。

誰解下軍服上的皮帶，銅扣發出陰森的撞擊聲。那皮帶向顆韌飛去。顆韌痛得打了個滾。牠從來沒嚐過這樣結實的痛。

「別讓牠逃了！……」

顆韌見我們所有的腿林立、交叉、成了網，牠根本沒想逃。

「揍死牠——都是牠惹的事！」

腳也上來了，左邊一下，右邊一下，顆韌在中間翻滾跌爬。小周手裡被人塞了條皮帶。

「揍啊！這狗東西是個賊！」人慫恿小周。

小周不動，土匪樣的臉很木訥。紫羅蘭的拖鞋是趙蓓的，她人永遠離開了，鞋永遠留下了。他從地上拾起鞋，不理睬我們的攛掇：「還不揍死這賊娃子！……」

我們真正想說的是：揍死顆韌，我們那些祕密就從此被封存了；顆韌是那些祕密的唯一見證。我們拳腳齊下，揍得這麼狠是為了滅口。而顆韌仍是一臉懵懂。牠不知道牠叛賣了我們；牠好心好意地撮合我們中的一雙一對，結果是毀了我們由偷雞摸狗得來的那點可憐的幸福。

小周「唰」給了顆韌一皮帶。

我們說：「打得好！打死才好！」

小周沒等顆韌站穩又給牠一腳。

顆韌被踢出去老遠，竟然一聲不吭。勉強站穩後，牠轉回臉。一線鮮血從牠眼角流出來。牠看我們這些殺氣騰騰的兵從綠色變成了紅色。

「這狗是個奸細！」

「狗漢奸！」

血色迷濛中，牠見我們漸漸散開了。牠不懂我們對牠的判詞，但牠曉得我們和牠徹底反目。第二天清早出發，我們一個個板著臉從牠身邊走過，牠還想試探，將頭在我們身上蹭一蹭，而我們一點反應都沒有。哨音起，我們上了車，牠剛把前爪搭上車梯，就捱了誰一腳，同時是冷冰冰的一聲喝：「滾！」

牠仰著臉，不敢相信我們就這樣遺棄了牠。

車開了。顆韌站在那裡，尾巴傷心地慢慢擺動。牠望著我們兩輛行軍車駛進巨大一團晨霧。我們都裝沒看見牠。我們絕不願承認這遺棄之於我們也同等痛苦。

中午我們到達瀘定兵站，突然看見顆韌立在大門邊。猜測是牠被人收容了，新主人用車把牠帶到這裡。然而牠那一身紅色粉塵否定了前一個猜測：牠是一路跟著我們的車轍跑來的。沿大渡河的路面上是半尺厚的喧騰紅土，稍動，路便昇起紅煙般的細塵。牠竟跑了五十公里。

我們絕不願承認心裡那陣酸疼的感動。

牠遠遠站著，看我們裝舞臺，彼此大喊大叫地鬥嘴、抬損，就像沒有看見牠。牠試探地走向小周，一步一停，向那一堆牠從小就熟悉的鼓靠攏。小周陰沉地忙碌著，彷彿他根本不記得這條風塵僕僕的狗是誰。

小周的冷漠使顆韌住了步。在五米遠的地方，牠看著他，又去看我們每一個人，誰偶爾看牠一眼，牠便趕緊擺一擺尾巴。

我們絕不願與牠稀哩糊塗講和。

演出之後的夜餐，我們圍坐在一起吃著。都知道牠在飯廳門口望著我們。也都知道牠整整一天沒吃過東西。但誰也不吱聲，讓牠眼巴巴地看，讓牠尷尬而傷心地慢慢搖尾巴。這樣第二天牠就不會再死皮賴臉跟著了。

然而第二天牠仍跟著。

到了第三天，我們見牠薄了許多，毛被塵土織成了網。這是最後一個兵站，過了它，就是通往成都的柏油大道。意思是，我們長達八個月的巡迴演出告終了。絕不能讓這隻喪家犬跟我們回營區，必須把我們與牠的恩怨全了結在這裡。

幾個往西藏去的軍校畢業生很快相上了顆韌。他們不知道牠與我們的關係，圍住牠，誇牠神氣英俊。其中一人給了牠一塊餅乾，顆韌有氣無力地嗅嗅，慢慢地開始咀嚼。畢業生們已商量妥當，要帶這隻沒主的狗去拉薩。他們滿眼鍾情地看牠吃，像霸占了個女人一樣得意。

我們都停下了化妝，瞪著畢業生們你一下我一下地撫摸顆韌。我們從不這樣狎昵地摸牠。

小周突然向他們走去。我們頓時明白小周去幹嘛，一齊跟在後面。

「嗨，狗是我們的。」小周說，口氣比他的臉還匪。

「你們的？才怪了！看你們車先開進來，牠後跑來的！親眼看到牠跑來的！」一個畢業生尖聲尖氣地說。

另一個畢業生插嘴：「看到我們的狗長得排場，就來訛詐！」

小周上下瞥他一眼：「你們的狗？」

所有畢業生立刻形成結盟，異口同聲道：「當然是我們的狗！」

小周轉向我們，說：「聽到沒有：他們的狗！……」

「你們的狗，怎不見你們餵牠？」他們中的一個四眼兒畢業生逮著理了。

我們理虧地緘默著。

「就是嚜，這個狗差不多餓死了，」另一個畢業生說：「才將我看見牠在廚房後頭啃花生殼子！」

得承認，顆韌的消瘦是顯著的。我們不顧馮隊長「換服裝！換服裝！」的叫喊，和畢業生們熱烈地吵起來。不會兒，粗話也來了，拳腳也來了。

馮隊長大發脾氣地把架給拉開了。他把我們往舞臺那邊趕，我們回頭，見那四眼兒正在餵顆韌午餐肉罐頭。

小周站住了，喊道：「顆韌！……」

顆韌倏地抬起頭。牠不動，連尾巴都不動。

四眼兒還在努力勸餐，拿罐頭近一下遠一下地引逗牠。畢業生們不知道這一聲呼喚對顆韌的意味。

我們全叫起來：「顆韌！」

牠還是一動不動，尾巴卻輕輕動了，應答了我們。

馮隊長說：「誰再不聽命令，我處分他！……」

我們把手籠住嘴，一齊聲地：「顆韌！」我們叫著，根本聽不見馮隊長在婆婆媽媽威脅什麼。

顆韌回來了，一頭扎進我們的群體。牠挨個和我們和好，把牠那狗味十足的吻印在我們手上、臉上、頭髮上。隊伍裡馬上恢復了牠那般略帶臭味的、十分溫暖的體臭。

這樣，顆韌和我們更徹底諒解了。我們日子裡沒有了戀愛，沒有了青春，不能再沒有顆韌。

顆韌進城半年後長成一條真正的藏獒，漂亮威風，尾巴也是沉甸甸的。牠有餐桌那麼高了。牠喜歡賣弄自己的高度，不喝牠那食缽裡的水，而是將脖子伸到洗衣臺上，張嘴去接水龍頭的水滴。牠還喜歡向我們炫耀牠的跑姿；馮隊長訓話時，牠就從我們隊列的一頭往另一頭跑，每一步騰躍出一個完整的拋物線。漸漸地，軍區開始傳，演出隊改成馬戲團了──院裡不曉得養了頭什麼猛獸。

有了顆顆我們再沒丟過東西。過去我們什麼都丟，樂器、服裝、燈泡，丟得最多的是軍服。正是軍服時髦的年代，有時賊們偷不到完整的軍服，連爛成拖把的也偷走，剪下所有的鈕扣再給我們扔回來。炊事班則是丟煤、丟米、丟味精。自從顆顆出現在演出隊營地，賊們也開始傳：演出隊那條大畜牲長得像狗，其實不曉得是啥子，兇得狠！你一隻腳才跨過牆，牠嘴就上來了！那嘴張開有小臉盆大！咬到就不放，給牠一刀都不鬆口，硬是把褲子給你扯脫！

一個清晨我們見顆顆胸脯血淋淋地端坐在牆下，守著一碗鹹鴨蛋，嘴裡是大半截褲腿。幸虧牠毛厚，胸大肌發達，刀傷得不深，小周拿根縫衣針消了毒，粗針大麻線把刀口就給牠縫上了。

夏天，我們院外新蓋的小樓變成了幼兒園。常見巨大的司令員專車停在門口，從裡面出來個黃毛丫頭，瘦得像螞蚱，五六歲了還給人抱進抱出，那是司令員的孫女，腮幫子上永遠凸個球，不是糖果就是話梅，再不就是打蛔蟲的甜藥丸子。所有老師都撅著屁股跟在她後面，捏著喉嚨叫她「蕉蕉」(亦或嬌嬌)。

演出隊和幼兒園只是一條窄馬路之隔。那輛氣宇昂軒的專車一來，整條街的人都給堵得動不得。我們也只得等在門口，等那螞蚱公主起駕，才出得了門。

是個星期六，我們都請出兩小時假上街去洗澡，寄信，照相，辦理一個禮拜積下來的雜事。

我們等得心起火，卻不敢罵司令員，連他的車和他的小公主也不敢罵。我們只有忍氣吞聲地看著蕉蕉被一個老師抱出來，轉遞給了警衛員。正要將她抱進車，她突然打打警衛員的腦殼，叫道：「站住！」

她看見了在我們中間的顆韌。她兩腿踢著警衛員的腦巴骨，表示要下來。這黃毛公主倒不像一般孩子那樣怕顆韌，或許她意識到天下人都該怕她的司令員爺爺，因此她就沒什麼可畏懼了。她停止咀嚼嘴裡的糖果，眼睛盯著我們這條慓悍俊氣的狗兄弟。

「過來！」蕉蕉說。神色認真而專橫。

顆韌不睬。牠不懂司令員是什麼東西。

「過來——哎，狗你過來！」蕉蕉繼續命令，像她一貫命令那個塌鼻子警衛員。警衛員真的過來了，狗裡狗氣地對她笑，請她快上車，別惹這野蠻畜牲。

蕉蕉朝我們這邊走來，一邊從嘴裡摳出那嚼成了糞狀的巧克力，極不堪入目地托在小手心裡，朝顆韌遞過來。

顆韌感到噁心，兩隻前爪猛一退，別過臉去。牠還不高興蕉蕉對牠叫喚的聲調：「哎，狗！你吃啊！」牠從沒見過這麼小個人有這麼一副無懼無畏的臉。

「哎你吃啊！吃啊！」蕉蕉急了，伸手抓住顆韌的頸毛。顆韌的臉被揪變了形，眼睛給扯吊起來。

我們聽見不祥的「嗚嗚」聲從顆軔臟腑深處發出。

「放了牠！」誰說。

「就不！」蕉蕉說。

「牠會咬你！」

「敢！」

警衛員顛著腳來時已晚了。顆軔如響尾蛇般迅捷，甩開那暴虐的小手，同時咬在那甘蔗似的細胳膊上。

蕉蕉大叫一聲「爺爺！」一屁股跌坐在地上。她的哭喊把一條街的居民都驚壞了。

顆軔並不知道自己闖下的塌天之禍，冷傲地走到一邊，看著整個世界兵慌馬亂圍著公主忙。牠聽我們嚷成一片：「送醫……快找……院急救……犬咬藥……室去……打電……怕是狂話給司……犬症……令員……叫救命……狂犬症……車快來不然……電話占……司令員……線，鬼醫生談戀愛去了……司令員來了……」

司令員來時，顆軔已被我們藏好。怕牠出聲，我們給塞了四粒安眠藥，加上些燒酒。司令員大罵地走進大門時，顆軔已裹在毯子裡睡得比死還安靜。

我們全體站得像一根根木樁，屁股夾得生疼。司令員個頭不高，肚子也不像其他首長那麼大。他站在我們隊伍前面，眉毛是唯一動作的地方。那眉毛威嚴果敢，像兩支黑白狼毫混製的大毛筆。

「狗在哪裡？」他拿眉毛把我們全隊掃一遍。

不吭聲，連鼻息都沒有。

「那隻狗在哪裡？嗯？」司令員大發雷霆。

我們中的誰壯了膽說：「不曉得……」

馮隊長向司令員打個千兒：「我剛才找過了——樓上樓下都找了，不知牠跑哪兒去了。」

司令員說：「屁話。誰把牠藏了。」

馮隊長笑笑：「藏是藏不住的，您想想，那是個活畜牲，不動牠至少會叫……」

司令員想了片刻，認為馮隊長有點道理。馮隊長並不知道我們的勾當。司令員這時意識到如此與我們理論下去也失體統，更失他的將軍風度。他準備撤了。臨走，他懇切由衷地嘆口氣，說：「像什麼話？我們是人民的軍隊，是工農子弟兵！搞出什麼名堂來了？鬥雞走狗，這不成了舊中國的軍閥了？兵痞了？……幸虧咬的是我的孩子，要是咬了老百姓，普通人家的孩子，怎麼向人民交代？嗯？」

我們心情沉重地目送司令員進了那輛黑色的巨型轎車。事情的確鬧大了，我們停止了練功、排練，整天地集體禁閉，檢討我們的思想墮落。司令員給三天限期，如果我們不交出顆韌，他就撤馮隊長的職，解散演出隊。

第三天早晨，馮隊長集合全隊，向我們宣布：中午時分，司令員將派半個警衛班來逮捕顆韌，然後帶牠到郊區靶場去執行槍決。

馮隊長說：「我們是軍人，服從命令聽指揮是天職，……」

我們不再聽他下面的訓誡，整個隊列將臉朝向左邊——左邊有個大沙坑，供我們練跳板的，此時顆韌正在那兒嬉沙，嬉得一頭一身，又不時興高采烈地跳出來，將沙抖掉。這是牠來內地的第一個夏天，招不住炎熱，便常常拱進沙的深處，貪點陰涼。牠漸漸留心到我們都在看牠，也覺出我們目光所含的水分，牠動作慢下來，最後停了，與我們面面相覷。

牠不知道自己十六個月的生命將截止在今天。

馮隊長裝作看不見我們心碎的沉默，裝作聽不見小周被淚水噎得直喘。他布置著屠殺計畫：「小周，你負責把口嚼子給牠套上，再綁住牠的爪子。……小周，聽見沒有？牠要再咬人我記你大過！」

小周哼了一聲。

「別打什麼餿主意，我告訴你們，躲得了和尚躲不了廟，司令員是要見狗皮的……都聽清楚沒有？」

我們都哼一聲。

顆韌覺出什麼不對勁，試探地看著我們每一張臉，慢慢走到隊伍跟前。

「你們那點花招我全知道——什麼餵牠安眠藥啦，送牠到親戚老表家避一陣啦。告訴你們，」馮隊長手指頭點著我們，臉上出現一絲慘笑：「今天是沒門兒！收起你們所有的花招！」

顆韌發現這一絲慘笑使馮隊長那人味不多的臉好看起來，牠走過去，忽然伸出舌頭，在馮隊長手上舔了舔。這是牠第一次舔這隻乾巴巴的、沒太多特長只善於行軍禮的手。馮隊長的臉一陣輕微痙攣。顆韌突至的溫情使他出現了瞬間的自我迷失。但他畢竟是二十幾年的老軍人，已是扼殺情感的老手。他定下來，踢了顆韌一腳；那麼不屑，彷彿牠已不是個活物。

顆韌給踢得踉蹌一步，定住神，稍稍偏過臉望著馮隊長。那樣子像似信非信，因為馮隊長在踢的這一腳裡流露的無奈，牠感受到了。

午飯時我們的胃像是死了。小周把他那份菜裡的兩塊肉放進顆韌的食缽，我們都如此做了。顆韌一面吃一面不放心地回頭看完全呆掉的我們。牠看見我們的軍裝清一色地破舊，我們十六、七歲的臉上，有種認命之後的沉靜。

我們都看著顆韌，想著牠十六個月的生命中究竟有多少歡樂。我們想起牠如何圍著那隻苗條的小母狗不亦樂乎，以及牠們永別時牠怎樣捶胸頓足。

我們無表情地拍著牠大而豐滿的腦袋，牠並不認識小周手上的狗籠頭，但牠毫無抗拒地任小周擺布，半是習慣，半是信賴。就像我們戴上軍帽穿上軍服的那一刻，充滿信賴地向馮隊長交付出自由與獨立。

直到牠看見自己的手腳被緊緊縛住時，顆軔才意識到牠對我們過分信賴了。牠眼睛大了起來，漸漸被惶恐膨脹了。牠的嘴開始在籠頭下面甩動。發出尖細的質疑。隨後牠越來越猛烈地掙扭，將嘴上的籠頭往地上砸，有兩回牠竟站立起來，以那縛到一塊的四肢，卻畢竟站不住，一截木頭似的倒下。牠不明白我們為什麼要這樣對牠，將眼睛在我們每一張臉上盯一會。

我們都不想讓牠看清自己，逐步向後退去。

顆軔越來越孤獨地躺在院子中央，眼睛呆了，冷了，牙齒流出的血沾溼了牠一側臉。一個下午等掉了，警衛團沒人來。顆軔就那麼白白被綁住，牠厚實的毛被滾滿土，變成了另一種顏色。

我們都陪著牠，像牠一樣希望這一切快些結束。馮隊長來叫我們去政治學習，一個也叫不動。他正要耍威風，但及時收住了：他突然見這群十六七歲的兵不是素來的我們，每人眼裡都有沉默的瘋狂，跟此刻的顆軔一模一樣。馮隊長怕我們咬他，悄悄退去。

下午四點多，那個拉糞的大爺來了，見我們和狗的情形，便走上來，摸兩把顆軔。

「你們不要牠就給我吧。」大爺說。

我們馬上還了陽，對大爺七嘴八舌：「大爺，你帶走！馬上帶走，不然就要給警衛團拉去槍斃了！……」

「牠咬人？」大爺問。

「不咬不咬！」小周說。

「那牠犯啥子法了？」

「大爺，我擔保牠不咬你！」小周懇求地看著這黑瘦老農。

「曉得牠是條好狗——種氣好！」大爺又拍拍顆韌，摸到牠被縛的腳上：「拴我們做啥子，我們又不咬人。」他口絮叨著，開始動手給顆韌鬆綁。

顆韌的眼神融化了，看著大爺。

「有緣分喲，是不是？」大爺問顆韌，「把我們拴這樣緊，把我們當反革命拴喲！……」

我們都感到解凍般的綿軟，如同我們全體得救了，如同我們全體要跟這貧窮孤苦的大爺家去。

小周也湊上去幫大爺解繩。我們對大爺囑咐顆韌的生活習性，還一再囑咐大爺帶些剩菜飯走：一向是我們吃什麼顆韌吃什麼。

大爺一一答應著。也答應我們過年節去看顆韌。

繩子就是解不開。我們幾個女兵跑回宿舍找剪子。剪子來了，卻見五六名全副武裝的大兵衝進院子，說是要馬上帶顆韌去行刑。

馮隊長不高興了，白起眼問他們：「你們早幹啥去了？」

小周說：「狗已經不是我們的了，是這個大爺的了！」

「管牠是誰的狗，司令員命令我們今天處死牠！」兵中間的班長說。

「狗是大爺的了！」我們一起叫囂起來：「怎麼能殺人家老百姓的狗！……」

「你們不要跟我講，去跟司令員講！」班長說，臉上一絲殺人不眨眼的笑。

大爺傻在那裡。

小周對他說：「大爺，你帶走！天王老子來了，我們擔當就是了！」

班長冷笑：「唉，我們是來執行命令的，哪個不讓我們執行，我們是丈人舅子統不認。」他對幾個兵擺頭：「去，拉上狗走路！」

大兵上來了，小周擋住他們：「不准動牠——牠是老百姓的狗……」

我們全造了反，嚷道：「對嘛，打老百姓的狗，是犯軍紀的……」

「打老百姓的狗，就是打老百姓！」

班長不理會我們，只管指揮那幾個兵逮狗。

顆韌明白牠再不逃就完了。牠用盡全身氣力掙斷了最後一圈繩索，站立起來。

我們看見牠渾身毛聳立，變得驚人地龐大。

大爺也沒想到牠有這樣大，楞地張開嘴。

顆韌向門口跑去，我們的心都跟著。大兵們直喳呼，並不敢跟顆韌交鋒。班長邊跑邊將衝鋒槍扯到胸前。

「不准讓牠跑到街上！……」班長喊，「上了街就不要想逮牠回來了！……」

顆韌閃過一個又一個堵截牠的兵。

「開槍！日你媽你們的槍是軟傢伙！……」

班長槍響了。已跑到門臺階上的顆韌楞住。牠想再看我們一眼，再看小周一眼。牠不知道自己半個身子已經被打掉了，那美麗豪華的尾巴瞬間便泡在血裡。疼痛遠遠地過來了；死亡遠遠地過來了，顆韌就那樣拖著殘破的後半截身體，血淋淋地站立著。牠什麼都明白了。

我們全發出顆韌的慘叫。因為顆韌一聲不響地倒下去。牠在自己的血裡沐浴，疼痛已輾上了牠的知覺──牠觸電般地大幅度彈動。

小周白著臉奔過去。他一點人的聲音都沒有了，他喊：「你先人板板──你補牠一槍！」他扯著屠夫班長。

班長說：「老子只有二十發子彈！……」

小周就像聽不見：「行個好補牠一槍！」

顆韌見是小周，黏在血中的尾巴動了動。牠什麼都明白了：我們這群士兵和牠這條狗。

小周從一名兵手裡抓過槍。

顆韌知道這是為牠好。牠的臉變得像趙蓓一樣溫順。牠閉上眼，那麼習慣，那麼信賴。

小周餵了牠一顆子彈。我們靜下來；一切精神心靈的抽搐都停止了。一塊夕陽降落在寧靜的院子裡。

大爺吱嘎吱嘎拉著糞車走了。

小周年底復員。他臨走的那天早上，我們坐在一塊吃早飯。我們中的誰講起自己的夢，夢裡有趙蓓，還有顆勧。小周知道他撒謊。我們都知道他撒謊。顆勧和趙蓓從來不肯到我們軍營的夢裡來。不過我們還是認真地聽他講完了這個有頭有尾、過分完整的夢。

（本篇原名「士兵與狗」，收錄於《倒淌河》，三民書局出版）

白麻雀

她拿了解溲的工具就往帳篷外面跑。剛降過露水，草地一股腥氣。她跑了五分鐘，一頭扎進一人高的黑刺巴叢，才開始用小洋鎬刨坑。「女子牧馬班」的女娃們就在帳篷邊上刨坑，說萬一碰上男人，就用洗臉帕子把臉蒙上，只要不給他看見臉，天下屁股都一樣。可她不行，脹得多慌都得找片林子或草叢。

坑刨了一尺來深，她開始用小洋鍬出土。一個月一次的「辦公」，坑得挖深些。不然牧馬班的兩條狗會把髒紙拱出來，到處拖，才要臊死人。

她騎著坑蹲下，才顧上四處打量，看看有沒有狼或者豺狗打她埋伏。就在她蹲著的一會工夫，天亮透了。牧馬班的女娃兒們說，小蕭排長跟我們做野人時間長了，就學會屙野屎了，恐怕那時候回成都進軍區的高級茅房，倒不會屙了。

女娃子們叫蕭穗子「小蕭排長」。發現她比她們最年輕的還小半歲，就叫她「青溝子排長」（意指小孩屁股上才有塊青）。她們知道她天天巴望離開這裡，回到有高級茅房的城裡去。她在這裡體驗生活，也讓她們煩得很，每個人都要假裝講衛生，再渴都要用珍貴的水來洗腳。好處也是有的，因為她是場部的客人，軍馬場每隔一天派人送一條羊腿或一桶牛血旺，有時還送洋蔥、蓮花白。女娃子們一餐能吃一桶牛血旺煮洋蔥。

黑刺巴一陣響動，大顆的露水冰冷地落下來。蕭穗子猛地回頭，沒見什麼，又蹲回原狀。苦就苦在這裡，一有風吹草動，前面腿蹲得多麻多酸也白搭。她想，學牧馬班吃髒手指捻的麵條、髒巴掌拍的餃子皮都不難，難的是吃完之後眼下這一步。

這回她明明聽見了響動。出帳篷太急，只顧拿鎬和鍬，偏偏忘了「五四」手槍。只要「響動」往前一撲，她連褲子都來不及提。她不動聲色地蹲著向一側挪步，手指去夠扔在一米外的洋鎬。「響動」卻在朝另一側挪步。她慶幸剛才是白蹲一場，不然步驟會複雜許多。她一手束皮帶，一手把鎬鋒調整成拼刺狀態。跳舞蹈的「青溝子排長」軍事素養差得很，紮個白刃戰架式還是有模樣的。

她瞪著「響動」。

「響動」也瞪回來。這時遠遠地傳來狗叫。跟夜牧回來的狗正往這裡跑。蕭穗子緩過一口氣，嗤一唾沫，轉臉叫兩個狗的名字。等她回過頭，手裡武器墜落到地上：對面的黑刺巴深處，出來一個臉龐。蕭穗子十八歲的小半生中，從未見過比它更可怖的臉，顏色就是隔夜的牛血旺。

事後牧馬班說「青溝子排長」叫得比狗還響。大家提著「三八」老套筒跑出來，以為狼在撕她。女娃兒們很快把一個人從狗的糾纏下解救出來，綁上繩子。

蕭穗子這才看清被牧馬班捆綁的是個女人。又厚又長的長髮鰾著灰垢，烏濛濛的毫無光澤。她兩個眼珠子讓陳牛血旺的紫紅色襯得又白又鼓，成了廟前的門神。

牧馬班和她用藏語對話。蕭穗子大致明白她們在問她，上次丟掉的兩雙尼龍襪，是不是她偷去了。她一面否認，一面瞪著蕭穗子。女娃兒中的一個告訴蕭穗子，藏族女人愛美的就用熱牛血塗臉，保護皮膚。她們也試過，效果不錯，可惜熱牛血太稀罕。

她們問她是否偷過馬料。馬料是黃豆渣做的，烤一烤人也愛吃。

她不否認了，裂著嘴笑，一張笑成了兩排鮮粉色牙床和一堆白牙，蕭穗子趕緊不看她了。不看她還是感覺她的兩隻眼珠子瞪著她的臉，她軍裝的紅領章，她八成新的黑皮衛官靴。蕭穗子想，「瞪」不光是眼睛的活動，「瞪」就是她這樣：鼻尖、兩個鼻孔、一嘴牙以及整個思維共同形成的凝聚力；「瞪」是這凝聚力向你的連續發射。難怪在黑刺巴叢裡，沒見她人就感到了她的「瞪」。

她忽然說起漢語來。腔調和用詞有點奇怪，但是相當達意的漢語。她承認她在牧馬班附近埋伏不少天了，靠馬料果腹。回答時她兩隻黑毛茸茸的眼在小蕭排長身上眨著，眨得她直癢。終於她說：「解放軍好白喲！」

審出的結果，是她想當文藝兵。牧馬班女娃兒憋住一臉壞笑，問她想去掃場子呢，還是搬板凳。一個說：「那，這位小蕭排長缺個提夜壺的，你去不去提？」

蕭穗子踢那女娃兒一腳。

大家還沒笑完，就聽一聲：「索尼呀啦吱！」她唱了。

簡直不能叫唱，就是歌聲的一個轟然爆炸。

女娃們一塊去瞅蕭穗子，想知道她對這歌聲的評估。蕭穗子卻沒反應，只是瞪著這個女藏胞：沒有姓名，沒有年齡，沒有來由，卻有一條石破天驚的歌喉。第一個感覺是她嗓音的結實，一口長音吼出去，直直往上跑，快到「降B」了，還有寬裕，還遠遠扯不緊撕不碎。說它優美有些文不對題，但它非常獨特。蕭穗子雖然不太懂聲樂，卻明白這條嗓子是寶貝。

當天傍晚，她寫了張便條請送羊腿的人帶回場部。她讓在場部搜集音樂資料的兩個同事盡快來牧馬班。她說她發現了一個「才旦卓瑪❶」。

一連幾天，場部沒有一點音訊回來。兩個同伴中有一個是聲樂指導，叫王林鳳。王林鳳到軍馬場不光采風，也想選拔幾名藏族演員。

蕭穗子等不及了，一天跟在場部的牛車後面，騎了兩小時的馬，回到場部。王林鳳高原反應，靠在床上給場部演出隊的歌手們考試，聽了蕭穗子激動的報告，無力的手指朝一群藏族考生劃了劃，說：「能歌善舞的民族嘛，拉出來誰都能唱兩嗓子。稀奇什麼？」

她把王林鳳煽動了一晚上，最後王林鳳妥協了，答應再加一場考試。

回到牧點，蕭穗子把「才旦卓瑪」叫到帳篷裡，想給她一點臺風訓練。她不斷地說：「手別老去搔鼻子，腳不要亂踢，站就站穩。眼睛看著我，不要往上翻。」她發現她的手習慣了趕馬繩子，有沒有繩子都在鼻子周圍搔著。她也發現她的腳必須去踢泥土，一個高音上去，腳尖必定踢出一個泥坑。

❶ 才旦卓瑪：西藏著名女歌唱家。

蕭穗子把她往場部帶的時候，她臉上的牛血成了斑剝的陳年老漆，手指一摳就摳下一塊。摳出來的一片片皮肉色澤果然不錯，細膩得很。蕭穗子用自己的香皂給她好好搓一遍臉，原來也是五官端正，濃眉大眼的。身材是沒辦法的；一天兩天減不下分量去。好在她個頭高大，看上去她不能叫肥胖，應該叫魁梧。

蕭穗子一路叮囑她，要好好唱給王林鳳王老師聽。王老師五十多歲了，唱的歌比你講的話還多。王老師收你了，解放軍就收你了，所以你不要瞪王老師，老師膽小。

但是蕭穗子馬上發現她交代的都白交代了。她進了門就開始挨個瞪人，先瞪王老師，馬上覺得王老師沒什麼瞪頭，又去瞪嬌小美麗的兵痞子何小蓉。她想這個捲頭髮紮出兩個小絨球的乖乖女兵只有十來歲吧？小蓉平時臉皮很厚，這時也給她瞪成了大紅臉，為自己解圍地說：「看啥子嘛？我當兵的時候你還夾尿布。」

大家各找了個地方坐下，王林鳳拿出一個大筆記本，問說：「名字叫什麼呀？」王老師在裝慈祥的時候樣子十分陰森。

她看一眼王老師，嘴巴動了動。

王老師說：「什麼呀？白麻雀？」

她說：「班麻雀。」

「你名字叫白麻雀？」

她更正：「班麻雀。」「雀」是不準確的四川音，發成了“Qiuo”。

王林鳳轉頭問小蓉：「藏族有這名字？」

小蓉說要不怎麼是藏族呢。她把王林鳳的筆記本奪下來，叫斑麻雀自己寫個名字。她一筆一劃寫下三個大字，大家一認，明白了，是「斑瑪措」。這一帶挺普遍的藏族名字，蕭穗子向他們解釋。她發現王林鳳對她做了個苦臉微笑，雖然淺淡，意思卻清清楚楚：她愛叫什麼叫什麼，反正她名字上不了正冊。

現在就剩斑瑪措一個人站在四張床中間。她一站把屋子、床、臉盆架全站小了。王老師也給斑瑪措的比例弄得小小的，兩隻小白手擱在筆記本的黑封皮上。

「開始吧。」王老師說。他已經想結束了。

斑瑪措的紫紅藏袍纏在腰上，像是整個人站在一個巨大包裹中。包裹散發出油膩的體嗅，熱騰騰地噎人喉嚨。

王老師左一遍「開始」，右一遍「開始」，斑瑪措就只是站著，神情一片空白，整個人空空的一個音符也沒有。

蕭穗子說：「唉，今天早上你不還唱得好好的？快唱啊！」

她張一下嘴，似乎自己也沒料到嘴裡空無一物，驚訝地楞住了。但她那一張嘴使大家都提起氣來，王老師的鼻孔撐得圓溜溜的。

她卻蒙著臉蹲下了。蕭穗子跳起來，要上去踢她似的。

王老師慢慢朝蕭穗子閉一下眼，手向外掃兩下。蕭穗子急壞了，說她們練了好幾天的歌，斑瑪措唱得絕了。

「我們聽聽啊。」小蓉風涼地說，她早就沒了興趣，一直在用髮卡掏耳朵。

王老師說：「再不唱就不能唱了嘔，熄燈號音一響，就不准出聲了。」

斑瑪措慢慢站起來，本來又紅又亮的臉，紅得發紫了。蕭穗子一直在猜，她蒙住臉在做什麼。現在發現她一直在兩個手掌下面笑。王老師滿臉無所謂，她唱不唱這作風已讓他倒盡胃口。

王老師說：「我看今天我們就考到這裡。」他摸出煙盒，掏出打火機。

斑瑪措這時倒站得筆直筆直。蕭穗子求情說唱個短的，兩三句詞的，王老師若聽著對勁，再往下唱。她急忙回頭對斑瑪措說，唱最短的那個，一共幾句「索尼呀啦」，熄燈前準唱完了。

屋子裡又一次靜下來。儘管靜得焦燥敷衍，總還是靜的。小蓉掏耳朵掏得銷魂，早不在乎這屋裡發生什麼。

斑瑪措站是站出點樣子了，脖子也有了，腰裡的袍子也不是一大堆了，可就是沒有歌出來。怎麼逼也一聲不吱。隨便蕭穗子怎麼威脅利誘，她只是那麼站著。

熄燈號終於響了。

斑瑪措臉上的空白頓時退去，取而代之的是一陣覺醒，似乎意識到她這一錯就錯過了一生。

王林鳳早上起床前聽見了蕭穗子向他形容的歌聲。他承認這形容基本準確，也不算太外行。聲音是好聲音，少見的本錢。他判斷歌是從籃球場外的山坡上傳來的，驚人的音量、音域。咬字舌頭有點大，不礙事，一訓練就好了。他在幾個滑音上皺起眉，他不喜歡她的花腔，近似羊叫。不過這也不難糾正，高音太漂亮了，海闊天寬，一點不讓你捏緊拳頭。位置是野位置，應該可以調整，位置找得更好些她還能唱高一個調。

他在被窩裡興奮得出了汗。然後爬起來，拿了桌上的老花鏡和筆記本，回到被窩裡。一想，應該為自己泡杯好茶，又是背心褲衩地去翻茶葉。再回到被窩，他覺得茶和煙的味道從來沒這麼好過。本錢好，主要是本錢太好了！

王林鳳在「斑瑪措」三個四仰八叉的大字後面畫了一排驚嘆號。

當天他向何小蓉布置，去向軍馬場被服科借一套新軍裝，一件白襯衫，要讓斑瑪措馬上出落成一個文藝女兵。

蕭穗子和小蓉把斑瑪措帶到軍馬場大浴池洗澡。場裡女牧工少，所以她們三人泡池子泡了足有一上午。小蓉兩隻袖珍手蠻得很，給把斑瑪措搓澡搓得一身火紅。斑瑪措像頭任人宰割的牛，叫坐著就坐，叫趴著就趴。小蓉咬牙切齒地說：「搓掉了一層『斑瑪措』，又搓掉一層『斑瑪措』，……這個『斑瑪措』咋還是這麼一大坨？」

蕭穗子就笑。她開始擔心小蓉這種俏皮太惡毒，斑瑪措的自尊心會受不了，不過一會她就發現她的擔心多餘。斑瑪措乖乖的，有一點羞澀，那是因為她覺得自己成了小蓉的一份重活兒。

然後小蓉舒舒臂，展展腰，長出一口氣說：「看嘛，硬是搓小了一圈。」

斑瑪措此刻坐在池子邊的水泥長凳上，水齊她胸。小蓉站在齊腰深的熱水裡喘氣，喘得誇張，胸脯前進一下，後退一下。斑瑪措小心翼翼伸出一個指尖，伸向小蓉。穗子和小蓉不知她要幹什麼，那尖指輕輕觸在小蓉身上。

小蓉癢得一抽身，笑起來，斑瑪措鄭重地說：「好白喲，好像白瓷碗碗喲！」小蓉才不吃虧，嘻嘻哈哈要把斑瑪措那一摸找回來。水面浮一層奶脂般的老垢，卻不妨礙她們瘋。天下女娃洗澡總是很瘋。二十八歲的共產黨員何小蓉一瘋就瘋成了十來歲，兩個圓而翹的小乳房直顛。蕭穗子想，以為穿著衣裳的小蓉漂亮的人們，應該看看此刻的小蓉，否則錯過得太多了。

小蓉和斑瑪措你掐我一下，我捏你一把，從高興玩到半惱。小蓉翻臉地捂住自己的右胸，說斑瑪措下手沒輕重，擠牛奶的勁也用上來了。穗子便猛和稀泥，說小蓉先往斑瑪措小肚子上踢的，然後捺著斑瑪措的頭給小蓉鞠躬道歉。

小蓉生氣沒長性，爬上池子就開始猛抒情了。小蓉唱歌和她外形很像，小號女高音，極漂亮，尤其在澡堂子裡唱，一個個音符圓溜溜的到處滾動，撒了一把珠子似的。斑瑪措赤裸著偉岸的身體瞪著她，自慚形穢起來。然後她瞪著小蓉把毛巾擰成一股，嘴裡叼著梳子，兩手拉住毛巾的兩端，「噼噼啪啪」地打著頭髮上的水珠。小蓉簡直給她看成了一齣大戲。

啟程回成都的早晨，場長乘自己的吉普來了。他臉色很難看，說場部一個科長遭一個知青報復，大腿中了一發「三八」槍彈，他的吉普要送傷員去成都動手術，因此文工團一行人就不必搭乘長途汽車了。

一打開車門，鑽出刺鼻的血腥和碘酒氣味。人勉強塞進去了，行李卻怎麼裝怎麼多出來。三個人的眼睛都看著斑瑪措的牛皮口袋。王老師首長似的說：「輕一輕裝，啊？當兵打仗要甩掉包袱嘛。」

斑瑪措不懂什麼叫「輕輕裝」，仍把牛皮口袋抱在懷裡。小蓉上來捏捏牛皮口袋：「什麼東西呀？我當兵的時候一雙老百姓的襪子都沒往部隊帶。」

斑瑪措這下明白了，抱著口袋往後一聳。

小蓉想，好了，民族矛盾就此開始。她把下巴一抬，說：「打開。」

打開的牛皮口袋讓大家看不出所以然。裡面什麼都有；什麼都不齊全。幾隻小孩的靴子，上面鑲的圖案已掉的差不多了，幾塊皮毛，一些卵石，斷了柄的梳子，舊藏袍，節日穿的彩色普氈，家織的羊毛線。

小蓉的表情在說，明明是一堆垃圾嘛。但她嘴裡的詞還是用得很當心。她告訴斑瑪措新兵從裡到外必須新，連褲衩都要穿軍用褲衩，所以一般不允許新兵帶太多行李。

斑瑪措站在漸漸升高的太陽裡，特號的新軍裝閃著綠光，軍帽在箱子裡壓了多年，此刻成了扁扁一片，掛在她一大堆頭髮上。看上去衣服不是她自己的，整個人都不是她自己的了。

三個人都想，把這麼個斑瑪措帶回文工團，可不大拿得出手。

這時斑瑪措說話了。她說口袋裡不是她自己的東西，是別人送她的禮物，這些東西是他從小到大的收藏，現在象徵他本人，讓她帶到異鄉去。她把這話講了好幾遍，三個文工團員才陸續明白。他們想，這是一個動不動就以物寄情的民族，可以不嫌麻煩地背著這麼沉重的象徵。

車裡的傷號牛吼一聲，說：「車子死球了？咋個不動嘛？」

王老師把自己被包帶解下來，將斑瑪措的牛皮口袋綁到車頂上，吉普總算上了路。

一路上斑瑪措很高興，給她吃什麼她都「哦呀，哦呀」地接過去。問她是不是這一帶的大美人，是不是讓不少小伙子心碎過，她都嘴咧得大大的「哦呀」。問她為什麼不嫁，她說她才不會嫁。三個漢人來勁了，問小伙子們是不是軍馬場的牧工。她又是「哦呀」，臉上卻鄙薄得很。小蓉說，噢，曉得了，你要嫁個騎兵團的排長！

斑瑪措一下子不笑了，一種美麗的羞澀浮在她眼裡。原來她也有漢人女人的羞顏。

場部禮堂的白牆馬上要看不見了，一個騎馬的人從牆後跑出來。漢人們說，該不是追我們的吧？斑瑪措說：「狗日的。」才幾天，她和小蓉一樣張口「狗日」閉口「老子」。不過斑瑪措剛才這聲「狗日」說得甜蜜蜜的。

公路很爛，彎彎也多，那匹短腿馬居然追近了。漢人們從後窗看，見灰土大霧裡挺出一個飛毛好漢，把馬往死裡打。司機就怕沒人和他賽跑，殺出這名騎手，他馬上換了副好精神，車子開得乘風破浪，顛得傷號直叫：「再給老子補一槍算嘍！要痛死老子喲！」

馬四條粗壯短腿拉成一條線，肚皮都要擦地了。在車上坡前，人和馬終於追上來。斑瑪措兩隻大拳頭直捶腿，又是叫，又是笑，捶著捶著，捶到旁邊的瘸科長腿上了。瘸科長一胳膊肘回來，嘴裡葷得厲害。斑瑪措正做騎手的啦啦隊，根本不在意自己被罵成了什麼。

騎手已和吉普平行，突然一馬鞭抽過來，差點打爛車篷的舊帆布。車裡的人全在座上一蹦，縮緊脖子。

司機咬牙切齒哼著「我們的隊伍向太陽」，把車耍成一條大龍，企圖把一人一馬甦下公路。又是幾馬鞭抽在吉普上，吉普給他打成一面鼓。四隻馬蹄子在公路崖邊上飛簷走壁，靠外面的兩個蹄子幾乎是懸空地跑。王老師真做首長了，命令司機立刻停車。而司機野慣了，哪裡會理睬這樣一個只會唱歌的首長。

斑瑪措搖下車窗，車裡車外喊起話來。不久，喊話中帶出唔咽，車裡車外是兩張淚漣漣的臉。

吉普車裡所有的漢人都裝著沒聽見也沒看見。

山路陡起來，馬漸漸慢了。斑瑪措又喊了一陣。騎手在公路盡頭跳下馬，馬和人都站得眼巴巴的。

漢人們不好意思地靜了一陣，才問斑瑪措兩人剛才在喊什麼。回答說是兩人吵了一架，因為說好在長途汽車站為斑瑪措送行的，而她不守信，竟坐了吉普偷偷跑了。

漢人們便有些明白，那個好漢可能就是送了斑瑪措一堆沉重象徵的人。

在刷經寺吃了午餐之後，司機背著傷號去上茅房。一上上了半小時。文工團幾個人坐在吉普裡打盹，被一陣人馬雜亂聲先後驚醒。往窗外一看，停車的籃球場四周站了上百人，有的是兩人合騎一匹馬。

斑瑪措推開門滾身下車。

人「嘩」的一聲，立刻旋成了一個漩渦，斑瑪措是中心。蕭穗子和小蓉驚嘆說：「看來斑瑪措真是這一帶的才旦卓瑪。」王老師說：「可不是嗎，就差向她獻哈達了！」

正說著十多條哈達果真捧了出來，套在斑瑪措的脖子上。

然後就聽斑瑪措唱起來。很奇怪，她嗓音不是一貫的嗓音了，是低迴暗啞的，每個句子都滑向她音域的最低限，終於低不下去而化為一聲嘆息。

蕭穗子推推王老師，王老師轉過一張傷心的臉，笑笑說：「完全不同的音色，是吧？看來她潛力特別大。」

斑瑪措披著一堆白哈達回到漢人們中間，悵然若失得很，卻沒再去理會向她招手的人群。到了傍晚，她緩過來一些，才對漢人們解釋下午是怎麼回事。為她送行的人原先等在長途車站外的公路上，發現她已離去，便追趕到刷經寺。

這時他們停在一段坍方的公路邊，等著藏族民工搶救路面。瘸科長傷痛得厲害，止疼片也止不住他嘴裡越來越醜的話。王老師非常生氣，對兩個女兵嘟噥軍馬場的軍人哪裡還是「我軍」？是土匪！領那麼多高原補助費，又不缺肉吃，還對知青那麼惡，遭報復活該！他們都寧願到公路上淋毛毛雨，也不在車裡聽瘸科長暖和的髒話。

三個女娃兒上到一處高坡，在濕淋淋的灌木後面解了溲。斑瑪措心情全還了陽，褲子沒束上就「索尼呀啦」起來。

何小蓉也開始唱。珠圓玉潤的小高音一出口就化在雨霧裡，她自己也沒料到音量會這樣小。她找臺階下似的，手拍拍蕭穗子的腦殼，說：「唱嘛，唱起暖和！」蕭穗子一張口更意外了，平常也能唱兩句的她，此刻根本就沒有聲音。荒野裡唱歌就得有三分馬嘶三分牛吼才行。從坡上跑下來，發現二十多個藏族民工都杵著工具站在那裡。其中一個說了句藏語。漢人們不懂卻聽懂那句子裡夾了「斑瑪措」三個字。

斑瑪措走過去，把他們接見一遍，再轉回來時，有一點偉人感覺了。她告訴漢人們，民工們一聽她唱歌，就知道必是斑瑪措無疑了。

漢人們想，這地方收音機收不到廣播，出了個斑瑪措自然也就給傳得很神。不過他們對斑瑪措的名望還是有些吃驚，甚至有點妒嫉。只有王老師想到，藏胞們把斑瑪措瞞住，沒推薦她到場部參加考試，是為了把她留給他們自己。

斑瑪措跟著三個漢人走進文工團院子的這天，是成都最熱的一個夏天中午。幾個分隊在院子裡集合，聽副政委罵人。副政委乾瘦一張臉，罵起人來漆黑漆黑。假如誰說「聽副政委訓話嘍」，他便說：「訓啥子話？我就是要罵人！」

副政委正罵一些男兵女兵演出的時候不老實，躲到天幕後面親嘴，口腔衛生都不講。王老師領著斑瑪措走進大門，後面是何小蓉和蕭穗子。毒日當頭，挨慣罵的男兵女兵此刻給曬得萬分沉痛，從軍帽陰影下看著三個軍人夾了個高大壯碩的形影走來。那形影馱一個口袋，毛髮飛張，腿有些羅圈，走在玲瓏小巧的何小蓉旁邊，像一匹穿了綠軍服的大駱駝。

副政委背對大門，不知背後發生了什麼，只覺得所有兵們都奇怪地振奮起來，不是給罵舒服了就是給曬舒服了。他想，皮是真厚啊，娃娃們！一個女兵開始咬了一個男兵的耳朵，腳也瘋起來了，一個踢一個踹。副政委剛要喊他倆的名字，男兵指指他身後。他這才回過頭去看，然後說：「王林鳳你招的新兵呢？」

王老師一楞，自信心接著就崩潰了。他指著斑瑪措說：「不好招，這一個還是跑很多牧點找到的。」

副政委是政治老手，馬上官樣文章地笑了，說歡迎歡迎，我們團裡從此有了一位藏族戰友了！大家想這下他給打了岔，不會讓他們繼續曬太陽了。副團長卻手一揮，請王老師一行入列。

又是十來分鐘，副政委講伙房泔水桶裡的包子皮。他說可憐這些包子，內膛給掏得乾乾淨淨，皮囊給丟在臭泔水裡。他看見面前一排排眼睛都黑洞洞地對準他，仇恨已頂上膛來。但副政委想，你還有臉恨我？我迎著太陽光，讓你們這些小龜兒多少有點陰涼。他每次折磨他們就演壯烈的苦肉計，若下雨他便自己淋著，讓他們站在避雨處，若是曝曬，他也是一個人頂個太陽。副政委堅信別人義不容辭地吃苦，是因為他自己吃的苦永遠比你多一點。這時他眼睛掃向那個被王林鳳帶來的藏族女性，她站在隊伍末尾，嘴唇上一圈汗珠，粗壯的脖子水淋淋的。副政委現在罵的是把軍褲改為阿飛褲的女兵。又是五分鐘，他看見藏族女娃站得不對，既不是立正也不是稍息，再細看，見她面前的洋灰地面上有幾滴汗珠。副政委想，這幫娃娃們今天沾了她的光，不然他還有五個重大主題要罵呢。

不僅不笑，她完全是局外的，像站在一邊看人類馬戲的溫敦的犛牛，兩隻大黑眼珠毫不懂得他們的企圖，但不去懂得已先原諒了他們。值勤分隊長喊了聲「解散」。隊伍稀鬆得神速，各種調笑同時已冒出來，只有斑瑪措還盯著自己的影子站在原地，何小蓉和蕭穗子拎著她的牛皮口袋往宿舍方向走。走了一陣，發現她沒跟上來，再回頭，見她蹲下了，兩手抱頭，從來是無形無狀的軍帽落在地上，軍裝的背後整個濕透，汗漬一直延到屁股上面。叫了她一聲，什麼反應也沒有。然後她便「哇」地嘔吐起來。

診斷結果是中暑。幾天之後斑瑪措還是兩手抱頭，告訴小蓉她腦殼痛，什麼都讓她腦殼痛，密密麻麻的人，到處吵鬧的樂器，三十幾度的潮悶炎熱，司務長腿上的黑毛。司務長整天穿著男舞蹈演員的練功小褲衩管理伙食，露著兩條黑毛腿到處發送避暑飲料，斑瑪措一見他就把眼緊閉。幾個領導都讓家屬給她煮小灶，蛋花湯麵端到她床前，她滿臉都是噁心。

一天夜裡，有人在洗衣臺上看見斑瑪措，她躺在半張單人床大的青石板上四仰八叉地睡了。把她叫醒，說青石板太陰濕，怕她往身上惹病。她一手抹著睡出來的口水，一面大發脾氣，說她瞌睡七、八天了，苦熱睡不著，剛在這裡睡個涼快覺，就來煩她。她說的話有一小半藏語，手上動作狂亂，各個窗口的燈很快都亮了。

王林鳳一撮灰白頭髮豎在空中，對人們說斑瑪措從來沒出過高原，生平第一次受這樣的炎熱，也容人家有個「盆地反應」時間。他拿了一張草席讓斑瑪措墊上睡，斑瑪措試了試，不領情地把席子扒下來，一扔。

接下去，斑瑪措就把洗衣臺佔領了，睡在那兒，吃也在那兒。吃是不吃什麼的，一天只啃些黃瓜、西紅柿，啃完到水龍頭下去沖沖手，沖著沖著把兩個胳膊也沖進去，最後索性把頭和臉都塞到水池裡。家屬們來洗衣服洗菜，她就盤腿坐著呆看，半天眨一眨眼，半天再抬手撣一撣爬行在臉上身上的蒼蠅。蚊子叮了她一身疱，她只是兩個腳交錯蹭一蹭，動作和她眼睛一樣無神。

王老師急得向幾位領導保證，這個斑瑪措絕不是他招來的那個斑瑪措。那是個渾身活力的

「小才旦卓瑪」，鐵打的一個身坯一條嗓子，絕不這麼瘟。副政委說盆地反應他可以諒解，但睡洗衣臺成什麼話？一個女娃無遮攔地在外面過夜出了事呢？王老師說他們藏族夜牧都這麼睡。副政委說民族習慣我們可以尊重，不過也不能特殊化得成了阿爾巴尼亞外賓吧？

最後是何小蓉把斑瑪措弄回屋去了。人們發現斑瑪措在何小蓉面前特別乖。小蓉走到洗衣臺，伸手拉她，嘴上說，好生起來，我拉不動你。斑瑪措把她手一推，自己起來，跟她回室去了。

在斑瑪措回到床上睡覺的那天夜裡，一場暴風雨來了，氣溫一下降了十來度。早晨院裡漲了水，把各角落裡塞的破爛都漂了出來，斷裂的彈板，「娘子軍」用的海綿步槍和大刀片，油漆剝落的「毛主席語錄」牌。

所有人都為不必練功而喜出望外。斑瑪措滿院子淌髒水，拿著被風刮斷的樹枝挑起水上漂的練功鞋、塑料花、搪瓷碗、死耗子，自己跟自己「哦呀」，自己跟自己咯咯地笑。白襯衫被雨淋透，兩個黑乳頭頂了出來。蕭穗子打了把傘跟在她後面追，到大門口才把她追上。蕭穗子用力一窩下巴頦，眼睛盯著她胸口說：「還跑呢，看你什麼露出來了？」斑瑪措看看自己，又馬上抬頭看穗子，不明白露錯了什麼。

但她的狂喜心情多少受了點打擊，一臉尋思地跟蕭穗子走回去了。

雨下了一個星期，之後就有點秋天的意思了。雨後的斑瑪措瘦了，白了，頭髮也剪了，學小蓉也紮出兩個絨球來。新軍裝的僵硬消失了，帽子也不再是一張綠烙餅，嘴損的男兵說：「原來斑瑪措是個女娃兒！」

新年之前，王林鳳都把斑瑪措當祕密武器藏著。他把其他演員的上課時間縮短了，每天上午的課時都給斑瑪措。他要斑瑪措一手摸肚子，一手攏耳朵，「咪」一聲「嗎」一聲地吊嗓。斑瑪措記著出聲便忘了喘氣，找著氣流就忘了發聲，忽而發現王老師和自己的姿態都很醜陋，一個音發到半截便笑垮在地上。斑瑪措的笑不能叫「一陣笑」、「幾聲笑」；斑瑪措的笑是「一攤笑」，她偌大個身軀傾刻間會哈哈地坍塌成一攤或一堆，然後無論什麼樣的地面都任她翻滾踢蹬。王老師的老婆總是嘮叨王老師，要他盯住斑瑪措，別讓她地上滾完又去坐床沿。她不僅在王老師的地板上滾，偶爾也在院子裡滾，落著雞糞、扔著爛菜皮、毛豆殼、長著棕色潮苔、爬著西瓜蟲的水泥院子讓她滾成了風吹草低見牛羊的大草地。

而斑瑪措的哭卻內斂而沉潛。有回她早晨出操沒看見小蓉，便跑到舞蹈隊，跟在蕭穗子後面完成了操練。穗子告訴她，何小蓉探家去了。當天晚上她坐在小蓉鋪上等，認為熄燈之前一定會把探家的小蓉等回來。

熄了燈很久，她六神無主地找到蕭穗子，問小蓉的家在哪裡。穗子問她要幹嘛。她兩眼空空，嘴半張著，像是給鐵石心腸的家長撇在陌生城市的孩子。穗子從床上起來得急，絨衣也沒顧上披，匆匆勸她，小蓉年年有一個月假期探望野戰軍的丈夫，但小蓉特別革命，從來是兩個禮拜就歸隊。

斑瑪措這時眼睛不空了，死盯住穗子。穗子問她怎麼了。她卻反問：「分隊長結了婚的呀？」她聲音和吐字聽上去都奇怪，幾乎是痛苦的。不止痛苦，是心碎。

接下去，更奇怪的事發生了。

穗子看著兩顆碩圓的大淚珠從斑瑪措眼角滾出來，在蛛網籠罩的燈光下，成了鑲在她臉頰上的兩粒瑪璃。

穗子怕起來，說：「你可以給何隊長打電話嘛，實在想她你還可以去看她，她丈夫的野戰軍離這只有一小時的路。」

而穗子的每句勸慰都讓斑瑪措往後退一步，猛烈搖搖頭。她哽咽著說：「分隊長怎麼結婚了呢，她為什麼結婚了呢？」

穗子說：「人家何小蓉是連級軍官，二十八歲，她不結婚誰結婚？」

斑瑪措壓抑自己，但穗子看見委屈就在她的強力壓迫之下猛烈哆嗦。眼淚真多啊，汩汩地冒，一會在草綠軍裝上湮出更深的綠。綠色下不再是原始的魁偉身材，小蓉已經精心雕刻了它。兩個月前小蓉把最大號碼的乳罩買來，叫斑瑪措脫光上衣，替她往身上戴。一個喊：「一二三！」另一個就吸氣憋氣，反覆許多回，鈕扣和絆眼總沒希望碰頭。小蓉咬牙切齒地說：「狗日一身『手抓肉』！」斑瑪措便不行了，翻跟斗打把式地笑，把小蓉地上的浮塵全部笑乾淨了。小蓉最後幫她繫上了鈕絆，到前面一看，發現一邊一個半圓還露在外面，只好用手去塞。斑瑪措低下頭，看小蓉兩隻白嫩細小、狠毒有力的手終於把她自由慣了乳房嚴實地囤了起來。從此斑瑪措身上那草原般粗莽渾厚的起伏消失了，浮現起都市的尖銳輪廓。

「去睡覺吧，都快十二點了。」穗子的牙微微地磕出響聲。

斑瑪措用手掌把鼻子朝上一抹，動作果斷。一種遭人背叛、化悲痛為力量的果斷。

「明天讓總機幫你要個長途，給小蓉打個電話。」穗子說。

「不打！」斑瑪措大聲說。穗子給她如此之兇的聲氣唬了一跳。再來看她的面孔，那野蠻是一目了然的。穗子想，讓她愛戴是很美好的，讓她仇恨也很可怕。而愛和恨之間，就隔一層淚水。

何小蓉剛回到宿舍就聽誰在院子裡喊，說斑瑪措在廚房打架。小蓉跑到食堂，從打飯的窗口聽見斑瑪措在裡面咆哮。門從裡面拴上了，炊事班長陳太寬和司務長抓著菜腦殼、萵筍根當武器，朝斑瑪措投擲。何小蓉的小高音都叫得起了毛，斑瑪措一點也聽不見，手裡拎著一大桶剩菜湯，打算往對手頭上潑。炊事班的菜湯是用炒完菜的涮鍋水做的，裡面扔上粉絲和海帶絲，再撒些肥肉片和切碎的老菜幫，從來沒有銷路。斑瑪措一桶菜湯已潑出，馬上又從鍋裡舀幾大瓢滾熱的，還往裡加一勺熟油辣子。

「斑瑪措，你給老子開開門！」小蓉在拍著窗玻璃，巴掌心拍得血紅。

離窗一步，就是虎背熊腰的斑瑪措，把半桶菜湯在頭上掄成個熱騰騰的圓圈。小蓉想起來了，斑瑪措掄套馬索準頭極好。果然鉛桶在斑瑪措頭頂飛旋了幾圈後，便朝陳太寬而去。幸虧斑瑪措沒起殺心，桶只打在陳太寬腦袋上方的牆上，鮮紅的熟油辣子一條條淋下來，乍看也是血肉橫飛的。

副政委帶著半臉午睡跑來，見斑瑪措一身披掛著海帶、粉絲、蛋花，湯汁順著她的辮梢湍急地流，一邊紅領章上巴一片肥肉。小蓉兩手捺住她，用身體把她抵在大米箱上。司務長一面用潔白的手帕擦臉上的菜葉，一面說斑瑪措如何挑的事：她跑進伙房自己動手舀了半飯盆豬油渣，陳太寬阻攔，就把她給得罪了。

斑瑪措大聲說：「他們罵我！」

何小蓉瞪她一眼，她靜下來，呼呼喘氣。小蓉掃一眼副政委正在黑下去的臉，解釋說斑瑪措不習慣漢人的伙食，什麼芹菜肉絲、豆腐肉末在她看就不算肉菜。長到十八歲，她是吃肉喝奶的……

陳太寬尖起嗓子笑道：「誰個不想吃肉喝奶？把她高級的！」

小蓉不理他，繼續向首長彙報。她說她眼看著斑瑪措臉色黃下來，碰上吃韭菜，她一口飯都不吃。

「他們罵我！」斑瑪措插嘴，挑起沾了蛋花的濃眉。

司務長說今天的不幸就是韭菜惹的。斑瑪措說韭菜肉絲是草，炊事班舅子們把她當牛餵。「炊事班的同志很辛苦，未必他們不想往韭菜裡多擱點肉絲？肉不是限量嗎？要是大家都像小斑同志這樣，非要吃純肉，還要吃大坨坨的，我工作怎麼做，你說是不是，政委？」

小蓉和司務長爭，說藏族同胞的肉食定量多一些，炊事班不另為斑瑪措煮「坨坨肉」，至少也該讓人家吃夠自己的定量，不然把她多出來的肉食擱在咱們漢人的大鍋飯裡，不成了咱們漢人集體占人便宜嗎？

副政委把打架雙方各打了五十大板，然後說斑瑪措的肉食定量給她另算，該多少肉票全數算給人家。她自己想一頓吃一頓吃，想十頓吃十頓吃，平時三頓飯，還在大鍋裡吃。咱們漢族是大家庭，要有個大氣度。說完他轉向斑瑪措，臉擺成一個好脾氣老漢，問道：「小斑同志，你看咋樣？」

「他們罵我老藏民！」斑瑪措又有點捺不住的樣子。

副政委說：「我不是已經批評他們了嗎？」

「我不是『老藏民』！」

小蓉扯住她往外走，嘴裡說：「對，你不是。」

「我是『民族』！」

小蓉馬上說：「對，對，是『民族』！」她按她的發音，把「民族」的「族」發成「斑瑪措」的「措」。漢人們全懂她尊稱自己為「民族」，尤其在這種情況下，連「少數民族」都不能說，誰是「少數」?!

斑瑪措的首次登臺時間一再延後。王林鳳的臉總有點神祕，說要等再成熟一點。原先已安排斑瑪措在元旦亮相，服裝都定做了，而王林鳳在合樂那天變了卦。這樣就推遲到了春節。春節演出場次多，獨唱演員們都怕嗓子頂不住，要求多一些第二梯隊。王林鳳幾乎被說服，但臨場又改了主意，一鳴驚人的架式越紮越大。

王林鳳說一個天才歌唱家就怕隨隨便便當起明星來，早早就唱成油子，埋沒了寶貴潛質。上臺太早，接受的掌聲太多，虛榮心自然長得飛快，那時斑瑪措即便是一座金礦，他王林鳳也別想再繼續開發。而斑瑪措在王林鳳看，就是一座原始金礦。他把聲樂演員們全推給其他聲樂教員去指導，時間和精力都騰出來教斑瑪措識譜，教她基礎樂理和簡單的鋼琴彈奏。

王林鳳家一裡一外兩間小屋，外屋兼廚房和客廳，蓋上鋼琴蓋子便是寫字檯。斑瑪措一來，王老師兩個孩子就得收拾掉琴蓋上的所有書本，把寫字檯恢復成鋼琴。

斑瑪措開始發聲練習，王林鳳坐在孩子的上下鋪上為她彈琴，同時大聲給她指令：「注意氣息——往下往下！又上去了！位置位置！」為將就斑瑪措的理解力，他把語言修改得更形象，一手按著琴鍵，一手在自己臉上頭上比劃，五官用力運動，「打哈欠！忘了打哈欠怎麼打的?!對對對！這個哈欠打得棒！唉，別真打哈欠啊！」

斑瑪措抹一把打哈欠打出的淚水，無所適從地張著嘴。王老師停下琴，不知該拿她怎麼辦。她從他的表情知道「位置」早跑了，早不知跑哪兒去了。其實她從來不知道王老師最看重的「位置」是什麼，只知道她唱到最受罪的時候就得到一句表揚：「好的，保持這個位置。」她不懂原先與生俱有的歌唱現在怎麼變得如此之難，一張口要記住怎樣喘氣，怎樣擺口形，怎樣提升鼻子，怎樣持續「打哈欠」，又不能打成真哈欠。十八年歲月，斑瑪措有百分之三十是唱著度過的，唱像吃喝、睡覺、行走一樣自然，不假思索，唱是大笑和發怒，唱是做白日夢，誰用得著去學笑和做白日夢呢？

「唉唉唉，注意，野嗓子又出來了！」王老師提醒道。他極不舒適地半貓腰坐在上下鋪的下鋪，前伸的脖子上攀爬著這青紫血管。「不要圖亮，好的聲音不見得有多亮！」他看一眼迷惘的斑瑪措：「歇口氣再來。」

再來。斑瑪措想她曾經那種長嘶的歡樂或許永遠失去了。這樣一想她就黯然神傷了，嗓子抽緊口子，鼻腔堵得滿滿的。琴聲卻耐心地奏著，她只有唱下去，王老師打不得罵不得地愛她，她不能傷他心。音階一個一個把她往高處帶，她無知無覺地「咪」一聲「嗎」一聲，聲音像是別人的。

王老師臉上露出老奶奶的微笑，大聲說：「好一點，保持住。」他搓搓凍疼的手，乾燥的手心搓得紙一樣響。

斑瑪措每回唱得痛苦不堪，王老師準會高興得搓手搓臉，再把兩手猛一分開，比成兩把盒子炮。

「大有進步啊——再來！……打哈欠！鼻子上去，上去！……不要鼻子！把鼻子扔腦門上去！……打哈欠，對對對！好極了！不要鼻子！……」

斑瑪措覺得自己的歌唱在伸手不見五指的黑暗中瞎撞，只有王老師的提醒是黑暗中伸過來的一隻手，有時搭她一把，有時卻給她一摑子。

「停！」一摑子冷不丁打過來，「又來了！說了多少遍，不要一唱就由著性子來；『哦喃哦喃』……」他歪曲地學她，「我不要這個『哦喃』。剛才多好？怎麼忽然就走份兒，順著野份兒就撒起歡兒來了！再來。」

只得再來。

她怕起王老師來。每天早餐時，她無論胃口多好，只要一想到飯後的聲樂課就飽了。坐到餐桌上，她看著男兵女兵們調笑打鬧，羨慕得鼻子發酸，她給一個無形的鎖鏈鎖著，而他們鳥一樣自由。斑瑪措的前輩是奴隸，她的歌唱現在做了奴隸。這奴役連她和小蓉一塊躺在床上嗑瓜子的樂趣也不放過。連小蓉與她共同洗澡為她搓背的舒服也不放過。曾經她最樂意為小蓉搓澡，她喜歡自己的指尖觸在小蓉身上的感覺，小蓉的皮膚總是微涼的，微澀的，又雪白雪白，她喜歡自己粗糙結實的手和小蓉的嬌嫩所形成的對比。而這歡樂如今也黯淡了，她常在給小蓉搓澡時失神，不久就聽小蓉抱怨給她搓痛了。

王老師脖子上的血管狠狠一掙扭，她嘴裡跑了個調。

王老師兩臂一垂，快要哭出來。

「咱不怕，小斑，退步是進步的開始。」

斑瑪措覺得自己隨時會兩膝一軟，跪地求饒。但她看見王老師更想給她下跪，就忍著唱下去。直唱到王老師也糊塗了，她自己都聽不下去的聲音，他卻說好，從下鋪鑽出來給她沖白糖開水。

四月底的助民勞動是斑瑪措的奴隸大翻身。每天搶插多少秧苗也不累，總笑得一身爛泥。插秧到第三天，裝病的就多起來，斑瑪措一人包三人的活路，有時一手拽著血淋淋的螞蟥就唱起來。她自然是把王老師教她的「位置」「氣息」全數還給了王老師，去唱的又是娘胎裡出來的那條野嗓子了，只是在捆綁許久後越發的張牙舞爪。這時她才發現身上的乳罩腹帶多狠毒，縛住她草原般深遠的呼吸，歌唱不能像從前那樣由著性子翻跟斗打把式。

王老師卻在另一塊田裡動了氣，認為斑瑪措在造他的反。他自言自語，說這怎麼行，這是鞏固錯誤！他跳上田埂，一路踩倒不少顆豆苗，跑到斑瑪措那塊田邊。王老師的好脾氣蕩然無存，指著斑瑪措就嚷嚷，說她盡可以自己去野唱，以後不必來上課浪費他的生命。斑瑪措眼睛看著水田，自己龐大的身影畏縮了，螞蟥留的洞開始作癢作痛。王老師又說：「小斑我是為你好，我課上給你糾正一個錯誤，你課下輕輕鬆鬆就可以復辟，你說我們倆這樣擰著幹有沒有意思。」

斑瑪措知錯地沉默著。

王老師把巴掌拍得很響地說：「歡迎我們小斑同志唱歌，讓她把這半年的聲樂訓練成績跟大家彙報彙報！」

斑瑪措這一刻心裡惡狠狠的。她想跳起來對王老師說，我恨死你了！斑瑪措是從一個最懂善惡、最知恩圖報的古老民族來的，她知道王老師是絕不該恨的，恨王老師是造孽。但她這一刻就是管不住自己，就是恨這個兩個雞腳桿，脖子上攀著古老青筋，一給人鼓勵就把手指比成雙槍的王老師。

王老師的兩個食指對準斑瑪措，一再鼓勵。斑瑪措卻低低彎下腰，埋頭插秧。王老師在田埂上跟著她往前走，她就一直不直腰。已經很累很乏，斑瑪措卻覺得比王老師教她唱歌的那種累好到天外去。

斑瑪措的首次登臺亮相，成了全團人的一樁大事。王林鳳吊起了人們奇饞的胃口，連從來不過問周圍任何事的首席小提琴畢奇都在早餐時對斑瑪措湊了句趣，說祝小斑當晚一鳴驚人。

下午兩點，何小蓉開始給斑瑪措化妝，三點，髮型師給她試頭飾，四點，服裝員把五件袍子全掛在帶輪的服裝架上推出來，讓斑瑪措一件件試。塗了個櫻桃小嘴，畫成大丹鳳眼長柳葉眉的斑瑪措嘴唇微微翹起，吸留吸留得像給辣椒辣傷了，眼睛動作也是新的，抬不動大黑眼皮似的，目光從半垂的睫毛下打個彎伸上來，就有了一點暗送秋波的意思。

女舞蹈二分隊的女兵一塊跑來看熱鬧，發現斑瑪措抹白了臉和脖子，也是嬌滴滴一個美人。

蕭穗子見她任人宰割的樣子，忍不住笑起來。她也笑一下，又怕把一張畫出的臉笑壞，馬上收住，手去摸頭，摸頸子，指頭也開出了蘭花。

何小蓉和服裝員各拉著板帶的一頭，攔腰給斑瑪措纏上。板帶是練跟斗用的，有半尺寬，中間一段行納成了牛皮。斑瑪措的腰在板帶下細下去，小蓉仍咬著牙關說：「狗日斑瑪措，你平常咋穿褲兒的？腰桿都莫得你皮帶拴在哪兒？這下好了，有地方拴褲兒了。」

王林鳳最緊張，囑咐斑瑪措晚飯少吃，俗話說「飽吹餓喝」，可又不能不吃，不吃沒中氣。他一會抱怨妝化得不夠好，一會又說服飾顏色不對。再按他的意思調整一遍，斑瑪措已兩眼發直，被折騰傻了。「傻」這狀態讓她一直帶到舞臺中央。離她三米左右，是樂隊，音樂奏起來。她還是覺得舞臺上站的不是她斑瑪措，是這個被板帶、胸罩、腹帶紮得硬梆梆的木偶。

斑瑪措珠光寶氣地啞在舞臺上，過門已奏了兩遍。

王老師在大幕邊上捶胸頓足，手上抓個鈴鼓，恨不得朝濃妝豔抹的呆頭鵝砸過去。鈴鼓的響聲奏效了，斑瑪措從站立的休克中清醒。臺下隱約的黑腦袋浮現出來，上千個黑腦袋，她渾身汗毛乍然立起。但她畢竟開始唱了。

這回更不能叫唱，是歌聲的一個核爆炸。男兵女兵們全擠在側幕邊上，看著斑瑪措忽然向天幕轉過身，把脊梁以及脊梁上一排大別針給了觀眾。那些大別針是為了把她的坎肩收窄而臨時別上去的，等於讓觀眾看到了她的幕後機關。觀眾大聲議論起來，開始鼓倒掌喝倒采。他們給各種各樣的演出做觀眾，從來沒這樣被得罪過，聽唱歌卻只配看個別滿大別針的脊梁。

天幕畫的是若爾蓋草地。斑瑪措對著它，又唱得牛吼馬嘶。她微挺著肚子，兩肩聳起，每「哦嗬」一下頭就往後一仰，膝蓋也跟著一曲，完全是個趕牛群下山來的牧女。

觀眾靜下來。他們是老奸巨猾的觀眾，馬上認識到這歌聲的獨到。他們被斑瑪措的音量諕壞了，不借助麥克風也灌滿場子，脹痛人的耳朵。歌自有它的優美，只是過分濃郁稠厚，人們覺得難以消化。他們聽慣了洋涇濱藏歌，正如他們習慣去欣賞一切雜交串種的東西，交響樂《沙家浜》，鋼琴伴唱《紅燈記》。

斑瑪措這下可為自己做了回主，唱得心舒肺展，回腸蕩氣。她把歌重複了三遍，不顧後果地拖長腔，加滑音，解癢止痛地狠狠「哦嗬」，下來你槍斃她，她也不在乎，只要讓她把綁了八、九個月的歌統統鬆綁，放飛。

當然是把王林鳳老師的所有教誨勾銷了。王老師瘦弱地站在大幕邊，聽著她歌聲中自己浪費掉的生命，聽著她的「哦嗬，哦嗬」沖刷掉他灌輸的樂譜、節拍。

何小蓉和蕭穗子也感到斑瑪措臨陣起義頗傷感情。她們一個教舞步，一個教臺風，也搭進去不少午睡。見斑瑪措下臺來，何小蓉一聲「龜兒」就闖上去攔在斑瑪措面前說，你個龜兒把老子臉丟完了！

斑瑪措又是個木偶了，兩眼直瞪瞪的。足有兩三分鐘，她才說出話來。她說：「那麼多腦殼，黑漆麻麻的，比犛牛還多！」

副政委注意的是另一件事。他記得斑瑪措的那首歌是根據一首藏語歌填的詞，曲調也讓創作組的兩個作曲加了工，準確地說是把原始調子文明了一下。但斑瑪措在臺上唱的都是原先的藏語歌詞。他問斑瑪措原詞是什麼意思，聽了斑瑪措粗粗的譯文，他想日先人的這不是要我犯大過嗎？歌詞是吊膀子的意思，還吊得怪色情！只要觀眾裡有一個像他這樣政治覺悟高的，文工團就要關大門，他規定斑瑪措以後獨唱一律唱〈北京的金山上〉和〈翻身農奴把歌唱〉。

王林鳳卻什麼也沒說。到第二天開早飯時間，他在食堂裡找到斑瑪措，說小斑你稀飯就不要喝了，我家屬給你煮了胖大海蜂蜜茶。他下巴溫和地一擺，叫斑瑪措跟他回家。

斑瑪措頭天晚上挨了一晚上數落，今早本來想去衛生室騙病假條，罷唱幾天。一早起來，她誰也不理，拿出滿身對抗勁頭。她只盼著王老師也上來給她劈頭蓋臉一通罵，她就當場撕下領章，帽徽，搭長途車回草原去。她憋屈夠了，她什麼也不稀罕。

她卻乖乖地跟著王老師回了家。乖乖地又上起課來。於是她更加恨王老師，她的對抗勁頭那麼勢不可擋，卻在王老師這兒碰個軟釘子，窩窩囊囊地化解了。她不明白自己是怎麼了，魔鬼附體似的，又一手按腹一手攏耳地開始找那永遠也找不著的「位置」。

她一邊唱一邊想，我明天一定把他惹急。急得他的一雙食指真成了槍筒子，一左一右地對準我的太陽穴。

一天天過去，斑瑪措一天天盼望王老師訓她。可王老師越來越慈愛，眼睛摳成了兩個窟窿，窟窿底部，斑瑪措看見她父親的眼睛朝她看來。那個她從來沒見過的父親。

六月的一個星期天，斑瑪措第一次騎自行車上街。因為她不參加演出和排練，時間比其他兵們富裕，所以男兵女兵愛差她去街上買東西，寄信。跑不過來，大家就教她學騎自行車。斑瑪措很魯，讓人扶她上了車就衝到大街上，她這才想起還沒學過下車。她只好一路上叫住行人，扶她上下。解放軍在這個城市還有不錯的人緣，所以斑瑪措不費勁就把車騎到了人民商場。

晚點名之前斑瑪措回來了，自行車卻由一個小夥子為她推著。另一個小夥子和斑瑪措打打鬧鬧，藏語聽都聽得出狎呢來。斑瑪措大拇指一點，說：「我的老鄉。」

三個人進了斑瑪措的宿舍，關上門。有人跑去找何小蓉，說分隊長，你手下帶了男的在宿舍喝酒呢。

小蓉敲開門，見三個人都坐在地板上。不是坐，是半躺。斑瑪措站起來，把門掩得只剩個縫，對分隊長說，民族學院的。小蓉說，男男女女在宿舍喝酒，你狗日當兵當膩了吧？斑瑪措說，我老鄉啊！民族學院的！小蓉一點情面也不留，說民族學院的到民族學院去喝！斑瑪措臉通紅，牙根子搓動幾下。小蓉說哎喲，你想錘老子呀？斑瑪措使勁甩上門，向她的同胞表示她沒被這個嬌小精緻的漢人長官唬住。但十分鐘以後，她便找了個藉口把兩個藏族老鄉送走了。

從此斑瑪措有了串門的地方。一天她回到宿舍便翻找那個牛皮口袋。從裡面摸了一串念珠出來，往床上盤腿一坐，開始念經。同屋的人都嘀咕，說斑瑪措最近作什麼怪，所有的藏族習性都回來了：早餐不吃饅頭，自己捏糌粑，褲帶上也別上了小腰刀，手指上的銀戒指也出來了。晚上學中央文件她人是來了，嘴巴仍是一片忙亂，只是不出聲罷了。問她念的什麼經，她說她沒有念經，是念咒，咒那個今天偷走她三丈布票五十元錢的偷兒。民族學院的老鄉請她物色一件袍料，要燈草絨。燈草絨一到貨就搶光。她就是在搶購時遭竊的。她說她把偷兒咒得好慘，三丈布票五十元錢就給他扯布做祭帳了。她又快活起來，又笑得滿地打掃衛生。

小蓉說：「迷信是反動的，曉得不？」

小蓉看不起誰，誰就覺得自己在她眼裡是一泡屎。此刻斑瑪措就覺得她被小蓉看成了一泡屎。

小蓉又說：「這身國防綠我看你是穿膩了。一年兵還沒當到頭，男朋友都耍起了。狗日還

耍兩個！還騙老子！老鄉——日喀則的都是你老鄉啊？」

斑瑪措從地上站起來，正要往椅子上坐，小蓉拖住她，手狠狠抽打她身上的灰塵。

小蓉打著說著：「當兵的耍朋友犯軍法，你狗日曉得不？」

「你狗日自己結婚了呢?!」斑瑪措吼道，一揚臂打開小蓉的手。

小蓉剛想說什麼，一下子傻了：斑瑪措兩個眼睛鼓著兩大泡淚水。那聲吼像無意中吐出了她心裡最深的隱痛，斑瑪措自己也傻了。小蓉聽蕭穗子說她去丈夫部隊探親斑瑪措哭了，她當時是感動的，現在她依然感動，卻覺出一點不祥。一個人把另一個人看得這樣重，總是有點不祥。

第二天副政委找斑瑪措談話，說耍朋友是不能亂耍的，要等到小斑你軍裝上掛起四個兜，才耍得。解放軍裡頭，藏漢一家，藏漢平等，我抓政治，不能只抓漢族娃娃的男女作風吧？

斑瑪措明白了，她必須和兩位「老鄉」斷絕來往。

她禮拜日晚上沒有歸隊參加晚點名。熄燈號響過很久，她才回到寢室。何小蓉在她帳子裡坐著，手裡一把手電筒，在斑瑪措進門時就把光柱指在她臉上。

「去民族學院了？」

「曉得還問。」

「喝酒了？」

「喝安宜嘍！」

「狗日兩個男娃子耍你一個？」

「哪個說的？我一個人耍五個男娃子！」

手電光圈狠狠地盯著她，一寸一寸地打量她。斑瑪措毫無窘色，渾身自在。她那騎馬人的腿已徹底恢復了原形，兩膝鬆鬆地形成輕微羅圈。她不管小蓉的手電光怎樣盯她，她照樣解衣脫帽，倒水擦身。小蓉在光圈裡看見的斑瑪措又是原先的龐然大物，邁著草原牧人晃晃悠悠的大步，一舉一動都那麼粗大彪悍，屋裡的床、桌子、椅子，馬上顯出比例謬誤來。

第二天斑瑪措拿出酥油炸果請女兵們吃。女兵們個個嘴饞，碰到奶油和白糖做的點心，馬上哄搶。有人想到何分隊長沒來，便留出一份。這時小蓉在窗外吹排練哨，被女兵們叫過來，她對那幾顆酥油炸果吸吸鼻子，平整的一張臉馬上皺成了糖包子。她說誰吃這麼臭的東西？聞一下就把我昨晚的飯吐出來了！

然後她吹著哨輕盈地走去。

女兵們見斑瑪措臉色死白。她的深色臉龐白起來十分怵目驚心。然後就聽見一個完全不同的斑瑪措說：「老子要殺她。老子要掐死她。」一小股的濃白口沫，從她口角溢出來。

王林鳳主動要求把斑瑪措的獨唱拿出來，放在首長審查的一臺新節目裡。「八一」建軍節，首長們照例要看一場演出，文工團也照例在演出後敲首長竹槓、討經費、討招兵名額、討豬肉雞蛋補助。所以這場演出比哪一場都關緊。首長總要求看看新演員。王林鳳認為斑瑪措這兩個月進步很大，水平也穩定了。選定的歌目是〈翻身農奴把歌唱〉和〈共產黨來了苦變甜〉。

幫斑瑪措化妝的是蕭穗子。何小蓉和斑瑪措已結下深仇大恨，互相說話都得通過第三者轉達。王老師指導蕭穗子的筆觸，主張這回把斑瑪措畫得個性些，粗獷些。一面指導化妝，他一面幫她複習動作、表情，哪裡要手撫心房，哪裡要揮臂向前，哪裡要皺眉，哪裡微笑。斑瑪措一一領受，不時點頭。到晚餐時間，王老師舒口長氣，徹底放心了。

大幕雍容地緩緩上升，露出豐饒的水草地，紅柳林，白的雲，藍的天以及斑瑪措。樂隊這次不上臺，在樂池裡做溪流，林濤，雄風萬里。

首長們相互打聽，這個美麗高大豐碩的藏族女子叫什麼。「叫斑瑪措，」團長說。「白麻雀？」一個首長樂了，聲音特別大。

樂池裡指揮棒抬起。不是小民樂隊，而是交響樂團。長笛出來了，然後是四把圓號：風吹草低，遍地牛羊。

斑瑪措的腳猛跺幾下，嘴裡出來一句完全不相干的調子。樂池裡一片混亂，七七八八地靜下來。只聽斑瑪措一人又蹦又跳又唱。也很難算作唱，一些地方是吆喝，一些地方是喊叫。低下來時又是喃喃低語，再低，便是呻吟。歌聲是狂喜的，潑辣的，舞蹈把地板上的灰塵跺得半

人高，一個首長給嗆得大咳起來。她唱得高興，還抽空打個唿哨，不一會，腰帶也掙斷了，鬆快的斑瑪措感到了徹底的舒服。她想這下可好，看我怎麼惹翻王老師的好脾氣。讓你「位置位置」，讓你慈祥關愛，斑瑪措統統不認了。幾個月來斑瑪措對王老師窩窩囊囊的屈從，此刻全部清算。她在王老師誇她進步時就一直預謀，要在此刻全面報復。

斑瑪措邊打轉邊掃視側幕邊一張張驚的面孔。漢人的面孔。讓你們看看翻身農奴怎樣把歌唱。

有人叫落幕，有人叫別落。幕伸伸頭，縮縮頭地落下來。

斑瑪措站在舞臺中央。她知道第一個走向她的是誰。果然，是副政委。她先發制人，扭頭便說她要求退伍。

所有的人都沒想到斑瑪措會想退伍。她家鄉多苦啊，她該是鐵了心要當一輩子兵的人。

演出結束一個首長說話了。說人家還沒唱完呢，你大幕就落下了。人家唱得多好，那才帶勁！

斑瑪措以為自己的陰謀得逞了，可以回草原了，聽這首長如此熱烈的表揚，她知道所有努力可能又白搭了。

王林鳳把斑瑪措叫到禮堂後面的兒童樂園，問她是不是真想回草原。斑瑪措看王老師一眼，竟沒有說話。她想不通自己是怎麼回事，一看見王老師輕微作痛的眼神就乖下來。對王老師，她不知自己是太怕了，還是太恨了，她在這小老頭面前總是反常。準備好的傷人的話到嘴邊就變了。

王林鳳又說假如斑瑪措不是在胡鬧，而是真的不習慣城市生活，他可以幫她講兩句話，爭取一個病殘退伍。不過可惜了，小老頭頓一會說：「今晚你安了心要胡鬧，不過你反而找到了位置。只要再鞏固鞏固，你就是個優秀的獨唱演員。」

斑瑪措老老實實聽他說，原以為自己會搶白他：我聽到「位置」就要吐！卻沒有。她想這麼好欺負的小老頭，在他面前，她怎麼就是個翻不了身的農奴呢？

王老師說：「我真為你高興，」他背對著她，點上香煙。

斑瑪措偷偷瞟他一眼，見他的肩動得有點異樣。

「王老師。」她啞聲叫道。

王老師還是背對著她，一大口一大口抽煙。

斑瑪措從水泥臺階上跳下來，走到他旁邊。他果真在流淚。她在心裡對自己說，他們漢人就是這樣，動不動流眼淚，男的女的眼淚都多。他們漢人的眼淚是收買人心的，她老鄉這樣說。但斑瑪措勸不住自己，自己為王老師的眼淚腸根子都疼。

王老師把她哭得好慌，也好窘。等了一會，王老師好些了，她想說王老師，我笨得屙牛屎，唱不好，你就到領導那兒為我說個情，把我當個狗屁放了吧！（她從復員老兵那兒學來的俏皮話）但話一出口，卻成了「王老師，那我就不走了。」

斑瑪措又恢復了正常的聲樂訓練。女兵們發現她動作、步伐、神態很快變得秀氣起來，吃水果也會在下巴下接一塊小手絹。最大的變化是她突然染上了潔癖，每天洗頭洗澡。有人偶爾在浴室裡碰見她，見她用把尼龍板刷渾身上下地刷，刷得皮膚通紅，輕度灼傷似的。女兵們在幾個月之後說，斑瑪措硬是把皮膚給刷白了。現在她穿一件黑毛衣，額前留一蓬瀏海，辮子別在腦後，生人頭一眼已看不出她是個藏族女娃了。

中午她總是搬個凳子坐在院裡晾洗淨的頭髮，有時碰到懷了身孕的小蓉便把頭扭開。兩人的反目一直持續，從小蓉懷孕到分娩。小蓉坐完月子回來的那天，把兩個紅雞蛋塞在斑瑪措手裡，嬌嗔地斜她一眼。斑瑪措滿臉漲紅。

何分隊長回來是領隊下連演出的。她為剛滿月的兒子訂了牛奶，就扔給了丈夫的父母。滿嘴「龜兒、狗日」的何小蓉在大節上總是出手漂亮。

下連隊演出是每年初冬的任務。冬天開始，部隊進入冬訓，常常有大型軍事演習。從總體上看，文工團的演出隊是軍事演習的一部分。

讓斑瑪措唱〈翻身農奴把歌唱〉是王林鳳的主意。但他馬上發現她唱得平庸，觀眾反應也平平。他認為斑瑪措主要是欠缺舞臺經驗，不懂得施展魅力，她的大眼睛要像何小蓉那樣一上

臺就變成一千瓦，還帶鉤，那一定比何小蓉還牽魂攝魄。領導們也覺得斑瑪措的獨唱不到火候，便取消了她的演出。王林鳳讓兩位音樂創作員專門為斑瑪措寫歌，根據她的嗓音特色和音域設計曲調，又找來蕭穗子，逐句地幫她理解歌詞。歌詞和曲調對斑瑪措來說顯然太複雜了，她聽著穗子口若懸河地分析，發揮，麻木的面孔後面是瘋轉的腦筋，但仍捕捉不住一個實在的意思。根本不像「桃樹把你的心偷去了，酥油燈點的是我的心」那樣明白。

蕭穗子認為斑瑪措的理解力差勁是因為漢語水平低。她開始給她上文化課，每天學兩句毛主席詩詞。行軍隊列裡，穗子把生詞寫在一張紙上，貼在背包上，斑瑪措跟在她後面念：「橫、橫、豎、橫……」到一個大宿營地，穗子總給她測驗，她回回不及格。但她非常賣力，抓筆的手指掐得死緊，指甲都掐白了。

演出隊每晚演出，斑瑪措比所有人都忙。燈光組抓她的差裝燈拆燈，服裝組支她抬箱子，道具組也使喚她遞道具。她做這類雜事很靈，體力又好，天天落表揚，於是積極得要命，主動找更多、更重的雜事。男兵們樂得省力氣，讓斑瑪措一人扛地毯；她弓著身，上半身和地面成平行線，一大捲地毯順著她脊背直拖到地面，步子趺撞而沉重，一個地道的農奴形象。

這天晚上何小蓉在獨唱前被奶水脹得哭起來。女兵們全衝著她兩個明晃晃硬梆梆的乳房傻眼，膽大的上去擠了兩把，一滴奶也不出來。小蓉的吸乳器丟在上一個宿營地，還沒顧上買新的，這時她對束手無策的女兵們說：「狗日結啥子婚嘛，都是男的快活女的死受！」她兩個巴掌在乳房上亂打，臉上的脂粉被淚水和成了五彩稀泥。

這時斑瑪措氣喘吁吁地出現在作女更衣室的帳篷口。她的破軍裝撕下了個半個肩，臉上頭上全是灰垢。小蓉一抬頭，奇怪地安靜下來。斑瑪措看著小蓉，又去看那對隨時要爆炸的乳房，慢慢走過來。小蓉和她尚在冷戰，雙方都不知道怎樣和解。小蓉此刻看著她，眼淚還是很多，卻只是默默地流了。她明白牧畜出生的斑瑪措了解雌性生物此刻的痛苦。這一群女兵中，唯有她是了解這痛苦的。她什麼也不必跟她解釋，她全了解。也唯有她，真正在為痛苦的她做伴。不知怎麼一來，小蓉把頭抵在了斑瑪措的小腹上，用力摩擦。

斑瑪措抱起小蓉，把她重又安置在椅子上。然後她跪下來，手裡抓住一個茶杯，潑出去剩茶。她的手輕輕在小蓉的乳房上摸著，紫色血管疼痛得微微鼓凸出來。嬌小美麗的小蓉，卻有著龐大不美的乳房，天下哺乳期女人的乳房，乳頭周圍一圈粗大的顆粒，乳頭頂尖上布滿怪狀的紋路。斑瑪措的手老練地擠動，順著乳脈，一下一下地。小蓉的痛苦立刻緩解下去，她累了一樣微垂下眼簾。乳汁不暢快地流出來。斑瑪措對小蓉說：「恐怕不行，擠不出來。」

小蓉看著她，由她全權負責那樣看著她。

斑瑪措跪得更低些，屁股坐在兩個腳跟上。

然後所有人都猛一提氣：斑瑪措的頭埋進了小蓉懷裡，嘴巴銜住了小蓉的乳頭。她吸了幾口，將吸出的乳汁吐在茶杯裡。那裡黏黃的乳汁，惹得女兵們一陣反胃。小蓉深深地呻吟一聲，下巴略揚起來，眼睛全合上了。斑瑪措的手輕輕按摩著那只乳房，逐漸的，它不再是一觸即爆的危險模樣了。

女兵們覺得眼前的場面既壯麗又恐怖，並且也有點無法看透的怪異。這種怪異似乎和性有關，引起她們隱密的興奮和罪過感。

小蓉的下唇和上唇鬆開，鬆弛到極限，頭向後靠，眼睛也鬆弛極了。

斑瑪措站起身後，足有三秒鐘，小蓉才睜開眼。她謝了斑瑪措，又向女兵們說：「斑瑪措今天是捨己救人。」斑瑪措說：「我救啥子人？老子乘機營養一下。」她哈哈哈樂了，女兵們全樂，都知道小蓉和斑瑪措徹底和解了。

一路上都沒買著吸奶器，小蓉就每天三次讓斑瑪措替她吸奶。她對女兵們說斑瑪措吸奶比吸奶器好多了，一點都不痛。男兵們說斑瑪措真划得來，天天加餐，好滋補喲！還不要奶票。

第二年五月，又到了首長審查節目的時候。這臺演出大多數是歌頌華主席的，原先為斑瑪措譜曲作詞的創作員捨不得把好好一首歌扔掉重寫，便把「毛主席請嚐我的青稞酒」，改成了「華主席」。團長覺得不妥，副政委說這叫政治投機主義。創作員卻說華主席是毛主席指定的接班人，毛主席嚐過的酒，華主席當然該嚐嚐。俱樂部給周總理、朱老總做的花圈，不是也給毛主席用了嗎，就換了換輓聯上的名字。再說寫首好歌也不容易，光教斑瑪措理解歌詞就教了半年，重寫也來不及啊！

文工團領導同意先拿這首歌湊合，等首長審查過，討來了經費再說。

斑瑪措這回是百分之百照著小蓉的風格演唱的。表情規規矩矩地做，像全中國所有女獨唱演員那樣含情脈脈，兩眼顧盼，手隨眼波，丁字步站得前挺胸後撅腚，手勢是「陽光」「春風」「雨露」，嘴裡有詞眼裡更有詞，就像三步之外站著笑瞇瞇的華主席。謝幕也謝得標準，含蓄領顎，微撤腳步。人們想不愧跟蕭穗子學了一年多文化課，看著就文化多了。人們卻不去想，這樣一個歌手團裡有幾十名，全國有幾十萬。

只有那位曾誇過斑瑪措的首長大不滿意。他說這個女娃娃大大退步了！唱得一點也不好聽！

王老師氣憤地瞪了那位首長一眼。這是演出後的會議，主要創作人員留下來聽首長們的意見。

另一個首長也發言了，說斑瑪措笨手笨腳的，做起動作像安著人家的胳膊腿。

第三位首長乾脆說拿掉這個獨唱。

王老師心想，你們就聽得懂低級軍官左嗓子叫操令，你們懂什麼聲樂?!

幾個首長都說斑瑪措唱得遠不如一年前。

王老師清了清喉嚨，站起身說：「這位藏族女兵基礎差了些，連文化課都是現補的。不過如果再訓練一陣，相信會有大的突破。」他說著說著，心裡忽然害怕起來，萬一不突破呢？他也覺出斑瑪措目前的歌唱缺了點什麼，但又想不出到底缺的是什麼。這是王老師第一次對斑瑪措是不是座金礦發生懷疑。

年底文工團決定讓斑瑪措退伍。王林鳳大發脾氣，說斑瑪措若走他也不幹了。鬧到最後王林鳳還是得幹下去，而斑瑪措被淘汰了。

副政委打算找斑瑪措談話，王林鳳說最好叫小蓉或穗子先跟她吹吹風。

蕭穗子想，斑瑪措一年前鬧著要回草原，這下可成全她了。她在院子裡見斑瑪措騎車進了大門，一手握車把，一手拿著一疊報紙。她還是熱衷於打雜，否則要被過分的健康憋出病似的。斑瑪措的皮膚真給她的大板刷刷去了暗色，現在比誰都滋潤。腰身也束得有棱有角，胸罩、腹帶的尺碼直線收縮，現在不穿這副盔甲她倒是渾身不舒服。她把車把調得低低的，座位拔得很高，車閘也翻向外側，於是她騎車時腰、背、臀劃出一條十分婀娜的曲線（它在多年後被叫成性感）。街上人把時尚、風流的女痞子叫「超妹兒」，斑瑪措騎車的樣兒是很「超」的。

她見蕭穗子叫她，便來了大騙後腿，腳繃出個芭蕾尖兒來，在空中劃了半圈，這才下來。一招一式都透出她的自信和自如，她已經沒有脫離草原的痛苦。豈止不痛苦，她活得挺舒服了。

她摘下軍帽搧風。軍帽裡墊的報紙露了出來，斑瑪措學小蓉用報紙襯軍帽，偷偷過大沿帽的癮。她穿軍裝的風格也是小蓉的，領口攤得很低，裡面藍色拉鏈練功襯衫開出一塊大三角，露出脖子底部那個甜美柔弱的窩窩。

蕭穗子說：「斑瑪措，現在讓你回草原你可能不習慣了。」

斑瑪措眼神一緊。

蕭穗子馬上把這個表情突變抓住了。她改用胡聊的口氣說，她倒挺想去一趟草原，要是斑瑪措跟她一塊回去該多棒。斑瑪措知道蕭穗子成了舞蹈創作員，便說：「你要去我的弟娃兒可以當你嚮導。」

極擅於聽話聽音的穗子明白了，這個斑瑪措已不是一年前的斑瑪措。一年裡，她已經剪斷了她和草原之間的臍帶。誰都不可能知道，那最後的剪斷有多難，有多血淋淋。

蕭穗子實在講不出口：斑瑪措，文工團要縮編，你被淘汰了。大家公認你沒有什麼前途，你得把名額讓給有前途的。

文工團給誰標上了「沒前途」，誰的局面就死定了。穗子怎麼說得出口呢？

於是換了何分隊長。何小蓉要提拔成教導員，軍階將是營級，在斑瑪措面前，她仍是個「營級小女娃」。她把斑瑪措帶到抄手鋪，買了四碗紅油抄手。兩人邊吃便講些其他女兵的閒話。小蓉趁斑瑪措快活便說：「喂，老斑。」她們要好得互稱「老斑，老何」。小蓉說：「老斑我聽說你要退伍？」斑瑪措一大口抄手從嘴裡滾出來，像是剛剛意識到它有多燙多辣。

「聽哪個舅子說的？」

小蓉裝著吊兒郎當，說斑瑪措要走還向她保密。

斑瑪措慢慢眨巴著眼睛，一個接一個地把抄手夾起，送進嘴裡，一下一下嚼著，不辣也不鹹，溫吞吞地嚥下去。她把小蓉的抄手也吃完後說：「狗日敢把老子復員老子殺了他。」消失很久的曠野氣息又出來了，斑瑪措眉宇間有了一點兇殘。

「誰處理老子的?!」她瞪著小蓉，目光是散的。

「龜兒兇啥子麼兇？你不是鬧麻了要脫軍裝嗎？」小蓉使勁紮起架式，要把她鎮住。

「老子不想走了！」

小蓉啞口無言。她突然覺得這幫漢人不是東西，把人家弄個夾生，就一腳把人家踹回去了。

「哪個要我走，叫哪個來跟我說話。老子非宰了他。」

何分隊長到各個領導那裡為斑瑪措遊說，撒嬌，耍嘴皮，統統枉然。領導們說精簡數目那麼大，又不是單衝斑瑪措來的。小蓉說斑瑪措打定主意不走，是很難把她弄走的，自從抄手鋪談話以來，她的情緒很危險，說不定會出什麼傷人或自傷的事。年年老兵復員，都有人拿衝鋒槍「吐嚕」當官的，還有的乾脆下藥讓全連隊死乾淨。斑瑪措是藏族，一旦做了誰的仇人，很難預料會發生什麼。

王林鳳每天來看看斑瑪措，勸她不要絕食，不要躺在床上以免把好好的身子骨躺軟了。

斑瑪措只有一句對著天花板說的話：「我不走。」

在她的「不走」期間，她的退伍手續已辦妥。何小蓉把不多的一筆退伍費裝在她捨不得用的香港貨小錢包裡，悄悄塞進斑瑪措的行李。行李一共是一床棉被，四套軍裝，一套棉衣和絨衣，再加上幾件練功衫。小蓉打被包打得漂亮，乍一看斑瑪措的行李不是解甲歸田，而是隨隊開發。她說：「老斑，不走就不走吧。現在要看你表現，假如你龜兒跟我出差一趟表現好，你就留下繼續吃一月三十七斤的軍糧，拿八塊七毛五軍餉。」

斑瑪措「咕咚」一下跳下床，問去哪裡出差。

小蓉說「上去」一趟。

文工團常有人去若爾蓋軍馬場，一說「上去」，大家便明白是「上」哪兒去。已經是何教導員的小蓉哄騙斑瑪措說，她此去要找點紅軍當年過草地的民歌素材，斑瑪措是責無旁貸的嚮導。

斑瑪措看看已打好的被包，這才猛來了一陣兩眼昏黑的飢餓。她兩手支撐在寫字檯上，站在那裡傻笑。她沒想到會有這樣的美事，單獨和小蓉逛草原。斑瑪措傻笑著，站著，癱瘓在她與小蓉的美好情誼中。

斑瑪措不知道漢人們心眼子很多，膽子又小，在稍感對她欠疚時相互說，這下安全嘍，老斑不會上哪兒抄桿衝鋒槍來「吐嚕」我們了；把她騙上路是不大地道，不過也是莫得辦法的。何教導員會把所有退伍文件交到軍馬場，再由軍馬場為文工團收拾殘局。軍馬場不時鎮壓知青起義，鎮壓個把退伍軍人不就是逗你玩玩。

大雪封了路，長途汽車一天才走一百公里，臨時決定宿在騎兵團一營。一營長曾是小蓉丈夫的部下，把唯一一間首長客房拿出來款待小蓉。那是一間土坯大屋，中間擱了張土到家的雕花大床。往上一坐，發現床墊是席夢思，給不知多省首長壓鬆了，一躺一個坑。

兩天行車，斑瑪措染了咳嗽，夜裡咳得席夢思上竄下跳，把上面的兩個女兵拋起扔下。小蓉比斑瑪措輕五十斤，斑瑪措躺出的席夢思坑比她的要深許多，自然也就形成了小蓉在上坡斑瑪措在谷底的地勢。隨著咳嗽，小蓉勢不可擋地一下一下往谷底滾去。開始她還扒拉著往上爬，睡在斑瑪措壓出的坑裡腰疼，也有些怪誕。但很快她放棄了掙扎。睏乏是原因之一，主要是外面風吼得太兇猛，雪從門縫下鑽進來，凍結了室內的氣溫，咳得熱氣騰騰的斑瑪措使小蓉感到安全、溫暖。她縮在席夢思的巢穴裡沉沉睡去。到第二天早上，她發現斑瑪措把她緊緊摟著，下巴抵在她前額上。

何教導員沒有動。過了一會，她發現自己哭了。

何教導員不知道斑瑪措和她誰更疼誰，誰更捨不得誰。

把斑瑪措的檔案袋悄悄交到軍馬場，何小蓉就準備瞅個機會逃跑了。她給斑瑪措寫了一封信，與那個香港貨小錢包一塊，擱在斑瑪措的背包裡。

軍馬場部的招待所房裡生著巨大的爐子。斑瑪措一早醒來，見小蓉把火捅得很旺，並在上面烤了四個饅頭。她不知她那醒來前，小蓉一直在看她。萬箭穿心地看。她更不知道小蓉在看她時想，這個藏族女娃待她的好，要好過所有的人。這兩夜小蓉總是睡在斑瑪措被窩裡。斑瑪措的潔癖在棉被上都嗅得出來，是洗衣粉，太陽，洗澡藥皂的混合清香。斑瑪措咳得更凶了，體溫也有些燙。但這都好。

小蓉以為在她醒來前就能脫身。昨晚她強迫她吃了大劑量的感冒藥。不料她卻醒了。小蓉哪裡知道斑瑪措早醒了，天不亮就醒了。沒有徹底被物質文明社會同化的人往往有著動物的感應。像嗅覺、像觸覺、像汗毛孔的一次超常擴張。她像鹿一樣感應到了不幸，像母牛一樣對這不幸感到不安卻無奈。

但她不知她到底感應到了什麼。

她醒來之後手臂裡躺的小蓉還在安睡，這個三十歲的營級小女娃娃。她的手指輕輕摸著她耳邊捲曲的頭髮，小女娃的胎毛。摸著摸著，她哭了。她還是不去認識那越來越清晰的預感：小蓉這次是把她押送回鄉的。

何小蓉在斑瑪措起床時手伸出去找什麼支撐。當她意識到支撐她的是燒紅的煙筒時已晚了，她的手掌一陣青煙，屋裡騰起一股焦臭。小蓉沒有慘叫，只是用另一隻手握住傷手，坐在地板上。她抬起頭，見斑瑪措端著一茶缸雪進來，倒在灼傷上。兩人都不說話，都看著灼傷看了很久。

小蓉和斑瑪措並排坐在長途汽車座位上，骯髒的玻璃窗外是呆板的冬景。小蓉打定主意在下一個宿營點甩下斑瑪措。而宿了兩夜，斑瑪措分分秒秒跟著她照應她的傷手，替她拎包、開門、解褲帶、擠牙膏、擰毛巾……

第三天，剛出發不久就遇見車禍。三輛運木材的卡車撞成一溜，在狹窄的公路上堆出小半個伐木場，小蓉跳下車，前後望望，兩頭都是望不到頭的車隊。她一摸身上，說：「糟了老斑，老子把挎包丟了。」斑瑪措知道小蓉挎包裡裝著採集來的曲譜，但她不知道那是小蓉裝模作樣胡亂記下的幾首當地小調。

斑瑪措說：「車開出來最多十里路，我跑一趟吧。」

小蓉又看看現場，受傷的司機在路邊生起火，向山下伐木連求救。她說等伐木連爬上山來，搬掉木材，恐怕要到下午了。

「我在這兒等你。」小蓉說。

「我腳桿快當得很。」斑瑪措轉身要走，又站住，看著嬌小的小蓉。白雪映襯下，小蓉的臉居然顯得很髒。

小蓉給她看得很不自在，心虛得很。她那樣看是什麼意思呢？明白她的謀劃，明白她們緣分盡了？

「要解手找個人幫你。」斑瑪措囑咐一句。似乎她站下那麼久就是不放心這點。

小蓉把斑瑪措的背包交給了司機，請他一定交給那位高大的藏族女兵。她給斑瑪措的信被牢實地捆在背包帶的十字交叉上。

然後小蓉步行兩里路到了養路道班，求他們用拖拉機送她到山下伐木連。當她搭上伐木連的卡車向成都方向駛去時，她知道斑瑪措已讀完了她的信。她想像她讀信時吃力的樣子，眼淚花了她的眼睛。她已成了斑瑪措此生最仇恨的一個人。

何小蓉成為軍區副參謀長夫人時，自己也調到了文化處當了副處長。那是一九八六年。

王林鳳因為在文革前期為軍區造反派做出過許多曲，成了他們的紅人，因此在八〇年代初便灰溜溜轉業回了老家。他一次寫信告訴小蓉，他收到過阿壩寄來的蘋果，又沒有投寄者的詳細地址和姓名。但他懷疑是斑瑪措寄的。

蕭穗子因為要寫一部小說而再次去若爾蓋。她聽一位在阿壩做了縣委幹部的女子牧馬班成員說，斑瑪措已做了母親，已有兩個孩子。她嫁得還算稱心，丈夫是阿壩軍分區的一位連長，也是藏族。

不知為什麼，穗子沒有去找斑瑪措。

又是幾年過去。何小蓉的丈夫升任了副司令。這天上午她剛要上班，見門崗擋住一個高大的女子和兩個孩子。

小蓉看到這又是第一次見到的斑瑪措了，只是藏袍嶄新。她的眼睛又像從前那樣，適應遠距離的目標，眼珠也極不活絡。她邁著草原人晃晃悠悠的大步走來時，身上已看不出一絲都市以及軍隊的痕跡。小蓉把她和孩子們請進門，這才發現斑瑪措懷裡還有一個孩子，四五個月大，臉蛋卻已經跟兩個大孩子一樣骯髒。

斑瑪措說她要跟丈夫去青海，以後離小蓉就遠了。她不斷向兩個孩子說著什麼，三個人在一張單人沙發上擠成一堆。不，是四個人，小蓉想。四個人坐一張沙發，儘管小蓉家的客廳大得空曠。然後丈夫匆匆穿過客廳，不久就聽轎車打火，開走了。

小蓉問斑瑪措晚上住在哪裡。

斑瑪措沒聽明白似的，上唇一掀。然後她眼睛看看偌大個屋，又去看樓梯口。她原本是想在小蓉家住一陣，和小蓉好好聚一場。

「沒地方住，在我這兒湊合一兩晚也行。」小蓉馬上說。

小蓉叫來阿姨，上了茶，擺了糖果。她看著已走到院子中央的阿姨背影，對斑瑪措小聲說：「劉副參謀長知道你。」

斑瑪措楞一下才想到劉副參謀長是小蓉的丈夫。

「不過他不知道我們關係有多深。」她躲開斑瑪措的眼睛，笑了一下。「萬一他問起來，你就說是一般戰友。不要講你幫我吸奶的事。」

這回斑瑪措的愣怔僵在臉上，化不開了。

「他這個人多心得很。」她看著斑瑪措。

斑瑪措點了點頭。兩隻眼睛又和年前一樣，如同溫敦的老牛或老馬，看著人類層出不窮的把戲，對他們的企圖毫不懂得。但不去懂得已先原諒了他們。

小蓉這才大聲向警衛員布置，要他暫時搬樓上客房去住，把他的屋讓出來給客人。

第二天早晨小蓉下樓來，發現斑瑪措一家已經走了。茶几上擱著一個大紙包，包的是蟲草和藏紅花。

斑瑪措和三個孩子到達丈夫的部隊之後，從大兒子的袍子裡找出一個微型遙控坦克。她想起它曾經擺在小蓉的客廳，很珍貴地罩在一個玻璃殼子裡。小蓉當時說那是丈夫參加軍事考察團一個英國將軍送他的禮物。斑瑪措的大巴掌走在了她意識的前面。等她的意識攆上來，兒子已倒在了地上，鼻血糊了一臉。她和小蓉的一場情意剎那間使她過電一般地瘋狂起來，朝著兒子追殺過去，兩隻靴子輪流往那七歲的脊梁、肩膀、屁股、頭顱上落，屋子裡小型冬宰似的充滿各種調門的慘叫。

打到她自己也奄奄一息了，她坐下來，看著地板上一動不動的兒子。三個孩子都一動不動，一聲不出，最小的那個在一分鐘前哭碎了最後一點嗓音。

門外，一個男人的皮靴聲近來。也是晃晃悠悠的草原步伐。斑瑪措坐在地板上身體一縮，心想怎麼這麼快就到了他下班的時間。

三民叢刊　精選小說

（本局另備有「三民叢刊」之完整目錄，歡迎索取）

嚴歌苓作品

124 倒淌河

內容包括十個短篇及一個中篇小說〈倒淌河〉，並以此為主流，橫貫所有的時空。不帶男女性徵的愛情故事，少年士兵與藏狗顆﨟相互交織的命運，漢族男子與藏族小女孩隔著文化鴻溝的情感對話，由「渺小」到「偉大」的荒誕悲劇……

211 誰家有女初養成

經歷婚姻、兇殺、逃亡，似是而非的戀愛；一對男女違背天性，「炮製」孩子的荒誕悲劇；一場迷戀的起始，背叛而終的情感旅程。

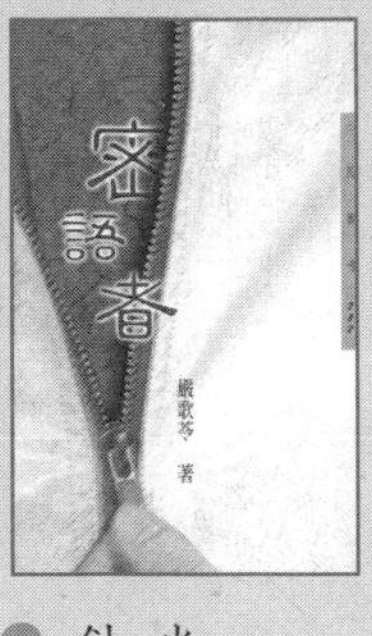

282 密語者

一張床上的兩個人，居然像兩顆星，原以為是伸手就可以擁抱的距離，卻存在百萬光年的陌生。書中的兩個中篇小說，其主題均圍繞著鴻溝般的婚姻，赤裸的感情如針刺般在扉頁間留下墨色血漬，讀來格外令人心驚。

●其他作品：陳冲前傳、波希米亞樓。

虹影作品

129 帶鞍的鹿

她的小說涉及的都是中國人心靈最隱祕的創痛，筆調卻纖秀華美，溫婉沉實。總是用神祕的動機引誘故事向不可測的方位變化，細巧的洞察與女性主義的傲氣聯手，奇幻了現實的憂傷。

152 風信子女郎

本書帶您進入大陸文學從未深入處理的主題：女人之間的性愛。對女性之愛，作者並沒有一廂情願的浪漫抒情，相反地，她看到中國文化語言中，女性之愛必然遭遇無情的社會壓力。

208 神交者說

虹影的作品總是隱隱透著半自傳的味道，筆觸卻又極其輕靈、冷靜，似真疑幻地審視著女性的生活、女性的情感、女性的欲望與反動。

白樺作品

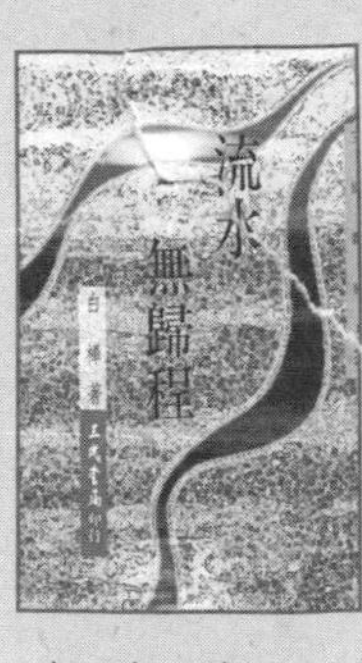

122 流水無歸程

流水無歸程，說的不是流水，而是像水一般流逝的人，和關於人的似水流年。出身和門第，肉體和靈魂。泡沫浮起的淘金夢，為野蠻資本聚斂所造成的腐敗，平添粉紅和死灰的色彩。

151 沙漠裡的狼

中短篇小說選集，描寫人與動物的關係，有寓言，亦有短篇，從形式、內容到方法都呈現多樣化的寫作風格。在層層解構下，人性的本質、時代的迷失，都得到更袒露的告白。

遠方有個女兒國

白樺實地深入摩梭族，以抒情而幽默的語言，描寫生長於兩個絕然對比環境下的人，其間的遇合與衝突。他們能一起生活嗎？難道一切古老的都是野蠻，一切現代的都是文明？有婚姻而沒有愛情合乎人性，還是有愛情而沒有婚姻合乎人性？

●其他作品：陽雀王國、哀莫大於心未死、溪水，淚水、遠古的鐘聲與今日的迴響。

其他作家作品

139 神樹 鄭義 著

大山深處，一株從不開花的神樹忽然開花，亡靈紛紛從荒墳爬出，在村中四處遊走。一個村落、一棵「神樹」，具體而微地映現當代中國的重重劫難。

161 抒情時代——「他們」及三個短篇 鄭寶娟 著

該如何來憑弔逝去的青春呢？作者以〈他們〉來「整理」屬於自己的青春時光，她以近似散文的筆調敘述著少年情懷。或許小說中的場景是陌生的，時代是遙遠的，我們卻依舊能從書中看見屬於自己青春年少的熱情與迷惘。

●其他作品：再回首、遠方的戰爭、在綠茵與鳥鳴之間、無苔的花園。

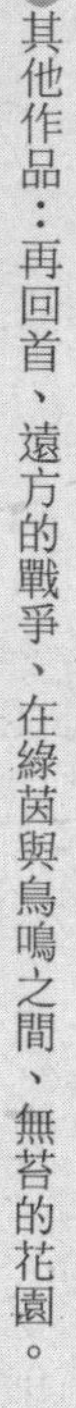

248 南十字星下的月色 張至璋 著

南十字星有五顆，只在南半球看得到，跟北極星一樣指引著航海人尋找回家的方向。張至璋藉著在南十字星下發生的故事，反映出若干海外移民現象。「香格里拉」是在南十字星的星空下？還是在我們的心中？

288 走出荒蕪 楊明 著

每一個人都是獨特的，因此，每一段關係，每一份情感也都是獨一無二，無法複製。這本小說集要告訴你七個屬於「情感」和「關係」的矛盾、荒謬、驚喜、詭譎……。閱讀小說，或許能為我們的情緒找到一個出口，尋找到生命中的快樂與平靜，在這樣的一個時代裡。

國家圖書館出版品預行編目資料

穗子物語／嚴歌苓著.——初版一刷.——臺北市：三民，2005
面；　公分.——(三民叢刊:295)

ISBN 957-14-4109-0　(平裝)

857.63　　93018298

網路書店位址　http://www.sanmin.com.tw

© 穗子物語

著作人　嚴歌苓
發行人　劉振強
著作財產權人　三民書局股份有限公司
臺北市復興北路386號
發行所　三民書局股份有限公司
地址／臺北市復興北路386號
電話／(02)25006600
郵撥／0009998-5
印刷所　三民書局股份有限公司
門市部　復北店／臺北市復興北路386號
重南店／臺北市重慶南路一段61號
初版一刷　2005年1月
編　號　S 856690
基本定價　伍元捌角
行政院新聞局登記證局版臺業字第○二○○號

ISBN　957-14-4109-0　(平裝)